천재

제 2 권 . 거꾸로만 가다

© 이기승, 2024

초판 1쇄 발행 2024년 5월 13일

지은이   이기승
펴낸이   이기봉
편집   좋은땅 편집팀
펴낸곳   도서출판 좋은땅
주소   서울특별시 마포구 양화로12길 26 지월드빌딩 (서교동 395-7)
전화   02)374-8616~7
팩스   02)374-8614
이메일   gworldbook@naver.com
홈페이지 www.g-world.co.kr

ISBN   979-11-388-3124-6 (04810)
ISBN   979-11-388-2836-9 (세트)

천재

제 2 권. 거꾸로만 가다

이기승 지음

좋은땅

어렸을 적 아무 생각 없이 이 책 저 책 닥치는 대로 읽으면서 많은 과학 서적, 특히 원자핵 에너지를 다루는 유기화학 서적을 호기심에 관심 있게 탐독한 뒤부터 내 머릿속 우리의 천재는 내게 자꾸 물었다.

(네가 숨 쉬면서 사는 지구의 흙과 물, 그리고 공기가 이렇게 자꾸 오염되고 망가져서 아무 쓸모가 없어지면 어떻게 할 거야?)

'내가 사는 동안에야 무슨 일이 있겠어?'라고 아무 개념 없이 생각할라치면 천재는 곧바로 반박했었다.

(바보야! 이렇게 망가트리면 네가 사는 지구의 종말의 날이 10년 후가 될지, 백 년 후가 될지. 미치광이 네로나 히틀러 같은 전쟁광이 다시 나타나면 바로 내일일지도 몰라.)

아둔한 내 머리로는 천재의 극단적인 말이 바로 실감되지 않아서 그런 복잡한 문제는 핑계 대기 만만한 운명에 맡기는 수밖에 없다는 안이한 생각이 들면서 인간이 짊어지고 사는 운명과 인연을 파고들게 되었다.

운명과 인연이라는 끈은 인간의 영육과 함께 탄생부터 죽음을 맞는 순간까지의 삶을 좌지우지하고, 영혼은 육이 명을 다한 후에도 죽지 않고, 다시 육을 입어 소생하고 소멸하는 과정이 전생과 똑같은 모양으로 수레바퀴처럼 반복되는 것을 윤회라고 배웠다.

　그 윤회의 굴레 속에 살아온 이력이 지워지지 않고, 덕지덕지 혹부리처럼 매달려 영을 입은 육의 몸통을 부여잡고 앞길을 가로막는 것을 업보라고 한다.

　한 인간의 인생 항로에 질기게 매달리는 이 업보의 굴레는 인과응보로 보상된다는 준엄한 사실은 한 인간뿐만이 아니라 만물이 공존해야 하는 온 우주와 이 땅에서 전개되고 있는 모든 역사에도 어김없이 적용된다는 사실을 우리 인류는 절대로 외면하면 안 된다.

　만물의 영장인 인간이 일궈 낸 과학이란 첨단 기술로 삶이 풍요로워지고 기계를 부려 육신이 편해짐은 물론, 더 나가 그 위세가 극에 달해 신의 영역까지 넘보고 있지만, 그 재주가 발전할수록 그 과정에서 만들어질 수밖에 없는 원치 않는 부산물로 인해 인간의 영육을 극도의 위험 속에 노출시키고 있다. 그 좋은 예로 예측 불가한 극심한 기후 변화와 함께 어떻게 왔는지 모를 과학 문명의 찌꺼기인 바이러스가 교묘한 살상 무기가 되어 온 인류가 세계 대전에 맞먹는 대재앙을 치르고 있는 것도 당연히 인과응보의 보상인 것이다.

　이런 현세를 사는 여기 풀잎처럼 약한 한 인간의 파란만장한 삶 속에 업보를 줄줄이 매단 인연과 운명의 끈이 윤회하면서까지 얼마나 집요하게 옥죄고 있는지 알아보고자 모든 면에 부족한 필자가 서투른 펜을 잡았던 것은 사십여 년 전이었으나 가지고 있는 나름의 사고를 부족한 문장력으로 제대로 표현할 수가 없어 중간에 덮어 두기도 하고 수정을 반복하는 동안 이렇게 오랜 세월이 흘러가 버리고 말았다.

다행히 옆에서 격려해 주고 용기를 북돋아 준 여러 지인이 있어 뒤늦게 이 책을 내놓게 되었다.

특히, 1권 제작을 전적으로 도와준 기육 사촌에게 고마움을 표하고 싶다.

이 글을 시작할 수 있도록 어린 시절에 은연중 영감을 불어넣어 준 진짜 천재였던 사랑하는 중학 후배와 이 기쁨을 나누고 싶다.

차례

책머리에 • 5

판박이 완이 • 11

지리산 재회 • 23

떠나가는 길 • 89

꿈속에서 • 97

행수 삼촌 • 109

월남 소년 린 • 115

10%도 아니야! • 159

은밀한 만남 • 175

말썽꾸러기 은호 • 197

고라니 사냥 • 223

비빌 언덕 구하기 • 249

인연 사냥꾼　· 265

다시 눈을 찾다　· 297

거꾸로 간 천재　· 309

개똥이　· 329

電子 사냥꾼　· 337

묵은 빚　· 355

판박이 완이

무수한 세월이 덧없이 흘러 유학을 떠난 지 이십 성상이 지난 시점에 프랑스에서 입국해서 며칠 안 된 임현도 교수는 학장의 뒤를 따라 수험생들이 모여 웅성거리고 있는 면접 고사장으로 들어섰다.

　자신의 앞날을 전혀 예상하지 못하는 학생들이나 그들을 밝은 앞길로 인도할 수도 있고 자칫 뜻하지 않은 절망 속으로 내몰 수도 있는 운명의 열쇠를 쥐고 있는 면접관들 역시 조그만 실수도 벌거벗겨지듯 드러나는 촘촘한 대치 속에서 진행은 물 흐르듯 순조롭게 이어지고 있었다.

　하나같이 똑같은 질문에 각기 다른 갖가지 대답들이나 전혀 엉뚱한 질문 공세에 곡예 하듯 꿰어 맞춘 낯 뜨거운 응답, 모두 자신의 체스판에 힘겨운 말들을 늘어놓고 있었다.

　현도는 십 년 넘게 프랑스 파리, 에꼴 데 보자르의 강단에 몸담아 왔지만 국내에는 얼굴이 알려지지 않았다는 이유 하나로 뜻하지 않은 면접관 자리에 끼어 있었다.

　미대 입시는 실기 점수가 대부분 배점을 차지해서 면접은 형식적인 요식 행위라며 즐기는 듯한 교수도 있지만, 현도 생각에는 아직 철부지 어린 사람들의 장래가 자칫 자신의 어설픈 손끝에서 좌지우지될 수 있다는 강박관념에 사로잡혀 힘든 줄다리기를 하고 있었다.

어쩌면 운명이 갈렸을지도 모를 면담을 끝낸 학생들이 조심스럽게 나가고 바깥 대기실의 수선스러운 소음을 업고 세 명의 남학생들이 차례로 호명되어 들어왔다.

"가운데 애가 올해 필기, 실기 수석인 진완입니다."

현도는 나직하게 건네는 옆 여교수의 말을 들으며 그 학생에게 시선을 던지는 순간, 어떤 환영 속에 빠져드는 기분이 들면서 머리가 멍해졌다.

자그마한 키와 마른 몸매에 잘생겼다기보다 총기가 흐르는 까무잡잡한 얼굴, 유독 강렬하게 앞을 주시하는 맑고 빛나는 눈빛과 마주하는 순간, 거의 무의식적으로 엉뚱한 질문을 던지고 말았다.

"진완 군! 부친이 혹시 진수덕이 아닌가?"

너무 의외의 상황에 질책하는 학장의 눈빛이 현도에게 쏠리고 딴 교수들과 학생들 모두 어리둥절한 표정들이 자기에게 집중되자 주위 분위기를 감지한 완이는 뒤통수를 멋쩍게 긁적이며 기어드는 목소리로 대답했다.

"네! 교수님께서 어떻게 저희 아버지를 아십니까?"

말꼬리를 흘리는데 검은 눈동자만은 더욱 빛났다.

"그럼 자네가 수덕이의……."

현도는 옆 교수가 짚어 준 신상명세서에서 완이 아버지 수덕이의 이름 세 글자를 확인하는 순간에는 흥분으로 말을 잇지 못하고 주위의 따가운 시선들은 아랑곳없이 자리에서 벌떡 일어서고 말았다.

"임 교수, 그만 좌정하지요."

현도의 심중을 헤아린 듯한 학장의 누그러진 음성이 들려왔다.

면접을 모두 마친 현도는 완이를 자기 방으로 불러 마주 앉을 수가 있었다. 그 옛날 친구 수덕이를 만난 것처럼 감회에 젖어 손을 꼭 잡은 채 놓을 줄을 모르고, 완이도 얼떨떨한 기분이 가시지 않은 표정으로 건네준 찻잔을 앞에 놓고 다소곳이 앉아 있었다.

"어쩌면 그렇게 빼닮았는지 너를 처음 보는 순간에는 어릴 적 내 친구가 그 자리에 앉아 있는 것으로 착각할 뻔했었다."

현도의 말에 완이는 계면쩍은 듯 머리를 긁적였다.

"보는 사람마다 아버지랑 판박이라고 하긴 하던데, 저는 잘 모르겠어요."

완이는 신기하다는 듯이 멋쩍게 웃으며 머리를 갸우뚱했다.

"그런데 너희 부모님은 지금 어디서 살고 계시냐?"

현도는 그것부터 궁금했다.

"아버지는 지리산 산장에서 십여 년째 요양 중이시고, 어머니는 부여 본가와 서울 외가까지 왔다 갔다 하시느라 아주 바쁘시죠."

부모의 근황을 얘기하는 완이의 목소리는 떨려왔다.

"아직도 요양 중이라면 너희 아버지는 내가 보지 못한 수십 년 동안 여전히 힘들게 살고 있었구나."

지금까지 외국 생활하는 바람에 20여 년 동안 찾지 못했다는 핑계를 대기에는 너무 무심했다는 자괴심에 무슨 말로 이어 갈지 갈피를 못 잡고 난감해 있는 현도의 얼굴을 지켜보던 완이가 갑자기 찻잔을 탁자 위에 내려놓으며 뭔가 생각이 난 듯 긴장된 표정으로 벌떡 일어났다.

"저 혹시! 교수님이 서울 샌님 아니세요?"

완이의 물음에 얼떨결에 고개를 끄덕이던 현도는 너무 오랜만에 들어보는 자기 옛날 별명에 또 정신이 번쩍 들어 완이를 바라보니 완이 역시 감격해진 얼굴에 놀라움으로 입을 다물지 못하고 안길 듯이 달려들어 와락 현도의 손을 잡았다.

"아버지가 서울 샌님을 얼마나 보고 싶어 했는지 몰라요!"

완이는 아버지가 그 힘든 고통 속에서도 절친을 그리워하던 안타까운 모습이 떠올라선지 주저앉아 끝내 울먹였고, 현도 역시 뜨거운 것이 가슴속으로부터 끓어올라서 한참을 목이 메어 있다가 힘들게 입을 열었다.

"내가 여태껏 너희 아버지를 찾지 못한 것에 대해서 뭐라 변명할 말이 없구나! 무조건 내가 아주 나빴다! 그리고 정말 미안하다!"

현도는 더는 말을 잇지 못했다.

며칠이 지난 주말 현도는 완이와 함께 지리산으로 향하는 남행열차 객실에 나란히 앉아 있었다.

"지금 외가에 머물고 있다면서 혹시 불편하지는 않나? 마땅치 않으면 우리 집에 지금 빈방이 많이 있는데."

옛날에 시골에서 서울에 올라와서 완이 부친 수덕이와 함께 힘들게 자취하던 시절이 생각도 나고 완이 외할머니, 신 여사의 좀 차가워 보였던 첫인상이 머릿속에 남아 있어 은연중 나온 말이었다.

"제가 어릴 때부터 얼마 전까지 외할머니는 나만 보면 붙들고 우시는 바람에 괜히 속상했는데, 무슨 벌금 내는 거라면서 용돈도 넉넉히 주시고 내 맘대로 해도 별로 불편하지 않아요."

"너희 외할머니는 이젠 연로하실 텐데 어떻게 지내시나?"

"경영하시던 레스토랑도 막내 외삼촌 내외분한테 모두 넘기시고, 요즘은 할아버지랑 가까운 공원에 산책 다니시는 거로 소일하세요."

"너희 외할머니는 옛날에 아주 꼬장꼬장하셨고 외삼촌은 얌전했었지. 어릴 때는 계집아이처럼 순하기만 했었는데 이제는 어엿한 사장님이 됐구나."

"원래 오늘 인수 삼촌이 웬만하면 승용차로 지리산까지 모시려고 했는데 외숙모 출산 날이 오늘내일하는 바람에 같이 못 간다고 대신 말씀 전해 달라고 통사정을 했어요. 우리 외삼촌 참 착해요."

"참 세월이 빠르구나! 너희 외할머니하고 외삼촌을 본 것이 어제 일 같은데 벌써 이십여 년이나 훌쩍 지났으니 말야."

현도가 흘러간 세월에 어이없어하자 완이도 고개를 끄덕끄덕하다가 화제를 돌렸다.

"선배 형들이 하는 이야기를 들으면 교수님은 외국에서 작품 활동도 왕성하게 하시고 파리 대학에서 교수님으로 명성도 대단하신데 왜 귀국하셨는지 모르겠다고들 하던데. 외국 생활이 너무 싫증이 나셨나 보죠?"

궁금해하는 표정이 되어 빤히 바라보는 완이의 시선을 피하는 현도는 조금은 난감해졌다.

월남 참전 당시 인연이 되어 알게 된 베트남 소년, 린이 때문에 엮인 파리 대학 제자인 일본인 여학생 미치코와 별스럽지 않은 관계를 아내 은영이 오해해서 티격태격하는 와중에 국내 모교에서 초빙하는 교수 자리가 있어 생각할 겨를도 없이 훌쩍 떠나오고 나서 내심 고민하던 차이니 쉽게 설명할 수가 없었다.

"싫증도 싫증이지만 인간도 회귀성 동물이란다."

대충 얼버무리고 완이를 바라보니 졸린 듯 하품을 크게 하고 기지개를 켰다.

이 얘기 저 얘기 하는 사이 열차는 계속 남으로 남으로 달리고 있고 한동안 어린아이처럼 재잘거리던 완이는 꾸벅꾸벅 졸더니 어느새 벽에 기대어 잠이 들어 버렸다.

'잠든 모습까지도 어쩌면 그리 자기 아버지 수덕이를 닮았을까?' 한동안 건네보던 현도는 벗어 놓았던 외투를 내려서 덮어 주고 쏜살같이 지나치는 창밖을 내다보며 덧없이 흘러가 버린 세월의 무상함이 새삼스레 절감되어 어제만 같은 그 옛날의 아련한 추억 속에 한동안 빠져들어 있을 때, 완이가 곤한 잠에서 깨어 일어나 눈을 비비며 두리번거렸다.

"깨우려고 하던 참인데 어떻게 알고 일어났구나. 다음 역이 남원역이니 이제 거의 다 왔다."

"아니, 제가 몇 시간이나 잔 거예요?"

"두 시간도 더 잤지."

"제가 잠자고 있는 동안 교수님은 뭐 하셨어요?"

"너희 아버지, 천재하고 지냈던 어린 시절을 생각해 봤다."

"우리 아버지, 옛날에 공부도 천재였지만 무술 실력이 뛰어나서 펄펄 날았다면서요?"

현도는 완이가 티 없이 천진한 것까지도 옛날 수덕이와 빼닮았다고 생각하니 저절로 빙그레 미소가 번져 나왔다.

"정말로 놀랄 정도로 날쌨지. 너희 아버지는 그런 것보다 인류를 위한 의인으로 누구도 깨닫지도, 행동하지 못한 큰일을 몸소 실천해서 노벨 평화상을 받을 자격이 충분하다고 생각한다."

"그 이야기는 아버지한테 대강 들었거든요. 저는 더 나이가 들면 몰라도 아직은 동의할 수가 없어요. 지금 세계 각국이 앞다투어 새로운 에너지 개발에 열을 올리고 있잖아요? 나는 아버지가 포기한 연구를 완성해서 노벨 과학상을 받아야 한다고 생각해요."

"나도 완이 또래 때는 네 생각하고 똑같았어."

그러나 현도가 알기로는 희생을 감수하고 접었던 수덕이가 구상했던 새로운 원소 찾기 프로젝트가 어찌 된 건지 프랑스와 영국 과학자들이 주축이 되어 개발되고 있었고, 성공 단계라는 걸 프랑스 현지에서 들었다.

'만약 대한민국이 수덕이의 손에 의해 20여 년 전에 개발됐다면 현재는 어떤 상황일까!' 하는 생각이 들었다.

기차가 남원역을 지나 구례를 향하고 있을 무렵 완이가 뜻밖의 질문을 했다.

"아버지에게 사부라는 분이 계셨다는데 어떤 분이었는지 굉장히 궁금하거든요. 교수님은 그분을 잘 아시죠?"

"너희 아버지 아주 어릴 때부터 스승이자 보호자로 우상이나 마찬가지였는데. 아버지가 너한테 아무 얘기도 없었어?"

현도가 넌지시 완이를 바라보니 금방 침통한 표정이 되었다.

"부여 할머니께서 아버지에게 훌륭한 스님 사부가 있었다고 말씀하셔서 여쭤봤거든요. 아버지는 내가 몰라도 된다면서 절대 노코멘트인데다 사부라는 말만 나와도 우울해하시는 걸 보면 어쩌면 안 좋은 일이 있었던 것은 아닌지 몰라서 저는 몹시 궁금해요."

현도는 한 번도 흐트러진 모습을 보이지 않았던 연선을 떠올려 보며 완이 말대로라면 수덕이 사고 후에 나타나지 않았다는 것인데 그동안 무슨 일이 있었는지 전혀 감이 잡히지 않았다.

"그분이 아버지한테 어떤 존재였는지 교수님은 알고 계시죠?"

"너희 아버지가 어렸을 때 많은 것을 가르치고 도와줘서 정신 직으로 많은 영향을 준 스승이었지. 할아버지는 군대 졸병이었다고 안 하셨어?"

"할아버지한테서는 땡초라는 말만 들었죠. 그런데 또 이상한 것은 아버지 대학 시절에 교수님이랑 커플 4인방이 항상 붙어 다녔다면서 어머니는 왜 그 스님을 한 번도 보지 못했는지 진짜 이해가 안 돼요."

"완이 네 말을 듣고 생각해 보니 그렇게 됐구나. 그건 그렇고, 너희 아버지는 왜 이 먼 지리산까지 오게 된 건지 너는 몰라?"

현도의 물음에 완이는 아주 뜻밖의 얘기를 했다.

"이곳 지리산에서 유명한 탄파라는 도사님이 아버지를 구해 주시고 십여 년째 함께 지내고 계시거든요. 그분이 얼마나 무서운지 몰라요! 더구나 우락부락한 얼굴에 목소리까지 엄청나게 커서 꼭 확성기 스피커같이 쩌렁쩌렁 온 산을 울려요."

완이의 말에 현도는 탄파 도인이 어렴풋이 떠올랐다.

"나도 어렸을 적에 너희 아버지하고 그분을 만난 적이 있었다."

"오늘 산장에 가면 아마 제 엉덩이 불이 날 거예요."

"아니, 무슨 잘못을 했길래?"

"탄파 할아버지하고 일요일마다 거르지 않고 꼭 아버지를 만나러 오기로 약속하고 어길 때는 이유 불문하고 엉덩이를 맞기로 했는데 교수님이 아시는 것처럼 그동안 시험 보고 어쩌고 하는 바람에 몇 주째 못 왔잖아요. 그분은 그런 핑계는 안 통해요. 아버지 곁에 가려면 그 우람한 손바닥은 절대로 피할 수가 없거든요."

입을 길게 내밀고 얼굴을 찡그리는 것이 꼭 개구쟁이 같은 완

이를 보노라니 외형은 수덕이와 판에 박은 듯 똑같지만 같은 듯
다른 점을 찾을 수가 있었다.

수덕이는 평상시 한없이 밝으면서도 어느 순간, 사부에 대한
연민이 꽂히면 마음 한구석에 어두운 그늘이 드리워져 위태로워
보이곤 했었다.

완이는 티끌만큼도 어두운 구석 없이 마냥 밝아 보였다.

"그랬었구나! 옛날 고교 시절 겨울 방학에 네 아버지하고 연선
사부를 만나려고 지리산에 왔다가 우연히 마주친 그분이 해 주는
옛날얘기를 듣고 헤어질 적에 네 아버지보고 언젠가 다시 만나게
될 거라고 했을 땐 대수롭지 않게 생각했었는데 그분 말대로 다
시 만나서 함께 지내고 있구나."

완이는 또다시 긴 한숨을 쉬었다.

"그분 말씀이 저는 삼십 살이 넘어서나 장가를 갈 수가 있대요.
그러면서 하시는 말씀이 호박 같은 여자랑 결혼하게 될 거라나
요. 이건 완전히 사람 기죽이는 것 아니에요?"

"완이는 도사 말씀을 잘못 이해하고 있구나. 호박 같은 외모를
말한 것이 아니라 마음이 그렇게 둥글고 편안한 여자라는 말을
그렇게 둘러서 표현한 걸 거야."

실망감에 죽는시늉하던 완이는 현도의 말에 금방 밝아졌다.

"그럴까요? 하기는 지금 제 여자친구가 얼굴도 예쁘고 마음씨
가 아주 천사거든요."

"벌써 여자친구도 있어?"

"그럼요. 요즘은 대학 갈 나이쯤 되면 여자친구 없는 애들이 별
로 없어요. 그렇지만 우리는 그냥 친구라서 아직 뽀뽀도 한 번 안
했어요."

완이는 얼굴이 붉어져 킥킥 웃고 나서 정색하며 말했다.

"우리 은샘이도 매주 아버지 보러 올 때마다 따라왔었는데 아버지 뵙고 갈 적엔 늘 아버지 불쌍하다고 우는 바람에 오늘은 안 데리고 왔어요."

"아주 착한 아가씨인데 왜 안 데리고 왔어?"

현도의 말에 완이는 큰 소리로 웃었다.

"아이! 아가씨는 아니구요. 올봄에 고3 되는 어린앤 걸요."

완이가 떠드는 사이 기차는 구례역 구내로 들어서고 있었다.

잠시 후에 기차가 플랫폼에 도착하자마자 완이는 급히 내려 기차역 밖에 있는 마트로 뛰어가더니 초콜릿류 과자를 한 아름 사 들고 와 택시를 기다리는 동안 계속 재잘거렸다.

"참! 우리 엄마는요……."

완이는 말을 하려다 멈추고 스스로 놀란 얼굴로 뒤통수를 긁적이며 현도를 말끔히 바라봤다.

"사실은 어머니하고 약속했었는데! 밖에 나가서는 다 큰 놈이 엄마, 아빠 하면 남들이 흉본다고 그러지 않기로 했거든요.

그런데 우리 어머니 의지가 대단하신 거 아시죠?

학교를 힘들게 복학해서 7년 만에 졸업했고 그동안 신춘문예에 입상한 뒤로 책을 두 권이나 내셔서 당당한 여류 문학가로 변신해 외할머니한테 완전히 항복을 받으셨거든요.

하긴, 외삼촌 말로는 외할머니께서 두 손을 드신 건 나 때문이라고 하던데. 하여튼 그 어려운 가운데 우리 어머니 정말 대단하지 않아요?"

"너희 어머니 학생 때 글재주가 아주 대단했었다."

현도는 설명하면서도 윤경이의 문단 데뷔는 처음 듣는 얘기라 놀라움을 감추지 못했다.

"아버지는 이가 상한다 해도 초콜릿을 그렇게 좋아하세요. 그리고 제가 갈 때마다 귓속말로 술 사 왔냐고 하세요. 탄파 할아버지가 아직 아버지한테 독약이라고 하는데도 그렇게 술을 찾으세요."

현도는 울상을 짓는 완이를 측은하게 바라보며 수덕이와 비어홀에서 맥주 마시며 어울렸던 시절이 떠올라 '오늘 같은 날 술 한 잔 같이하면 좋겠구나.' 하는 생각이 들지만 '수덕이 몸이 그렇다니 어쩔 수 없겠다.' 짐작하면서도 완이에게 다시 확인해 봤다.

"지금 아버지 몸 상태는 어느 정돈데 술 마시는 것도 안 되는 거지?"

"실명하신 것 외엔 대부분 정상인데 절단된 다리 쪽에 화농이 아직도 진행 중이라 밤에 통증으로 잠을 못 이루셔서 안타까울 때가 많아요."

금세 시무룩해진 완이를 안쓰럽게 바라봤다.

"혹시 아버지 좋아하는 게 술 말고 또 뭐 있을까?"

현도의 물음에 완이는 밝은 표정으로 머리를 도리질했다.

"아버지는 이 초콜릿이면 다른 것은 필요 없고요. 오늘은 교수님이 진짜 우리 아버지한테 큰 선물일 거예요. 딴 건 모두 엄마, 아니! 어머니하고 부여 할머니가 미리 일일이 챙겨 놓으세요."

지리산 재회

택시가 도착해 올라타고 몇 분 안 돼서 석주 관성 칠의사 사당 현판이 보이는 산장 입구에 멈추자마자, 완이는 차에서 부리나케 내려 갑자기 어린아이처럼 소리치기 시작했다.

"저기 장윤경 여사가 벌써 산장에서 내려와 있어요."

현도가 차에서 내려 건너편을 바라보니 한 여인이 하얀 회칠을 한 벽이 뚜렷하게 드러나는 한옥 전각들 앞에 조용히 미소를 띠고 서 있는 모습이 보여서 자세히 보니 어느새 조금은 중년티가 완연한 윤경이였다.

완이는 어느새 길을 건너가 어머니에게 매달려 어쩔 줄 몰라 하고 현도는 차들이 지나가길 기다려 천천히 건너서 다가갔다.

"여기 지리산까지 먼 길 오느라 힘들었지?"

윤경이 다가와서 손을 잡자, 현도는 뜨거운 것이 목에 메여 와 말문이 막혀 손을 잡은 채 흔들고 한참 동안 고개를 숙이고만 있다가 겨우 진정을 하고 입을 열었다.

"이렇게 늦게서야 찾아와서 친구 볼 면목도 없고 정말 미안하다! 그동안 수덕이 지키느라 많이 힘들었지?"

"나야 힘들긴! 완이 아버지가 고생이 많지. 나는 우리 어머니 말대로 '지가 좋아서 택한 길'인 걸. 뭐! 이제는 누가 뭐래도 후회는 없어."

조금도 어두운 기색이 없는 윤경이의 당당한 모습에서 수년간 시달리고 지친 세월을 뛰어넘은 달관된 경지를 볼 수 있었다.

"어떻게 알고 여기까지 내려와서 기다렸어?"

"며칠 전에 완이 연락을 받았었지. 애 아버지가 주말이라 오늘은 내려올 거라면서 아침부터 샌님 오는지 내다보라고 하도 성화를 해서 아예 일찍 내려와 있었어!"

"그랬었군!"

현도가 고개를 주억이자 완이가 윤경에게 매달려 통사정을 했다.

"어머니! 저도 똥차라도 하나 사야겠어요. 매주 오려면 기차 타고 와서 택시로 갈아타고, 시간이 너무 아까워요. 아버지가 입학 선물로 차 사 준다고 약속하긴 했었는데."

"너희 아버지가 말로 뭐는 못 사 주겠니? 비행기도 사 주지! 정작 결재권자인 부여 할머니가 위험하다고 너한테 아직은 차 사 주는 건 반대하실 거야. 괜히 힘없는 아버지한테 조르지 마!"

윤경이는 매달려 보채는 완이를 바라보며 흡족한 미소를 지었다.

"나랑 애 아버지는 완이 하나 보고 살아. 이 녀석 없었으면 어떻게 살았을지 몰라."

윤경이는 안타까운 표정으로 안겨 있는 완이의 볼을 쓰다듬었다.

"어려운 가운데서도 천재 못지않게 티 없이 잘 키웠어. 대단해!"

현도의 칭찬에 윤경이는 완이를 향해 살짝 눈을 흘겼다.

"해도 제 아버지만은 못해! 대가 약해서 중학교 때까지 제 또래한테 얻어맞고 와 질질 짜는 바람에 뚜껑이 여러 번 열렸었지. 남한테 지는 꼴 못 보는 내 속을 무던히 썩였어. 손톱, 발톱까지 빼박았는데 그건 왜 제 아버지를 안 닮았는지 모르겠어!"

칠의각 건물 담장을 끼고 계곡을 따라 올라가기 시작하자 사람이 다닌 흔적만 있는 작은 길이 구불구불 계곡의 흐름을 따라 거슬러 오르고 있었다.

"산장까지 갈려면 한 40분은 걸리는데, 우리는 이력이 나서 괜찮은데, 임 교수는 좀 힘들 거야! 그런데 완이를 보자마자 우리 애라는 걸 바로 알았다면서?"

윤경이의 말에 앞서가던 완이가 돌아서 내려왔다.

"어머니! 그래서 교수님한테 학장님이 얼마나 눈총을 주시던지 내가 오히려 미안해서 어쩔 줄 몰랐다니까요."

완이가 까르르 웃었다.

"아무 정신이 없었어. 애들한테 아주 중요한 고사장이란 것도 깜박하고 신상 소개서에서 '진수덕' 세 글자를 보는 순간에는 그냥 기절할 뻔했었지! 너무 늦게 찾은 게 미안할 따름이라 어찌 친구 얼굴을 볼지……."

"너무 신경 쓰지 마! 지금까지 서로가 너무 바쁘게 살아왔고 너는 계속 외국 생활만 해 왔잖아. 그리고 군대 있을 때 휴가 나와서 은영이하고 우리를 찾고 있다는 소리를 부여 시어머니한테 여러 번 들었지만, 그때는 아무도 안 만나고 피해 다니느라 정신이 없었어. 기관에서 그 연구에 미련이 남아 있어 요원들을 수십 명 풀어 수소문하고 다니는 바람에 어린 완이를 품에 안고 애 아버지 둘러업고 10 · 26 사태로 VIP가 끝내 그 프로젝트를 포기할 수밖에 없을 때까지 수도 없이 어려운 고비를 넘겼어. 책을 써도 몇 권은 쓸 거야. 그래서 그 시절 돌아보기도 싫고 지금이 좋아. 참, 은영이는 이번에 같이 못 나왔다면서? 한번 보고 싶은데."

"은영이는 애들 교육 때문에 할 수 없이 주저앉고 말았지. 너는 옛날처럼 역시 대단해! 그 힘겨운 가운데 학교도 복학해 졸업도 하고 책도 여러 권 냈다면서?"

"아! 그거는 내 의지보다 완이 아버지가 억지로 등 떠밀다시피 해 시작해서 어렵게 7년 만에 졸업장을 받았고 애 아버지는 자기 꿈은 접었으면서도 내가 게으름 피우는 걸 못 보고 다그쳐서 신춘 문예도 여러 차례 디밀어 몇 년 만에 내 꿈을 일부나마 이뤘지. 너 는 왜 갑자기 파리 미대, 교수직을 정리하고 들어오게 된 거야?"

"나는 모교에서 갑자기 부르는 바람에 정신없이 나왔는데 여기 서 온전히 자리가 잡히면 은영이도 애들하고 들어오라고 할 거 야."

"애들은 몇이야?"

"남매를 두었지. 큰애 도희는 고1 남자애고, 작은놈 현이는 딸 인데, 초등학교 다니고 있어."

"한참 애들이 신경 쓰일 때네. 은영이는 해외에서 벌써 20여 년 을 살았으니 외국 여자 다 됐겠다!"

"외국 여자는 무슨! 내가 보기에는 여기 있을 때보다 더 촌 아 줌마가 된 것 같아."

심드렁하게 말하며 주위를 둘러보니 계곡을 따라 군데군데 푸 릇푸릇한 천막 천으로 둘러친 임시 건물 여럿 채가 보였다.

한 곳에서는 무속인으로 보이는 사람들이 과일과 떡을 차려 놓 은 상위에 한참 대낮인데도 촛불을 켜 놓고 징과 꽹과리를 울리 고 뭔가 중얼거리며 굼실거리는 모습이 보였다.

마지막 무당집이 있는 계곡을 가로질러 반대편 나무들이 우거진 숲속 길로 들어서니 높은 침엽수들이 뻗어 오른 곳에 이르러 윤경 이는 추운 날씨에도 땀을 뻘뻘 흘리는 현도를 돌아보며 말했다.

"초행이라 힘들 테니 좀 쉬었다 가지! 어릴 때, 완이 아버지 때문에 죽을 고비도 여러 번 넘겼다면서 오늘도 고생이 많네."

가쁜 숨을 몰아쉬는 현도가 앉을 바위 위를 수건으로 털어 권하고 윤경이도 맞은편 바위에 자리를 잡고 앉자마자 앞서가던 완이도 쪼르르 뒤돌아 뛰어와 바위에 걸터앉았다.

"넌 빨리 올라가서 아버지한테 교수님 오신다고 얼른 알려 드리지 않고!"

윤경이 책망하듯 말하자 완이는 잔뜩 부은 얼굴이 되었다.

"나는 교수님이랑 같이 올라갈래요. 지금 탄파 할아버지가 나 올라오면 엉덩이 치려고 잔뜩 벼르고 있을걸."

"맞을 짓을 했으면 맞아야지! 그래도 도사님이 완이 너를 얼마나 끔찍하게 생각하시는지 몰라. 네가 몰라서 그렇지. 이번에 시험 잘 본 것도 그 양반 공덕이 컸어."

윤경의 말에 현도는 탄파 도인이 완이에게 어떤 도움을 준 건지 궁금해했다.

"무슨 큰 비책이라도 있었나?"

"그 양반이 좋다는 산야초를 구해서 완이가 오는 주말마다 엉덩이 때리며 반강제로 먹이고 힘들어하는 산악 등반을 억지로 끌고 다녀서 저만큼 체력을 만들어 놨지. 애 아버지도 사실 그 양반 아니었으면 지금까지 생명을 부지하지 못했을 거야. 그걸 보면 완이 아버지가 인덕은 있어."

윤경이 말처럼 수덕이 주위에 도와준 사람도 꽤 많았지만, 그 도움이 수덕이에게 득이 된 때도 있고 해가 된 적도 있었으니 참 묘한 함수 관계라 할 수 있다.

한참을 쉬고 나서 오르막길을 십여 분 이상 힘들게 오르니 좌우편에 산장 건물이 두어 채 보이고 한참 더 높은 언덕 위에 수덕이가 머무는 산장의 너와 지붕만 멀찍이 보였다.

왼편에 있는 산장의 중간중간 기둥을 보니 높은 바위 축대 위에 아름드리 통나무로 지붕을 받치고 있어 이 높은 지대에서 힘들게 지었을 것 같아 현도가 발걸음을 멈추고 유심히 바라보자 윤경이 천천히 다가와서 설명을 했다.

"저 집을 지은 아저씨를 모두 헐크라고 불러! 얼마나 엄청난 괴력을 가졌는지 저 집을 혼자 힘으로 통나무를 어깨로 메어 와 보름도 안 걸려 다 지었다고 하니, 이해가 돼? 그런데 탄파 도인도 마찬가지야. 십여 년 전에 우리가 도사님 산장에 주저앉게 되자 바로 옆에 진짜 이 주 만에 똑같은 집을 짓더라니까."

윤경은 머리를 설레설레 흔들었다. 완이는 집이 보이자 갑자기 뛰어오르기 시작해 주위를 둘러보니 푸른 죽림 사이 양지바른 곳에 너와 지붕을 올린 나지막한 통나무집 두 채가 나란히 정겹게 처마를 맞대고 있는 모습이 눈에 들어왔다.

집이 가까워지자 완이가 크게 소리치기 시작했다.

"아빠! 아빠─?"

완이가 외치며 급히 뛰어 올라가자 윤경이는 못마땅하다는 듯 실없이 웃으며 따라 올라갔다.

"완이 저 녀석을 어쩌면 좋아! 장가갈 거라고 여자친구까지 데리고 오는 녀석이 제 아버지한테 오면 저 모양이라니까."

"그래도 면접할 때 보니까 다른 아이들보다 훨씬 의젓하고 똑똑하던걸!"

현도의 말에 윤경이도 고개를 주억였다.

"하긴 저 녀석은 여기만 오면 저렇게 바보가 돼요."

위쪽에서 또다시 완이의 목소리가 들려왔다.

"아빠, 어서 나와 보세요! 세상에서 제일 귀한 친구라 보고 싶다던 서울 샌님을 지금 완이가 모시고 왔어요."

완이가 외치며 집 쪽으로 들어서자마자 벼락 치는 소리가 들렸다.

"완이 네 이놈, 어서 오너라!"

바로 코앞에서 외쳐대는 소리가 갑자기 쩌렁쩌렁 산중을 울려오자 올라가던 완이가 기겁을 하고 뒤돌아 꽁무니를 빼 뛰어 내려오는 것을 윤경이는 맥 빠진 듯 바라봤다.

"저 겁쟁이를 어쩌면 좋아! 다 큰 녀석이 엉덩이 몇 차례 맞는 게 무서워 저런다니까."

"완이 이놈! 어서 올라오지 못하고, 거기서 뭐 하는 거야?"

완이는 길가 풀섶에 있는 바위 뒤에 몸을 숨기고 쪼그리고 앉아 있기만 하자, 탄파 도인의 으름장이 또 들려왔다.

"네놈이 숨어 봤자 할애비 눈에는 다 보인다. 얼른 엉덩이 까고 못 오느냐. 아비도 못 보고 그냥 내려갈래? 늦어지면 열 대 더 때려 줄 거야!"

완이는 탄파 도인의 으름장에 할 수 없다는 듯 엉거주춤 일어서더니 윤경이를 한번 말려 달란 표정으로 얼굴을 잔뜩 찌푸린 채 바라보다 반응이 없자, 포기 상태에서 벨트를 풀고 쭈뼛쭈뼛 올라갔다.

"옳지! 그렇게 냉큼 올 것이지."

집 바로 아래 자리 잡은 널찍한 검은 바위 위에 두꺼운 겨울 한복을 걸친 긴 머리칼은 백발이 성성하고 흰 수염이 덥수룩한 노인이 신선처럼 앉아 있는 모습이 보였다.

완이가 힘없이 엉덩이까지 바지춤을 내리고 걸어가는 모습이 『걸리버 여행기』의 거인국이 연상될 만큼 도인과 완이의 덩치는 완연하게 차이가 났다.

완이가 다시 한번 구원을 요청하듯 뒤를 돌아보는 모습을 바라보는 현도의 입가에 웃음이 절로 나왔다.

"완이 이 못된 놈이 할애비하고 한 약속을 한 달도 안 돼 어긴단 말이냐? 삼 주니까 삼삼은 십삼. 열세 대 맞아라."

탄파 도인의 엉터리 구구단에 완이가 개미 소리처럼 되뇌었다.

"삼삼은 구죠!"

말이 떨어지기 무섭게 탄파 도인의 불호령이 떨어졌다.

"에끼! 못된 놈. 할애비 구구단은 삼삼은 십삼이야. 뭣하면 재판해서 어디 한 번 따져 볼래?"

완이는 또 기어들어 가는 조그만 목소리로 말했다.

"알았어요. 재판까지는 못 하죠! 삼삼은 십삼."

완이는 잔뜩 주눅 든 모습으로 익숙한 듯 탄파 도인의 무릎에 바지를 내린 채 엎드렸다.

"네 이놈 추가 죄목이 또 있느니라. 대학 시험에서 일등을 해 많은 애들 기를 죽인 죄, 또 석 대다. 맞겠느냐 말겠느냐?"

완이의 진짜 기가 죽은, 거의 울음 섞인 목소리가 들려왔다.

"맞을게요."

말이 떨어지기 무섭게 솥뚜껑같이 큰 손으로 철썩철썩 엉덩이를 때리고 난 탄파는 일으켜 앉히고 굽어봤다.

"아프냐, 안 아프냐?"

완이는 어린아이처럼 금방 눈물이 쏟아질 듯 글썽였다.

"많이 아파요."

울음 섞인 목소리로 말하고 일어나 바지춤을 올렸다.

"그래! 아프라고 때렸느니라. 사나이는 목숨이 끊어져도 자기가 한 약속은 지켜야 한다."

탄파 도인은 완이를 가슴에 꼭 안아 주고 나서 등을 두드렸다.

"일등 하느라 애썼다."

수염으로 뒤덮인 얼굴로 완이의 볼을 비벼대고 바위에서 일어나 지켜보고 있는 현도를 내려다보며 금세 미소 띤 얼굴이 되었다.

"완이 아범이 아침부터 샌님이 올 거라고 성화를 하더니 나도 언젠가 한 번 봤었던 분이군."

현도가 고개를 숙여 인사를 했다.

"옛날에 백장암에서 뵙고 이렇게 오랜만에 뵙습니다."

"아! 맞아. 그때 우리 완이만 했었지. 어서 안으로 들어가 보게나. 보이지도 않는 완이 아범 눈이 아마 지금 반쯤 빠져나왔을 거네."

현도가 집 안으로 들어서니 완이가 먼저 들어가 마루 끝에서 휠체어에 앉아 있는 수덕의 품에 안겨 볼에 입술을 비비며 마치 어린애처럼 어리광을 부리고 있었다.

수덕은 휠체어에 반쯤 누워 있는데, 머리는 털모자를 깊게 눌러쓰고, 얼굴에는 화상이 별로 적어 말끔한데, 다만 입술 언저리에 상흔이 남아 있을 뿐이었다.

두 손은 뭉그러져 부자연스러워 보였고, 왼쪽 발목은 무릎 위까지 절단되어 처참한 모습에 몸은 야윌 대로 야위어 옛날보다 더 작아 보여서 현도는 왈칵- 하는 감정을 억제하며 가만히 다가가서 손을 잡고 앉자, 수덕의 손이 파르르- 떨려 왔다.

"드디어, 우리 샌님이 왔군!"

목소리도 예전 같지 않고 잔뜩 쉬어 있는데, 수덕이 한쪽 손으로 완이를 잡고 몸을 일으키려 버둥거리자, 현도는 완이와 같이 바로 세워 앉혔다.

"친구야! 용서해 줘. 이렇게 늦게서야 찾아올 수밖에 없었다고, 변명할 염치가 없네. 내가 죽을죄를 지었어."

현도의 목소리도 감정을 억제하느라 떨리고 있었다.

"용서는 무슨 용서! 옛날에 네가 힘들게 찾고 있는 걸 알면서도 계속 숨기만 해서 내가 샌님한테 용서를 빌려고 기다리고 있었는데. 뭔 소리야."

"솔직히 군대 제대하고 유학 떠나기 전에 마음만 먹었으면 너를 찾을 수도 있었을 텐데, 그때는 공연히 마음이 바빠서 우왕좌왕하느라고 기회를 놓치고 말았었어."

"친구야, 염려하지 마! 우리가 매일 쫓겨 다니다 여기에 자리를 잡은 것도 십 년도 안 됐어. 네가 나를 찾던 그때 만일 나를 만났으면 정보기관 등쌀에 아마 네 유학도 어쩌면 날아가 버렸을지도 몰라."

수덕은 힘들게 말을 하고 급한 숨을 몰아쉬고 현도는 현도대로 수덕의 손을 놓지 못하고, 울컥한 감정을 한동안 추슬러야 했다.

"샌님 너는 이제 늙지도 않아서 벌써 머리가 희끗희끗하잖아."

현도는 눈이 전혀 안 보인다는 수덕이의 엉뚱한 말에 어이없어 했다.

"그래서 머리를 염색했는데."

"내 눈엔 진짜만 보이고, 가짜는 안 보이지."

"천재! 네 놀라운 능력은 여전하구나."

"할 일 없는 실업자라서 그쪽만 파고들게 돼! 교감 선생님은 교장으로 영전하셔서 임지를 천안으로 옮기셨다는 소식을 들었는데 지금 어떻게 지내시나?"

"아버님은 삼 년 전에 정년퇴직하셔서 서울 근교에서 전원생활을 하신다고 준비하고 계시지. 얼마 전에 찾아뵈었을 때 제일 먼저 천재를 만나 봤느냐 하시고 부여에 한 번 다녀오라 하셔서 그러겠다고 했는데, 그 사이에 다행히 완이를 만났어."

수덕은 옆에 앉은 완이의 얼굴을 쓰다듬었다.

"아들아! 거봐라. 아버지가 네 미대 입시를 고집하길 잘했지?"

완이는 수덕의 팔에 매달려 볼을 비볐다.

"준비도 없이 갑자기 의대를 지원한다고 억지 부려서 죄송해요! 내 손으로 아픈 걸 고쳐 드리고 싶어서 그랬던 건데. 아빠는 몸보다 마음이 우선인 걸 몰랐어요."

"우리 완이는 똑똑하기도 하지."

수덕은 힘들게 웃으면서 완이 볼에 입술을 비볐다.

그때 윤경이 차를 끓여 내오면서 두 부자를 보고서 눈을 흘겼다.

"부자가 만나면 한시도 떨어지지 못하고 저렇게 핥고 빨고 정신이 없어서 지켜보는 나는 소외감마저 든다니까! 어릴 때 처음 만나서는 현도하고 늘 붙어 다녀서 샘을 냈었는데 말야!"

윤경이가 돌아보고 웃자, 현도는 따라 웃을 수밖에 없었다.

"그때는 둘 다 옆에 없으면 한쪽이 빈 것 같아 허전했었지!"

완이가 받쳐 주는 찻잔으로 차를 마시던 수덕도 옛날을 회상하는 듯이 고개를 주억였다.

"그때를 말하면 뭐 해! 샌님이 너무 순하고 착해서 샌님 같은 여자애가 있으면 소개하라고 했더니 그 자리에 엉뚱하게 완이 엄마가 덩달아 나와 있었잖아!"

윤경이는 수덕의 짓궂은 듯한 말이 처음 듣는 얘기인 양 새삼스레 돌아보자 현도도 따라서 고개를 끄덕였다.

"그 당시도 분명하게 말했지만, 모르는 시골 남자애한테 소개하는 그런 자리라는 걸 알았다면 나는 나가지 않았을 거야."

윤경의 심통한 듯한 말에 아버지의 입에 찻잔을 대 주고 있던 완이는 엄마를 대뜸 쏘아봤다.

"어머니! 그럼 나는 지금 여기 없게."

완이의 한마디에 모두 한바탕 웃음꽃이 피고 나서 수덕은 윤경이 손을 잡았다.

"지금 당신은 완이 때문에 산다고 하지? 나도 마찬가지지만 당신 같은 여자 아니었으면 우리 진짜 보물 완이도 없고 나도 벌써 저세상 사람이 되어 오늘 같은 날이 아예 없었을 거야."

수덕의 말에 마음이 짠해진 윤경이는 눈가가 벌게져 고개를 숙였다.

"내가 좀 극성스러운 면이 있기는 했지."

윤경이 찻잔을 챙겨 나가자 수덕이 다시 입을 열었다.

"샌님! 나 요즘 너무 편안해. 지금 눈도 잘 안 보이고 다리도 불편해 맘대로 돌아다니지도 못하지만, 지금이라도 천국을 구경하고 싶으면 천국을 보고, 해변에 가고 싶을 때는 넓은 바닷가로, 안 가 본 데가 없어. 마음만 먹으면 내 눈앞에 파라다이스가 펼쳐져서 샌님을 매일 불러서 같이 멋진 와−인을 마시며 즐겼다네. 샌님, 너도 행복했지?"

수덕의 물음에 현도는 바로 대답을 할 수가 없어 수덕의 손을 잡고 건성으로 흔들었다.

"샌님은 본래 욕심이 많지 않아서 행복할 거야! 나는 어려서부터 다 채우지 못하는 욕심 때문에 언제나 나만 불행하다고 느껴져서 마음을 볶았었는데 몸이 이렇게 되면서 쓸데없는 욕심을 버리고 포기하니까 남부러운 것이 없어지더라고."

"사람이 욕심을 버리는 것이 쉬운 일이 아닌데."

현도의 말에 수덕인 목소리를 낮추어 속삭였다.

"그것을 옆집 탄파 도인이 많이 깨우쳐 줬지. 어려서 철이 없을 때는 그 부질없는 욕심이 내 마음도 모자라서 남의 마음까지 볶아 댔으니, 참!"

수덕이 짧게 한숨을 쉬었다.

"천재! 네 말을 들으니 세상 사람이나 나는 너무 많은 욕심 때문에 자기 바로 곁에 있는 행복도 잡지도, 느끼지 못하고 사는 것 같아. 그런데 탄파 도인을 어떻게 다시 만난 거야?"

"불가사의한 만남이 한 십 년이 다 돼 가는군! 무작정 여기저기 쫓겨 다니다 몸도, 마음도 지칠 대로 지쳐서 얻은 가슴의 병이 심해져서 진해에 있는 병원에 있을 때 몸이 완전히 시들어 운명의 끝판에 이른 것이 느껴져서 모든 걸 포기하고 시골로 돌아가 마무리를 하려던 참이었어!"

수덕이 말하는 것이 더는 무리인 듯 힘들어하자 완이가 대신해 이야기를 이어 갔다.

"저는 그때 부여에서 초등학교 다닐 때여서 그 상황을 자세히는 모르지만, 외삼촌과 어머니한테 여러 차례 들은 바로는 아주 힘든 결정을 하고 퇴원해 부여로 돌아오던 때였던 것 같아요."

이렇게 시작한 완이의 얘기가 이어졌다.

수덕은 오륙 년 도피 생활 중에 성치 못한 몸에 가슴의 결핵까지 합병증이 와 각혈까지 하면서 하루하루 견디기가 힘들어져 진해에 있는 병원에 입원하게 되었다.

사오 년 동안의 병원 생활에서도 차도가 없어 의사들마저 끝내 가망이 없다고 손을 놓자, 수덕은 스스로 시골에 가서 죽겠다고 하는 바람에 비장한 마음으로 인수가 운전하는 승용차를 타고 올라오는데 어둑어둑할 즈음에 지리산 근방을 지나게 됐었다.

원래는 지리산 쪽으로 오려고 한 것이 아니었고 진해에서 대전 쪽을 향해 출발했는데 인수가 자주 왔다 갔다 해서 잘 아는 길인데도 그날따라 이상하게 중간에 길을 잘못 들어 진주를 거쳐 하동 쪽으로 빠지고 있었다.

운전하는 인수도 왜인지 이유를 몰라 우왕좌왕하다가 아예 포기하고 그냥 남원까지 가서 다시 방향을 정하기로 하고 화개장터를 거쳐 피아골을 지나 석주 관성 칠의사 묘역에 지나치려는 순간, 컴컴한 길가에서 희끗희끗한 머리칼을 산발하고 수염이 덥수룩해 노숙자 같은 구 척 노인이 거의 강제로 차를 세우는 것이었다.

인수가 어이없는 표정으로 노인을 맥없이 바라보고 있으니, 우람한 덩치에 인상이 옛날 산적같이 무섭게 생긴 얼굴로 다짜고짜 모두 차에서 내리라고 고함을 쳤다.

도망 다니는 데 이력이 나 있는 윤경은 무슨 상황인지 모르면서도 동생에게 무조건 차를 돌리라고 외쳤지만, 정작 인수가 굳은 듯 꼼짝을 못 하는 것이었다.

머뭇거리는 사이 노인은 무작정 차 문을 열더니, 윤경이 무릎을 베고 누워 있는 수덕을 끌어내어 번쩍 안고 아무런 설명도 없이 산속으로 올라가기 시작했다.

윤경이도 처음에는 무슨 일이 벌어지고 있는지 종잡을 수가 없어 멍하니 있다가 인수와 같이 "왜 그러시냐."고 소리치며 쫓아 갔지만, 붙잡을 새도 없이 무슨 노인이 그렇게 힘이 좋은지 산속으로 날아가듯 번개처럼 올라가는 바람에 죽을힘을 다해 쫓아와 보니, 바로 이곳 산장이었다.

노인은 수덕을 방 안에 눕히고, 아무 말 없이 산속으로 사라졌다가 한참 후에 큼직한 산삼과 당귀를 비롯한 알 수 없는 많은 약초를 들고 나타났다.

윤경과 인수가 수덕이 누워 있는 방 안에 들어가니, 방바닥이 따스하게 데워져 있어 백지장처럼 창백하던 수덕이 얼굴이 발그레해져 있었다.

한참이 지난 후에 노인이 약초를 달여 투박한 대접에 들고 와서 수덕을 일으켜 안고, 수저로 입에 떠 넣기 시작해, 지켜보던 윤경이 나서자 노인은 조용히 제지하고 약을 모두 먹인 후에 마침내 입을 열었다.

"지금 이 친구가 먹은 이 약초는 시중에서 억대 가는 백 년은 묵은 산삼이요. 앞으로 이 친구를 데리고 가려거든 그만한 보상을 해야 할 거요."

둘은 어이가 없어 아무 말도 못 하고 멍청히 바라보고만 있다가 모두 피곤도 하고 따뜻한 방바닥에 취해 그 자리에서 곯아떨어지고 말았다.

완이가 거기까지 말했을 때 수덕이 나서서 덧붙여 설명했다.

"나는 처음부터 알았었지. 탄파 도인이 산으로 오르면서 '네 녀석은 죽기 전에 꼭 나를 다시 만나게 돼 있다고 했었지?' 하는 말을 듣고 옛날에 현도 너하고 같이 갔던 백장암 탄파 도인이 생각나는 거야. '이제 살았구나!' 생각이 들더라고. 도인에게 안겨서 날아 올라가는 동안에 벌써 마음부터 편안해지고 '내가 드디어 제자리를 찾아왔구나!' 하는 안도감이 들었어. 그 믿음 때문인지 공기 좋은 숲속에서 산림욕을 하며 도인이 매일 달여 주는 탕약과 완이 엄마가 챙겨 온 병원 약을 꾸준히 먹고 한 삼 개월도 안 돼 이상하게 결핵도 떨어지고 몸이 거뜬해졌어. 그런 과정에서 죽을 고비도 많았지! 그때마다 완이 엄마는 도인을 못 믿어서 내려가자고 했지만 나는 도인에게 끝까지 매달릴 수밖에 없었어."

수덕이의 말에 완이가 윤경이의 입장을 변명했다.

"어머니는 아빠가 너무 센 약을 먹고 까무러쳐 인사불성이 되곤 하는 바람에 어쩔 수 없었죠! 어머니 심정은 도사만 믿었다가 잘못하면 아버지를 황천에 보내겠구나 했었대요. 그런 어머니가 지금은 아마 도사 할아버지가 땅콩으로 메주를 쑨다 해도 믿을 거래요."

그때 윤경이 방문을 열고 완이를 향해 저녁 식사 준비가 다 됐다고 탄파 도인께 전하라고 이르자 대화에 넋이 빠져 있던 완이가 부리나케 나가고 윤경이 밥상을 챙겨서 들어왔다.

"완이는 어렸을 때는 도인이 무섭다고 기겁을 해서 몇 년 동안 근처에도 얼씬 못 했는데 이제는 아주 친해졌어. 사실 처음엔 나도 좀 그랬어. 그분에게는 보통 사람들이 범접할 수 없는 뭔가가 있는 것 같다니까!"

윤경이의 말에 수덕이도 잡은 손을 흔들었다.

"현도! 너도 백장암에서 탄파 도인이 추운 한겨울에 계곡 폭포수에 들어가는 걸 보고 기겁을 했었지? 지금도 나이가 80이 넘었는데도 매일 거르지 않고 계곡 얼음물에 들어가고 있다니까."

그때 밖에서 시끄러운 소리가 나서 윤경이 방문을 여니 마당에서 완이와 탄파 도인이 뭔가를 가지고 한참 실랑이를 하고 있었다. 의외로 도인이 완이에게 통사정을 하는 형국인데 자세히 보니 도인의 손에 오지로 된 크고 투박한 술병이 들려 있는 게 아닌가!

"안 돼요! 할아버지께서 전에 우리 아빠는 술 마시면 죽는다고 하셔 놓고 지금 웬 술인데요?"

완이는 거의 울상이 되어 타파 도인의 팔에 매달려 발을 동동 굴렀다.

"이놈아! 아마 지금 네 아비는 내일을 못 봐도 오늘은 친구하고 한잔하고 싶을 거야. 매일 샌님 노래 부르는 거 못 들었어? 죽은 놈 소원도 들어주는데 산 네 아비 원도 못 풀어 줘! 탈 나면 이 할애비가 책임진다는데 그렇게 못 믿어? 요것아!"

탄파 도인은 매달리는 완이를 달랑 어깨에 메고 성큼 들어와 앉으니 방 안이 꽉 차 버리는 느낌이었다.

"어디서 술을 다 구해 오셨어요?"

윤경이가 술잔을 챙기려 주방으로 가며 물었다.

"내가 못 구하는 게 있어? 처녀 불알을 구해 오래도 구하지. 천재는 오늘 원을 풀었으니 내일 죽어도 한없지? 우리 한 잔씩 하고 죽어나 보세."

탄파 도인은 수덕의 불편한 두 손을 잡고 흔들었다.

"그렇게 노래 부르던 샌님을 만나고 나니 가슴 한구석에 늘 쌓여 있던 것이 완전히 녹아 버려 일어나서 춤이라도 추고 싶다니까요."

수덕이가 목이 메자 현도도 이런 친구를 생각 못 했던 것은 아니지만 일에 쫓겨 이제야 찾은 것이 또다시 한없이 후회스러워 고개를 떨궜다.

탄파 도인은 현도의 마음을 읽은 듯 눈을 내리깔고 무겁게 이야기를 시작했다.

"세상의 인생들은 사바 중생으로 살다 보면 눈코 뜰 새 없이 돌아가는 세상에서 사냥꾼에 쫓기는 짐승처럼 늘 허둥대며 살게 되지. 이 꼭대기에 앉아서 저 아래 내달리는 차 소리만 들어도 세상이 다 보여. 뭐 그리들 바쁜지 참 안타깝기만 해! 그건 그렇고. 그래, 친구는 옛 동무를 만나러 오면서 술병 하나도 안 차고 와서 이 어린놈한테 늙은이가 욕보이게 합니까?"

탄파 도인이 핀잔하듯 바라보자 현도는 애써 변명을 했다.

"그렇지 않아도 생각이 있어 완이에게 물었더니 아버지한테 술은 독약이라고 하는 바람에 그만두고 말았습니다."

현도의 말에 탄파 도인은 곧바로 완이를 쏘아봤다.

"역시 저 못된 놈의 초사로군! 네놈보고 푼수 없이 시도 때도 없이 사 들고 오지 말라고 일렀던 거지. 이십 년 동안 만나지 못해 애태운 아비 친구한테 할 소리야?"

탄파 도인이 꿀밤을 주려 하자 완이는 기겁을 해서 수덕의 뒤로 숨어 눈을 말똥말똥 뜨고 바라봤다.

아직도 원기 넘치는 탄파의 모습을 지켜보는 현도는 궁금한 표정이 되었다.

"도사님은 옛날 처음 뵀던 때나 마찬가지로 지금도 여전히 정정하시니 백수는 문제없겠습니다."

"명이란 하늘에 매인 건데, 정정하면 뭐 해! 아마 저 골골하는 완이 아범보다 먼저 가게 될걸? 명은 그렇다 치고 나는 요즈음 들어 천재가 정말 부럽다네. 나는 팔십까지 살았어도 산 세월은 한 장의 종이쪽같이 남은 게 하나도 없으니 나보다 반밖에 안 산 완이 아범은 힘들게 살았어도 남는 것이 많지 않은가! '나는 헛살 았구나.' 하는 허무가 찾아드는 걸 보면 늙은 것은 감출 수가 없 는 법인 것 같아. 젊어서는 뭉게뭉게 헛꿈들이 가득 비집고 있어 빈 구멍을 찾아볼 수가 없었는데 말야."

탄파 도인이 탄식하는 사이 김이 무럭무럭 나는 찌개 냄비를 들고 들어온 윤경이 술잔들도 챙겨 오자 탄파 도인은 투박한 오 지 술병 주둥이에 촛농으로 밀폐된 뚜껑을 힘들게 따서 술잔에 조금 따르니 황금빛 색깔이 아주 완벽하게 보기 좋았다.

"이거는 사실 술이 아니라 보석이요. 내가 태백산맥 줄기를 타 고 수년을 헤매 다니다 계룡산을 거쳐 지리산으로 오는 동안 이 술 단지도 그대로 나를 따라 옮겨 다녔단 말입니다. 그동안 한 번 도 먹을 계제가 없어서 저 위 왕시루봉 밑에 묻혀 삼사십 년도 더 묵은 귀한 것이니 한번 맛들을 봐요."

현도는 술병을 건네받아 대강 살펴본 다음 탄파 도인의 잔에 가득 술을 붓고 수덕이와 윤경이 잔에도 따른 다음 다시 도인에 게 넘겼다. 도인은 현도의 잔에도 마저 채우고 나서 완이를 넌지 시 바라봤다.

"완이 네놈도 술 마실 나이가 됐던가?"

탄파 도인이 술병을 든 채 노려보자 기어 들어가는 목소리가 되었다.

"며칠 뒤 새해엔 스물인데 아직 술은 한 번도 안 먹어 봤습니다."

"그럼 술 배울 때가 됐다. 어른들 앞에서 배워야 고약한 술버릇 이 안 생기지. 얼른 잔 하나 가지고 와서 무릎 꿇고 받아라."

완이가 잔을 가져와 도인이 시킨 대로 무릎을 꿇고 긴장된 표정이 되는 것을 지켜보는 윤경이는 재미있다는 듯 수덕을 돌아보았다.

"네 아버지는 조숙하기도 해서 중3 때부터 술을 마셨단다."

그 말에 완이도 갑자기 어머니를 건네보고 말했다.

"이제 고백하는데 저도 중3 때 술 마실 뻔했었어요. 아빠가 상처가 너무 아파서 못 살겠다고 죽어 버리게 소주 사 오라고 하셨을 때 너무 속상해서 술을 먹으려 했더니 옆에 있던 은샘이가 만약 술 먹으면 절교한다고 겁주는 바람에 참았어요."

수덕은 완이 머리를 쓰다듬었다.

"그때 아빠가 한참 고비였다. 아픔마저도 순리로 해결해야 하는 것을 이제는 깨우쳐서 다시 그런 일 없었고 또 없을 거야. 그걸 보면 어린애들 상처는 다 어른들이 만드는 것 같아. 어릴 적에 나는 뭘 안다고. 속상하면 아버지가 하던 대로 술로 뒤틀린 마음을 잡으려고 했으니……!"

수덕이 긴 한숨을 내쉬자 탄파 도인은 고개를 주억였다.

"죽을 때까지 깨우치는 것이 인간이라네."

두 손으로 내민 완이 술잔에 가득히 따라 주고는 짓궂은 표정이 되었다.

"완이 이놈은 어려서부터 내가 잡아 주지 않았으면 천방지축이 됐을 거야. 아비가 그냥 오냐오냐하지. 양쪽 집 할아버지나 할머니도 내가 안 봐도 뻔해!"

윤경이도 고개를 끄덕였다.

"도사님 말씀이 맞아요. 부여 집에 가면 완전 제 세상이죠. 애 하는 짓이 워낙 안 미우니까 시부모님 두 분 다 완이라면 아주 껌벅하시죠."

"자식은 원래 엄하게 키워야 밖에 나가서 말썽이 없지. 완이 아범은 보나 마나 아버지가 무심했던 것 같아! 내 말이 맞지?"

수덕이 들었던 술잔을 놓고 도인의 말에 고개를 끄덕였다.

"도사님이 잘 보셨어요. 샌님이 지켜봐서 알지만 내 뜻대로 안되는 것이 없었으니 어쩌다 내 맘대로 안 되는 날에는 절망하고 난리가 났었죠."

현도도 수덕의 넋두리 같은 말에 동감을 했다.

"친구가 그때는 누가 봐도 여러 면으로 워낙 천재니까 모든 것이 흠 없이 넘어갔었지."

현도는 옛일들을 회상하면서 수덕이 들고 있는 술잔에 잔을 부딪치고 조금 마시니 정말 말로 표현 못 할 그윽한 향기가 코끝에 감돌고 입안에서 혀끝을 감치는 맛이 무아지경이란 말이 무색할 정도로 오묘했다.

탄파 도인도 한 모금 들이키고 나서 역시 놀랍다는 표정이었다.

"오! 정말 좋구나. 이 맛에 주태백이 들이 미치는 모양인가!"

연이은 탄성에 호기심이 발동한 완이가 잔을 들자 수덕이 어떻게 알았는지 한마디 충고를 했다.

"아들아! 어른들 앞에서는 돌아앉아서 마시는 것이 예의란다."

현도가 의외라는 표정으로 바라보자 탄파 도인이 나섰다.

"저렇게 모든 것이 절벽이래도 귀신은 속여도 천재는 못 속이지."

껄껄- 웃고 나서 완이를 보며 느긋한 표정으로 말했다.

"네 아비가 하는 소리는 유교식 대표적 허례란다. 함께 마시는 자리에서 흐트러지지 말고 반듯한 자세로 윗사람들에게 예를 하고 마시면 된다. 먹는 것이 무슨 죄라고. 몸뚱이를 흉하게 뒤틀고 할 필요가 하나도 없다."

탄파 도인의 말에 완이가 머리를 숙여 예를 하고 조금 마시더니, 환한 얼굴로 생글생글 웃으면서 탄파 도인께 꾸벅 인사를 했다.

"와! 정말 기가 막히게 맛있네요. 할아버지 고맙습니다!"

"이놈이 잘못하면 주신(酒神) 되겠네! 이놈아, 착각하지 마라! 이 술은 삼사십 년 이상 땅속에서 익어서 나온 놈이고 바깥에서 팔아먹는 술은 기계 통 속에서 며칠도 안 돼서 나온 것이니 천 질 만 질 차이가 나지."

완이는 그 말에 수긍하면서 도인을 향해 절실한 표정으로 말했다.

"할아버지께서 말씀하신 거 정말로 구할 수 있는 거예요?"

완이의 뜬금없는 말에 탄파 도인은 술을 마시다 말고 눈을 크게 뜨고 돌아봤다.

"무얼?"

완이 옆에 있던 수덕이가 머리에 꿀밤을 주자, 탄파 도인이 그제야 박장대소를 해서 모두 쓴웃음을 짓고 윤경이는 어이없는 표정으로 완이를 노려보았다.

탄파 도인은 한참을 웃고 나서 무안해서 얼굴이 벌게진 완이에게 한마디 했다.

"그래그래. 우리 완이가 시험에 일등으로 붙었으니 상으로 하나 구해다 주지. 애들 앞에서는 농담도 못 한다니까! 하이고, 할애비가 또 한 번 큰 실언을 했다."

완이는 얼굴이 벌겋게 붉어진 채 조심스럽게 말을 했다.

"그런 것 말고요. 할아버지께서 그렇게 못 구하는 것이 없으면 우리 아빠 다리 완전히 낫는 약 구해 주시면 안 되나 해서요."

완이의 간곡한 하소연에 탄파 도인은 혼잣말처럼 "그놈 참!" 하며 술잔을 비운 후에 머리를 쓸어 주며 말했다.

"왜! 네 아비 완전히 고쳐 놓으면 나만 달랑 이 꼭대기에 남겨 두고 아비 데리고 달아나 버리면 어떻게 하라고! 그건 말도 안 되지. 안 된다!"

탄파 도인이 펄쩍 뛰자 수덕이가 조용히 입을 열었다.

"아들아! 아빠 상처는 아빠가 너무 잘 알고 있단다. 그 엄청난 화재에서 살아남아 우리 아들이 크는 거 보고 사는 것도 기적이란다. 화농이 아직도 낫지 않는 것은 그때 얻어맞은 화학 원소가 지금까지 밝혀지지 않은 내가 시험적으로 융합해 만든 극 소립자 때문인데 할아버지한테 조르는 것은 무리지!"

전혀 처음 듣는 이야기에 묵묵히 지켜보던 현도는 의아해 깜짝 놀란 눈으로 수덕이를 바라보았다.

"아니, 그렇다면 천재 자네가 연구하던 것이 최근에 유럽 쪽에서 한창 연구 중인 신이 숨겨 놓은 마지막 입자라는 '힉스' 물질이 아니었나?"

"그 기초적인 얘기는 오래전에 들었는데, 스위스 제네바 근교에 지름이 무려 10여 킬로미터, 둘레가 30여 킬로미터인 어마어마한 강입자 가속기를 100여 미터 지하에 설치해 영하 2백도 상태에서 원자핵을 이루는 양성자를 충돌시켜 그 입자를 찾아낸다는 얘기였어. 가속기 완공에 수십 년이 걸리고 연구에 참여하는 전 세계 각국에서 몰려온 과학자만 수천 명이라고 하는데 내가 추출한 것은 그 힉스와는 전혀 다른 거라 내가 손 뗀 지금은 진짜로 신만이 아는 입자가 되고 말았다네."

수덕이의 자세한 뜻밖의 설명에 현도는 입을 다물지 못했다.

"그럼, 신이 감추었다는 마지막 입자라는 '힉스'보다 더 첨단 물질을 천재가 발견했단 말이잖아?"

"내 꿈을 포함해 내 모든 것과 맞바꾼 비밀이고 누구한테도 밝힐 수 없는 것은 자칫 우리가 살고 있는 이 지구 자체가 하루아침에 별똥별로 사라질 수도 있는 가공할 파괴 물질이라 나 혼자 무덤 속으로 품고 갈 거라네."

수덕이가 머리를 설레설레 흔들며 힘든 표정을 짓자, 완이가 걱정스럽게 다가갔다.

"아빠! 얘기는 차차 하시고 식사 마저 하세요."

완이의 만류에도 수덕은 현도가 궁금해하는 것을 알아선지 말을 계속했다.

"내가 최초 프로젝트를 제안할 때 대학 연구실에서 새로운 열핵융합반응을 유도할 원소를 구성하는 새로운 신물질 입자 샘플을 추출하는 걸 성공하는 바람에 노 박사도 풋내기 학생의 이론을 신뢰해 정부 지원을 요청했고, 나도 미-션을 성공시킬 자신감을 가졌지. 융합반응에 필요한 일부 소립자인데도 납 이외의 철이나 암석을 비롯한 어떤 물질도 통과하는 거였어."

"그럼 그 가공할 연구 파일은 어찌 된 건가?"

"원래 진짜 파일은 내 가방에 내가 직접 추출해서 일 년 가까이 갖고 있던 소량의 소립자와 함께 화재로 완벽하게 소실됐고, 현장에서 그들이 챙겨간 것은 쓸데없는 낙서장들이었지!"

호텔에서 화재가 있던 날의 미스터리인 수덕이 가방을 가스통에 올려놓자마자 폭발한 이유가 풀리는 순간이었다.

현도는 술을 한 잔 마셨을 뿐인데도 완전히 취한 것 같이 화기를 마신 듯 몸이 후끈후끈해 가슴을 따뜻하게 덥혀 오고 마음마저 흥건해져 탄파 도인을 향해 예를 했다.

"오늘 도사님 덕분에 귀한 술을 마셨네요. 유럽에서 수년을 묵혀 숙성시켰다는 와―인도 이 맛과 향에는 비길 수 없는 것 같습니다. 정말 귀한 걸 맛보게 하셔서 고맙습니다!”

현도가 건네는 깍듯한 찬사에 탄파 도인도 기분이 흡족해져 만면에 미소를 지으며 흐뭇해했다.

“실없이 하는 소리가 아니라 아마 몇 년은 젊어졌을 거요. 태백산에서 캔 귀한 산삼에다 몸에 좋은 진귀한 것들이 들어가 수십 년 동안 땅속에서 익었으니 보약이 될 수밖에 없단 말입니다.”

탄파 도인이 남아 있는 술을 현도 잔에 따르니 술병이 바닥이 나서 현도가 다시 황송해하자, 도인은 느긋한 마음으로 덧붙여 말을 했다.

“이 술이란 놈은 완이 아범 같은 환자보다 나처럼 공부하는 사람한테 더 금기지만 내일 또 술을 담글 테니 삼십 년 후에 한 잔씩 더 합시다.”

탄파 도인은 흐드러지게 웃어 젖혔다.

“오늘은 천재가 그렇게 매일 노래 부르던 친구와의 만남을 지켜보며 나까지 마음이 푸근하고 기분이 너무 좋아 육십 년 금기를 깨고 말았군.”

탄파 도인은 팔을 길게 뻗어 수덕과 현도의 손을 잡아 흔들고 나서야 수저를 잡았다.

아버지 식사 수발을 하던 완이는 오랜만에 마신 술로 발갛게 달아오른 수덕이의 얼굴을 근심스럽게 올려다봤다.

“아빠! 괜찮겠어요?”

“걱정하지 마라! 도사님이 이 술이 보석이라고 하신 말씀 못 들었어? 그래선지 힘이 마구 솟는 것 같아서 가만히 있을 수가 없는걸.”

현도는 식사하면서 아까부터 탄파 도인에게 물어보고 싶은 말이 있는데도 망설이고 있으려니 수덕이 어떻게 눈치를 챘는지 나직이 속삭였다.

"샌님! 궁금한 것이 있으면 거리끼지 말고 여쭤봐도 돼. 모르시는 것이 하나도 없으시니까."

수덕이 말해도 현도가 머뭇머뭇하다가 어렵게 입을 뗐다.

"제 소견이 무지하다 하실지 모르지만, 도인님께서는 어느 정도 득도하신 건지 궁금합니다."

탄파 도인은 들었던 수저를 놓으면서 눈을 가늘게 뜨고 노려보듯 건네보자, 현도는 잘못 물어본 게 아닌가 하여 술기운에 벌게진 얼굴이 더욱 붉어졌다.

방 안에 식사하는 숟가락 소리뿐 한동안 침묵이 흐른 뒤에 탄파 도인이 입을 열었다.

"중생들은 당연히 궁금할 수밖에 없지! 한마디로 말한다면 득도란 없는 것이 맞는 말이요. 완이 아범 말마따나 신을 보고 또는 만났다는 사람은 허깨비를 본 바보 아니면 혹세무민하는 거짓말쟁이인 것처럼 산에 들어와 공부 좀 했다고 하산해서 어설픈 잡술로 득도한 것처럼 순진한 사람을 현혹하는 사람은 다 그런 가짜란 말입니다. 내 어릴 때만 해도 축지법을 한다, 배운다는 사람 많았는데, 희한하게 자동차란 놈이 나오면서, 그런 말이 쏙 들어갔단 말입니다. 자동차가 축지법을 하는 거지. 축지법이란 말 그대로 땅을 접어서 건너뛴다는 건데 인간이 무슨 재주로 땅을 치마폭처럼 접겠어! 순진한 사람들을 눈속임하는 말장난이라 진짜 손기정 선수가 기가 차서 웃을 일이지요."

현도는 도인의 말이 너무 단호한 것 아닌가 하는 생각도 들었다.

"우리 선열 중에 해박한 대사들과 예언가들도 있었잖습니까?"

"그들 중에 학식이 뛰어났다든지 혜안을 가진 사람도 있었으나 득도와는 거리가 있지요. 도(道)란 자기 인생이 밝고 옳은 방향으로 가기 위해서 마음의 길을 닦는 과정으로 자기 속에 찌들어 있는 골골한 의식을 비워 새롭고 바른 것으로 채워 가는 과정이라 새롭게 깨달을수록 다시 찌꺼기가 쌓여 쉬지 않고 죽을 때까지 닦아도 끝이 없는 것은 우리 인간 자체가 미완으로 와서 미완으로 거두어지는 본성 때문에 깨우침의 굴레는 끝이 없어서 득도라는 완성 단계는 인간에게는 있을 수가 애초에 없는 거지요."

탄파 도인의 설명을 듣던 수덕이 수저를 잠시 놓고 입을 열었다.

"인류 최상의 성인의 맑은 수정 같다는 말씀을 적은 오래된 책에도 자기네 말을 따르지 않는 족속과 피 튀기는 전쟁의 역사가 처음부터 끝까지 자랑스럽게 적혀 있는 걸 보면 어이없는 거 아냐?"

수덕이의 말에 탄파 도인도 고개를 주억였다.

"득도했다는 성인들의 말로 세상을 가르치지만, 인간이 완전한 평안을 누리지 못하는 것은 상, 하, 좌, 우를 아우르는 온전한 가르침과 깨달음이 없음을 아직도 혼탁한 이 세상이 그대로 보여 주고 있다는 말입니다. 그 말씀이란 것이 원래 싸움을 좋아하는 인간에게 오히려 싸움판의 빌미를 주었다는 거야. 성인들의 말이 기초가 된 철학이 두 갈래, 세 갈래로 갈라져 서로 제 편을 만들려는 말싸움, 즉 이념 전쟁으로 이 시간에도 무고한 피를 뿌리고 있단 말입니다. 자기 생각에 반하는 족속은 씨를 말려야 한다는 것이 진정한 진리인지 알다가도 모를 일이 아닙니까?"

길게 이야기를 마친 탄파 도인은 수덕이 옆에서 열심히 아버지를 챙기고 있는 순진무구해 보이는 완이를 바라봤다.

"차라리 이 세상에 완이 같은 해맑은 영혼들이 가득해지면 훨씬 좋은 세상이 빨리 올 텐데. 안 그렇소?"

주위를 둘러보고 나서 완이를 어린 아기처럼 덥석 끌어다 자기 무릎에 앉혔다.

"이놈처럼 티 없이 맑은 놈이 부처지. 어디 부처가 따로 있나!"

우람한 돌부처 품에 안긴 동자 모습이 되고 만 완이가 처음 마신 술기운인지 부끄러움인지 방 안의 모든 시선이 쏠리자 얼굴이 발갛게 달아올라 어쩔 줄 모르자 윤경이 빙그레 웃었다.

"도사님이 우리 귀한 아들 떨어지면 어쩌라고. 비행기 너무 태우시네!"

도인은 이내 껄껄 웃었다.

"이제 나도 제대로 식사를 해야겠다."

완이를 무릎에서 내려 제자리에 앉히고 다시 수저를 잡았다.

윤경이가 완이 대신 어설프게 수저를 든 수덕이 옆에서 열심히 시중을 드는 걸 지켜보는 현도가 심하게 뭉그러진 수덕이 손을 보며 안쓰러워하는 마음을 읽은 윤경이 넌지시 바라보며 나직한 말로 안심시켰다.

"원래는 완전히 굳어져서 꼼짝도 못 했는데 지금은 그런대로 많이 좋아진 거야."

수덕도 윤경이 말을 알아듣고 한마디 했다.

"뭐든지 노력하면 안 되는 것이 없지! 당초에 포기했으면 숟가락도 들지 못했을 건데, 도사님이 시키는 대로 기를 쓰고 움직여서 이 정도라도 됐으니. 도사님! 저도 웬만큼 착하죠."

수덕이 말에 탄파 도인은 수저를 든 채 고개를 끄덕였다.

"완이 놈이 착하고 영리한 것 보면 그 아들에 그 아빈데 다른 점이 있다면 완이 아범은 너무 지나치게 영악해서 보지도 듣지도 말아야 하는 하늘 비밀을 어쩌다 듣게 되는 바람에 잘못된 거야. 거기에 미련한 나까지 한몫을 했으니. 내 원 참!"

탄파 도인은 고개를 푹 숙이며 쓴 입맛을 쩝쩝- 다셨다.

현도는 식사를 마치고 수저를 놓으면서 탄파의 말을 곰곰이 씹어 보며 이상하게 아무도 염두에 없는 것만 같은 수덕의 사부 연선이 자연히 떠올라 궁금해졌다.

"도사님은 연선 스님이 어디 계신지 소식을 모르십니까?"

현도의 갑작스러운 물음에 수덕이 들고 있던 수저를 놓자, 윤경이 긴장된 표정이 되어 현도에게 눈빛으로 찔끔했다. 수덕의 거친 음성이 들려왔다.

"샌님! 그 얘기는 내가 해 줄게. 그 양반은 지금도 저 멀리 불교 성지를 떠돌고 있다네."

수덕이 심기가 불편한 양 내뱉듯이 말하고 밥상에서 물러나려 하자 완이는 수덕이 팔을 잡아 흔들었다.

"아빠! 아직 절반밖에 못 드셨잖아요. 더 드셔야죠?"

"됐다. 술을 마셔선지 포식한 것 같구나!"

완이 등을 두드리고 밥상에서 물러나 앉는 모습을 탄파 도인은 물끄러미 바라보며 되뇌듯이 조용히 말했다.

"저 친구는 연선이 말만 나오면 저렇게 과민 반응을 보이지. 하기야 천재 심정이 이해가 되는 것은 자기 불행의 시작이었으니 왜 안 그러겠소!"

"아니! 사부 때문이라니요?"

현도에게는 너무 뜻밖의 말이어서 자기도 모르게 놀래 소리를 치자, 수덕이 금방 알아듣고 나섰다.

"옛날에 내가 음악 감상실에서 현도 네가 보는 앞에서 기관원들한테 끌려간 것은 사부란 사람이 내가 그 프로젝트에서 손을 뗄 거라는 것을 연구소에 일러바치는 바람에 취해진 조치였다는 걸 호텔 화재 사고가 나던 날 채 교수에게 듣고 내가 완전히 돌고 말았었지."

현도는 반신반의하면서도 놀라움에 입을 다물지 못하는데 수덕의 거친 목소리는 계속해 이어졌다.

"그래 놓고는 내가 사고를 저지르니까, 티베트든지 인돈가로 홀쩍– 떠나 버렸다는 거야."

수덕이는 잔뜩 화를 품은 목소리로 말하고 긴장해 있는 완이에게 물을 달라는 시늉을 해서 물 대접을 입에 대 주자, 물을 벌꺽벌꺽– 마셔 댔다.

현도는 경악과 낙심하는 마음에 낮은 목소리로 되뇌었다.

"사부가 아무려면 그렇게 하실 분으로 보지 않았는데 정말 믿을 수가 없는 일이군!"

윤경은 한참을 지켜보다가 한마디 했다.

"나는 그 사부라는 사람을 한 번도 보지 못해서 어떤 사람이었는지 지금까지도 들을 때마다 미스터리야."

"사부는 이 수덕이가 자기 육신과 영혼을 송두리째 갉아먹을까 봐 그랬다는 거야."

수덕이 힘없이 숨을 고르면서 푸념처럼 알 수 없는 말을 내뱉는 품이 극도로 흥분된 상태라는 것을 느끼고 있는 탄파 도인은 한동안 눈을 내리깔고 듣고만 있다가 무겁게 입을 뗐다.

"완이 아범이 지금 한 말 중에 잘못 듣고 그리 알고 있는 것도 있다는 걸 우선 밝혀 두겠네."

탄파 도인이 얘기를 계속하려 하자 완이가 울상이 되었다.

"이제 그만 좀 하세요! 아버지 충격받으면 밤새 잠 못 들고 아파서 난리 치신단 말예요."

완이가 끝내 어찌할 줄 몰라 하며 탄파 도인에게 매달렸다.

"이놈아! 아닌 것은 아니다. 지금까지 네 아비 몸이 성치 못해서 계속 덮어 두려고 했는데 오늘은 연선을 아는 친구도 왔고 언젠가는 알게 될 것이고 또 알아야 할 것이니 지금까지 덮어 두었던 얘기를 꼭 해야겠다. 완이 아범이 얘기한 떠났다는 말 자체는 엇비슷하게 맞는 얘기지만 불교 성지로 떠났다고 전에 내가 해준 말은 사실과 다르다네."

윤경은 뒤늦게 식사를 하며 걱정스러워하는 완이 얼굴을 보다가 수덕의 긴장된 표정을 살피며 도인에게 매달렸다.

"도사님 웬만하면 다음 기회에 하시면 안 될까요?"

현도도 수덕이가 너무 신경이 날카로워진 것이 걱정되었다.

"천재! 오늘은 술도 마셨으니 다음에 듣기로 하지."

현도의 만류에도 수덕이는 단호하게 뿌리쳤다.

"내가 받아야 할 충격이라면 빨리 받는 게 낫지. 내 가슴속에 참담한 증오를 담아 두고 사는 것도 큰 스트레스야."

수덕이는 탄파 도인에게 얘기를 계속할 것을 종용했다.

"눈앞에 보이지 않는다고 뒤에서 자꾸 욕되게 하는 것도 좋지 않은 처사라 이제는 밝히고 넘어가야 할 때가 된 것 같아서 나 혼자만 간직하려던 얘기를 하는 걸세. 밝혀도 되겠지?"

수덕은 고개를 끄덕이며 한 걸음 다가앉았고, 탄파 도인은 깊이 숙였던 고개를 천천히 들면서 숨을 크게 내쉬었다.

"이미 이 세상 사람이 아닌 사람을 가지고 이제 더는 욕되게 할 수는 없지 않은가!"

탄파 도인은 힘들게 내뱉고는 땅이 꺼지게 한숨을 쉬자, 수덕이 비명처럼 소리쳤다.

"이 세상 사람이 아니라니. 사부가 죽어 저세상 사람이 됐단 말입니까?"

일순간, 방 안은 시각이 멈춰 선 것 같고 얼음 속처럼 냉각된 듯한 분위기가 되었고 한동안의 침묵을 깨고 도인의 얘기는 계속됐다.

"거슬러 생각하면 완이 아범 사고가 날 무렵 연선이 백장암 쪽 암자들도 새마을 정화사업으로 모두 헐려 지인이 있는 서울 근교로 올라가 부처님을 모셨는데 종단으로부터 인정을 못 받아 또 불당이 헐려 갈 곳이 없다고 백장암에서 쫓겨나 이곳 산장으로 옮겨 온 나를 힘들게 찾아왔었네. 마침 근처에 빈 초막이 남아 있어 가르쳐 줬더니 거기 머물러 서로 왕래하며 잘 지냈었네. 그해 연말을 며칠 앞둔 어느 날 당시는 이곳은 산속이라 아무것도 몰랐다가 한참 뒤에 알았지만, 세상에선 대연각 호텔 화재로 난리가 났을 때 연선이 나를 찾아와서 꿈자리가 이상하다고 서울에 갔다 온다면서 내려가더니 그다음 날 밤늦게 돌아왔는데 칠흑 송장이 됐더라고. 그때 아마 고향 친구로부터 완이 아범 사고 소식을 들었던 모양이야!"

수덕의 몸과 손이 덜덜 심하게 떨리기 시작하자 완이는 먹던 밥숟가락을 놓고 부축해 안고 어쩔 줄을 몰라 했다.

물을 한 모금 마신 탄파 도인의 얘기는 계속됐다.

"그때부터 사람이 달라지기 시작하더니 식음을 전폐하고 심신 수행에 전념하면서도 사람이 눈빛부터 완전히 변해서 제정신이 아닌 걸 알고, 몇 번이나 찾아가서 달래도 보고 왜 그러느냐고 이유라도 알자고 윽박질러 봤지만, 몰골이 해골처럼 변해서 죽어라 하고 말을 안 듣더군! 한겨울 추위에 구멍이 숭숭- 뚫린 초막에서 아무런 대책도 하지 않고 고행만을 계속해서 저러다가 얼어 죽지 싶어 초막도 단도리해 주고 이불도 구해다 깔아 주고 먹을 것도 끓여 줘 봤지만, 소용이 없더군."

탄파 도인의 절절한 이야기는 계속 이어졌다.

"눈이 많이 내린 날, 아침에 걱정이 돼서 허겁지겁 찾아갔더니 참혹하게 쓰러졌더군. 그래서 업어다 바로 이 방에 눕히고 손을 써서 회생시켰더니 정신이 들자, 다시 또 자기 초막으로 돌아가 버리더군. 아무리 잡아두려 해도 그렇게 무작정 고행을 하는 이유도 말하지 않고 그저 괜찮다고 하면서 고집을 부리니 어쩔 수 없는 노릇이었지. 죽으려고 작정한 사람 같았어."

그때 윤경이 밥상을 치우고 찻물을 끓여 와서 탄파 도인도 찻잔을 들어 한 모금 마신 다음에 눈을 지그시 내리감고 이야기를 이어 갔다.

탄파 도인이 생각해도 그해 겨울은 왜 그리 날씨가 유별나게 추웠는지 몰랐다.

매일 한 차례씩 초막에 들러 멀찍이서 연선의 면벽 고행을 지켜보는 게 일과처럼 되었는데, 어느 날인가! 그날도 바깥에 찬바람이 휘몰아쳐 몸을 가누기조차 힘들어도 걱정이 되어 저녁나절에 미음을 조금 끓여 들고 초막을 찾았었다.

연선은 여전히 정좌한 채로 수행 중이어서 조심스럽게 문을 열고 들어가 미음 그릇을 디밀고 일어서는데, 뜻밖에 연선이 옷깃을 잡고 거의 쇠잔한 목소리로 탄파 도인을 불러 앉히고는 그때서야 비로소 자기 제자이자 눈에 밟히는 혹인 수덕이가 자기 때문에 호텔 화재에서 잘못됐다는 이야기를 하면서 밑도 끝도 없이 자기 제자를 부탁한다는 말을 하는 것이었다.

탄파 도인은 그저 건성으로 대답하고 날씨가 심상찮으니 자기 산장으로 옮기자고 통사정해도 막무가내여서 그냥 돌아오고 말았는데 그게 연선의 마지막 유언이었던 걸 다음 날 알았다.

"그날따라 예상대로 밤사이 혹한 속에 눈보라까지 날리고 바람이 어찌나 강해졌는지 지붕이 윙윙- 울어대는 통에 한숨을 못 자고 이른 새벽에 눈길을 뚫고 초막을 찾아가니 어설픈 지붕이 거의 날아간 방 안에 연선이 싸늘하게 얼어서 숨을 거뒀더군."

거기까지 얘기를 마친 탄파 도인은 긴 한숨을 쉬고 좌중을 둘러보는 눈빛이 살기가 도는 것처럼 비감에 젖어 있었다.

지켜보는 모두 넋을 잃은 듯 미라처럼 굳어 있었고, 수덕의 눈가에 눈물이 흘러내리고 불편한 몸을 앞뒤로 뒤틀며 오열이 터진 것은 잠시 뒤였다.

"도사님도 정말 잔인한 분이세요! 맨날 내가 하는 사부 욕을 듣고 계시면서 십여 년이 지난 이제야 그 이야기를 하십니까?"

탄파 도인은 수덕이의 원망 섞인 질책에도 담담했다.

"자네가 무어라 탓해도 할 말은 없지만 자네 몸뚱이가 지금까지 이 말을 해 줄 상황이 안 됐다고 판단했을 따름이었네. 울려거든 실컷 울게나. 그래야 속이 풀리지. 나도 내 평생에 그 사람 주검 앞에서 눈물이란 걸 쏟아 봤다네!"

수덕이의 거친 오열은 계속되어 모자도 진정시키느라 매달려 있다가 끝내 울음을 터트렸고 현도도 돌아앉아 뜨거운 눈물을 훔쳤다.

한참이 지나서 웬만큼 진정이 되자 수덕은 아직 울음기가 가시지 않은 목소리로 매달렸다.

"그러면 사부는 지금 어찌 됐습니까?"

탄파 도인은 정좌한 자세로 눈을 감고 있다가 조금은 웃음기 띤 목소리로 대답했다.

"네 사부는 한동안 내 꿈속에 있었지! 천재가 처음 여기 와서 나한테 집요하게 캐물었던 것 생각나나?"

탄파 도인의 말에 윤경이 화들짝 놀라며 잡고 있던 수덕의 손을 흔들었다.

"여보! 그 밤중에 지나가는 우리를 어떻게 알고 잡았느냐고 여쭤봐도 한사코 도사님은 무조건 우리 스스로 찾아온 거라고 우기셨잖아?"

현도와 완이는 전혀 의외의 상황에 귀를 기울였고 탄파 도인은 잔잔한 미소를 지었다.

"그때는 몸보다 우선 자네 기를 살려 내야 하는 내 처지는 그렇게 말할 수밖에 없었다네. 만약 내가 곧이곧대로 모든 걸 털어놨다면 천재는 며칠도 명 보전을 못 했을 거네!

연선이 간 뒤로 자주 탄파 도인의 꿈에 나타나곤 했었는데 완이네를 만나던 날도 점심 무렵에 평소와 달리 졸음이 쏟아져 마루 기둥에 기대어 잠깐 눈을 붙이고 있었다.

연선이 꿈이 아닌 평시처럼 생생하게 마루 끝에 나타나서 오늘 저녁 무렵 산 아래 큰길로 자기 제자가 지나갈 것이라면서 약속을 꼭 지키라고 다짐을 하고는 홀연히 사라져서 긴가민가하면서 도롯가에서 오후 내내 기다리다 그 밤중에 완이네를 만났었다.

"지금도 이상한 것은 완이 아범이 여기 온 뒤로는 연선을 일절 꿈에서 볼 수가 없었어!"

탄파 도인의 놀랍고 기이한 얘기에 충격을 받은 현도는 수덕의 사고로 연선이 얼마나 마음고생이 심했으면 죽음에까지 이르렀는지 도저히 실감되지 않았다.

"그렇게 정정하던 사부가 돌아가셨다는 것이 믿기지 않는데 돌아가신 후에 어디에 모셨습니까?"

"그 당시 내가 알기로 그 사람은 승적도 아직 없었고 기별할 연고라고는 없는 줄 알고, 내가 여기저기 아는 대로 조치를 하고 주위에 있던 산사람들을 불러 수습을 해서 묻어 줬지. 사람들은 불자는 화장을 해야 한다고들 했지만, 그거는 나중에 해도 된다고 하는 사람도 있어. 내 생각으로 그냥 양지바른 곳에 매장했네."

탄파 도인의 말에 방 안이 더욱 숙연해졌고 수덕은 여전히 완이에게 안겨 오열을 참고 있었다.

"그런데 한참을 지나 생각을 하니 충청도 홍산 절에 길러 준 스님이 계시다고 한 연선의 말이 불현듯 생각이 나서 부랴부랴 찾아갔더니 웬걸! 그 노스님도 연선이 불귀객이 되고 얼마 안 되어 입적했다고 하더군. 그런데 그 절 여승들은 연선이 그 노스님보다 먼저 저세상에 갔다는 말을 도무지 아무도 믿으려 하지 않다가 애써 자초지종을 찬찬히 설명했더니 절 전체가 울음바다가 되더군."

탄파 도인의 말에 현도의 눈이 휘둥그레져 입을 다물지 못했고 허탈해진 수덕도 울음 섞인 목소리로 입을 열었다.

"내가 그렇게 속상하게 해도 그냥 예뻐만 하시던 스님 할머니도 돌아가셨군."

수덕이는 다시 낙심하며 뜨거운 눈물을 떨구었다.

"그럼, 연선 사부 묘소는 이 근처에 있겠네요?"

현도의 물음에 탄파 도인은 고개를 끄덕이고 완이를 바라봤다.

"완이 너는 올가을에 나하고 같이 풀 깎은 묘를 알지?"

"네! 집 바로 옆 동산에 있어요. 제가 누구 산소인데 이리 정성이시냐고 하니까 할아버지 친구 묘라고 하셨잖아요."

수덕은 그제야 마음이 진정이 된 듯 보였다.

"말씀을 안 해 주셨으면 영원히 죄를 지으며 살 뻔했군요!"

"내가 죽기 전에야 말을 했겠지. 생각하면 그 사람만큼 불쌍한 사람도 없지 싶어! 핏덩이로 절에 버려져 제힘으로 컸는데 철없고 피 끓던 젊은 시절에 요녀에게 홀려 잘못 환속한 죄를 씻으려고 승적도 마다하고 수행하다가 완이 아범처럼 너무 귀가 밝아 듣지 말았어야 좋았을 저세상 비밀들을 미리 듣는 바람에 불행해진 거야."

도인은 묵묵히 듣고 있는 수덕을 건네보았다.

"완이 아범은 이젠 연선에 대한 노여움 모두 가셨지?"

수덕은 한동안 말이 없다가 힘들게 입을 열었다.

"그 못된 증오심은 사라졌지만, 사부가 끝내 제 뜻을 받아 주지 않고 냉정히 꺾어 버린 이유만은 아직도 이해할 수가 없어요."

"그것은 언젠가는 풀리겠지만 그 사람을 영원히 기억하는 징표로 간직해 두게나."

탄파 도인은 힘없이 말하고 고개를 떨궜다.

겨울밤은 점점 깊어 가고 모두의 마음은 하나같이 고즈넉해지는데 탄파 도인이 먼저 자리를 털고 일어났다.

"하이고! 술김에 말을 너무 많이 한 것 같네. 건너가서 구들장 신세를 져야겠군. 임 선생은 나하고 같이 가서 잡시다. 친구하고 옛이야기 하면서 하룻밤을 지새우는 것도 좋겠지만 완이 아범한테 임자가 둘이나 붙어 있어서 선생 차례가 안 와! 아마, 완이 저놈이 제 아비한테서 떨어지려 안 할 거요."

탄파 도인의 말에 수덕이 완이를 잡고 흔들었다.

"네가 할아버지한테 가서 자고 오너라."

수덕이 말했지만 탄파 도인 말대로 몸을 비비 꼬고 아버지를 잡고 늘어지는 완이를 윤경이도 또 쏘아보며 달랬다.

"그래! 임 교수하고 아버지가 하실 이야기가 많을 거야."

윤경이가 달래도 완이는 탄파 도인 눈치만 보고 막무가내였다.

"오늘은 수덕이도 피곤할 테니 얘기는 내일 하기로 하지."

현도가 일어서자, 탄파 도인이 완이를 쏘아보며 한마디 했다.

"완이 저놈이 열두 살 땐가, 열세 살 땐가……!"

탄파 도인의 말이 떨어지기 무섭게 완이가 쪼르르– 달려와 팔을 잡고 흔들며 입을 막으려 한사코 버둥거렸다.

"왜! 네 비리를 이 할애비가 털어놓을까 봐? 이놈아! 이 할애비한테 안 온다고 하니 괘씸해서 얘기 다 해야겠다."

탄파 도인의 으름장에 완이는 울상이 되었다.

"사실은 아버지가 밤중에 아프다고 하면 제가 꼭 있어야 해요. 한 번 봐 주세요."

완이가 매달려 통사정을 하자 탄파 도인은 고개를 끄덕였다.

"그래! 그러면 네놈 지극한 효성을 봐서 할애비랑 자다가 오줌

싼 얘기는 안 하마. 됐냐?"

탄파 도인의 말에 완이는 발을 동동 굴렀고 모두 오랜만에 큰 소리로 웃고 수덕도 미소를 지으며 재미있는 표정이 되었다.

완이는 웃고 있는 자기 아버지한테 쪼르르 달려가 매달렸다.

"아빠! 사실 그때 자다가 꿈속에서 도사 할아버지가 내 고추 딴 다고 달려드는 바람에 심술로 오줌을 깔렸는데 깨어 보니 진짜로 싼 거 있지."

완이는 탄파를 원망스럽게 바라보며 쏘아붙였다.

"할아버지는 진짜 비겁해요. 그때는 죽을 때까지 비밀로 하기 로 하고 내 고추 한 번 만져 보시고는……!"

완이의 어린애 같은 투정에 다시 모두 박장대소를 하고 현도는 수덕의 밝아진 모습을 보고 안심이 되어 잘 자라고 인사를 하자, 수덕이 현도의 손을 더듬어 잡았다.

"지금 이게 우울한 내 마음을 풀어 주려는 신선과 동자 놀음이 란 거라네."

현도는 올라올 때 완이가 엉덩이를 맞은 거나 지금 하는 우스 갯소리가 그냥 넘기기엔 너무 천진스러운 웃음이 있어 탄파 도인 을 다시 보게 됐다.

현도가 수덕에게 잘 자라 이르고, 탄파 도인을 따라 옆 채에 있 는 방에 들어가니 횅하니 큰 방에 이부자리뿐 아무것도 없이 비 어 있는데 벽에 그럴듯하게 그려진 탄파 도인의 초상화가 걸려 있어 현도가 유심히 보고 있으니 탄파 도인이 다가와서 현도의 표정을 살폈다.

"완이가 작년 여름 방학 때 그려 준 건데 제법 소질이 있지요?"

"잘 그렸네요."

현도의 말에 도인의 얼굴이 밝아졌다.

"화가 선생이 잘 그렸다면 그놈 싹수가 있는 거쇼?"

"네! 보기에는 어린애 같은데 대범한 터치네요."

"완이 고놈, 그렇게 약골로 생겼어도 일하는 것 보면 보기와 달리 똑 소리가 나서 내가 아주 이뻐 하지. 지금이라도 제 아범이 시키면 이 밤중에 저 산 밑까지 몇 번이라도 갔다 올 거요. 언젠가 내가 이 산 너머 피아골에 일이 있어 가 있었더니, 제 아범이 갑자기 아프다고 난리를 치니까 한밤중에 산 고개를 몇 개를 넘어 만신창이가 되어 찾아왔더라니까! 그때 보고 고놈 쓸 만하다 했지. 그럼, 이놈이 그림으로 대성할 수 있겠소?"

"글쎄요. 원래 예술은 재주보다 개성이 중요하기 때문에 지켜봐야죠."

탄파 도인은 머리를 끄덕이고 나서 겉옷을 벗었다.

"하이고! 낮에 몸을 물에 담갔는데도 오랜만에 술을 마셔선지 근질거려 물속에 한 번 더 들어갔다 와야겠군."

수건을 챙겨 들고 나가면서 현도를 바라봤다.

"선생도 생각 있으면 한번 따라와 봐요."

현도는 이 추운 엄동설한에 감히 엄두가 나질 않아 머리를 가로젓고 말았다.

잠시 후, 김이 무럭무럭 솟아나는 몸으로 돌아온 탄파 도인은 수건으로 몸을 쳐 댔다.

"내가 완이네와 같이 살면서 이젠 제법 사람 같아졌다우. 그전에는 마치 산짐승처럼 살아서 산중에서 어쩌다 산행하는 사람들과 마주치면 기겁을 해 주저앉기도 하고 내빼서 언제부터인가 내가 오히려 사람들을 피해 다녔었지."

"저도 백장암에서 처음 도사님을 보았을 때 속으로 놀랬지만 친구와 같이 있어서 도사님 옛날얘기를 끝까지 들을 수 있었습니다."

탄파 도인은 고개를 끄덕였다.

"요즘은 완이 어멈이 입성도 깔끔하게 챙겨 주고 완이랑 동자 놀음하며 어울리니 몸과 마음이 사람 비슷해졌지! 완이 그놈 재롱을 보고 있노라면 가끔 연을 끊고 일찍 속세를 떠난 것이 후회스러울 때도 있다우. 다 늙어 주책이지!"

도인이 잠자리를 펴려는데 완이가 밖에서 문을 두들겨 현도가 문을 여니, 한쪽 옆구리에 이불 뭉치와 베개를 끼고 한 손에 꿀물 두 종지를 얹은 쟁반을 재주 부리듯 들고 들어왔다.

"어머니가 따뜻한 꿀물 드시면 잠이 잘 올 거래요."

완이가 내려놓고 나가려고 해서 현도가 불러 세웠다.

"고맙다! 아버지는 충격이 대단했을 텐데 잘 보살펴 드려라."

"아직 괜찮으세요. 제가 있으니 걱정하지 마시고 편안히 쉬세요."

탄파 도인은 꿀물을 들며 완이를 바라봤다.

"아까 이 할애비가 한 말 고까웠냐?"

"아뇨! 충격받은 아빠 마음 풀어 주려고 하신 말씀인 줄 알아요."

"됐다. 내가 또 한 방 먹었군! 그래도 오늘 밤 꿈에 내가 또 네 놈 고추 따러 갈 거야. 내가 한다면 하는 거 알지?"

도인이 눈을 부릅뜨자 완이가 기겁한 표정으로 쏜살같이 문을 닫고 달아났다.

탄파 도인은 한바탕 웃고 나서 잠자리에 누워 현도를 돌아보았다.

"아까 하다만 얘긴데 연선이 왜 그렇게 완이 아비를 한사코 피

했는지 선생은 압니까?"

"글쎄요! 그 점이 수덕이도 그렇고, 저도 그 당시부터 지금까지 알 수 없는 일이었습니다."

현도의 말을 들은 탄파 도인은 한참 동안 눈을 껌벅껌벅하며 생각에 잠기더니 입을 열었다.

"백장암에서 연선을 처음 만나 얼마 되지 않아서 내게 고백하기를 속세에 눈에 밟히는 혹이 하나 있어 수행하는데 짐이 되니 어찌하면 좋을지 모르겠다고 번뇌를 하길래, 나는 연선이 속세에 두고 온 여자가 있는 줄로 짐작했지. 수행하는 사람 중에 그런 일로 고뇌하는 일이 간혹 있지만, 한눈팔지 않고 공부에 정진하다 보면 자연히 잊힐 거라고 간단히 얘기해 주고 잊고 있었는데, 그 추운 겨울날에 폭포수 가에서 완이 아범과 선생을 만난 처음에 언뜻 느낀 것은 완이 아범의 기가 예사롭지 않아서 자세히 뜯어보니 의문이 풀리며 전생이 보이는데, 그때 내가 해 줬던 옛날 이야기 그대로요. 전생이 그 비련의 공주로 보여 이 녀석이 잘 풀리면 만방에 이름을 날릴 놈이고, 잘못 풀리면 큰일을 낼 놈인데, 분명히 나하고 한 번은 다시 부닥칠 놈이라는 생각이 떠올라 그 얘기를 해 주고 보냈었던 거지."

거기까지 얘기를 마친 탄파는 꿀물을 벌컥벌컥— 마셨다.

"그때 내 경지가 아직 굳건하지 못해 경거망동할 때인지라 괜히 아는 소리나 하는 게 무슨 벼슬처럼 생각하고 우쭐해서 어린아이를 데리고 실없는 소리를 했던 거란 말입니다. 지금 생각해도 낯 뜨겁고 후회막급이라, 다 죽게 된 완이 아범을 거두어 살려 내긴 했지만 늘 볼 때마다 미안하지요!"

탄파 도인은 긴 한숨을 내쉬고 얘기를 이어 갔다.

"실없는 옛날이야기를 해 주고 자네들을 보낸 뒤 그 이튿날 연선을 만나 자네 아우들이 찾아왔습디다 했더니 연선이 비로소 수덕이라고 하던 조그만 녀석이 자기 혹이라고 고백해서 아차 싶었지! 나는 연선의 혹이 여자라고 생각했지, 어린 사내놈일 줄. 거기까지 내 생각이 미치지 못했지요. 그러나 이미 엎어진 물인 걸 어떻게 합니까? 난감해서 어찌할 줄 모르는 나를 보고 그때 연선이 하는 말이 완이 아범이 어릴 적에 홍산 절에 데리고 갔을 때도 오랜만에 만난 연로한 고승이 완이 아범 얼굴을 찬찬히 보고 나서 내가 해 준 얘기와 비슷한 말로 만나지 말아야 할 인연이면서도 만날 수밖에 없는 기막힌 숙명적 인연이라고 하더란 겁니다. 완이 아범이 자기를 따라 출가한다며 애를 먹인다고 하자 애가 특출한 머리는 가졌어도 승려가 될 재목은 아니라고 하더라는 거요. 그 스님도 옛날 나처럼 생각이 좀 짧았던 것이 어린 중생에게 그렇게 못 박는 말을 하면 안 되는 건데. 사람들이 공부를 좀 해서 어쩌다 물리가 조금 텄다 하면 고승이나 나처럼 입이 간지러워 참지 못하는 게 이 세계의 고질적인 병폐지요. 천기누설은 엄연한 죄인지라, 나도 옛날에 그 이야기 한 토막 잘못해 준 탓에 근 10년을 봉사하고 있지 않습니까?"

도인은 허탈하게 웃으며 혀를 끌끌− 차고 이야기를 이어 갔다.
연선의 고백은 수덕이 어렸을 적 밤이면 어미처럼 품에 끼고 자는 것이 버릇같이 됐던 것은 자기 처지와 똑같이 일찍 어미와 떨어진 것이 안쓰러워 끌어안게 됐었다.
어린애 같기만 했던 수덕이 어느 정도 몸이 굵어지자 연선 자신에게 이상한 감정이 일기 시작하고 어느 순간 수덕의 몸이 여자로 느껴지더라는 것이었다.

그게 바로 전생의 인연이 그렇게 질기게 이어진 건데 그걸 알리 없는 수덕은 전혀 그런 감정 없이 짓궂게 장난치며 매달리면 야단을 쳐서 단호히 멀리했지만, 문제는 연선 자신이 감정을 감당할 수 없어 번뇌 끝에 홍산 사찰의 양어머니에게 고백하고 말았다.

노스님의 권유로 자기 자신의 인생을 챙기기 위한 것도 있었지만 속내는 어린 수덕이와 떨어지기 위해 출가를 해 고행길에 들어서게 된 것이었다.

그런 연선의 속마음을 알 리 없는 수덕은 오르지 한결같이 믿고 기대 왔던 정신적 기둥이 알 수 없이 의도적으로 멀리하자, 어릴 적부터 길든 사부의 정을 못 잊어 찾아 헤매고 연선은 연선대로 떠난다, 떠난다 하고 떠돌아도 나중에 보면 수덕이 주위를 맴돌고 있는 자신을 보고 절망하고 그렇게 강직하고 사려가 깊은 연선도 어쩌지 못하는 것이 전생의 업보로 얽혀진 질긴 인연의 끈 때문이었다.

깊은 회한에 잠긴 탄파 도인의 말에 현도는 그 당시 죽음까지 생각하며 절망하고 갈등하던 수덕이가 떠올랐다.

"그 무렵 수덕이가 너무 방황해서 죽을 짓도 여러 번 하는 걸 아무것도 모르고 옆에서 지켜보는 제 마음도 안타까웠죠!"

"나도 언젠가 완이 아범한테 그 이야기는 들은 것 같군! 연선과 완이 아범의 경우는 아주 특이하긴 한데, 각자의 운명 속의 인연은 그렇게 집요한 거죠! 왜 지나치다 옷깃만 스쳐도 억겁을 둔 인연이라고 하지 않습니까? 완이 아범 천재가 사고를 치기 전에 처음 서울에서 내려온 연선이 나한테 하는 말이, 자기 혹인 제자가 좋은 대학과 정부에서 집중적으로 지원해 주며 기대하고 있는 연구소 일도 때려치우고 자기를 쫓아온다고 다시 매달려서 난감했는데, 마침 그 연구소에 어릴 적 친구가 있어 제자를 꼭 잡아 놓으라고 단단히 부탁했으니, 제자의 물불을 안 가리는 성격은 알지만, 일단 막무가내 고집은 주저앉힐 수 있게 됐다고 하더군! 아마 완이 아범이 그렇게 무참히 자기 운명의 끈에 불을 질러 버릴 줄은 짐작도 못 하고, 자신의 조급한 결정이 비극의 시작인 것을 모른 거지!"

현도는 지금까지의 수덕이를 둘러싼 의구심이 풀리는 순간 새로운 의문이 생겼다.

"사부가 없는 지금도 수덕이의 악업은 계속 이어지는 겁니까?"

"완이 엄마라는 사람이 천재에게는 아주 대단한 사람입니다. 아마도 그 지극한 사랑이 없었으면 완이 아범의 연선에 대한 집착은 더욱 컸을 거고, 어쩌면 올바른 사내구실도 못 했을지도 모르지요! 그렇게 생각하면 완이 어멈과 인연을 엮어 준 선생이 천재에겐 또 다른 큰 은인이 되는 거죠."

"그때 저는 연선 사부가 수덕이 모르게 은연중에 부탁하는 바람에 주선했던 건데요?"

"마찬가집니다. 부탁이 있어도 못 할 수도 있고, 해 줬어도 안 이루어질 수도 있는 거지요. 하여튼 완이 어멈의 지극한 사랑이 하늘에 닿아 전생의 악업은 어느 정도 풀릴 수가 있었지만, 문제는 천재의 새로운 업보입니다. 내가 다 죽은 목숨을 살려낸 진정한 의미는 내 한때의 덜 여문 망언에 대한 죄 갚음의 의미도 있지만, 완이 아범이 이승에 조금이라도 더 머물러 업보의 일부라도 갚고 갈 수 있게 함이 큰 뜻이지요. 선생도 한번 조금만 깊이 생각해 봐요! 천재가 늘 하는 말처럼 자기가 일시적인 공명심으로 내놓은 문제에 매달렸다가 그 호텔에서 참변을 당한 노 박사, 그리고 미국인 핵물리학자 같은 사람이나 그것과 아부 연고도 없이 생을 놓은 무고한 영혼들은 천재 혼자 감당할 몫이니, 어찌하면 좋단 말입니까?"

탄파 도인은 긴 한숨을 꺼질 듯 내쉬었다.

"그렇다고 해도 저렇게 몸이 불편한 수덕이가 할 수 있는 것이 별로 없는 것 같은데 어떻게 하면 좋습니까?"

"하기 쉬운 말로 업보를 인정하고 공덕을 쌓아야 하는데 정작 본인은 아직도 운명에 저항하려는 마음과 자신을 학대하는 마음이 대부분 남아 있어 안타깝습니다. 나는 지금 완이 아범 옆을 지키며 우선 마음 밭을 갈고 고르기 위해서 참선을 꾸준히 해 자신의 경지를 맑게 한 연후에 자기한테 지워진 고통을 속죄의 마음으로 받아들이고 어쩔 수 없이 쌓인 업보를 깨우쳐야 한다고 알아듣게 끊임없이 조언을 많이 해 주지요.

그 깨달음만 마음 밭에 뿌려진다면 고혼들을 달랠 수 있는 방법이 훨씬 수월하게 나올 텐데, 아직은 요원합니다. 자기는 [온 우주론]을 쫓아 더 큰 세상을 구하기 위해 어쩔 수 없는 선택이었다고 변명하고 있지만, 그가 말하는 무서운 파괴 에너지 개발을 막을 수 있는 다른 대처 방법도 얼마든지 있었을 텐데, 다 무시하고 사고를 저지른 것은 절반은 자기 운명에 대한 반항과 그 나머지는 사부의 변심에 분노했던 것이 큰 문제였지요."

현도를 건네보는 탄파 도인은 지극히 안타까운 표정이었다.

"그 [온 우주론]에 관해서 수덕이와 이야기 좀 해 보셨습니까?"

"물론 여러 번 듣고 토론도 많이 했는데, 줄줄이 옳은 얘깁디다! 특히 우리 같은 도를 공부하는 사람들의 생각과 합치되는 부분도 있지만, 기존 통념에 대항하기에는 아직은 달걀로 바위 치기죠. 그러나 인간의 편의만을 추구하는 산업화가 급속히 진행되어 그 폐해가 계속 드러나는 현세가 지속이 된다면 언젠가 이 세상에 그런 바람이 불긴 불 겁니다."

"처음에 수덕이가 대학을 지망했던 대로 처음부터 학문을 그쪽으로 했으면 하는 안타까움도 드는데 역시 늦은 후회겠죠?"

현도의 침통한 회한의 말에 도인도 의미 있는 눈빛이 되었다.

"완이 아범 같은 천재 석학이 많이 나온다면 푸른 지구를 지킬 이상 실현도 빨라질 수 있겠지만 수천 년간 첩첩으로 굳어진 기존 질서를 한 인간의 힘으론 변혁시키기는 불가능하니 이 또한 천지신명의 큰 역사를 기대하는 수밖에 없지요."

탄파 도인은 천정에 시선을 박고 깊은 생각에 빠져 있는 사이 현도는 수덕이에 대해 항상 궁금했던 것이 생각났다.

"수덕이가 어렸을 때 처음 [온 우주론]을 들었다는 그 상황에 대해서 도사님은 어떻게 들으셨습니까?"

현도의 물음에 탄파 도인은 그윽한 미소를 지으며 돌아봤다.

"선생은 어린 시절 천재와 함께 밤낮으로 뒹굴었으면서 참 궁금한 것도 많구려? 이 밤이 다 가도 모자랄 것 같으니 한 몇 달 푹— 묵으면서 우리 이야기나 실컷 합시다!"

현도가 난감해할 뿐 말을 못 하자 탄파 도인은 다시 이내 정색이 되었다.

"역시 연선의 영향이 컸지요. 완이 아범이 어렸을 때부터 십팔기 같은 무예와 함께 기 수련을 집중적으로 많이 시켰고, 어릴 적 천재의 기 상태가 특출한 면이 있어 잘 받아들여서 한마디로 물리를 쉽게 틔웠던 거죠. 지금도 천재는 그 부분에는 아주 초인적 높은 경지인 걸 일찍 선생도 느꼈을 거요. 그것은 연선에 집착했던 만큼 모든 수련 과정에서 사부 지시에 천재 표현으로 맹렬할 만큼 잘 따른 결과라고 봐도 되죠. 완이 아범 말을 들어보면 예전에 살던 그 백마강 가 백사장은 천기를 받아들이기에 아주 좋은 조건이 됐던 것 같기도 합디다! 시와 때, 장소 그리고 거기에 매달리는 사람의 정신이 일체가 되었을 때 천기를 받을 수 있는 조건이 합치되는 거죠. 특히 그 당시 천재같이 티 없이 순진무구한 어린 영혼이 더 쉽게 그 경지에 접근할 수가 있지요. 그러나 천재가 쓴 논문을 보면 자의적인 부분이 포함되어 있어 조금은 변질된 흔적이 있습디다. 특히 선악이나 음양이 둘이 될 수 없고 하나라는 일원론은 일면 맞는 것 같지만, 특히 음양론에서 우리가 사는 육의 세상이 아닌 영계에 합당한 이론이지요. 실제로 영계엔 모든 영이 음양 구분이 없다가 육의 껍질을 뒤집어쓸 때 비로소 음양 구분을 받는다고 알고 있습니다. 하여튼 이 영계와 육계의 혼동이 공부하는 사람들을 아주 난감하게 할 뿐만 아니라 180도 다른 세상을 들여다보게 할 수도 있지요. 그래서 믿는 사람들도 글자 몇 마디로 생각 자체가 완전히 갈라져서 피 터지게 싸우게 되고 머리가 비상한 천재마저도 엉뚱한 이론으로 자기 사부를 설득하려 했지요. 그건 다 지나간 일이 됐고 앞으로는 선생도 완이 아범을 정신적으로 많이 도와주시오. 나도 살아 있는 동안엔 애 좀 쓸 겁니다.”

탄파 도인은 잠을 청하는지 눈을 감았고 현도는 눈을 말똥이 뜨고 이 생각 저 생각에 잠겨 있는데 바깥에서는 눈이 내리는지 지붕에서 사각사각하는 소리가 끊이지 않고 들려왔다.

다음 날 아침,

현도가 눈을 떴을 때 탄파 도인은 언제 일어나 나갔는지 보이지 않고, 문을 열고 바깥을 내다보니 밤사이 하얀 눈이 온 천지를 덮어 주위가 온통 딴 세상으로 변해 있었다.

마당은 탄파 도인과 완이에 의해 벌써 말끔히 눈이 치워져 있고 아래로 내려가는 길도 깨끗하게 빗자루질이 잘되어 있었다. 아침 식사 준비를 하던 윤경이 밖으로 나온 현도를 보고 부엌에서 나왔다.

"어제 여기까지 오느라 무리해서 고단했을 텐데, 벌써 일어났네!"

"글쎄, 공기가 맑아선지 아니면 어제 마신 그 술이 정말 좋은 보약이라 그런지 피곤한 줄 모르겠고, 아주 말짱한데!"

"정말 그래서 그런가! 어젯밤에는 완이 아버지도 이상하게 아프다는 소리를 안 했어."

"도사님은 어디 가셨길래 보이지 않지?"

현도가 궁금해하자 윤경이는 집 뒤 높은 지리산 정상 천왕봉 아래 산마루를 가리켰다.

"도사님은 매일 아침 저 꼭대기 왕시루봉까지 올라갔다 오는 것이 일과 시작인데, 오늘은 완이랑 같이 가서 아마 눈길에 고생 좀 할 것 같구먼!"

그때 안에서 수덕의 기척 소리가 들려와 현도가 문을 여니 휠체어에 앉아 바깥으로 나오고 있었다.

"샌님도 도사님하고 아침 운동 좀 하면 좋았을걸. 도사님이 안 깨운 모양이군!"

"내 체력은 자네도 알듯이 저 높은 곳은 자신이 없어!"

"산속 살림이라 잠자리가 아무래도 거칠었을 텐데 잘 잤어?"

"나는 그 술 덕분에 아주 편안히 잘 잤는데, 수덕이 너도 잘 잤다면서?"

"하루도 밤이면 거르지 않고 통증 때문에 고생했는데 어젯밤은 이상하게 괜찮았어. 아마 샌님 너를 만나서 그런 것 같다."

수덕의 말에 셋이서 웃고 있을 때, 집 뒤쪽이 수선스러워지더니 완이와 탄파 도인이 숨을 헐떡이며 뛰어 내려왔다.

"하이고! 이제는 완이 이놈을 내가 못 쫓아가겠어."

"완이는 한창 커 가는 중이니 당연하죠."

윤경의 말에 탄파 도인은 머리를 절레절레 흔든다.

"얼마 전까지만 해도 저놈이 못 쫓아 와서 업고, 메고 올라가도 거든했는데. 이젠 늙은 건 어쩔 수가 없네."

탄파 도인은 죽겠다는 시늉을 하며 툇마루에 걸터앉고 완이는 붉어진 얼굴로 생글생글 웃으며 마당가를 돌다가 아빠 곁에 바싹 다가가 앉았다.

"그래도 이 눈길에 저 높은 곳까지 단숨에 갔다 오신 걸 보면 도사님은 아직도 장사십니다!"

현도의 말에 탄파 도인은 머리를 설레설레 흔들었다.

"그전엔 그냥 나이는 숫자일 뿐이라고 생각했는데 이젠 나이를 못 속여! 옛날 한창일 땐 이 산에서 저 산을 단숨에 뛰어 건널 것 같았거든."

탄파 도인은 그제야 숨을 고르고 완이를 바라봤다.

"저놈이 장사야! 생긴 것은 저렇게 바람 불면 날아갈 것 같은데 어디서 그런 강단이 나오는지. 완이 너 여기서 할애비 수제자 돼서 천기 공부나 배워 볼래?"

탄파 도인의 말에 완이는 수덕이 곁에 바짝 더 붙어 앉았다.

"싫어요! 그러면 할아버지처럼 평생 혼자 살라구요? 저는 꼭 은샘이랑 결혼할 건데요."

완이의 뚜렷한 의사 표현에 모두 한바탕 웃고 탄파 도인도 따라 웃었다.

"그래. 누구나 자기 맘이 원하는 만큼 순리대로 사는 것이 하늘 뜻대로 사는 거지! 요즈음 바깥세상에 사는 사람이나 여기 산에 사는 사람이나 똑같이 금방 돌아서면 후회할 거면서 억지로 사는 사람 많다! 옛날부터 지리산이나 계룡산, 이름난 산골짜기마다 하루아침에 뭔가 깨우쳐 신선이나 될 듯이 공부한다고 현실을 도망쳐와 토굴 속에 눌러앉아 있다가 세월은 덧 없이 흐르고, 나중에는 바깥에 나갈 수도, 들어올 수도 없이 평생 그 모양으로 살다 가는 사람이 태반이지. 그중에 나를 포함해서……."

탄파 도인이 고개를 주억이며 혀를 끌끌 차자, 듣고만 있던 수덕이 현도를 보고 한마디 했다.

"샌님! 어제저녁에 도사님께 자네 힘든 얘기 말씀드렸나?"

수덕이의 뜻밖의 말에 현도가 어리둥절해서 멍하니 쳐다보자 탄파 도인은 조용히 미소를 지었다.

"천재! 자네가 걱정할 것 없네. 임 선생이야 비행기 한 번 타면 되는 문제지만 자네 문제가 진짜 어려운 문제야."

도인은 수덕을 손으로 찔벅- 하고 일어섰다.

"밥이 다 된 모양이니 씻고 와야지. 완이 네놈은 씻지도 않고 밥 먹을 거야?"

말이 떨어지기 무섭게 완이가 벌떡 일어나 빗자루를 들고 탄파 도인 뒤를 따라나섰고 현도는 수덕이의 미소 진 얼굴을 올려다보았다.

"천재! 나 은영이랑 트러블 있는 거 알고 있었어?"

"샘님! 네 얼굴에 그렇게 쓰여 있잖아. 괜히 고집부리지 말고 은영이한테 '나 죽었습니다!' 하고 엎드리는 게 최고 묘책이야. 어서 가서 씻고 와서 아침이나 들자고."

현도는 쓴웃음을 지으며 탄파 도인이 간 곳을 향해 윤경이 건네주는 수건을 들고 따라 내려가니 바위마다 흰 눈이 소복소복 쌓여 있고 발아래 개울엔 얼음장 밑으로 흐르는 물소리가 도란도란 들려왔다.

계곡을 따라 완이가 쓸어 놓은 오솔길을 걸어 내려가니, 높다랗게 치솟은 아름드리 노송 가지가 흰 눈이 덮인 채 굽어보고 있는 높은 암벽 아래, 겨울철인데도 물이 잔뜩 고여 있는 푸른 담소가 나왔다.

먼저 도착해 맨손체조를 하던 탄파 도인이 옷을 훌훌 벗고 알몸이 되어 암반 바닥이 투명하게 드러나 보이는 맑은 물속으로 들어갔다.

완이와 현도는 담소에서 흘러나오는 물에 대충 양치질과 세수만 하고 있으니 탄파 도인은 머리까지 물에 담갔다가 얼굴을 내밀며 소리쳤다.

"완이 네놈은 산에 갔다 오느라 온몸에 땀이 배어 있을 텐데, 얼굴만 홀짝거릴 거야?"

탄파 도인의 말에 완이는 잔뜩 겁먹은 얼굴이 되었다.

"저는 영 자신 없어요!"

"그럼 이 할애비가 자신이 생기게 할까?"

도인이 물 밖으로 나오는 시늉을 하자 완이는 피할 엄두도 못

내고 잔뜩 웅크린 채 쪼그려 앉자 도인은 짓궂은 표정이 되었다.

"옷을 벗고 들어올래. 아니면 옷 입은 채로 들어올 거니?"

"알았어요."

탄파의 으름장에 완이는 그제야 웃옷부터 천천히 벗기 시작해 옷을 모두 벗고서도 몸을 웅크리고 물속에 들어가는 걸 망설이자 탄파는 물속에 깊이 몸을 담그면서 엄숙한 얼굴이 되었다.

"아까 왕시루봉에서 할애비가 한 말 벌써 잊었느냐? 네 아비 업보를 한 꺼풀은 네 어미가 벗겼으니 또 한 꺼풀은 네가 벗겨 줘야 한다고. 원래 네 애비 악업의 허물은 자기가 벗어야 하는 게 도리지만 아비가 못하는 것은 네 아비 피와 살을 받은 육신 멀쩡한 네 몫이라고 안 했어?"

탄파 도인의 말에 완이는 금방 울음이 터질 듯한 얼굴이 되어 차가운 물속으로 들어가자, 도인의 나지막한 음성이 또 들려왔다.

"이까짓 찬물에 몸을 담그는 것은 누구라도 할 수 있다지만, 아비의 악업을 씻겨 드려야 한다는 마음으로 이 맑은 물에 몸을 담가 정결한 몸이 되고, 거기에 담기는 정신으로 인생의 화와 복을 주관하는 천지신명 앞에 아비를 사랑하는 마음을 전하는 것이 어려운 거다!"

말을 마친 탄파 도인은 완이를 돌아보며 물었다.

"들어와 보니 그렇게 춥냐?"

탄파 도인의 말에 완이는 눈물이 가득 고인 눈을 훔치면서 고개를 가로젓고, 의외라는 듯 밝은 표정이 되어 말했다.

"죽을 것 같은데요."

"죽으면 안 되지. 죽기 전에 어서 나가거라!"

도인이 떠미는 시늉을 하자, 완이는 활짝 웃으면서 말했다.

"좋아서 죽을 것 같아요."

"이런 못된 놈!"

탄파 도인은 한바탕 파안대소를 하고 나서 말했다.

"그래. 처음에 마음먹기가 어렵고 힘들지! 완이 요놈이 이 맛을 봤으니 이제부터는 할애비가 말려도 아침이면 여기를 찾게 생겼군! 임 선생도 한번 들어와 봐요. 아마 선생도 그 세월에 풍진이 많이 묻었을 거요. 여기는 아무나 빌려주는 목욕탕이 아닙니다."

현도도 용기를 내 옷을 벗으니 옷을 걸쳤을 때와 별반 다르지 않은 것을 신기해하며 물속으로 몸을 밀어 넣으니, 생각보다 물이 차갑지 않게 느껴졌다.

"그렇게 춥지 않지요? 인간을 창조한 신의 조화가 얼마나 오묘하신지 조물주가 준 몸이 알아서 그때그때 대비를 하는 거랍니다. 아마 우리 몸은 사철 벗고 살아도 견딜 수 있는 것을 미리 겁을 먹고 옷으로 싸매는 바람에 그만큼 몸이 약해진 거라고 생각되지 않습니까?"

현도까지 들어가 담소 안이 가득 차자 도인이 버럭 소리를 크게 질렀다.

"완이 이놈이 목욕탕이 비좁아지면 어린놈이 알아서 먼저 나가질 않고 뭐 하느냐?"

완이는 도인의 질책에도 물속에 몸을 완전히 담가 얼굴만 내민 채 꼼짝하지 않았다.

"나가면 몸이 얼 것 같아서 못 나가겠어요."

"그럼, 먼저 들어온 내가 나갈 테니 넌 거기서 아예 살아라!"

탄파 도인이 먼저 나와 수건으로 몸의 물기를 털고 옷을 입자,

그제야 완이도 따라 나가고, 현도는 차가운 얼음물 속에 몸을 담근 채 수덕이도 알고 있는 자신의 문제를 골똘히 뒤돌아봤다.

지금도 타국 만 리에서 혼자 마음고생에 시달리고 있을 은영이가 생각나고 결백한 나를 믿지 못한다고 분노하고 원망했던 속 좁았던 자신이 부끄러운 생각이 들어 머리끝까지 물에 담갔다.

흰 눈이 소복이 쌓여 있는 연선의 무덤가에 눈부신 아침 햇살이 내려앉아 있었다.

수덕은 식구들과 현도, 그리고 탄파 도인과 함께 이십여 년 만에 힘든 모습으로 연선을 찾았다.

업혔던 친구 현도의 등에서 내려 완이가 가져다 깔아 놓은 멍석에 털썩 주저앉아 만감이 교차하는 얼굴로 한 번 하늘을 우러러본 뒤 바닥에 엎드렸다. 가냘프게 야윈 몸이 애처롭게 떨려 와 윤경이 옆에 앉아 가만히 다독였다.

지켜보던 현도는 두 손을 모아 쥐고 눈을 감은 채 옛날의 그 단아하고 반듯했던 연선의 모습을 되새기며 감회에 젖었다.

한참이 지난 후에 수덕이 엎드렸던 몸을 일으켜 힘들게 앞으로 기어가 뭉그러진 손을 뻗어 눈 쌓인 봉분을 더듬더듬 쓸어내리며 입을 뗐다.

"이렇게 바로 옆에 계시면서 십여 년 동안 뭐라 말 한마디 없이 내려다보고만 있었습니까?"

수덕이 다시 소리 없이 뜨거운 눈물을 쏟으며 심하게 몸을 떨자 급히 부축해 안은 완이의 눈에도 눈물이 가득 고였다.

감정이 다시 가라앉아 한동안 봉분에 손을 얹고 생각에 잠겼던 수덕이는 보이기라도 하는 것처럼 현도 쪽을 올려다봤다.

"샌님! 사부가 젊었을 때 다비드상처럼 잘생기고 멋졌었어! 완이 엄마는 내가 잘나서 반했다지만 아마 우리 사부를 봤더라면 나는 아예 쳐다보지도 않았을 거야. 친구야 내 말이 맞지?"

수덕이가 말을 마치고 힘없이 웃는데, 차라리 우는 것만 같아 현도는 대답을 못 하고 고개만 끄덕였다.

지켜보고만 있던 윤경이는 심통한 표정이 되었다.

"어디 내가 당신이 잘나서 반했나? 마음이 끌려서 미쳤었지!"

멀찍이서 건네보고 있던 탄파 도인도 가까이 다가왔다.

"그러게 제 눈에 안경이란 말이 있듯이 잘나든 못나든 인연 따라가는 바람에 세상에는 못난 홀아비보다 잘생긴 홀아비가 더 많은지 몰라! 나처럼 말야?"

탄파 도인의 농담에 모두 따라 실없이 웃고 수덕이 묘 언저리를 퉁퉁 치듯 어루만지며 완이의 어깨를 더듬어 잡았다.

"내가 없더라도 이 산소는 네가 항상 챙겨야 한다."

"걱정하지 마세요!"

완이가 숙연한 표정으로 고개를 숙이자 탄파 도인이 한 걸음 가까이 다가왔다.

"완이 아범은 신경 안 써도 될 걸세! 내가 기회를 봐서 불교식 다비를 치러 외롭지 않게 연선 양어머니가 계신 홍산 절로 모시겠네."

도인의 말에 수덕도 수긍하는 듯 고개를 끄덕였다.

그때 언덕 아래쪽이 수선스러워지더니 인수가 먼저 올라오고 뒤따라 오 간호사와 태주 부부의 환한 얼굴이 보였다.

맨 먼저 완이가 외삼촌 품에 안기고 윤경은 반갑게 오 간호사의 손을 잡았는데 그들 부부의 장남인 민수가 뒤따라 올라오고 있었다.

"기준이 엄마 출산이 오늘내일한다면서 웬일이니?"

인수는 누나의 의구심을 뒤로하고 모두에게 인사한 후에 감격한 눈빛으로 현도의 손을 뜨겁게 잡았다.

"원래 완이랑 같이 오려고 했다가 와이프가 진통이 와서 주저앉았었죠. 어제 예쁜 딸을 순산하는 것 보고 한숨 돌리는 참에 태주 형님한테 연락받고 오늘 형님 보려고 꼭두새벽에 부랴부랴 왔어요."

"그래. 나도 보고 싶었다. 네가 매형 지키느라 애 많이 썼다고 들었어. 내가 다 고맙고 또 미안하다!"

현도는 인수의 손을 놓지 못하고 새삼 울컥해졌고 인수 또한 얼굴이 붉어져 고개를 떨구었다.

오 간호사 부부가 아들 민수를 수덕이에게 인사시키고 나서 둘 다 궁금한 얼굴이 되었다.

"아니, 누구 산소인데, 무슨 일로 모두 올라와 있는 거예요!"

오 간호사의 물음에 수덕은 갑자기 생각이 난 듯 팔을 뻗어 태주 팔을 잡았다.

"민수 아빠가 학창 시절에 한 수 배우겠다고 그렇게 만나려고 했던 연선 사부가 십여 년간 여기 이렇게 아무 말도 없이 누워 있었다네."

"연구소 이종사촌은 외국에 나가 있는 줄로 알고 있던데."

"어젯밤 도인이 밝히기 전까지 나도 그렇게 알고 있었지. 뭔가!"

수덕의 말에 모두 어안이 벙벙한 모습들인데 멀찌감치 서서 그들을 지켜보던 탄파 도인은 본래의 우렁찬 목소리로 산채를 울렸다.

"이번엔 어느 양계장을 털어서 닭을 몇 수나 잡아들고 온 거야?"

오 간호사가 늘 올 때마다 수덕이 몸보신용으로 삼계탕용 닭을 바리바리 싸 들고 오는 걸 지켜본 터여서인데 의외로 태주가 일어나 돌아보았다.

"이번에는 치킨 몇 마리하고 천재에게 딱 맞는 듬직한 족을 준비했습니다."

"아니! 무슨 족을……?"

모두들 놀란 눈으로 돌아보자 수덕이 만면에 미소를 지었다.

"민수 엄마가 옛날에 잃어버린 내 다리를 챙겨 왔다네요."

"아직도 낫지 않은 화농 때문에 완이 어멈도 포기한 의족을 어떻게 만들었다는 건가?"

탄파 도인이 머리를 갸웃하고 완이와 윤경도 의아한 눈으로 오 간호사를 바라봤다.

"천재 형부가 아직 선배 언니한테 아무 얘기도 안 하셨나 보네요! 사실 내가 병원에 있다 보니 의료기기에 관심이 많은데다가 형부가 수시로 많은 조언을 해 주셔서 이번에 수간호사 자리를 내려놓고 첫 사업으로 특수 의족을 선택해서 제일 먼저 형부 아이디어로 제작한 시제품을 가지고 왔으니까, 한번 내려가서 확인해 보세요."

오 간호사의 말에 윤경은 인수의 등에 업히고 있는 수덕을 건네보며 퉁명스럽게 한마디 했다.

"언제 또 나 모르게 쏙닥거린 거야?"

수덕은 들은 체, 만 체 고개를 돌리고 오 간호사가 대신 대답을 했다.

"언니! 이젠 형부랑 멀리서 쏙닥거릴 일도 없을 것 같아요. 요즘 손에 들고 다니는 전화기가 개발돼서 너도나도 가지고 다닐 날도 머지않은 것 같으니. 안 그래요?"

완이와 함께 멍석을 챙기던 탄파 도인이 한마디 거들었다.

"자동차 때문에 축지법 얘기를 들을 수 없는 것처럼 그렇게 하나둘 환상들이 깨져 나가면 우리 사는 세상이 점점 재미없어지는 건 아닌지 몰라!"

탄파 도인의 탄식에 태주가 바로 나섰다.

"웬걸요! 비교는 안 되겠지만 요즘 젖 뗀 아이부터 대학을 마치고 직장 다니는 애들까지 그놈의 전자게임에 빠져 헤어나지 못하는 세상인걸요."

"하기야, 내가 고루한 옛날에 살고 있는지도 모르지!"

탄파 도인은 고개를 끄덕이며 먼 허공에 시선을 주었다.

수덕이의 의족은 일반 제품과는 달리 아직 낫지 않은 상처 부위와 절단면이 접촉되지 않으면서 힘이 제대로 실리도록 두 엉덩이에 골고루 힘을 안배시켜 허릿심까지 받을 수 있게끔 세심하게 설계되어 있었다.

모든 소제가 티타늄과 실리콘 수지로 되어 있어 생김새보다 아주 가볍고 견고하게 제작되어 있었다.

완전하게 의족을 착용하고 난 수덕은 오 간호사와 윤경의 부축을 받고 일어나서 마당에서 몇 걸음 발을 떼 보고 마루 끝에 앉아서 수동으로 된 버튼으로 무릎을 꺾어 앉자, 현도가 신기하고 대견한 표정으로 다가왔다.

"역시 친구 아이디어라 그런지 아주 정교해서 의족을 했는지 모르겠는데. 왠지 양쪽 발의 균형이 조금 안 맞는 것 아닌가?"

현도의 말이 끝나기 무섭게 지켜보고 있던 태주가 수덕이 앞에 주저앉더니 신발 양쪽 뒷굽에 붙은 깔창의 높이를 조절하는 버튼을 손보고 나자 수덕은 다시 일어서 걷기 시작했다.

생전 처음 아버지의 서서 걷는 것을 보는 완이는 감격한 얼굴로 다가왔다. 모두의 마음도 똑같이 먹먹한데 윤경이는 붉어진 눈자위를 훔치면서도 신기한 눈빛이 되었다.

"여보! 민수 엄마 덕분에 당신 키가 한 뼘은 더 커진 것 같네."

"그런가! 어려서 키 좀 커 보이겠다고 까치발을 세우던 시절이 생각이 나는구면."

수덕이 몇 걸음 못 가 중심을 잃자 현도가 달라붙어 팔을 잡았다.

모두 모여 시끌시끌한 점심 식사가 끝나고 한동안 한담을 나눈 후 서울에 올라갈 사람들이 하산 준비를 하고 있었다.

오 간호사 장남 민수가 수덕이 옆에 아무도 없는 틈에 살그머니 조심스럽게 다가오자, 수덕이 어떻게 알고 더듬어 민수의 손을 잡았다.

"너희 엄마한테 민수가 착실해서 아버지한테 배운 기 수련을 아주 열심히 한다고 들었는데, 올해 중3이 됐다고 했나?"

"네, 천재 아저씨. 그때쯤 나이입니다."

"뭐! 그때라니?"

"하늘 소리를 들으신 그때 말입니다."

수덕은 의외의 말에 놀라 머리를 갸우뚱했다.

"얼마 전 방학 때 배다리 건너 규암 할아버지 뵈러 갔다가 아빠가 기 수련에 좋다고 한 배다리 백사장에서 밤을 새우고 왔어요."

"넌 거기서 뭐 좀 느낀 게 있었어?"

"저도 천재 아저씨가 하신 경험을 하고 싶었지만 아무 소리도 들리지 않아 헛수고였어요."

민수가 자기가 어렸을 적에 들었던 온 우주 신의 소리를 들으려고 배다리 백사장에서 밤을 새웠다는 말에 의아해하는 수덕을 보면서 천연덕스럽게 이야기를 이어 갔다.

"스위스 제네바 근교에서 신물질을 찾기 위해 몇 년 전부터 거대 강입자 가속기 터널을 짓고 있는 유럽입자물리연구소를 아시죠?"

"신의 입자라는 영국 에든버러대 피터 힉스 교수 이름을 딴 '힉스' 물질을 찾기 위해 전 세계 2천여 석학들이 모여들고 있다고 몇 해 전에 너희 엄마가 해외 학술지를 보고 전해 줘서 관심을 두고 있었다."

"제가 오늘 드릴 말씀은 천재 아저씨가 목숨처럼 여기시는 신물질의 비밀이 언젠가 누군가한테 새어 나간 것 같다는 거예요."

"너 지금 무슨 말도 안 되는 소리를 하는 거야?"

수덕이의 비명과 같은 고함이 터지자, 모두의 시선이 쏠리며 완이가 먼저 뛰어오고 뒤따라온 오 간호사가 민수를 잡고 흔들었다.

"너 무슨 쓸데없는 얘기를 한 거야?"

"천재 아저씨가 꼭 아셔야 할 정보예요. 그 유럽입자물리연구소 소속 프랑스 팀 피에르 소장이 20여 년 전부터 비밀리에 연구를 계속해 힉스 물질 말고 신물질 발견에 성공했다는 학계 발표가 있었다고 하던데요."

"너는 무슨 근거로 그런 얘기를 우리 아빠한테 한 건데?"

수덕이 충격으로 맥없이 누워 허우적거리며 한숨을 쉬어 옆에서 아버지를 다독이던 완이가 민수를 쏘아보며 내뱉었다.

모두 신경이 날카로워져 모여들고 민수는 얼굴이 벌겋게 달아

올랐다.

"사실은 학원에서 만난 슬기 누나한테 들었어요."

"도대체 슬기가 누군데, 그딴 소리를 했다는 거야?"

윤경의 물음에는 이번에는 태주가 나섰다.

"슬기는 홍릉 연구소 소장인 이종사촌 채 교수 늦둥이 외동딸이지."

그때 수덕이 힘들게 정신을 가다듬고 일어나 앉았다.

"20년 전이라면 미셸 강사를 의심할 수밖에 없어. 아무리 돌이켜 봐도 무슨 빌미를 줄 만한 대화는 전혀 없었는데. 정말 믿을 수 없는 일이야!"

"그때 그 강사가 무슨 정보를 본국으로 빼돌리는 데 당신도 연루됐다고 안기부에 끌려가서 난리가 났었잖아?"

윤경의 다그침에 수덕은 애원하는 음성이 되었다.

"당시에는 내겐 아무 이상이 없는 거로 확인이 됐었고, 내가 제시했던 신물질은 애초에 내가 발견한 암석에서 채취해 분석한 새로운 원소여서 누가 말로 알아듣고 흉내 낼 수 있는 물질이 아니란 말야!"

금방 울음이라도 터트릴 듯한 음성으로 말하면서 머리를 감싸 안고 엎드리자, 현도가 다가와 어깨를 감싸 안았다.

"친구야! 너 자신은 그렇게 확신하지만, 며칠 배운 불어로 너무 많은 얘기를 나눈 것이 지금 생각하면 실수라면 실수였던 것이 아닌지 염려되긴 해!"

뭔가 의구심이 든 윤경도 거들고 나섰다.

"음악 감상실이나 맥주홀에서 그 불어 강사만 만났다 하면 둘이 붙어서 무슨 얘기를 하는지 몰라도 수도 없이 쑥덕거렸었잖아?"

수덕이 불편한 몸을 힘들게 일으켰다.

"그때야, 처음 배운 언어는 원어민 대화를 많이 해야 빨리 적응될 것 같아서 그런 거지. 그리고 내가 세시한 신물질은 말 몇 마디로 흉내 낼 수 있는 것이 아니고 내 기억으로는 한 점 실수한 적이 없단 말야!"

절망감에 휩싸인 수덕을 도닥이는 현도의 얘기는 계속 이어졌다.

"프랑스 현지에서 십 년 넘게 그들과 부딪히며 산 내가 갈등했던 것은 언어로 그들과 의사소통은 충분히 되지만 깊은 마음속까지 전달되지 못하는 게 고민이었어. 생각하면 말이란 영혼 내면을 드러내는 중요한 수단인 것을 나는 어귀에만 집착해서 상대방 참마음은 읽지 못한 것 같은데, 미셸은 나와 반대로 천재와 나눈 많은 대화 가운데 네 영혼의 밑바닥까지 읽었는지 모르지!"

현도의 말에 수덕이는 아무 반응 없이 고개만 주억였고 아직도 얼굴이 붉어져 있는 민수를 걱정스러운 표정으로 건네보던 오 간호사가 현도에게 물었다.

"교수님은 현지에서 그 신물질에 대해 들어 보신 게 있어요?"

"프랑스 학회에서 힉스 연구팀이 엄청난 신물질을 발견했다고 발표해서 사람들이 흥분하길래 힉스를 발견한 줄 알고 있었죠. 어젯밤에 친구 설명을 들으니 그 프로젝트는 아직 초기 단계로 강압기 설비 공사가 한창이라고 하니 멍청하게 힉스 자체가 친구가 제시한 신물질로 알았던 나야말로 바보지요."

망연자실한 수덕을 추스르는 현도를 비롯한 지켜보는 모두의 마음은 안타까움에 가슴이 답답해졌다.

수덕은 어떤 누구도 말 몇 마디로 흉내 낼 수 없는 원소라면서도 허탈한 표정으로 맥이 빠져 축 늘어져 있는 것은 안기부에 끌려가서도 말하지 못했고, 지금 상황에서도 확실하게 밝힐 수 없는 수덕의 속사정은 자기가 강가 바닥에서 건져 냈던 작은 암석 세 조각 중에 한 조각이 당시 학생 과학 발명품 전시회로 분주하던 무렵에 분실됐다는 것이다.

떠나가는 길

며칠 후 한밤중, 모두 떠나간 산장은 쥐죽은 듯 조용했다.

극도의 절망에 빠진 아버지를 걱정해서 곁에 머물러 있던 완이가 부여 할아버지 생신에 맞춰 어머니와 함께 부여로 떠나간 뒤 수덕은 적막감마저 감도는 방 안에서 온종일 두문불출했다.

탄파 도인은 저녁 식사를 마치고 나서 양쪽 집을 오가며 군불을 피워 밤새 구들이 식지 말라고 굵은 장작을 미어지게 밀어 넣고 수덕이를 한 번 들여다본 다음, 방 안에 들어가 홀로 누워서 한참을 천정만 올려다보며 이 생각, 저 생각에 빠져 있다가 깜박, 잠이 드는가 싶은 순간, 눈앞에 벼락불 치는 듯한 섬광이 이는가 싶더니 좀처럼 보이지 않던 연선의 뭔가 말하려는 듯한 다급한 얼굴이 무성 영화 화면처럼 떠올라 기겁해서 벌떡 일어남과 동시에 방문을 박차고 뛰어나가 맨발인 채 단숨에 연선의 묘지를 향해 뛰어 올라가며 고함을 질렀다.

"기다려. 천재!"

산 고랑이 쩌렁쩌렁 울려 왔다.

과연, 이 한밤중에 연선의 묘지 앞에 시커멓게 웅크리고 있던 수덕이 힘없이 널브러지는 모습이 눈에 들어왔다.

도인이 양쪽 집 아궁이를 부지런히 오가고 있었을 때 수덕은 호롱불도 켜지 않은 컴컴한 방 안에서 미리 의족을 힘들게 몸에 맞춰 결합해 착용하고 누워 있었다.

방문이 열리고 도인이 수덕의 심중을 살피는 듯 말없이 한참을 들여다보고 나서 자기 처소로 돌아간 뒤 그는 일어나 앉아 생각에 잠기는 듯하다가 방문을 열고 익숙하지 않은 몸짓으로 툇마루에서 내려왔다.

조심스럽게 마당을 지나쳐 동산으로 오르는 그의 가슴속엔 쇠뭉치처럼 굳어진 한의 칼날을 품고, 손엔 시퍼렇게 날이 선 칼자루가 들려 있었다.

연선의 무덤에 이르러 봉분에 다가가 손을 얹어 더듬고 물러나 앉아 의족을 풀어 던지고 걸치고 있는 웃웃마저 벗어젖혀 알몸이 되어서도 끊임없이 되뇌고 있었다.

"지금 제 가슴이 숯가마처럼 새카맣게 타 숨을 쉬고 살 수 없어서 이젠 사부님 곁으로 갈 수밖에 없습니다. 이번엔 제발 저를 받아 주세요!"

뭉그러진 두 손으로 힘들게 칼자루를 들어 올려 칼날을 가슴을 향해 당겼을 때 기다리라는 뜻밖에 도인의 음성이 귓전을 울려 덜컥 마음이 흔들리면서 불편한 손으로 어설피 잡았던 칼날을 놓쳐 엇비슷 떨어지면서 장딴지 살 속에 파고드는 걸 느끼며 그대로 그 자리에 고꾸라져 엎어지고 말았다.

도인은 황급히 뛰어올라 수덕을 일으켜 허벅지에 박힌 칼을 빼내던지고 두 어깨를 잡아 흔들며 무슨 말인가 하려는 듯하다가 숨을 몰아쉬더니 이내 칼날이 뽑혀 나간 자리의 통증으로 자지러지는 순간, 수덕의 면상을 우람한 손으로 내리쳤다.

눈에서 번갯불이 번쩍하면서 한순간 정신 줄을 놓았다.

도인은 수덕이 맥없이 쓰러지자, 수덕의 바지춤에서 허리끈을
풀어 장딴지를 동여매 우선 지혈부터 해 수덕의 몸뚱이를 추슬러
안고 살얼음이 물가에 서려 있는 담소로 달려갔다.

차가운 물 속에 함께 몸을 담가 이내 수덕의 의식이 돌아오자
벼락 치듯 도인의 불호령이 떨어졌다.

"네 몸이 네 것인 줄 착각하고 함부로 흠집을 내! 너는 십 년 전
부터 나한테 빌려 사는 몸인 걸 잊고 있는 건 아니겠지?"

"제 생명과 바꾼 비밀이 새 나간 줄도 모르고 이십 년을 산 천
치가 뭔들 알겠어요? 이런 바보를 그때 잡지 마셨어야 했어요."

"옳거니, 네 말이 백번 맞다. 그래서 십 년 전으로 되돌리기 위
해 지금 널 이 물웅덩이로 끌고 온 거다. 빌어서 사는 주제에 배
신까지 한 너를 용서할 수 없어서 당장 여기를 떠나보낼 작정이
니 단단히 각오해라!"

탄파 도인의 음성은 단호했다.

"전 우리 사부님 곁으로 가겠습니다."

수덕의 새파란 입술에서 나온 음성도 또렷했다.

"그동안 주야장천 귀에 못이 박이게 했던 내 말을 아직도 이해
못 하고 그저 내빼려고만 하는구나. 하지만 네가 이승에 쌓은 업
보를 다 갚기 전에는 네 맘대로 그렇게 쉽사리 도망칠 수 없을 것
이야! 이 물에 미련한 욕심을 온전히 씻고 내일 밝는 대로 내려가
몸뚱이가 한 줌 가루가 될 때까지 네 바보짓으로 제 명을 다하지
못한 원혼들에게 속죄하면서 살아가도록 해! 그리고 그 새어 나

갔다는 비밀을 다시 한번 검증할 생각은 안 하고 무작정 그 어린 애 말을 믿는 거야? 아니면 그냥 포기하는 거야?"

"이 병신 몸으로 무얼 할 수 있겠습니까?"

"네가 써먹을 건 영악한 머리밖에 무엇이 더 있겠느냐! 왜 육신도 네가 그렇게 대단하다고 한, 그 호킹인가 하는 박사보다는 훨씬 자유롭지 않나?"

탄파 도인은 말을 마치자마자 매달려 있는 수덕과 함께 물속에 머리끝까지 들어갔다가 한참 후에 포효하듯 숨을 내뿜으며 올라와 곧바로 물이 뚝뚝 떨어지는 몸으로 거실로 향했다.

길고 긴 겨울밤이 지나고 아침나절에 어떻게 알았는지 완이 모자가 허겁지겁 산장에 올라왔다.

탄파 도인이 밤새 흐릿한 호롱불 밑에 수덕의 머리맡을 지키고 있는 방으로 들어가 아버지의 처참한 몰골을 보고 놀란 완이는 도인이 해 준 대략의 얘기를 듣고 대성통곡이 터졌고, 윤경의 외마디 같은 고함이 산채를 뒤흔들었다.

"당신은 이제 당신 혼자가 아니란 말야! 당신 분신인 완이나 내 생각은 안 했어? 어쩌면 그렇게 독선적인 건 젊었을 때부터 변할 줄 모르는 거야?"

윤경도 수덕이 허벅지에 핏물이 배인 붕대를 추스르며 끝내 흐느끼기 시작했다.

기운이 하나도 없이 기진맥진인 도인은 고개를 숙인 채 말했다.

"내가 너무 오랫동안 천재를 끌어안고 있었나 봐! 그런데 어찌 알고 이렇게 일찍들 온 거야?"

도인의 물음에는 윤경이 아직도 울먹였다.

"꼭두새벽에 완이가 잠에서 깨자마자 무슨 악몽을 꾸었는지 울고불고 난리가 났었죠."

"무슨 꿈을 꾸었길래?"

도인의 물음에도 완이는 어린애처럼 머리를 도리질하고 아버지 품에 얼굴을 묻고 다시 울음을 터트렸다.

사실은 완이의 꿈에서 아버지 수덕의 가슴에 무참하게 커다란 칼이 박혀 온몸이 피투성인 채로 하얀 쪽배에 실려서 낯선 사람에게 끌려가는 참혹한 모습이어서 차마 입 밖으로 꿈 얘기를 하지 못했었다. 식음을 전폐하고 내내 눈물만 보이며 어머니를 보채서 급히 달려와 실제 아버지의 모습을 보니 기가 막힐 수밖에 없었다.

수덕은 수덕대로 차마 아무런 변명도 못 하고 완이를 부둥켜안고 긴 한숨만 내쉴 뿐이었다.

탄파 도인이 두 모자에게 수덕을 맡기고 자리를 털고 일어나 나간 후 마음들이 좀 진정되자, 윤경이 뒤늦은 식사 준비를 하면서 말했다.

"완이 아버지! 이젠 여기를 떠날 때가 된 거 아냐?"

수덕은 여전히 긴 한숨만 쉴 뿐 말이 없자, 완이가 매달렸다.

"아빠! 완이랑 서울로 가서 다시 학교에 복학하시면 아빠가 좋아하는 샌님 교수님도 자주 만날 수 있잖아요. 도사님한테 내가 한번 사정해 볼까?"

"이미 나는 도사님한테 여길 떠나라는 명령을 받고 말았단다."

수덕은 땅이 꺼질 듯 한숨을 내쉬고, 완이를 끌어안았다.

수덕은 모든 하산 준비를 마치고 다시 연선의 무덤가에 섰다. 탄파 도인이 연선은 흉측한 제자 모습을 다시 보고 싶지 않을 거라고 극구 말렸지만, 막무가내 고집은 꺾지 못했다.

불편한 다리를 의족에 의지해 완이의 부축을 받으며 구부정하게 서 있다가 힘에 부쳐 이내 그 자리에 주저앉고 말았다.

"이제 가면 언제 또 볼지 모르겠네요. 그동안 어떻게 꿈에서조차 한 번도 볼 수가 없었죠. 이 수덕이가 그렇게 보기 싫었습니까?"

탄파 도인이 가까이 다가와서 수덕이 옆에 주저앉으며 한마디 했다.

"자네가 그렇게 마음속에 끌어안고 보내 주지 못하니, 돌아선 그 사람도 안심하고 돌아보지 못하는 거 아냐! 이젠 모든 걸 포기하고 놓아줘. 그러면 밝은 얼굴로 다시 맞이할 걸세!"

수덕은 탄파 도인의 말에 수긍하는 듯 고개를 끄덕였고, 머리를 숙인 채 한동안 앉아 있다가 힘들게 일어서서 다시 한번 봉분을 향해 고개를 깊이 숙여 예를 하고 아쉬운 발길을 돌렸다.

밝은 햇살은 온 산하를 비추고 청명한 파란 하늘에는 흰 구름 한 조각이 유유히 흐르는데 어디서 날아왔는지 산새 한 마리가 잎을 모두 떨군 마른 나뭇가지 위에서 유난히 목청 높여 울어대 모두 새소리에 취해 있는데 수덕은 혼잣말처럼 되뇌었다.

"사부님! 운명의 끈도 인연의 끈도 차분하게 풀어야 하는 거지 그리 무참히 자르는 것이 아니란 것을 저도 이제야 깨달았으니 참 바보지요!"

회한의 짙은 응어리가 수덕의 야윈 가슴속에 휘감아 돌고 지켜보는 모두의 마음속에도 잔잔한 파문이 되어 일렁여 왔다.

꿈속에서

미립자 원소들이 빈틈없이 촘촘하게 채워진 공간 속 삼라만상
이 깊은 휴식인 수면에 들어 주위가 고요한 한밤중, 수덕은 유독
잠들지 못하는 한 영혼이 되어 까만 밤을 하얗게 새우며 숨도 쉴
수 없이 머릿속에 가득 어지럽게 뒤엉킨 복잡한 생각들과 힘겨운
씨름을 하고 있었다.

　인간의 몸뚱이는 모든 살아 숨 쉬고 있는 것들을 둘러싼 기본
적인 요소가 되는 몇천분의 일 미크론도 안 되는 원소의 소립자
에 비교한다면 우주나 마찬가지면서도 사실 이같이 눈에 보이지
도 않는 미미한 존재에 인간의 생사여탈이 걸려 있는 현세가 너
무 어처구니없는 것은 아닌가!

　또 한편 하필이면 이것을 다루는 학문에 발목이 잡혀서 힘들게
걸어온 자기 운명의 여정을 곰곰이 생각해 볼 때, '왜 그런 복잡
한 선택을 할 수밖에 없었는지! 좀 더 수월한 길을 찾을 수도 있
지 않았나!' 하는 얄팍한 마음마저 들면서 너무 약해진 자신이 느
껴져 실없는 웃음과 함께 한숨이 저절로 나왔다.

　지리산에서 십여 년을 생사고락을 함께했던 탄파 도인에게 쫓
겨나 고향이나 마찬가지인 부여에 돌아온 수덕은 산장에서와 똑

같이 생각이란 의식이 머릿속에 미칠수록 노도와 같은 거친 풍랑이 일면서 숨이 멎을 것 같은 치받음에 헐떡이는 마음을 두 손을 모아 진정시키고 있었다.

얼마 동안 움직임 없이 텅 빈 방 안에 홀로 벽에 기대앉아 자신을 고통의 수렁에 빠트려 괴롭히고 있었다.

수백 번 기억을 되돌려 더듬어 봐도 목숨을 걸고 지키려 했던 자기 머릿속에만 간직해 있다고 생각한 새로운 물질의 비밀이 새 나갔다는 것은 도저히 인정할 수 없는데, 어제 연구소 채 소장이 보내온 답신은 분명히 프랑스인 과학자가 발표한 새로운 원소가 대학 초년생 시절 자신이 대연각 호텔 화재 사고로 미 핵물리학자와 함께 사망한 노 소장에게 제시했던 신물질이란 것이었다.

수덕은 무슨 생각을 해서인지 주위를 더듬거려 벗어 놓았던 의족 세트를 능숙하게 몸에 착용하더니, 옆방 부모님이 깨지 않도록 조심스럽게 집 밖으로 나왔다.

눈이 실명됐어도 그가 갈고 닦은 마음속 예리한 형안도 형안이지만, 어린 시절 수백, 수천 번 다녔던 길이라 더듬거림 없이 골목길을 벗어나 향한 곳은 백제 대교가 지어지면서 폐허가 돼 버린 배다리 백사장이었다.

어린 시절 철없이 마냥 신나게 뛰놀았고, 조금 커서는 연선 사부의 다그침으로 밤이 이슥하도록 마음을 다스리는 기 훈련에 몰두했던 때가 다시 생각나면서 맹목적인 고집으로 헛되이 자신을 버리려 했던 철이 덜 든 어두웠던 순간순간이 꼬리를 물고 떠올랐다. 머리 좋은 놈, 천재 소리를 수도 없이 듣고 살아왔지만, 거꾸로 돌고 돌아 천하의 바보 천치가 되어 돌아온 자신이 너무도 한

심스러워 쓴웃음을 지으며 조심스레 모래 둔덕 위에 주저앉았다.

옛날로 되돌아가기에는 이미 너무 멀리 와 있어도 그때 기억들을 되돌려 보고 싶은 충동에 어린 시절 상상하지 못한 돌발적인 상황에서 온 우주 신이 들려주었던 것 중에 일면 이해되는 것도 있었지만 당시로선 쉽게 수긍할 수 없었던 수많은 얘기를 떠올려 보기 시작했다.

어린 영혼의 귓전을 낭랑하게 울려오던 소리가 기억 속에 생생하게 되살아나고, 전혀 예상하지 못한 상황에서 물웅덩이 속에서 뻗어 나온 빛을 쫓아 겁 없이 물속에 뛰어들어 그 무거운 암석을 캐 올렸던 기묘한 순간이 떠올랐다.

수덕이 모랫바닥에 거의 눕다시피 하고 깊은 상념에 빠져 있는 사이 교교한 밤은 더욱 깊어지고 자신도 모르게 꿈속에 빠져들고 있었다.

꿈속에 나타난 탄파 도인은 여느 때처럼 산장 마루 끝에 앉아 방 안에 있는 수덕이 자신을 들여다보며 익살스러운 표정을 짓고 있었다.

"자네는 자꾸 도망치려 하지만, 부처님 손바닥 안인 걸 어떻게 하겠는가!"

밑도 끝도 없는 한마디를 던진 도인의 얼굴이 갑자기 환하게 밝아지면서 정색이 되어 똑바로 바라보며 목소리를 높였다.

"내가 일찍이 네게 준 경고를 무시하고, 거꾸로 그 경고를 뒤집어 발칙한 상상으로 요물을 만들려 했고, 맺힌 맘을 순리로 풀지 못하고 불을 던져 무고한 생명을 거두게 한 네 불찰을 어떻게 쓸어 담을 것이냐?"

수덕이 갑작스러운 탄파의 뜬금없는 질책에 어이가 없어 말을 못 하고 입만 벌리고 숨을 몰아쉬고 있자, 도인은 더욱 심각한 얼굴이 되어 마룻바닥을 주먹으로 치며 고함지르듯 이야기를 이어 갔다.

"당장 네 영과 육을 거두어 버려야 하지만, 네놈이 뒤늦게나마 경고를 깨우쳐 스스로 자신을 버리면서까지 내 뜻을 지키려 한 행위가 가상해서 다시 기회를 줄 것이니 너와 함께할 동반자를 찾아서 네게 부족한 것을 채워 너희 땅을 지킬 수 있는 길을 찾도록 해라!"

가만히 들어보니 지금 하는 말은 아무리 생각해도 도인의 말이 아니라, 온 우주 신의 책망인 것을 깨달을 수 있어 수덕은 다급하게 입을 열었다.

"지금 세상이 너도나도 핵 개발에 난리들인 마당에 이미 쏟아져 버린 물처럼 제가 파고들었던 신물질은 어쩌면 딴 인간의 손에 넘어갔을지도 모르는 것을, 지금 제가 어떻게 손쓸 수가 있단 말입니까?"

탄파 도인은 은근한 눈빛이 되어 수덕을 바라봤다.

"그것은 염려하지 마라! 네가 조금도 걱정할 것이 없는 것은 누구 손에 들어갈 일도 없고, 혹 들어갔다 한들 우매한 인간의 눈에는 알맹이가 보일 리 없으니 너는 조금도 괘념치 말고 오히려 네 걱정과 근심을 뒤집으면 더 좋은 결과가 반드시 올 것이다. 내 말인즉슨 너희 세상의 모든 만물의 조화는 약도 주고 병도 준다는 말이 있는 것처럼 잘못 사용하면 병이 되는 것도 다른 병에는 약이 되는 것을 함께 가지고 있다는 것을 너는 알게 될 것이다. 다만 지금은 너희가 아직 미욱하고 눈이 어두워서 내가 머릿속에 넣어 준 능력의 열에 하나도 제대로 쓰지 못하는 바람에 그 연결 고리들을 제대로 찾아내지 못해서 어둠 속에서 헤매고 있다는 걸 안다. 이처럼 모든 우주 만물이 이뤄지고, 부서지는 이치도 결국은 일맥상통하게 연결될 수밖에 없다는 것을 간교한 네 녀석이 어찌 모른단 말이냐! 모든 것을 차치하고 네가 그렇게 넋을 놓고 주저앉아 있을 것이 아니라 우선 서두를 것은 너를 도와줄 동반자를 찾는 것이 먼저니라!"

수덕은 도인의 말하는 의미가 마음에 확 꽂혀 깜짝 놀라면서 육신이 불편한 자기를 도와줄 동반자가 완이나 윤경이 같은 주변 가족 말고 또 있다는 말이 바로 이해되지 않았다. 수덕의 심정을 읽은 것처럼 도인의 말은 곧바로 이어졌다.

"자네는 자네 혼자만 내 충고를 들은 줄 알지만, 그건 절대 아닐세! 이 땅에 발붙인 눈곱만한 생각이라도 갖은 인간들 거의 다 내 말을 듣고 있지만, 우둔해서인지 아니면 알면서도 자기가 감당할 것이 아니라고 무의식적으로 회피하고 있는 것인지는 나도 모르겠다. 자네와 똑같이 경고를 받은 인연이 줄줄이 이어져서 자네가 만나게 될, 발칙하고 간교하기가 자네를 뛰어넘어 자네의 불편한 육신과 모자라는 머리를 도와줄 녀석은 현재 자네가 내 경고를 처음 받았던 어릴 적 그 또래 덜 여문……."

거기까지 얘기를 들었을 때, 누군가 심하게 몸을 흔들어 수덕이 깜짝 놀라 번쩍 정신이 들어 일어나니, 부모님이 나란히 서서 걱정스럽게 내려다보고 있는 게 아닌가!

"이 오밤중에 웬일로 성치도 않은 몸으로 여기까지 나온 거야?"

잔뜩 근심스러운 어머니 박 씨의 물음에 대꾸가 없는 수덕이 대신 여기저기 둘러보던 태보 씨가 퉁명스럽게 입을 뗐다.

"제 딴엔 십여 년간 디디고 볶으며 살았던 곳이레 한 번쯤은 보고 싶디 않았갔어! 아녀?"

"보는 것도 불편하면서 하필이면 이 밤중에 잘못 헛발 디뎌 넘어지기라도 하면 어쩌려고?"

수덕은 걱정하는 어머니의 부축을 받고 엉거주춤 일어나 걸으며, 퉁명스럽게 내뱉었다.

"나 내일 서울에 올라갈래요."

수덕의 말에 박 씨는 가던 길에 멈춰 서서 멍한 표정으로 말했다.

"완이가 제 입학식에 같이 가자고 그렇게 매달려 통 사정해도 냉정히 뿌리치더니, 이젠 서울엔 웬일로 간다는 거야?"

"저 놈아 변덕이레 어드레 말리겠나."

부모 모두 어이없는 표정이 되어, 터덜터덜 걸어가는 아들의 뒷모습만 멍하니 바라보고 있었다.

현도가 퇴근길에 완이와 함께 명동 레스토랑에 들어서자, 손님들을 접대하고 있던 인수가 부리나케 달려 나오고, 위층 살림집에 머물러 있는 수덕과 윤경 부부는 미리 내려와 있다가 자리에서 일어서서 손짓하고 있었다.

"샌님! 어서 와. 나는 원래 여기는 체질에 안 맞아서 지난번처럼 종로 음악 감상실에서 만났으면 했는데, 마침 오늘 해외여행을 하고 귀국하신 장모님이 한턱내신다는 바람에 겸사겸사 여기서 보자고 했지."

지리산에 있을 때보다 말끔해져 있는 수덕이 완벽하게 의족을 착용하고 아들 완이와 친구를 맞이했다.

"나도 완이 외할머니를 찾아뵙고 인사드리려던 참이었어."

그때 인수가 위층으로 올라가 부모님을 모시고 내려와 모두 일어나 인사를 하고, 완이는 쪼르르 달려가 어린애처럼 외할머니에게 매달렸다.

신 여사는 나이는 들었어도 여전히 꼿꼿한 인상 그대로인데, 장의원은 장성 출신답지 않게 아담한 체격에 부드러운 얼굴이었다.

"할머니! 이번에 어디 어디 다녀오셨다고 하셨죠?"

다시 자기 아빠 곁에 껌딱지처럼 붙어 있는 완이가 여쭤봤다.

"아이고! 여행도 젊어서 다녀야지. 너무 힘들어서 많이 못 가 봤단다. 파리하고 로마 정도였지. 뭐. 더군다나 너의 할아버지가 못 따라다녀서 맨날 호텔 방에서 죽치고 말았어."

신 여사가 얘기를 마치자 윤경이 자기 어머니를 팔꿈치로 찔벅했다.

"참! 현이 얘기부터 먼저 해야 하는데 깜박했군! 파리에서 은영 씨랑 임 교수 딸내미 현이를 만나 안내를 잘해 줘서 에펠탑하고 루브르 미술관이랑 시내 구경을 아주 잘했어! 그리고 집에 초대까지 해 주는 바람에 음식 대접을 융숭하게 잘 받았지. 아주 고마웠어! 현이가 아빠 보고 싶다고 하소연을 하더라니까."

신 여사의 말은 현도가 전화로 은영에게 들었던 얘기였다.

"현이 엄마랑 며칠 전 통화했는데, 시원찮은 솜씨로 차린 음식을 칭찬해 주시고, 아주 잘 드셔서 오히려 황송했다고 하던걸요."

현도의 말에 장 의원은 펄쩍 뛰듯이 팔을 저었다.

"무슨 소리야! 여기 있는 여성 동무 중에 현이 엄마 음식 솜씨 따라갈 사람이 없어. 맨날 느끼한 서양 음식만 먹다가 그날 내가 청국장에 맛난 불갈비로 포식을 했고만. 아주 고마웠지!"

"우리 자취할 때 가끔 해 주는 요리가 보통 수준은 아니었던 것 같았어!"

장 의원에 이어서 수덕이 나서서 은영이 요리 솜씨를 인정할 때 음식이 줄줄이 나오기 시작하고, 인수가 별도로 포장도 뜯지 않은 와-인이 든 선물 상자를 들고 왔다.

"어머니가 이번에 현지에서 특별히 맘먹고 큰돈 주고 사 오신 건데, 한번 맛들 보세요."

인수가 포장을 뜯고, 잔에 돌아가면서 와-인을 따르기 시작하자, 옛날 인수가 어렸을 적에 와-인을 마시고 쓰러졌던 생각이 나서 수덕이 짓궂은 표정이 되었다.

"처남도 앉아서 같이 한잔하지!"

"아직 매장에 고객님들이 계셔서 지금은 안 됩니다."

인수가 난감한 표정으로 손사래를 치자, 윤경이 퉁명스럽게 한마디 했다.

"쟤는 그때 한 번 혼난 뒤로 와-인 알레르기가 생겼지. 아마!"

현도 역시 그때를 생각하고 빙그레 미소를 짓고, 신 여사도 새삼스럽게 당시를 떠올리며 수덕을 지긋이 건네보며 입을 열었다.

"그때가 언젠가! 벌써 20년도 더 됐고만. 그래서 그때 진 서방 점수가 50점은 깎였을 거야."

"제가 천방지축 철이 없을 때였습니다."

"그 무렵 우리 완이 아빠가 문제가 아주 많았지! 주위에서 천재, 천재 하고 잔뜩 바람을 넣는 바람에 부웅 떠올라서 정신이 없을 땐데, 나는 그 모습이 왜 그렇게 좋았는지 몰라!"

윤경이 수덕을 은근한 시선으로 바라보자, 옆에 서서 묵묵히 얘기를 듣고 있던 인수도 한마디 거들었다.

"나도 매형을 처음 보는 순간, 누구도 고집을 못 꺾는 억센 누나가 꼼짝 못 하는 놀라운 카리스마에 반해서 완전히 매형 편이 됐었다니까요."

두 남매의 얘기를 듣던 신 여사는 퉁명스럽게 한마디 했다.

"말하면 뭐 하니. 뭣에 씌웠는지 둘 다 아주 정신이 없어서 이 어미 말은……!"

거기까지 말했을 때 아버지 식사를 돕던 완이가 뿌루퉁한 눈빛으로 할머니를 쏘아봤다.

"할머니! 그래서 완이가 여기 이렇게 있잖아요."

"알았다! 알았어. 영특하고 든든한 손주 땜에 네 엄마한테 예전에 두 손 두 발 다 들었었다."

"나도 우리 완이 때문에 너희 할머니 따라서 항복했었지! 그걸 보면 모든 얘기의 결말은 우리 완이로 끝나는구먼."

장 의원이 활짝 웃으며 완이를 향해 두 팔을 들어 올려 보이자 모두 함박웃음이 피어났다.

"참! 우리 교수님 이번 봄 방학에 파리에 다녀오신대요."

완이의 말에 모두 다시 반색했다.

"이번에 가면 아예 모두 데리고 오는 거지?"

수덕의 말에 현도는 조금 조심스러운 심정을 내보였다.

"내 마음은 어떻게 해서든지 그러고 싶지만, 은영이나 아이들 생각은 다른 것 같아서 잘못하면 내가 오히려 잡혀 앉을지도 모르겠어."

현도 본인은 물론 모두 난감한 표정들이었다.

"주저앉을 땐 앉더라도 이번엔 꼭 데리고 나와. 은영이 보고 싶어 죽을 것 같단 말야!"

윤경이 처녀 적처럼 두 발을 구르자, 모두 파안대소들을 하고, 완이는 항상 심각하게 무게만 잡던 엄마의 의외의 모습에 어이없는 표정으로 윤경을 노려봤다.

"어머님! 갑자기 왜 그러세요. 혹시 병원으로 모셔야 하는 건 아닌가요?"

"완이야! 저게 네 엄마의 본모습이란다."

인수가 흐뭇한 표정으로 완이 등을 토닥여 줬다.

행수 삼촌

며칠 후, 현도는 파리행 비행기 안에 조금은 무거운 마음으로 앉아 있었다.

자기 가정사도 풀어야 하는 난제이지만 지난 주말에 아버지를 뵙는 자리에서 뜻밖에 6·25 전쟁 발발 당시 행방불명됐다던 아버지의 삼촌, 행수 씨 얘기를 들었기 때문이다.

임 교감은 용인에서 전원생활 삼 년 차에 접어들고 있었다.

얼마 전 날씨가 좋아 텃밭에서 해동하면 올봄에는 한번 오이 재배를 해 볼 요량으로 굳어진 땅을 괭이를 들고 손질하고 있었다.

최근 옆집에 이사 온 노부부가 외출했다가 돌아오던 중 남자 어른이 갑자기 임 교감을 손짓해 불러서 하던 일을 멈추고 다가가니, 노인이 덥석 손을 잡았다.

"자네 나 못 알아보겠나! 이 사람아, 자네 삼촌 행수의 단짝 친구 수태를 모르겠어? 나보고도 삼촌, 삼촌 했었잖아."

"……."

임 교감은 그저 어안이 벙벙한 상태에서 말을 못 하고 자세히 얼굴을 살펴보니, 황해도 해주에서 서울로 내려와 형과 함께 공부하던 행수 삼촌이 형과 형수를 모두 잃어 천애 고아가 된 조카인 임 교감을 시골에서 소학교를 거쳐 보통학교 과정을 마치자마자, 서울로 불러올려 사범학교에 입학시켰다.

의지할 것 없는 시골 촌놈이 그저 삼촌만 따라 다닐 때 밤낮 가리지 않고 만나서 함께 뒹굴었던 삼촌 절친 중의 한 분인 것을 금방 알아볼 수 있었다.

순진했던 그 시절 행수 삼촌과 똑같이 동생처럼, 조카처럼 챙겨 줬던 고마웠던 시절이 생각나 눈시울이 붉어져 노부부를 집안 응접실로 모시고 들어왔다.

"피난 내려올 때 행수 삼촌은 납북됐을 거라고 삼촌이 그러셨잖아요?"

마침 현도 모친 강 여사는 친정에 볼일이 있어 집을 비우고 있어, 임 교감이 직접 차를 끓여 대접하며 처음 물어본 말이었다.

"그게 맞는 말이었어. 그렇다면 지금까지도 자네는 삼촌 소식을 모르고 있었다는 얘기가 아닌가?"

"저는 그저 북에서라도 편안하게 지내시길 바랄 뿐이죠."

"정말 무심들 하고만! 내가 일본에서 근무하던 10년 전까지 행수는 가와사키에 버젓이 살고 있었네."

노 영감의 말에 벼락에 얻어맞은 것 같은 충격에 임 교감은 머리가 멍해지면서 가슴이 벌렁거리고 눈이 화등잔만 하게 커졌다.

"그게 정말입니까? 그렇다면 삼촌은 왜 한 번도 한국에는 들어오지 않고, 소식도 없이 일본에만 있었던 거죠?"

임 교감의 물음에 노 영감은 의식적으로 목소리를 낮췄다.

"그것은 행수는 일본 조총련 간부로 있었기 때문이었지. 해외 공안 부서에 있었던 내가 비밀리에 접촉해서 울며불며 매달려 끈질기게 전향을 권했지만, 북에 너무 많은 가족이 있어서 자기의 변절이 바로 그들에게 불똥이 튈 것이 뻔해 자기 양심상 그들을 버릴 수 없다고 하소연해서 우리도 포기할 수밖에 없었다네. 행수가 지금까지 자네한테 연락 못 한 것도 북에 혈육이 있으면 우리도 역시 보안법상 불이익이 갈 거란 염려해서일 거라는 생각이 드는군! 이것이 바로 분단의 비극이 아니겠나?"

"삼촌은 일본에서 가족도 없이 혼자 살고 있었습니까?"

"그게 지금도 알 수 없는 미스터리였네. 내가 이십여 년 전 주일 영사관에서 처음 조총련 인명부를 보고 행수를 처음 접촉했을 때만 해도 부인이라고 인사를 시킨 아주 젊은 여자를 동반하고 딱 한 번 나타났었어. 얼마 뒤에 여러 번 사찰도 하고, 은밀히 만났을 때 물어봐도 묵묵부답으로 웃기만 할 뿐이었지. 조사 결과 서류상 직계 가족이라고는 끝내 찾아볼 수가 없었네."

"지금 일본에 가면 만날 수 있을까요?"

"글쎄다! 나란 사람도 10년 전 퇴직 후엔 그쪽 기관에는 의도적으로 피하는 처지라 지금 살았는지 죽었는지 알 도리가 없지. 벌써 십여 년이란 세월이 흘러 버렸으니 왜 안 그렇겠나!"

"어떻게 알아볼 수 없을까요?"

임 교감이 안타깝게 바라보자 노 영감은 한참을 까막까막 생각에 빠져 있는 사이 지금까지 묵묵히 둘의 대화를 듣고만 있던 부인이 한마디 했다.

"왜 얼마 전에 일본에서 들어온 떠벌이 성수라는 애 있잖아요?"

부인의 말을 들은 노 영감은 조금 얼굴이 밝아지며 입을 열었다.

"한 놈이 있긴 한데, 녀석이 워낙 신빙성이 떨어지는 허풍쟁이라! 내 한참 밑에 있던 아인데 제가 무슨 007 제임스 본드나 되는 것처럼 떠벌리고 다녀서 빈축을 받더니 얼마 전에 그놈도 퇴직해서 들어와 인사차 와서 하는 말이 일산에서 술집을 개업했다고 하더구먼. 아마 그 녀석 동료 중에 아직 일본 현지에서 뛰고 있는 아이들이 있을 거야! 내 한번 알아보지."

노 영감이 돌아간 뒤에도 임 교감은 '인연이란 것이 참 묘하구나!' 하면서 한편 자기 생활에만 얽매 정작 살폈어야 하는 것에 등한했던 자신이 너무 무심했다는 죄책감에 그 자리에 꼼짝도 못하고 한동안 그대로 굳은 듯 앉아 있었다.

며칠이 지난 뒤에 노 영감은 행수 삼촌의 소식을 가지고 왔는데, 삼촌은 정년이 되어 북한으로 들어간 뒤 소식을 알 수 없고, 잠깐 동거했던 부인은 사내아이를 출산하고 잠적해서 일본에 살고 있는지 북으로 들어갔는지 분명하지 않다는 얘기였다.

임 교감으로서는 새로운 의구심과 함께 어려운 숙제가 생긴 상황이었다. 현도가 파리에 간다고 왔을 때도 이 문제를 심각하게 의논했지만 확실한 해답을 찾지 못했다. 임 교감 자신이 일산 술집 사장을 직접 만나 보고 일본에라도 찾아가 삼촌 혈육의 행방을 찾겠다는 계획을 현도에게 내보였다.

월남 소년 린

현도는 지금 자기에게 부딪혀 있는 아내, 은영의 오해를 생각하자 파월 당시 인연으로 만나게 된 월남 소년 린이 자연스럽게 떠올랐다. 지긋이 팔을 괴고 비행기 기내 창밖에 흘러가는 구름 조각을 무심히 바라보면서 20여 년 전 파월 장병 시절을 곰곰이 더듬어 봤다.

현도가 월남에 파병되어 2년 가까이 근무했던 백마부대 29연대 6중대가 주둔해 있었던 중대 기지는 월남 땅을 남북으로 길게 잇는 철도와 함께 나란히 이어진 1번 도로 바로 옆에 끝을 가늠할 수 없이 넓게 펼쳐진 초원의 중앙에 여인의 젖무덤처럼 볼록하게 솟은 두 개의 작은 동산 위에 자리 잡고 있었다.

기지 서북쪽으로는 적의 군단 규모의 대병력이 은거해 있다고 알려진 늘 흰 구름에 가려져 있는 천여 고지 이상이 됨직한 암벽으로 된 우람한 혼바산이 병풍처럼 버티고 있고, 동편으로 아득히 바라다보이는 동아이 해변으로부터 항상 시원한 바닷바람이 불어와 정신적으로나 육체적으로 상하의 무더위를 잊기에 지정학적으로 안성맞춤인 외형상 좋은 조건을 갖춘 곳이었다.

기지 정상 관망대 아래 아담하게 자리한 팔각정에서 주위를 굽어불라치면 바닷가 쪽으로 넓게 펼쳐진 초록색 카펫을 깐 듯 고운 초원의 끝자락 야자 숲 사이로 듬성듬성 촌락의 붉은 기와지붕이 언뜻언뜻 보이고, 논과 밭이며, 바나나, 사탕수수, 고무농원들의 평화로운 풍경들이 겉으로는 도대체 전쟁이 벌어지고 있는 나라 같지 않았었다.

그러나 겉으로는 논과 밭을 경작하고 소들을 방목 사육하는 농민들과 바닷가에서 염전과 고기잡이를 주업으로 하는 어민들이 재미있게 섞여서 살고 있어 순박한 양민들로 보이지만 주민 가운데 한국군과 대치하고 있는 베트콩들과 접선하여 그들의 식량이나 보급품을 조달해 준다거나 첩자 등 불순분자들이 섞여 있는 것으로 그 당시 첩보상으로 나타나고 있었다.

그래도 기지 주변에 늘 푸른 초원에는 언제나 방목하는 소 떼들의 울음소리와 목동 아이들의 재잘거림 속에 날이 새고 저무는 날이 대부분이었다.

보랏빛 저녁 안개가 서서히 온 누리를 덮어 오는 저녁나절, 소 떼를 몰고 돌아가는 목동들의 와자지껄한 재잘거림을 듣고 있노라면 고즈넉한 향수에 젖어 들곤 했었다.

린을 처음 만나던 날은 유난히 화창하던 날씨가 갑자기 돌변하여 소나기가 억수같이 쏟아지던 어느 오후였다.

열대 지방의 특이한 스콜 현상으로 월남에는 가끔 그런 날이 있었지만, 그날은 유독 거칠게 비바람이 내려치고 있었다.

중대원들은 훈련을 마치고 오침에 들고, 현도가 정문 위병소에서 마른 땅바닥을 세차게 두드리는 장대비가 퍼붓는 바깥을 걱정스럽게 내다보고 있을 때, 초원에서 심상치 않은 일이 벌어지고 있었다.

갑자기 내린 비를 피하느라 목동들이 정글 숲속으로 사라지고, 소 떼들이 엉거주춤 무리 지어 있을 때, 한차례 우지끈하고 뇌성 번개가 일자, 움찔움찔하던 소들이 동요하기 시작하고 놀란 송아 지들은 껑충껑충 뛰며 어쩔 줄 몰라 하자 비를 피해 나무 밑에 몰 려 있던 몇 명의 목동들이 튀어나와 진정시키려고 분주하게 뛰어 다니고 있었다.

소들이 좋아하는 새파란 잡초들이 잘 자란 기지 주변의 방목 은 대민 유대관계를 고려해서 사격 훈련 지역을 제외한 전 지역 을 허용하고 있었지만, 기지 주변에 다섯 겹으로 설치한 원형 철 조망가에는 소들이 접근하면 절대로 안 된다는 것을 목동들도 잘 알기 때문에 버둥대는 송아지들을 외곽으로 몰아내려고 안간힘 을 쓰고 있었다.

또 한차례 하늘에 시커먼 구름 사이로 번갯불과 함께 뇌성벽력 이 일자, 기어코 몇 마리의 송아지들이 미친 듯이 발광하며 거칠 게 철조망 가로 달려들었다.

현도 생각에 더는 어린 목동들이 감당할 수 없어 보여 우의를 걸치고 위병소 문을 박차고 뛰어나갔을 때는 이미 한 마리의 송 아지가 철조망에 걸려들어 경계용 조명탄이 터져 강한 섬광과 함 께 희뿌연 연막이 솟구쳐 오르기 시작했다.

관망대에서 오침을 끝낸 부관의 고함이 크게 들리고 현도가 급 히 뛰어가자 철조망에 걸린 송아지를 끌어내려고 안간힘을 하던 목동들은 기지 쪽에 소를 접근시키면 붙잡아 호되게 야단친다는 것을 잘 알기 때문에 모두 겁을 먹고 하나둘 꽁무니를 빼 야자 숲 속으로 달아나기 시작했다.

대여섯 명의 목동들은 정글 속으로 숨어서 보이지 않는데, 작은 목동 하나만이 유독 끝까지 남아서 송아지에게 매달려 있는 모습이 보였다.

그렇게 억수같이 퍼붓던 소나기는 변덕스럽게 좀 잦아들고 있었다.

현도는 송아지 목에 걸려 있는 철망을 걷어 내고 가지고 간 밧줄을 목에 걸어 쉽게 끌어내 주위에 엉거주춤 서 있는 어미 소들과 함께 기지 밖으로 멀리 몰아내고 부관의 지시대로 비에 젖은 목동을 데리고 위병소로 돌아왔다.

비에 젖어 맨땅에 뒹군 초라한 어린 목동이 조금은 겁먹은 표정으로 위병소까지 순순히 따라와서 현도를 빤히 올려다보다가 고개를 떨구었다.

목동을 자세히 살펴보니 조그만 종아리가 철조망에 긁혀 피가 흐르고 있어 위병소 소파에 앉히고 상비약 통에서 알코올을 꺼내 깨끗이 씻어내고 머큐롬을 발라 준 다음 반창고를 붙여 주자 아이는 신기한 듯 내려다봤다.

목동의 얼굴은 반듯한 윤곽에 커다란 눈동자와 야무지게 다문 입, 그리고 옷매무새가 평소 보았던 목동들과 생소한 모습에 현도는 머리를 갸웃했다.

"얘는 저도 처음 보는 앤데요!"

현도와 같이 위병소 근무조인 천 상병도 희한한 듯 목동을 보았다.

천 상병이 시레이션 코코아를 끓여 현도와 함께 목동에게 건네자 의외라는 듯 큰 눈을 껌뻑였다.

현도는 당시 속된 말로 가방끈이 좀 된다는 이유로 월남에 도착하자마자 대민 봉사 요원으로 선발되었다. 두 달간 속성 월남어 교육을 이수해 자대에 배치받으면서 위병소에서 외부인 응대를 하고 있어 어느 정도 현지인들과 의사소통을 할 수 있었다.

"엠 뗀 지(이름은)?"

반짝이는 린의 시선이 현도를 올려다보면서 입을 열었다.

"또이 뗀 라 린(제 이름은 린입니다)."

또렷하게 대답하고 다시 고개를 떨구었다.

"린! 아잉 바오 니에우 뚜 오이(네 나이는)?"

"무어이 못 뚜오이(열한 살)."

손가락 열 개를 모두 펴 보이고는 다시 검지 하나를 내밀고 도로 얼굴을 떨군 채 발가락을 꼬무락거리고 있었다.

린이 코코아를 맛있게 마시는 사이 어느새 비가 그쳐, 해가 구름 사이로 짓궂은 얼굴을 내밀었다.

당시 월남 지방 날씨는 그렇게 변덕이 심했다.

날이 개자 정글 속에 숨었던 목동 아이들도 다시 소를 몰고 초원으로 나오고 있는 것이 멀리 보였다.

현도가 딴 녀석들과 달리 달아나지 않아서 기특하다고 머리를 쓸어 주자 린은 씽끗 천진한 미소를 보이고 꾸벅 머리를 숙여 인사하고는 목동들이 모여 있는 초원으로 달려갔다.

다음 날은 어제와 달리 맑게 개어 서늘한 바람이 빽빽한 밀림을 거쳐 부드러운 초원을 어루만지듯 스쳐 지나가고 어제의 수난을 잊은 듯 한패의 어린 목동들이 옷깃을 바람에 날리며 뛰놀고 있는 모습이 보였다.

현도는 천 상병과 어제의 소동으로 기지 주변 철조망이 망가진 곳은 없는지 점검에 나섰다.

기지 주변을 완벽하게 둘러친 다섯 겹 원형 철조망 중에 어제 송아지가 걸렸던 첫 번째 철조망에는 다행히 연막탄과 조명탄 외에 다른 살상 무기가 없었지만, 두 번째 줄부터는 각종 부비트랩이 겹겹으로 설치되어 있어서 사실은 어제 위험할 수도 있었다.

기지 밖 훈련 교장에서는 수시로 하는 매복 작전 대비 교육과 새로 전입해 온 파월 초년병들의 정글전 적응 훈련이 한창이었다.

매일 하는 점검이기도 하지만 어제 송아지가 걸려 엉성해진 철조망을 다시 고정하고 위병소 쪽으로 발길을 옮기던 현도는 사람의 의식을 예리하게 긋는 듯한 야릇하고 고운 음률에 귀를 의심하며 멈칫 그 자리에 서고 말았다. 고국에 있을 때 주말이면 으레 수덕이와 친구 사인방이 종로 르네상스 음악 감상실에서 살다시피 해 클래식 음악이 귀에 익숙해도 험한 전쟁터에서는 쉽게 들을 수 없는 감미로운 음향에 놀란 표정으로 천 상병과 함께 주위를 둘러보니, 저 멀리 야자수가 군락을 이룬 그늘 밑에 목동들이 옹기종기 모여 있는 것이 보이고 귀에 익은 바이올린 곡인 헨델의 세레나데는 분명히 거기서 들려오고 있었다.

천천히 다가간 현도는 의외의 광경에 놀라지 않을 수가 없었다.

어제 낮에 변덕스러운 비바람으로 고난을 치렀던 린이 목동들이 모여 있는 야자수 등치 앞에 서서 눈을 지그시 감고 바이올린을 열심히 켜고 있는 게 아닌가! 헨델의 세레나데에서 모차르트의 봄의 노래로 넘어가고 있는 걸 현도는 그런대로 감지할 수 있었다.

둘이는 애들이 눈치채지 않게 멀찍이 자리 잡고 앉았다.

혹독한 겨울을 이기고 기지개를 켜고 나온

어린 잎사귀의 보송한 미소.

파란 하늘엔 하얀 구름이 모였다 갈라져 뿔뿔이 흩어지고

가슴을 어루만지듯 봄바람에 사뿐히 창공을 사올랐다가

다시 솟구쳐 내려오는 예쁜 꽃 이파리들이 눈이 부시게

사슬사슬 밝은 공간에 낙화되어 휘날린다.

암녹색 밀림 숲속엔 한 쌍의 노란 나비

자욱한 물안개 서린 서늘한 폭포수 가를

거니는 큰 눈망울 꽃사슴 무리 속에 사뿐히 휘돌고

맑디맑은 물 위엔 소금쟁이들이

휘감은 동그라미가 귀를 간질인다

긴장된 전쟁터에서 거칠어지고 메말라 버린 마음속으로 옥구슬처럼 영롱한 음률이 자꾸만 푸근히 적셔 오는 것만 같았다.

월남 학생들의 통상 교복인 하늘빛 반바지에 하얀색 셔츠 차림부터 일률적으로 어두운색 옷을 걸친 다른 목동 아이들과는 판이한 린이 연주하는 곡에 흠뻑 취해 지그시 눈을 감고 있었다.

갑자기 바이올린 선율이 뚝 끊겨 번쩍 눈을 뜨고 앞을 보니 린이 먼발치에 있는 그들을 발견하고 빤히 바라보고 있었다.

목동들도 잠에서 깬 듯이 현도 쪽을 의식하고 재잘거리며 웅성거렸다.

현도가 웃는 얼굴로 박수를 보내면서 '하이든' 하고 외치며 계속 연주하라고 손짓을 하자, 머뭇거리던 린은 진지한 표정이 되어 입을 꼭 다문 채 씽긋 웃더니 두 군인을 의식한 듯 활기찬 하이든의 〈헝가리 무곡〉을 켜기 시작해 목동들도 빠르고 흥겨운 음률에 몸을 들썩이고 있었다.

현도는 천 상병을 위병소에 먼저 보내고 강요하다시피 두어 곡을 더 듣고 돌아오면서 한동안 스스로 다그쳐서 굳어져 버린 마음 한편이 마른 고목에 맑은 샘물이 스며들 듯 서서히 허물어지는 것을 느낄 수 있었다.

위병소에 돌아와 아껴 두었던 C-레이션을 천 상병을 시켜 목동들에게 보내 주고도 쉽게 들을 수 없는 곳에서 들려준 멋진 바이올린 연주에 대한 답례로는 너무 부족했다고 생각될 만큼 그날 린의 연주는 현도에게는 감동이었다.

초원이 어둑어둑해지면 쩌렁쩌렁 소몰이 방울 소리 속에 유난히 시끄러운 아이들의 음성이 뒤엉켜 떠들썩하다가 하나둘 정글 속으로 사라져 가고 텅 빈 초원만이 밤새 컴컴한 전장으로 돌아갈 채비를 했다.

아주 특별했던 그날 이후 현도는 초원의 목동들, 특히 린에게 관심을 두게 되었다.

어느 날인가 현도는 얘기할 기회가 있어 린이 피하는 것 같은 기색이 보여 물어보지 못했던 집안 얘기를 슬며시 다시 물어보았었다.

그것은 그 무렵 중대본부 교육계 겸 첩보 취급병인 장기만 병장의 말이 생각나서였다.

린이 사는 쑤엄니 마을은 본래 첩보상 X등급 마을인 것은 이미 알고 있었는데, 그즈음 첩보에 혼바산에 은거하는 베트콩들이 유난히 뻔질나게 쑤엄니에 드나들며 식량을 조달해 가면서 한국군 동정을 파악해 가는 것으로 나타나고 있다는 것이었다.

현도의 심각한 표정을 보고는 린이 어렵게 집안 이야기를 꺼냈다.

"원래 우리 집은 사이공에 있었는데 몇 달 전에 어머니하고 여기 쑤엄니 마을로 이사 왔어요."

"사이공!"

현도는 천 상병과 똑같이 놀라면서 어떤 복잡한 사연이 있겠다는 예상을 할 수 있었다.

"너희 집은 아주 부자였구나!"

천 상병의 말에 린의 표정은 이내 어두워졌었다.

"사이공에 살 때는 집도 넓고 깨끗한 이층집이었는데 여기 집은 아주 작아요. 지금은 엄마가 돈이 없어서 학교에도 못 가고 소를 몰고 있어요."

린은 언제나 그랬던 것처럼 입을 꼭 다문 채 맑은 눈동자로 빤히 올려다볼 뿐 행복했던 사이공 생활과 험한 현재의 생활 사이에 있었던 일이나 가족 이야기는 더는 꺼내지 않았다.

궁금해하는 그들의 마음을 눈치채고는 메고 있던 바이올린 현위에 활을 얹어 차분한 곡을 연주했다.

그날 이후 궁금한 걸 못 참는 천 상병이 끈질기게 매달렸지만 린의 입에서 그 이상의 얘기는 들을 수는 없었고 그럴수록 린과의 거리가 멀어지는 것을 느낄 수 있었다.

린과 천 상병의 신경전이 팽팽하게 이어지던 어느 날 현도는 위병소에서 린과 단둘이 마주 앉을 수가 있었다.

천 상병은 그날 사단 PX에서 구매할 것이 있다고 부식 담당 1종계 박월룡 병장에게 통 사정을 해 부식 수령 차량에 오르고 있었다.

천 상병을 보내고 현도 혼자 한가로이 커피를 마시고 있을 때 린이 손에 갓 딴 것 같은 잘 익은 바나나를 들고 찾아왔다.

그날 현도는 린으로부터 가족의 실로 놀라운 슬픈 이야기를 들을 수가 있었다. 충격이 너무 커서 입을 다물지 못하는 현도를 지켜보던 린은 글썽한 눈빛으로 오히려 현도를 진정시키면서 멈칫하는 표정이었다.

　"너무 걱정하지 마세요! 나 린이는 엄마만 곁에 있으면 안심이에요. 그리고 엄마는 누구한테도 이 얘기를 하면 절대로 안 되는 비밀이라고 했지만, 따이한 아빠는 비밀을 꼭 지켜 줄 것 같아서 린이 말한 거예요. 정말 비밀이라구요!"

　짓궂은 개구쟁이 천 상병이 한국어를 잘 모르는 린에게 현도 호칭을 '따이한 아빠'라고 가르친 그대로 부르는 게 계면쩍어 웃으며 고개를 끄덕였다.

　지금 엄마와 단둘이 반닝읍 쑤엄니 마을에서 힘들게 사는 것과 관련해 입을 굳게 다물고 좀체로 털어놓지 않으려고 했던 가족 얘기는 가히 가슴 아픈 이야기였다.

　린의 부모는 프랑스에 유학 중에 만나 결혼하고 월남에 돌아와 린이 아빠가 정부 요직에 있어 린이 여섯 살부터 바이올린을 가정교사에게 레슨 받을 정도로 유복했던 가정이 순식간에 깨진 것은 불과 일 년 전이라고 했다.

　모든 화근은 린이 큰 형 투이 때문에 일어난 비극이었다.

　투이는 사이공대학에 다니고 있었고, 고등학교에 다니는 둘째 형 투엔과 같이 피아노를 전공하고 있었는데, 언제부터인가 투이가 그때 한창이던 대학생들의 반정부 데모대에 휩쓸려 이상한 사람들과 어울린다고 엄마가 몹시 속상해하는 걸 린은 자주 보았다.

　투이는 아버지에게 호되게 야단을 맞은 다음 며칠씩 집에 들어오지 않는 날이 많아지더니, 린이 레슨을 받는 어느 오후 초라하고 험상궂은 사람들과 집에 들어와서는 집 안에 돈이 될 만한 물건들을 찾아들고 몰려나간 뒤 다시 돌아오지 않아서 린이 큰형을 본 것이 그때가 마지막이었다.

그 뒤 집안은 한동안 조용했지만, 가끔 엄마 혼자 울고 있는 모습을 볼 수 있었다.

지난해 구정 하루 전날 저녁, 모두 늦은 저녁 식사를 하고 있을 때 밖에 인기척이 있어 나갔다 들어온 투엔의 얼굴이 파랗게 질려 있었다.

투엔의 손에 들린 것은 투이의 목숨을 담보로 하는 협박 편지였다.

바로 다음 날 저녁 무렵 린이 아버지는 투엔과 함께 돈이 든 가방을 챙겨 들고 투이가 잡혀 있다는 곳으로 나갔다.

그날 밤을 꼬박 새워 아버지와 형들을 기다렸지만 끝내 돌아오지 않았다.

"다음 날도 또 다음 날도……."

린은 말을 잇지 못했고 큰 눈에 눈물이 그렁그렁 고였었다.

며칠이 지난 뒤에 린의 아버지와 투엔은 사이공 외곽 고무나무 농장 속에서 싸늘한 시신으로 경찰에 의해 발견되고 말았다.

그 엄청난 일을 겪은 다음, 린은 투이 형을 찾아야 한다는 엄마를 쫓아 여기저기 돌아다니다 여기 쑤엄니 마을까지 오게 됐다는 말을 들은 현도는 착잡해질 수밖에 없었다.

대학을 다니던 학생이 학업을 중단하고 전쟁터인 여기 어딘가에 와 있다면 투이는 베트콩이 된 것이 분명하고, 린은 베트콩 가족의 일원으로 볼 수밖에 없기 때문이었다.

린이 돌아간 허하게 펼쳐진 초원을 하염없이 바라보며 많은 생각에 사로잡혀 있을 때 외출했다 돌아온 천 상병이 무슨 일이 있었느냐고 근심스럽게 물어볼 정도로 현도 마음은 심각한 충격에 빠져 있었다.

중대본부에 올라가 근무 일지를 제출하고 어두운 팔각정 전망대에 혼자 앉아 기지 주변의 경계 근무조가 투입되어 참호마다 '경계 철저'를 외쳐대는 복창 소리를 듣고 있었다.

멍한 머리를 주억이면서 내려다보이는 정글 사이 하나둘 노랗게 밝혀지고 있는 어느 불빛 아래 '린과 그 애 엄마가 어둡고 막막한 마음으로 있겠구나!' 하는 생각에 다시 중대본부에 들어가 교육계 장기만 병장을 찾았다.

장 병장이 건네 준 첩보 철에는 쑤엄니 마을 주변 정보가 세세하게 적시되어 있는데, 린이 거주하는 부근에도 적들의 출몰이 완연했다.

'칸호아성 인민해방전선' 소속 녹색, 흑색 혼착, AK 소총 2정을 가진 적 1개 분대가 식량 구매를 부탁하고 CT186, AT106 지역으로 도주.

그 근처 적들은 대부분 식량과 물자를 구하기 위해 출몰하고 있었다.

어떤 때는 일개 소대 규모의 대병력이 식량 꾸러미를 메고 기지 근처를 지나 혼바산 망망 쑤까이 계곡으로 이동하고 있는 것이 밝은 대낮에 목격되기도 했었다.

한국군 참전 초기 정보 부족으로 어이없는 피해를 많이 입은 뒤에 고육지책으로 작전 후에는 노획한 장비와 베트콩 시신을 끌고 대규모 부대원이 이 쑤엄니 마을에 시위행진을 했었다는 말이 있을 정도였다.

현도는 린과 같이 티 없이 맑은 눈동자와 그 위를 덮고 있는 어두운 그늘을 생각하면 정말 안타까울 수밖에 없었다.

더욱이 '린의 어머니는 무슨 생각으로 저 어두운 무리 속에 섞여서 힘든 생활을 하는 것일까!' 하고 현도는 많은 생각이 꼬리를 물었다.

린이 자기 집안 이야기를 들려준 다음 날부터 초원에 나타나지 않았다.

현도가 조회를 마치고 위병소로 내려오면서 초원을 내려다보면 초원 한복판에 기다리기라도 한 것처럼 손을 흔들던 모습이 보이지 않아 우울한 이야기를 들은 뒤의 불안감이 짙어졌다.

영문도 모르는 천 상병마저 의아해했다.

"린이 녀석이 어디 아픈 것 아닐까요?"

천 상병은 심각하게 말하고 나서 시키지도 않았는데 목동들에게 달려갔다. 돌아와 깊게 한숨을 쉬었다.

"별일이네! 게네들도 모르겠다고 하는데요."

그 무렵 중대에 상급 부대로부터 일주일간의 매복 작전 명령이 하달된 것은 빈번한 적들의 출몰 상황을 고려해서 중대장이 제안한 것을 상부에서 결제한 거라는 장 병장의 전언이었다.

부대원 모두 오침을 즐기는 오후 각 소대장을 비롯한 작전 요원들과 대민 요원인 현도와 포병 소속으로 파견되어 온 APC 소대장 등이 참가한 작전 회의가 있었다.

기지 서쪽 혼쥬산 준령과 혼바산 망망 수까이 중간을 관통하는 좀 험한 지역이었다. 중대장이 찍어 주는 지도상의 좌표를 지켜 보던 장기만 병장이 고개를 흔들었다.

"사실 이 지역은 연대에서도 손대 보지 못했던 지역이라 연대 규모 이상 작전이 아니고서는 힘들어요! 제가 졸병 때 사단 작전으로 그 근방을 처음 뛰었었는데 낙오병도 많았고 적들의 저항이 만만치 않았습니다. 그리고 망망 수까이에는 월맹군 군단 규모가 주둔하고 있어 우리 중대 병력으로는 역부족입니다."

장 병장의 설득에 고참 소대장들도 수긍하고 중대장도 어느 정도 이해가 된 듯 고개를 끄덕였다.

사실 프랑스 군대부터 시작된 백년 전쟁 동안 그 지역은 한 번도 들어가 본 적이 없었고 첩보상 그 밀림 속에는 적들의 훈련 교장이 있는 것으로 전해지고 있었다.

작전 회의가 끝날 무렵 무전병이 수화기를 갑자기 현도에게 내밀었다.

위병소 천 상병이 린이 어머니와 함께 와서 찾는다는 뜻밖의 연락이었다. 작전 회의도 대충 마무리되어 급히 위병소로 내려가니 위병소 밖에서 현도를 보고 활짝 웃고 있는 린이 뒤로 중년 여인이 조용히 서 있는 모습이 눈에 들어왔다.

갈색 아오자이에 까만 머리를 단아하게 빗어 내린 모습이지만 갑작스러운 고난에 시달린 세파의 흔적이 고스란히 보였다.

"안녕하세요? 저는 린이 마더입니다!"

뜻밖에 유창한 영어로 인사하고 다소곳이 머리를 숙인 그녀는 기지 주변 행상 아주머니들이 늘 가지고 다니는 바나나와 망고 등 열대 과일이 조금 담긴 낡은 광주리를 가지고 있었다.

현도는 우선 린 모자를 선풍기가 돌고 있는 위병소 안으로 안

내해 자리를 권하고 마주 앉아 영어보다는 월남어가 편하다고 하자 의외라는 듯이 웃으며 월남어로 바꿔서 얘기를 시작했다.

"우리 린이를 각별히 챙겨 줘서 고맙습니다! 영 활기가 없던 아이가 아주 밝아진 것이 따이한 아저씨들 덕분인 것 같습니다!"

"린도 우리에게 멋진 바이올린 연주로 많은 즐거움을 줬습니다! 며칠 동안 초원에서 볼 수 없어 혹시 무슨 일이 있나 해서 걱정을 많이 했습니다."

현도의 말에 린의 모친은 곧바로 정색했다.

"린에게 들어서 대충 알겠지만, 우리 큰아이가 지금 월맹군에게 붙잡혀 있어서 린에게 누구에게도 집안 이야기를 하면 안 된다고 평소 단단히 일렀어요. 린이 따이한에게 모든 것을 말했다고 하는 바람에 처음에는 당황해서 야단도 치고 밖에 외출도 못하게 했던 건데 생각해 보니 순진한 어린아이에게 비밀을 지키라고 한 어미가 부족했다는 생각도 들었습니다. 또 린이 따이한은 꼭 비밀을 지켜 줄 거라면서 믿어도 된다고 한번 만나러 가자고 매달려서 큰마음 먹고 동네 사람들 눈을 피해 왔습니다."

"저도 린에게 그냥 일반적인 집안 사정을 물어봤다가 충격적인 가정사를 알게 되어 많이 걱정하던 참이었습니다."

린의 모친은 현도의 얼굴을 보면서 긴장했던 표정을 풀고 이야기를 다시 이어 갔다.

"사실은 처음엔 걱정을 많이 했죠. 린이 따이한은 마음씨가 아주 좋다고 만나 보자고 매달려서 힘들게 용기를 내서 왔는데 린이 말대로 역시 첫인상이 아주 좋은 분 같이 느껴져서 내심 안심이 되네요."

"그렇게 믿어 주시니 고맙습니다!"

현도의 솔직한 심정을 전하자 린의 모친은 그제야 마음이 놓이는지 편안한 마음이 되어 엷은 미소를 띠면서 솔직한 자기 심정을 말하기 시작했다.

"우리 큰아이 투이는 지금 베트콩에게 강제로 붙잡혀 있는 거예요. 내 아이라고 감싸서 하는 말이 아니라 오로지 피아노밖에 모르던 순진한 아이여서 어떤 이데올로기를 추종할 아이가 아닙니다!"

린의 어머니는 고개를 흔들다 힘없이 떨구어 현도는 처음부터 궁금했던 것을 물어보았다.

"린이 큰형이 이 칸호아성 지역에 있다는 걸 어떻게 아셨습니까?"

"여기에 린이 아버지 먼 친척 형님이 사시는데, 투이가 혼바산에 있는 월맹군과 함께 쑤엄니 마을에 나타났었다는 연락을 받았습니다. 여기저기 큰애를 찾아 헤매다가 여기에 우선 정착하게 됐던 거죠."

"어떻게 한 번이라도 아들과 연락은 해 봤습니까?"

현도의 질문에 린의 모친은 조심스러운 말투가 되었다.

"우리가 처음 쑤엄니에 들어오자 사람들이 경계의 눈빛을 보냈어요. 큰애가 이곳 칸호아성 인민해방전선 소속원이란 소문이 나자 넌지시 접촉해 오는 사람이 있어 알게 된 호왕이라는 사람이 투이에 대해서 잘 알고 있어서 한번 연락을 해 달라고 부탁을 했는데 아직 소식이 없습니다."

"아드님이 그곳에 잡혀 있으면 쉽게 빠져나오긴 어려울 텐데요."

현도의 말에 부인은 고개를 끄덕이면서 자신의 각오를 얘기했다.

"제 바람은 큰아이를 구출해서 함께 친정 식구들이 있는 프랑스로 갔으면 더할 나위 없겠지만 그러지 못해도 한 번만이라도 얼굴을 봐야 린을 데리고 떠날 수 있을 것 같습니다.”

힘들게 말하는 린의 모친의 얼굴에는 비장감마저 느껴졌다.

그때 천 상병이 커피와 코코아 차를 끓여 내왔다.

현도는 커피를 마시면서 코코아를 맛있게 마시는 린을 돌아보며 안타까운 심정으로 다시 린의 모친을 바라보았다.

“제 능력에도 한계가 있어 어떻게 하는 것이 도움을 드릴 수 있을지 모르겠네요!”

현도가 난감한 표정을 짓자 린의 모친은 빙그레 미소를 지어 보였다.

“병장님이나 상병님이 우리 아이를 예뻐해 주는 것만으로 아주 고맙죠! 따이한 사람들이 정이 많다는 것은 사이공 있을 때 바로 옆집에 따이한 상사 직원 가족이 있어 왕래하면서 일찍부터 알고 있었습니다. 예절 바르고 따스한 심성에 늘 감동했었기 때문에 병장님을 만나 볼 결정을 쉽게 할 수 있었습니다.”

솔직하게 마음을 밝히는 부인의 얼굴에 진지한 빛이 서림을 알 수 있었다.

“우리를 믿고 찾아 주셔서 고맙습니다!”

현도가 깍듯하게 고마움을 표하자 린의 모친도 오히려 황송한 표정을 지으며 또 다른 부탁을 하는 것이었다.

“병장님께 한 가지 부탁할 것은 우리 린이를 귀여워해 주는 것은 고맙지만 마을 사람들이 이상하게 볼 수 있으니 작은 것 무엇도 린이 손에 들려서 보내지 말아 주세요.”

그 무렵 고국에서 보내온 위문품 과자 상자를 천 상병이 린에게 줬던 것이 마음에 걸려 하는 말인 듯한 부인의 걱정스러운 눈빛에 현도가 알았노라고 했다. 린의 모친은 한나절 많은 이야기를 나눈 뒤 천 상병과 놀고 있는 린을 남겨 놓고 마을로 내려갔다.

작전을 떠나기 전날 저녁에는 현도는 으레 두 손을 합장하고 간절한 마음이 되어 갈구하는 버릇이 있었다.

그날 밤도 별빛이 유난히 빛나고 주위가 고요해 마음이 더욱 낮게 가라앉아 고국의 부모님과 편지마다 절절한 마음을 전해 오는 은영이, 그리고 여전히 잠적하고 있어 소식을 알 수 없다는 수덕이와 윤경이의 얼굴을 떠올려 보았다.

현도는 처음 고국에서 파월 요원으로 차출됐을 때만 해도 겉으로 내색은 못 했지만 내심 두려움에 한없이 긴장했던 게 사실이었으나, 현장에 부딪혀 주위 또래 전우들과 어울리고 두세 번 작전에 참여하면서 어느 정도 만성이 된 듯 '평정심을 갖게 된 것은 마음 밑바닥에 나만은 괜찮을 거라는 나태한 자만심이 잠재하고 있는 것은 아닐까!' 하는 생각이 들기도 했었다.

전쟁터에 임한 본인은 물론이고, 가족들도 마음 밑바닥에 '나만은.' 아니면 '우리 자식만은.' 하는 어쩌면 안이한 이기적인 자만심이 잠재하고 있다고 생각되었다.

항상 명랑하던 천 상병이 심각한 얼굴이 되어 부친에게서 온 서신을 일부러 보여 준 적이 있었다.

"세상 사람들이 모두 추앙하는 이순신이나 안중근, 그리고 링컨이나 예수, 공자가 아무리 위대하고 잘났다고 해도 이 아비한테는 우리 아들 윤복이하고 비기겠느냐! 그런 귀한 우리 아들에게 무슨 일이야 있겠냐마는 그래도 매사 조심 또 조심하여라!"

전장에 있는 자식을 향한 부모의 솔직한 심정을 적고 있었다.

"링컨이나 이순신도 그렇지만 예수나 공자는 너무했죠? 우리 아버지 참 대단해요!"

씁쓸한 얼굴로 너스레를 떠는 천 상병을 보며 현도는 전장으로 자식을 보낸 부모의 공통된 안타까운 심정일 거란 생각이 들었다.

다음 날 오후, 드디어 매복 작전이 시작됐었다.

병사들 인식 자체가 매복 작전은 대소 작전과 달리 대수롭지 않게 여기기 쉽지만, 위험한 것은 어떤 작전이나 마찬가지여서 노출됐을 경우 역매복당하는 사례도 있어서 더욱 신경 쓰이는 작전이었다.

투입 직전 세심한 군장 검사를 마친 후 중대장의 훈시에는 어느 때보다 강도 높은 독려가 있었던 것으로 기억된다.

"우리는 결코 죽으려고 이 먼 월남 땅까지 오지 않았다!

죽으려거든 찬물 한 숟가락이라도 떠 넣어 줄 수 있는 너희 부모, 애인이 있는 고국에 가서 죽어라! 여기는 누구 하나 너희를 위해 울어 줄 사람은 없다. 죽음이란 처참하고 억울해서 숨이 멎고 몇 분이 못 되어 파리, 개미 떼가 콧구멍, 눈구멍으로 들어가는 것을 보지 않았느냐! 몸뚱이는 살아 있을 때가 아름답다!"

소름이 끼치도록 지독한 중대장의 말 한마디, 한마디가 독침처럼 신경을 자극해 마약과도 같은 특출한 효험을 나타내기도 했다.

얼마 전 구정 공세를 대비한 사단 작전을 무사히 마치고 돌아와 마련한 회식 자리에서 했던 인사계 권욱주 상사의 말이 생각났다.

작전이 연장되어 재보급하느라 치누크 헬기로 작전 지역에 들어가 발아래 중대원들을 내려다볼라치면 모두 하나같이 눈에서 불똥이 튀어나올 듯 살기가 서려 마치 맹수들을 보는 것처럼 겁이 나더란다.

절박한 전시 상황에서는 곧잘 평상시 드러나지 않는 인간의 숨은 저력이 나타난다. 왜소한 사병들도 자기 체력의 한계를 뛰어넘는 군장을 짊어지고, 도착 지점에 혹시라도 장애물이 있을까 봐 지면에서 높이 뜬 미군 헬기에서 거뜬히 뛰어내려 그 험준한 돌산을 나르듯이 내닫는 것은 정글 속 대열에서 앞 전우를 놓치면 낙오가 되고, 낙오된다는 것은 곧 베트콩의 먹이가 된다는 절박한 상황을 알기 때문이었다.

기지를 벗어나 그 당시 왕래가 뜸해서 녹이 슨 1번 도로 옆 철길을 넘어 낮은 소 정글 속으로 모두 숨을 죽이며 은폐되어 갔다.

작전이 시작되어 나지막하게 무전병의 교신이 개시되고 얼마 지나지 않아 모두 걱정했던 늪지대 초입으로 들어서면서 유지되던 보행 간격이 점차 짧아지자 벌써 긴장되어 가는 것을 알 수 있었다.

주춤주춤 이어지던 행군이 얼마 못 가서 전방의 중대장 전령 옥 병장이 주먹을 쥐어 보이며 휴식을 전달해 오고, 무전기의 수화기를 받아 든 중대장의 못마땅해하는 목소리가 나직하게 들려왔다.

첨병 소대장인 송병무 중위 소대의 첨병, 부 첨병이 모두 늪에 빠져서 진로 수정이 불가피하다는 말에 중대장이 짜증을 낸 것이다.

송 중위 말대로 다른 방향으로 진로를 바꾼다면 일몰이 되기 전에 목적지에 도착하기 어렵다는 생각에 첨병만 우선 교체해 조금 우회해서 빨리 움직이라고 했지만, 다시 행군이 계속되는가 싶더니 몇 걸음 못 가서 정지되어 어찌 된 일인지 아예 모두 주저앉아 움직일 줄 몰라 현도가 중대장을 따라 전방으로 나갔다.

원래 농경지였던 곳이 주인을 잃어 황폐화된 곳에 물이 질퍽질퍽 발목까지 차오르고 갈대가 우거진 풀숲을 뚫고 전진할수록 물이 깊어지면서 종아리까지 빠지고 있었다.

저만치 송 중위와 첨병 분대원들이 분주하게 움직이고 있는 게 보였지만 아직 첨병이 늪에 빠진 채 나오지 못한 상태였다.

"시작부터 짜증 나게 난관에 부닥쳤군! 빨리 손 안 쓰고 뭐 하나?"

"지금 잡아당길 끈을 준비하고 있습니다. 잘못하다간 쌈도 못 해 보고 새끼들 저세상에 먼저 보내겠습니다!"

중대장의 못마땅해하는 힐책에 평소 쾌활한 송 중위도 씁쓸한 표정이었다. 준비한 줄이 첨병에게 던져져 군장이 먼저 매달려 나오고, 다시 허리까지 늪에 빠졌던 고광필 병장이 기진맥진이 된 채 끌려 나오고 있었다.

수정된 좌표를 따라 쉬지 않고 행군은 별 탈 없이 계속됐지만, 예상보다 늦게 도착한 목적지는 날카로운 가시나무들이 뒤엉킨 험준한 정글 사이사이 반들반들하게 길들이 나 있어 베트콩들이 빈번하게 왕래했던 흔적들이 이리저리, 마치 그들의 어지러운 조직 형태처럼 거미줄같이 복잡하게 갈라져 있었다.

부대원 모두 부지런히 매복 진지 축성을 끝냄과 동시에 소대별로 전방 주요 지점에 클레이모어 부비트랩을 설치하고, 최대한 기도 비익을 유지하며 늦은 시레이션 저녁 식사가 있었다.

온통 정글로 뒤덮인 주변 어둠 속에 숨을 빨아들일 듯이 조그만 움직임에도 와삭와삭 귓속을 울릴 정도로 주위에 적막이 깊게 가라앉고 있었다.

처음 시도한 작전 지역이어서인지 지휘관들도 예전에 없이 긴장된 모습들이었지만 그날 밤도, 또 그다음 날도 아무런 상황 없이 지나가고 있었다.

삼 일째 접어들면서 소대장들 사이에 매복지를 옮기자는 의견이 있었지만, 중대장은 어떤 이유인지 받아들이지 않다가 사 일째 되는 날에야 악명 높은 망망 쑤까이 계곡이 똑바로 내려다보이는 그리 멀지 않은 지역으로 매복 자리를 이동하도록 조치했었다.

중대장을 따라 각 소대 매복 지점을 돌아보고 중앙에 있는 본부 매복 자리에 돌아오니, 무전병이 뜻밖에 P6 무전기를 내밀어 현도는 의아한 표정으로 급히 받자 기지에 남아 있는 천 상병의 목소리가 흘러나왔다.

"어제 린이가 자기 엄마랑 위병소에 와서 아빠를 찾았습니다."

현도는 천 상병의 말이 의외다 싶으면서도 린이에게 어떤 급한 상황이 있다는 예감이 들기도 했다.

"도대체 무슨 일이 있어서 왔다고 했나?"

찬 상병은 난감해하는 눈치로 머뭇거렸다.

"린이 엄마가 닫힌 정문 밖에서 이 말 저 말 했지만, 영어랑 월남 말이 뒤섞여서 저는 뭔 말인지 도무지 제대로 알아들을 수가 없었습니다."

"이 답답한 갈매기야! 그중에도 네가 알아들을 수 있는 말 몇 마디는 있었을 것 아냐?"

현도의 추궁에 천 상병은 생각에 빠진 듯이 말이 없다가 한참

만에 우물쭈물 말을 했다.

"린이 부라더 어쩌고, 컴 홈 했던 것 같습니다!"

현도 생각에 린이 엄마가 영어로 말한 것 같은데, 투이가 집에 돌아왔다는 건지 아니면 올 것이라는 말인지 종잡을 수 없어서 대충 알았노라고 교신을 마치고 나니, 늦은 저녁나절 진지 이동을 해선지 어느새 정글 사이로 어석어석 어둠이 서려 오기 시작해 동편 기지 방향으로 날렵한 초승달과 별들이 돋아나고, 서쪽 하늘엔 아직 붉은 노을빛이 흐릿하게 남아 있었다.

전투가 치열한 상황 속에 있는 병사 중에는 서산에 넘어가고 있는 저녁 해를 바라보며, '내일 아침에 저 해를 다시 볼 수 있을까!' 하는 생각이 들 정도로 절박했다던 회고가 떠올랐었다.

그런 절실한 상황은 아닌데도 그날따라 현도의 마음속은 희한하게 예리한 떨림 같은 것이 전신을 타고 전류처럼 흐름을 어쩌지 못하고 있었다.

간간이 정글 사이로 풀잎을 스치며 지나가는 잔바람의 일렁임 속에 '린과 그 애 엄마가 무슨 사연을 가지고 찾아온 걸까! 의혹이 심중에 괜한 이상기류를 만든 거겠지.' 하고 가슴을 쓸어내리면서 초저녁잠을 청하고 있으려니, 3소대장 이삼문 소위가 중대장과 한담을 나누고 돌아가면서 던졌던 유들유들한 말이 떠올랐다.

"중대장님, 한번 기다리십시오! 제 예감이 예사롭지 않습니다. 우리 섹터에서 V.C 몇 놈 잡아서 받치겠습니다."

마치 낚시를 나가 물고기 몇 마리 걸리길 기다리는 낚시꾼 같은 말투였다. 이 생각 저 생각으로 온통 신경이 욱신대서 잠을 청해도 의식만 또렷할 뿐이었다. 그때 무전병 옥 상병이 엉금엉금 기어 다니며 중대 요원들을 깨웠다.

조금 전에 무전기에서 새어 나오는 음성은 숨이 목까지 차오른 이삼문 소위의 다급한 목소리였다.

"우리 섹터 전방에 V.C 한 놈이 접근 중입니다!"

"뭐라고?"

중대장의 음성도 극도로 긴장하고 있다는 걸 바로 옆에서 느낄 수 있었다.

"최대한 기도 비익을 유지해 부비트랩에 걸려들 때까지 기다리고, 내가 지시하기 전에는 절대로 사격하지 말고 대기한다!"

"생포하면 안 될까요."

현도는 3소대 진지 쪽으로 포복해 기어가는 중대장 뒤를 따라가며 자신도 전혀 예상하지 못한 말이 입에서 튀어나왔다.

"임 병장! 돌았어? 이 상황에 무슨 헛소리를 하는 거야?"

중대장은 퉁명스럽게 쏘아붙이고, 이 소위 앞에 다가갔다.

유격전의 귀신인 무기를 든 V.C를 생포하다니 현도 자신도 왜 그런 말이 나왔는지 금방 이해되지 않았다.

"한 놈뿐입니다."

이삼문 소위가 중대장의 귀에 대고 속삭이는 순간 수없이 많은 생각이 모두의 뇌리를 스치고 지나가고 있었다.

'왜 혼자일까! 혹시 후미에 본대가 따라붙고 있는 것은 아닐까!'

현도는 그렇다면 교전도 각오해야 한다는 생각을 하며 소총을 쥔 손에 힘을 주려는 찰나 온 천지를 뒤흔들며 좌우로 강력하게 갈라지는 째질 듯한 클레이모어 폭음과 함께 눈앞에 희뿌연 화약연기 속 매캐한 내음이 코를 찔렀다.

서걱서걱 긴장된 숨소리만 요란하게 들려올 뿐 모두 땅바닥에 기어들 듯 엎드려 한참이 지나가고 있었다.

환하게 드러나 보이는 자신의 모습이 위험 앞에 발가벗겨진 듯 보여서 초승달 빛마저 그렇게 무섭게 느껴질 수가 없었다.

긴장된 한참이 지나고 난 뒤에 중대장은 소대장들과 지원 포대 강 중위를 불러 숨을 죽이듯 낮은 목소리로 명령을 하달하고 있었다.

"놈은 죽은 것 같은데, 혹시 뒤따르는 본대가 있을지 모르니 각 소대는 계속 경계를 철저히 유지시키고 강 중위는 사단 포 사령부에 미리 찍어 준 화집점에 포 사격을 요청하세요!"

소대장들도 눈빛으로 대답하며 돌아가고 부대원 모두 하나같이 신경이 있는 대로 욱신욱신 요동치는 혈관을 타고 거칠게 소용돌이치고 있는데 의외로 전방은 쥐 죽은 듯 조용했다.

현도는 피가 마를 듯 차오르는 숨을 삼키고 있었다.

목숨을 내놓고 전장에 뛰어든 군인이 단 일개 적과의 상황에 이렇듯 긴장하고 초조해하는 것은 적을 쓰러트리기 위해서는 우리도 그만한 희생을 감수해야 한다는 살상의 등식이 가능하기 때문이요. 싫든 좋든 그것을 각오해야 해야 하는 것이 싸움의 원칙이 아니던가!

누구나 안전을 바라지만, 전쟁 자체가 그것을 부수고 나선 것이기에 어떤 보장도 있을 수 없어 피아간 죽음이란 어휘 자체가 춥고 떨리는 말이며 싫은 것이다.

사실 '이 상황에서 죽은 자는 잠잠한데, 오히려 죽음을 느끼고 경험하는 것은 지금 지켜보고 있는 자들의 몫이구나!' 하는 생각도 들었다.

수많은 생각이 머릿속에 교차하는 사이 '쉬-잉' 하는 야릇한 폭음이 머리 위 공간을 쓰다듬으며 스쳐 가서는 수백 미터 전방에 큰 굉음과 함께 정글 깊숙이 쑤셔 박히고 있었다.

가까운 포대에서 지원 사격된 155미리 포탄이 일정한 간격을 두고 투하되는 굉음이 현도의 머릿속 의식에 반향이 되어 기다란 여운을 남기더니 희한하게 조금씩 마음이 안정되고 있었다.

포 사격도 뜸해지고 모두 뾰쪽하게 바싹 치솟은 긴장의 비늘을 쓰다듬으며 귀를 세운 채 꼬박 길고 긴 밤을 지새웠다.

새벽이 되어 주위가 허옇게 밝아 오자 누구도 지시하지 않았지만, 부스럭부스럭 새벽 깃을 털고 운신하는 닭들처럼 지난밤의 긴장과 공포를 털고 하나둘 일어나기 시작했다.

아침 이슬에 정강이가 축축하게 젖어 들어 바짓가랑이가 감겨 오고 긴 밤을 지새운 가여운 눈빛들이 듬성듬성 모여 서로를 올려다보고 있었다.

삼 소대장은 벌써 경계병들과 함께 전방으로 나가 전과를 확인하고 있었다. 정글 사이 반들반들 길이 난 통로 옆 잡초 더미 위에 폭약에 강타된 한 구의 시체가 나뒹굴고 있었다.

별로 고통스러워한 기색도 없이 죽은 새까만 작업복 차림의 젊은 베트콩의 멍한 시선이 유난히 하늘을 꿰뚫듯 허공을 올려다보고 있었다.

모두 말없이 지켜보고 있는 가운데 이 소위는 적의 손에 움켜쥐듯 들려졌던 핏자국이 선명하게 남아 있는 AK 소총을 빼 중대장에게 내밀며 힘없이 웃었다.

중대원 모두 기지에 돌아와서도 무사히 작전을 마쳤다는 안도감뿐 전과에 대한 만족감 같은 것은 없었다.

대대장 하 중령은 우리가 귀대하기 전부터 부관 참모들과 함께 미리 기지에 와 있다가 개선장군을 대하듯 반갑게 맞아 주었다.

상급 부대와 미군 측에서도 전과를 확인차 방문해서 부대원을 치하하고 돌아가 이제 좀 조용하려나 하고 위병소에서 한숨 돌리고 있을 때 반닝 군청 직원 세 명이 낡은 지프를 타고 들이닥쳤다.

현도는 또다시 시체가 안치된 사격장 옆 초원 구석으로 그들을 안내했다. 전에도 몇 번 본 적이 있어서 안면이 있는 안경을 쓴 갸름한 얼굴의 군청 직원과 늙수그레한 두 사람이 뭐라 두런거리며 뒤따라왔다.

부대에 전과가 있을 때는 어떻게 아는지 으레 확인하러 나왔었는데 그날도 언제나처럼 그들의 표정은 밝지 못한 서먹한 얼굴이었다.

시체에 덮인 판초 우의를 들어 확인하는 순간에는 노골적으로 보일 만큼 퉁명스러워 보였다.

한국처럼 사상적으로 갈라진 나라지만 한민족이라는 신념이 투철해서인지 또 한편으로 너무 오래 끌어온 전쟁에 진절머리를 느껴서인지 모른다는 생각도 들었다.

군청 직원들은 시체 구석구석을 살펴 열심히 뭔가를 적고 사진을 찍은 다음 현도에게 다가와서 어설픈 얼굴로 건네보며 한마디했었다.

"따이한, 반 캐오 따이 꾸아(따이한 참 대단해요)!"

선임인 듯한 사람이 돌아가면서 던진 그 말이 퉁명스러운 표정과 함께 현도의 머릿속에 쉽게 지워지지 않았다.

어두운 표정으로 위병소에 돌아오니 천 상병이 점심과 함께 대대장의 특별 회식이라며 캔 맥주를 들고 와 건넸다.

'전과가 있을 때 가끔 대대장이 캔 맥주를 싣고 왔었는데, 기지 안이 왠지 모르게 흥분들이 가시지 않고 웅성거리는 분위기였던 것이 이유가 있었구나!' 하는 생각이 들었다.

점심 식사 시간이 지나고 중대장 지시로 '이동 병력 없이 오침에 들어간다!'라는 전달 복창이 위병소까지 크게 들려왔다.

현도는 '중대원들 모두 맥주 파티로 어젯밤의 악몽을 잊고 희희낙락들인데 자신만 괜히 동떨어진 감정에 빠진 게 아닌가!' 하는 생각에 마음을 추스르며 늦은 식사를 마친 다음 의자에 기댄 채 눈을 감자 망막으로 다시 번져 오는 흩어진 베트콩 시체와 씨름하고 있을 때 천 상병이 갑자기 팔을 잡아 흔들면서 나직하게 외쳤다.

"저기 린이가 엄마랑 오고 있어요."

쨍- 하고 현도는 무엇에 얻어맞은 사람처럼 벌떡 일어섰다.

"뭐라고!"

되묻는 현도를 오히려 천 상병은 놀란 눈으로 돌아보며 의아한 표정으로 속삭였다.

"어제도 똑같은 시간에 왔었어요."

위병소 문을 열고 나가니 저만큼 붉은 황톳길 위 쨍쨍 내리쬐는 햇볕 아래 나란히 서 있는 린 모자가 보였다.

린이 뛰어와 손을 잡으며 미소 진 부신 눈으로 올려다보고 린이 엄마는 조심스러운 표정으로 안내하는 대로 천천히 위병소 안으로 들어와 앉았다.

"피곤하실 텐데 번거롭게 해서 미안합니다!"

린이 엄마는 고개를 숙이고 나서 이야기를 시작했다.

"며칠 전 큰아이가 가까운 시기에 이곳에 오게 될 거라고 호왕이 귀띔해 줘서 어제도 병장님에게 말씀드리고 도움을 받고 싶어서 왔었는데!"

린이 엄마는 안타까운 시선으로 현도를 바라봤다.

"제가 며칠 동안 위병소를 비우는 바람에 헛걸음하시고 도움이 못 돼서 미안합니다!"

현도의 말에 린이 엄마는 손을 내저었다.

"저희 사정을 귀찮아하지 않고 들어주는 것만으로도 고맙지요! 그런데 웬일인지 온다던 큰아이가 아직도 소식이 없어서 답답하기도 하고……."

그녀의 말이 끊어짐과 동시에 현도는 어떤 깊은 함정에 빠져들고 있는 것만 같은 착각에 사로잡히고 말았다.

"호왕이 큰아이에게 엄마가 쑤엄니에 와서 기다리고 있다고 했더니 투이가 어떻게 해서든지 용기를 내서 탈출할 기회를 잡아보겠다고 했다는데……. 그놈들에게 발각되어 주저앉았는지!"

현도의 판단은 점점 어젯밤에 부비트랩에 걸려 죽은 베트콩이 린이 형 투이인 것이 분명하다는 생각이 굳어지면서 깊은 혼돈의 나락에 빠져들었다. 현도는 고개를 떨군 채 그녀를 똑바로 바라볼 수가 없어 한동안 어색한 침묵이 흐른 뒤 망설이는 듯하던 그녀가 다시 입을 열었다.

"사실은 지금 마을에선 따이한 부대에 베트콩 시체가 한 구 들어왔다고 야단들입니다."

드디어 린이 엄마가 시체를 한번 보여 줄 수 있느냐고 물어오는 것이었다.

시체는 아직 매장되지 않았지만, 곧바로 그러마 하고 나서지 못하는 것은 현도의 머릿속에 많은 생각이 가로막고 있었기 때문이었다.

부비트랩에 망가진 너무 처참한 시체의 형상도 마음에 걸렸지만 또 하나 린의 형 투이일 경우 그들 모자의 슬픔과 통한의 시선이 두려워서라는 것이 솔직한 마음이었다.

어느 결에 현도는 마치 큰 죄악을 저지른 사람처럼 비열하고 궁색하게 구석에 처박히는 심정이 되는 것은 난생처음이었다.

그렇다고 무조건 거절한 수도 없는 것이 린이 형이라면 반드시 그녀가 보아야 한다는 생각도 들어서 망설이는 사이 그녀는 현도의 심중을 읽고 있는 듯이 나직하게 말했다.

"내가 그 애라고 생각하지 못하는 것은 그 속을 도망쳐 나올 만큼 큰 놈이 못 돼요! 또 투이라 해도 제 아버지와 어린 동생이 죽어 간 것이 모두 그 녀석 때문이었으니, 천벌을 받아도 누구를 원망하겠습니까?"

그녀는 분개한 듯하면서도 애처로운 눈빛이 현도의 떨궈진 시선을 안타깝게 쫓아왔다.

그때 옆에서 시무룩한 얼굴로 듣고만 있던 린이 갑자기 현도 앞에 바르게 다가서더니 두 손을 모아 합장을 하고 꾸벅 고갤 숙이며 간절한 눈빛으로 바라보았다.

천 상병도 항상 밝았던 얼굴이 잔뜩 심각한 표정으로 내내 지켜만 보고 있다가 린의 행동에 짐짓 놀라는 모습이었다.

현도는 더는 버틸 수 없음을 느끼고 머리를 주억이며 일어섰다.

상하의 따가운 땡볕이 샛노랗게 물들이고 있는 맨땅을 '모든 것이 될 대로 되라.' 하는 심정으로 묵묵히 앞장서서 걸었다.

한사코 따라나서는 린이를 떼어 놓느라 린이 엄마는 저만치 뒤처지고 있었다.

시퍼런 잡초가 더운 열기로 인해 내뿜는 풋내와 함께 점점 완연하게 후각을 쑤시는 사람의 냄새에 현도는 머리를 저을 수밖에 없었다.

저 멀리 울퉁불퉁한 오래된 포탄이 떨어져 생긴 물웅덩이에 시커먼 물소들이 달려드는 파리들을 쫓느라 허우적대는 게 보였다.

현도는 고개를 푹 숙인 채 파리 떼가 들락거리는 낡은 판초 우의에 덮힌 시체가 놓인 자리에 서서 뒤따라 다가오는 그녀를 기다리고 있었다.

가까워질수록 하얗게 바래져 가는 굳어진 얼굴로 그녀는 현도 바로 옆에 바싹 다가섰다.

"보시겠습니까?"

현도는 무심코 엉뚱하게 되묻고 있었다.

"네."

어금니를 지그시 물고 있는 듯한 그녀의 대답은 또렷했다.

현도가 천천히 다가가서 판초 우의를 젖히자 시커먼 파리 떼들이 한꺼번에 후루룩 사방으로 달아났다.

부비트랩에 얻어맞아 한쪽 다리는 흉하게 잘려나가고 그런대로 온전한 상체도 시간이 지나 시퍼렇게 변색된 시체가 드러났다.

한 발 다가서서 힘없이 쪼그려 앉아 한동안 처절한 시체를 훑는 그녀의 뒷머리를 현도는 숨을 죽이며 바라보고 있었다.

한참 동안을 굳은 듯 웅크리고 있던 그녀가 푸시시 일어나 돌아서서 현도를 바라보며 고개를 살래살래 흔들었다.

"노우-. 아닙니다."

그녀는 현도를 올려다보며 하얗게 웃어 보이고는 너무 긴장해서인지 바싹 굳어진 모습 그대로 타박타박 앞장서서 걸어갔다.

현도는 자기 아들이 아니라고 하니 하여튼 안심이었다.

린이 엄마는 몇 번이나 미안하다는 인사를 남기고 린을 데리고 마을로 돌아갔다.

그들이 돌아가고 얼마 지나지 않아서 시체는 인사계 권 상사 지휘하에 파월 초년병들의 담력 훈련을 겸해서 사격장 옆 공터에 간단한 매장이 있었다. 현도는 왠지 모르게 꺼림칙했던 마음이 홀가분해져서 천 상병과 뒤늦게 캔 맥주를 마시면서 한가한 오후 시간을 보낼 수 있었다.

덩달아서 긴장돼 있던 천 상병도 본래의 밝은 얼굴이 되어 장난기 있는 짓궂은 표정으로 현도를 응시했다.

"조장님 보기에 린이 엄마 아주 교양 있어 보이지 않아요?"

"윤복이 너 지금 무슨 얘기가 하고 싶은데?"

어떤 심산으로 하는 질문이라 생각이 들어서 핀잔과 함께 윽박 지르는 시늉을 하자 한 발짝 물러서며 떠벌였다.

"월남 아주머니치고는 세련되고 괜찮지 않아요?"

"그래서?"

캔 맥주를 마셔 발그레한 얼굴로 너스레를 떨고 달아나는 시늉을 하면서 덧붙였다.

"조장님이랑 잘 어울리는데. 더구나 귀여운 린이는 덤인 셈인데, 나 같으면 린이 같은 아들이 생긴다는 것만으로도 얼마나 좋을까! 그렇지 않아요?"

천 상병은 떼굴떼굴 구를 듯이 배를 잡고 웃어 젖혔다.

"이 철없는 갈매기 윤복아! 캔 맥주 한 잔에 그렇게 속물이 될 수 있는 거니? 그리고 하루가 멀다고 편지 보내는 우리 은영이는 넌 안중에 없지? 또 린이 엄마 나이가 우리 어머니랑 얼추 비슷

한데, 네 희한한 발상 자체가 참 불가사의다."

그제야 천 상병도 머쓱해져 고개를 끄덕였다.

"그렇기는 한데 두 분이 대화하는 모습이 이상하게 내 눈엔 잘 어울려 보일까!"

실없는 한담 속에 오후를 보낼 때 부식 수령차 편으로 도착한 전령이 건네준 고국 우편물 중에 현도에게 온 여러 통의 편지가 끼어 있었다.

그중 은영이 편지는 현도가 걱정하는 수덕이와 윤경이는 아직도 갓난아기를 데리고 완전히 잠적해서 소식을 전할 수 없다는 내용이었다.

숙소 벙커에서 편지를 읽고 나니 바깥은 어둠이 짙어져 각 참호에서는 경계 근무자가 투입되고 있었다.

벙커 안이 후덥지근해 바람이라도 쐬려고 팔각정에 올라가니 중대장이 순찰 장교 송 중위와 나지막이 얘기를 나누고 있는 게 보였다.

"김인수 하사한테 계속 지켜보고 이상 유무를 보고하라고 했습니다."

송 중위는 퉁명스럽게 말하고 쓰고 있던 철모를 벗고 벤치에 걸터앉으며 다가온 현도를 바라보며 잔뜩 찡그린 얼굴로 물었다.

"임 병장! 죽은 V.C 묻을 때 니도 거기 있었나?"

"아뇨! 꼼꼼한 인사계님이 신병들 데리고 잘했을 겁니다."

현도의 말에 송 중위도 대뜸 맞장구를 쳤다.

"그렇지! 그런데 V.C가 살아나기라도 했는지 그쪽에서 뭔 소리가 난다고 사격장 앞 11번 초소 애들이 야단이길래 갔더니 내겐 아무 소리도 들리지 않더라고. 땅에 묻힌 놈이 움직인다는 게 말이 되는 소리니?"

송 중위는 실없이 웃었지만, 중대장은 심각한 표정으로 말했다.

"짐승들이 냄새 맡고 건드릴 수도 있잖아."

"중대장님 말씀을 듣고 보니 또 그럴 수도 있겠네요."

송 중위의 눈이 금방 휘둥그레졌다.

"그러니 잘 지켜보라고 해. 그리고 놈들은 어지간해서는 단독 행동을 못 하는 거로 아는데 이번엔 한 놈뿐이었던 게 아무래도 이상하단 말야!"

중대장은 쓸쓸한 입맛을 다시며 고개를 갸우뚱했다.

"글쎄 저도 그 점은 께름칙하긴 했어도 무기까지 소지한 놈이었고 월남 군청 애들이 확인까지 했다면서요. 임 병장, 그렇지?"

송 중위가 열을 올리는데 그가 들고 있던 P6 휴대용 무전기에서 발신음이 터지면서 1소대 김인수 하사의 숨이 차오른 다급한 목소리가 들려왔다.

"소대장님! 확실히 뭔가 움직이고 있습니다. 사격할까요?"

얼마 전에 말라리아에 걸려 나트랑 병원까지 후송 갔다 온 김 하사의 긴장된 음성이 끝나기 무섭게 중대장이 무전기 수화기를 빼앗듯 가로챘다.

"김 하사! 나 중대장이다. 내가 갈 때까지 기다려!"

중대장은 짧게 무전을 끊고, 송 중위와 함께 11번 초소를 향해서 달려가고, 현도도 벙커로 돌아가 간단한 군장을 챙겨서 쫓아가고 있을 때 기지 전 지역에 비상벨이 요란하게 울렸다.

헬기장 구석의 11번 초소에서 요란한 케리-바50 기관총 사격이 고요하던 천지를 진동시키며 시뻘건 야광탄이 꼬리를 물고 전방 베트콩 무덤 근처에 쏟아지고 있었다.

초저녁부터 곤한 잠에 빠져 있던 천 상병도 비상벨 소리에 놀라 깨어 일어나 허겁지겁 진지 통로에 있는 현도 곁으로 뛰어왔다.

"지금 무슨 난리래요? 혹시 팬티 한 장만 차고 쳐들어온다는 세이퍼 게릴라가 아닐까요?"

11번 초소에서는 중대장이 지켜보는 가운데, 송 중위가 직접 기관총을 잡고, 뭔가를 향해 조준 사격을 해 둔탁한 폭음과 함께 밝은 야광탄이 시커먼 물체에 꽂히는 것이 맨눈으로 확연하게 보였다.

"혹시 들짐승 아닐까요?"

현도 옆에 붙어 서서 천 상병이 중얼거릴 때 중대장이 송 중위를 제지해 사격을 끝내고 혹시 있을지도 모르는 베트콩의 반격을 대비한 경계를 철저히 할 것을 지시했다.

잠시 후 사단 포 사령부로부터 지원 사격된 155미리 조명 포탄이 날아와 머리 위에서 대낮같이 환하게 피어올라 베트콩 무덤가에 새카만 물체 하나가 퍼져 있는 모습이 뚜렷하게 모두의 눈에 들어왔다.

두 번, 세 번 연속해서 조명탄이 피어올랐다가 사그라졌다.

"또 한 놈뿐이잖아. 왜 이런 무모한 짓을 하는지 모르겠군!"

중대장이 알 수 없다는 표정을 지으면서 C.P로 돌아가는 것을 지켜보는 현도 마음도 마찬가지였다.

베트콩들은 애초부터 이해 안 될 만큼 지독한 독종들인 것은 알고 있었지만 지금 이 상황은 도무지 처음 접하는 모호한 경우였다.

현도는 상황이 종료된 후에도 긴장과 흥분으로 들떠서 여기저기 진지 통로에서 삼삼오오 모여서 웅성거리는 중대원들과 이런 저런 얘기를 나누다가 침상에 들었지만, 공연히 잡념에 빠져서 쉽게 잠을 이루지 못하고 있었다.

자기들이 심한 타격이 있는 경우에는 모든 것을 버린 알몸이 된 세이퍼 게릴라가 되어 직접 쳐들어와 가미카제식 공격을 할지 언정 현재 상황을 볼 때 죽은 전우의 시체를 찾아서 헛되이 목숨을 걸 그들도 아니거니와 시체가 필요할 만큼 죽은 녀석이 대단한 신분을 가진 그런 인간 같아 보이지도 않았다는 것이다.

눈을 말똥말똥 뜬 채 좀처럼 풀리지 않는 수수께끼와 씨름하고 있을 때 천 상병 역시 잠자리에 들지 못하고 서성이다가 밖으로 나갔다 들어오길 벌써 여러 번째 유독 안절부절이었다.

"천윤복! 너 뭐 땜에 안 자고 들락거리고 있는 거니?"

현도가 나무라듯 묻자 섬찟 놀란 듯이 사슴 눈같이 커다란 눈동자를 더욱 크게 뜨고 다가왔다.

"조장님도 안 잤군요! 이상하지 않아요?"

"뭐가?"

"아니, 아까 조명탄 올랐을 때 혹시⋯⋯!"

"그때 뭐?"

현도가 엉거주춤 일어나 앉았다.

"아뇨! 제가 잘못 보고 착각한 것 같아요."

천 상병은 어쩌면 겁을 먹은 듯 아니면 자기 생각을 털어 버리려는 듯 머리를 심하게 흔들고는 침상에 벌렁 드러누우며 푹– 한숨을 내쉬었다.

왜소해 보이는 체격이지만 전입 당시 크고 총명해 보이는 눈빛이 좋아 현도가 직접 위병 요원으로 추천했었다.

가끔 엉뚱한 개구쟁이 짓은 하지만 예상했던 대로 영리하고 강

인한 정신력으로 매사 일 처리가 깔끔하고 처신이 보기보다 당차서 언제나 대견스럽게 생각하고 있었다.

그런 천 상병이 유독 안절부절못하는 모습이었다.

현도는 천 상병에게 불을 끄게 하고 눈을 붙였지만 한 번 들쑤셔 놓아 긴장됐던 마음이 좀처럼 가라앉지 않고 있었다.

천지가 고요해진 늦은 밤에 언제부터인지 쑤엄니 마을 쪽에서 개 짖는 소리가 간간이 축축한 밤공기를 타고 들려오고 있었다.

정말 무덥고 긴 밤이었다.

채 어둠이 걷히지 않은 이른 새벽부터 자욱한 안개 속에 내리는 이슬비는 가는 눈이 날리듯 얼굴에 실실 부딪히는 빗발은 힘이 없었다.

현도는 부관의 지시로 몇 명의 경계병을 이끌고 천 상병과 같이 어젯밤에 상황이 있었던 사격장 구석의 베트콩 무덤 쪽으로 달리다시피 걸어가고 있었다. 빗방울은 약간씩 굵어져 축축하게 어깨를 적셔 오고 있었다.

제일 먼저 앞장서서 현장에 도착한 채 상병이 맥 빠진 듯한 거동으로 돌아서서 얼굴을 감싸고 주저앉아 버렸고, 뒤이어 도착한 현도 역시 아연실색, 그만 그 자리에 고꾸라질 듯 엎드리고 말았다.

"아–!"

머리는 쇠망치로 맞은 것처럼 멍하고 목구멍으로 뜨거운 것이 치밀어 오르면서 눈시울이 허옇게 번져 와 아무것도 보이지 않았다.

매장했던 시신을 파내어 끌어안은 채 쓰러져 있는 사람은 놀랍게도 어제 시신을 보고 돌아갔던 린이 엄마가 아닌가!

헝클어진 머리와 옷매무새, 고통으로 일그러진 얼굴, 어제 낮에 입고 왔던 아오자이가 아니었으면 그녀라고 생각할 수 없을 정도로 처참하게 널브러져 있어서 뒤따라온 송 중위와 부대원들도 모두 입을 벌린 채 서로를 바라보고만 있었다.

"왜 이런 어이없는 짓을……!"

현도는 내뱉으면서 일어서자 왈칵 치솟는 분노와 눈물을 감추기 위해 돌아서야 했다.

누구를 원망하는, 누구에 대한 분노이고 누구를 위한 눈물인지 분간할 여유 없이 돌아선 것이다.

번하게 밝아져 오기 시작하는 항상 아름답다고 생각했던 그 초원이 꼭 죽음의 분지처럼, 아니, 마치 험한 아수라 지옥처럼 어둡고 을씨년스럽게 보일 수밖에 없었다.

캄캄해져 오는 먹먹한 눈망울로 더듬더듬 걸어가는 현도 앞을 가로 막고 서는 손길이 있어 발걸음을 멈추고 바라보니 비에 흠씬 젖은 린이었다.

언제나 변함없는 푸른 바지와 흰 셔츠에 검고 초롱초롱한 눈동자, 그러나 그 밝은 미소는 없었다.

현도는 땅바닥에 철퍼덕 주저앉아 내리는 비에 흥건하게 젖은 린을 감싸 안았다.

아무 힘없이 안겼던 울먹이는 작은 몸뚱이가 왈칵 울음을 토하며 현도의 가슴을 밀치고 용수철처럼 튀어 나가 다시 한번 가슴속으로 통곡하며 몸을 떨었다.

지금도 슬픈 나라의 슬픈 사람들 때문에 흘렸던 눈물의 기억을 잊을 수가 없었다.

아니! 영원히 가슴속에 각인되어 죽는 날까지도 지워지지 않을 것이다.

현도가 눈을 감고 20여 년 전을 생각할 때면 언제나처럼 가슴이 저며 오고, 그렇게 엮인 린과의 인연을 돌아보게 했다.

그런 어처구니없는 비극적인 사건이 있고 나서 초원에서 린을 볼 수 없었다.

당시 더욱 당혹스럽고 의아했던 것은 다른 목동들도 기지 부근 초원에서 멀리 떨어진 바닷가 쪽 벌판으로 모두 옮겨 갔다는 것이다.

혹시 린이 그곳에 나와 있을까 해서 처음 찾아갔을 때 목동들의 반응은 싸늘할 정도가 아니라 거의 적대적인 반응이었다.

한 꼬마 목동은 현도가 호신용으로 들고 간 M16을 보고는 처음보는 것도 아닌데 새삼스럽게 공포에 질린 모습으로 울음을 터트려 그들이 린이 엄마의 죽음을 얼마나 충격적으로 받아들이고 있었는지 알 수 있었다.

겨우 아이들을 진정시켜 린의 상태를 물었을 때 그래도 제일 성숙해 뵈는 애가 담배꽁초를 꼬나물더니 빈정거리는 표정으로 이해 안 되는 말을 했을 뿐이었다.

"따이한 V.C 짭짭, 린이 메(엄마) 짭짭!"

'짭짭'은 월남전 당시 쓰던 은어로 죽였다는 살상의 의미로 그 애 나름대로 반발과 조롱을 표시해서 현도는 당황한 나머지 엄청난 충격을 받고 맥없이 돌아올 수밖에 없었다.

한 해를 넘겨 귀국하기 한 달 전에 반닝 군청 소재지에서 연대에서 주관하는 대민 봉사 활동에 통역원으로 나갔다가 우연히 허름한 거지꼴이 다 되어 몇 명의 또래 아이들과 거리를 배회하고 있는 린을 발견하고 현도는 아연실색을 하고 말았다.

놀랍기도 하고 반가움에 다가가자, 린은 의식적으로 아이들 뒤로 몸을 숨기고 시선을 피해 현도가 오히려 울컥한 얼굴이 되어 멍하니 서 있자 아이들 가운데 좀 말끔하게 생긴 아이가 현도를 향해 성큼 다가왔다.

"따이한이 린이 엄마를 죽였다는 말이 정말입니까?"

너무 당돌한 말과 표정에 할 말을 잊고 멍하니 서 있자 그 아이는 현도에게 대들듯이 가까이 다가서며 깐죽거렸다.

"아무 말도 못 하는 것 보니 정말이었어! 아저씨가 죽였어요?"

현도는 그렇다고 할 수도 있지만, 아니었다고 할 수 없는 애매한 상황에서 아이의 얼굴만 빤히 건네보고 있으려니 아이들 뒤쪽에서 린이의 힘없는 목소리가 들려왔다.

"따이 형 그러지 마! 그 아빠는 아닐 거야."

린의 말을 듣는 순간 현도는 숨이 한꺼번에 꽉 막혀 옴을 느끼며 주위 사람들을 신경 쓸 겨를 없이 그 자리에 그냥 철퍼덕 주저앉아 버리고 말았었다. 놀란 아이들이 웅성거리고 멀찍이서 지켜보고 있던 봉사 대원 한 명이 황급히 달려와 현도를 부축해 행사장 천막 안으로 끌고 들어갔다.

현도는 막혔던 숨통이 트이며 오열이 터지는 걸 두 손으로 막고 한동안 웅크리고 있는데 누군가 등을 두드리는 사람이 있어 힘들게 고개를 들었다.

아까 현도를 막무가내 다그쳤던 그 아이가 행사 담당 군청 직원의 안내를 받아 천막 안에 들어와 있었다.

현도가 한동안 아무런 말도 못 하고 그렁그렁한 눈망울로 바라보다 고개를 떨구자 그 아이가 먼저 입을 열었다.

"저는 린이의 친척 형 되는 옹우엔 반 따이입니다."

우선 자기를 소개하고 현도를 찾은 이유를 말하기 시작했다.

"따이한 아빠가 린이를 걱정하고 찾고 있다는 것을 알고 있지만 린이는 이제는 따이한 사람 보기가 싫대요."

현도도 겨우 평정심을 되찾을 수 있어 입을 열었다.

"그래? 나도 린이었다면 그랬을 거야."

"그리고 이젠 아저씨가 린이 걱정하지 않아도 돼요. 며칠 있으면 파리에서 걔 이모가 데리러 오기로 돼 있거든요. 아까 제가 아무것도 모르면서 함부로 말한 거 용서하세요!"

따이가 의외로 깍듯이 머리를 숙여서 현도가 다가가 등을 두드려 주고 괜찮다는 의사 표시를 분명히 하고 손을 잡아 주었다.

"린이 파리로 가게 됐다니 아주 잘됐구나. 린이 보고 나도 이제 안심이 됐다고 말해 주고 나도 다음 달에 한국으로 돌아가는데 어쩌면 프랑스에서 볼 수 있을 거라고 전해 줘."

현도가 프랑스 유학을 계획하고 있는 걸 알 리 없는 따이는 프랑스에서 린을 만날 수 있다는 말엔 반신반의하는 눈치였다.

10%도 아니야!

현도는 외국에서의 학교생활과 정신없이 달려온 인생길의 커다란 분수령이 된 파리 미술 대학, 에꼴 데 보자르의 교수로 임용되기까지 숨 쉴 틈 없이 자신을 스스로 채찍질해 오느라 무엇 한 점 곁눈질할 여유가 없었던 빠듯한 시간이었다.

외로운 외국 생활에 가장 큰 버팀목이 된 은영이의 내조를 꼽을 수 있었고, 이모부 내외의 도움도 컸지만, 수덕이를 만났을 때 밝히지 못한 교수가 될 수 있었던 숨은 조력자는 아이러니하게 한국에서 산업 스파이 협의를 받고 강제 추방된 미셸 강사였다.

그가 애초에 수덕이에게 말했던 프랑스 과학계에 많은 친구가 있는 것은 물론이고, 각 방면에 두루 인맥이 넓을 뿐더러 특히 파리 대학에 많은 지인이 포진해 있었다.

현도는 나름대로 작품 활동을 꾸준히 하면서 미셸의 조언에 힘입어 동양인에 대한 편견과 학내에 짙게 뿌리박힌 보수적인 흐름을 뛰어넘어 빠른 기간 안에 조교수를 거쳐 당당한 정교수가 될 수 있었다.

현도는 미셸 도움을 받으면서 계속 아리송한 의문이 생겼던 것이 있었다. 미셸은 신입생 초기에 금방 눈에 띄어 알아봤을 정도로 캠퍼스 안에 자주 드나들고 있어 교수이거나 아니면 학교 경영에 연관이 깊은 줄 알았었다.

그러나 실상은 교수들은 물론 학장들까지 모르는 사람이 없을 정도로 팔방미인으로 통하고 있지만, 일정한 직책 없이 열심히 그들과 어울리며 소통하고 있을 뿐이라는 것이었다.

지금 생각해도 한국에 들어와 어학원 강사로 있으면서 작은 인연으로 수덕이 심중에만 간직돼 있는 신물질 원소의 비밀을 알아내서 어떻게 본국 과학자에게 전달할 수가 있었는지도 당시 현도로서는 이해되지 않는 점이었다.

그런 미스테리한 미셸이 이끄는 대로 교내외 사교 모임에도 함께 빠지지 않고 얼굴을 내밀어 빠른 기간에 정교수에 임용될 수 있었던 것은 아무리 생각해도 기묘한 인연이었다.

더욱 놀라웠던 일은 귀국하기 2년 전 어느 날 미셸이 싱글벙글 웃는 얼굴로 교내 작업실로 찾아왔었던 때라고 할 수 있다.

미셸은 그 무렵 오스트리아 빈에 볼일이 있어 간다면서 한동안 볼 수 없었다. 현도는 교내 아틀리에에서 가을 전시회를 위해 열심히 작업하던 붓을 놓고 반갑게 맞았었다.

"빈에 갔던 일은 잘됐습니까?"

현도의 물음에 대답도 없이 환한 미소만 띠고, 현도의 손을 잡고 구석에 있는 소파로 끌고 가더니, 안주머니에서 조그만 광고지 한 장을 펴서 건네주는 것이었다.

광고지를 자세히 들여다보던 현도가 깜짝 놀라서 말을 못 하고 넋 잃은 표정으로 미셸 얼굴을 뚫어지게 바라보기만 했다.

음악의 도시 빈에서 열린 베트남 영재 바이올리니스트 옹우엔 반 린의 연주회 전단이 아닌가!

미셸과 평소 나눴던 대화 중에 군 생활, 특히 파월 당시 이야기도 빠지지 않았지만 린에 대해서는 그다지 세심하게 말했던 기억이 없기에 정말 의외라는 얼굴로 바라보자 미셸은 정색이 되어 현도를 건네봤다.

"말하지 못하는 임 교수 마음속 그늘을 내가 항상 읽고 있었지요!"

"정말 놀랍네요! 그런데 어떻게 린을 알아봤습니까?"

"한국에 있을 때 접한 심오한 동양 철학에서 말하는 인연이란 말이 가슴에 와닿는 것이 내가 린의 이모이자 보호자인 로안 여사를 십여 년 전부터 알고 지냈으니 묘한 인연이 아닙니까?"

미셸도 고개를 설레설레 흔들며 현도를 뚫어지게 바라봤다.

"린이 이모를 말입니까?"

"그 집안 남자들은 베트남 정치판에서 쥐락펴락하다 응오딘지엠 정권이 몰락하면서 함께 무너졌지만, 사실은 알아주는 음악 가족으로 모두 음악계에 두각을 나타낸 사람이 여럿 있었지요. 로안은 유명한 첼리스트로 여기 파리 음대 강단에 섰을 때 우리 조카가 그녀에게 특별 레─슨을 받는 바람에 여러 번 만나면서 가까워졌죠."

"모두 파리에 사는 줄 알았는데 어떻게 빈에서 만났습니까?"

"로안이 린의 뛰어난 재능을 일찍부터 알아보고 음악의 본고장인 빈으로 데리고 가서 뒷바라지를 잘해 각종 콩쿠르를 휩쓸면서 성공해 10여 년 동안 아주 그곳에 주저앉았더군요."

"파리에는 언제쯤 온다는 말은 없었나요?"

"왜! 뒤늦게 아들이 그렇게 보고 싶어졌습니까?"

현도는 다시 놀라 입을 벌린 채 말을 잇지 못하자 미셸이 어깨를 치며 말을 이어 갔다.

"이번에 내가 빈에 간 것은 파리에서 연주회를 열고 싶다고 로안이 여기 마당발인 나를 우선 찾았던 거지요. 얘기 끝에 여담으로 베트남 얘기를 꺼내길래 베트남전에 참전했던 임 교수 얘기를 잠깐 했더니 옆에서 잠잠하게 듣고 있던 린이 아빠가 맞는 것 같다면서 흥분하더구먼! 언제부터 베트남 아이와 아빠, 아들 사이가 됐습니까?"

그제야 현도는 쓴웃음을 지으며 개구쟁이 군대 후배의 짓궂은 장난으로 그렇게 됐다고 설명하자, 미셸은 고개를 끄덕였다.

현도는 몇 개월이 지난 뒤에 감격적으로 직접 린을 만날 수가 있었다.

가을비가 추적추적 내리는 오후, 강의를 마친 현도는 미셸의 연락을 받고 학교 앞 세―느 강가에 있는 카페에 들어서서 손을 흔드는 미셸이 있는 좌석 쪽을 바라보고는 눈을 의심하며 멈칫하고 말았다.

서른 살이 다 됐을 텐데 월남에서 봤을 때보다 키만 조금 컸을 뿐 깔끔한 정장을 한 것 외에 별로 변한 것이 없어 보이는 린이 감회 어린 표정으로 뛰어와 꾸벅 고갤 숙여 인사를 해, 뜨겁게 손을 잡고 자리에 안내되어 가면서도 현도는 로안의 얼굴에서 눈을 떼지 못했었다.

어쩌면 린이 엄마와 그리도 똑같은지 처음 눈이 마주치는 순간 린이 모친이 그 자리에 앉아 있는 줄 착각이 들 정도여서 멍한 시선으로 바라보며 고갤 숙여 답례하고 자리에 앉았다.

"아니! 내 얼굴에 뭐가 묻어 있는 거 아니니?"

로안은 엷게 미소를 띤 장난기 서린 얼굴로 린을 향해서 귀엣 말하자, 조금 시무룩한 얼굴이 된 린이 현도를 바라보며 말했다.

"아빠가 놀라는 게 당연한 것이 사실은 어머니랑 이모가 쌍둥이 형제여서 저도 가끔 놀랄 때가 있습니다!"

미셸도 처음 듣는 얘기인 듯 눈을 크게 떴다.

"임 교수 눈엔 마담 로안이 그렇게 린 씨 어머니랑 똑 닮아 보인단 말입니까?"

"제가 지금 정신이 하나도 없습니다!"

현도가 고개를 설레설레 흔들자 로안은 웃던 얼굴을 거두고 정색을 하고 현도를 쏘아보면서 입을 열었다.

"하긴 언니랑 나는 일란성이었으니 어려서부터 사람들을 많이 헷갈리게 했었죠! 그건 그렇고, 린이한테 대충 얘기를 듣긴 했는데 우리 언니 돌아가실 때 임 교수도 그 따이한 부대에 있었다는 말이 사실입니까?"

현도는 로안의 갑작스러운 물음에 얼굴이 붉어지면서 당황한 기색을 감추지 못해 고개를 떨구고 그때 상황을 어떻게 설명해야 하나 순간적으로 난감했지만 피할 수 없는 자리란 생각이 들어서 힘들게 말문을 열었다.

"제가 그 부대에 있었던 것은 사실입니다. 그래서 린이와 또 린이 어머니하고 인연이 되어 여러 번 만나 힘든 가정 사정을 듣고, 같이 고민도 했었는데 그런 피할 수 없는 상황이 되는 바람에 저도 그때를 생각하면 너무 가슴이 아프고 슬픕니다!"

"피할 수 없는 상황이라니요?"

현도의 말이 끝나기 무섭게 로안은 날카롭게 쏘아붙였다.

"그것은 린이에게 들으신 것이 전부일 겁니다."

현도가 돌이키기 싫은 기억이어서 허탈한 표정이 되어 린이를 바라보자 린이 역시 눈물이 그렁그렁한 얼굴로 입을 열었다.

"나도 어머니가 낮에 아빠하고 투이 형을 확인하고도 아니라고 집에 돌아와서는 혼자 그 밤중에 도로 그곳에 갔었는지 정말 이해할 수가 없어요."

그때까지 묵묵히 심각하게 듣고만 있던 미셸이 짓궂은 얼굴로 화제를 돌려 린이를 돌아보며 말을 건넸다.

"린 씨는 '아빠'라는 말이 무슨 뜻인지 알고 그렇게 부르는 겁니까?"

린은 조금은 멋쩍은 표정으로 현도를 흘금 보고는 말을 했다.

"나중에 알았죠! 그런데 이상하게 아빠가 싫어하지 않는 눈치라 계속 그렇게 불렀고, 저는 지금도 입에 붙어서 그게 좋아요."

"그렇게 부르는 것도 좋지만 앞으로 '임 교수님'으로 고쳐 부르는 것도 괜찮을 것 같은데, 린 씨 생각은 어떤가?"

미셸의 제안에 린은 머리를 긁적이며 아무 말 없이 고개만 끄덕이고, 현도를 바라보는 눈빛이 돌아보기 싫은 시절의 처절했던 짙은 한이 녹아 있는 듯 보여 마주 보는 현도는 다시 한번 가슴속으로 울음을 삼키고 있었다.

그들의 모습을 냉담한 표정으로 지켜보는 로안의 심중에는 자기 언니나 큰 조카 투이가 결과적으로 따이한의 손에 죽임을 당하고 말았었던 게 아닌가 하는 생각에 현도를 다그치고 싶었던 속내를 감춘 채 만남의 마무리에 미안했다는 한마디를 남기고 조금은 아쉬워하는 듯한 린을 데리고 자리에서 먼저 일어났다.

미셸은 린을 보내고 나서 맥없이 앉아 있는 현도에게 린 모친의 죽음에 관해 물어와 사실대로 모두 털어놓자 의미 있는 눈빛으로 입을 열었다.

"린의 모친의 이중적인 반응에 아직도 임 교수가 난감해하고 잘 이해가 되지 않는 모양인데, 그 사람 개인의 특성일 수도 있고, 어쩌면 특이한 민족성일 수도 있습니다. 자기 자신 앞에 벌어진 충격적인 상황을 절대로 인정하지 못했다가 뒤늦게 사실을 깨달아 반응하게 되는 거죠."

"그렇다고 그런 무모한 짓을 할 수가 있습니까?"

"우리는 터무니없는 행동이라고 하지만 당사자들은 그것이 최선이라고 판단한다는 게 문제란 말입니다. 왜 아프리카 같은 오지에 가면 일반 사람이 이해할 수 없는 그 지역 풍습에 따라야 하는 것도 같은 맥락이죠. 내 생각에 임 교수도 앞으로는 신변을 각별하게 신경 써야 할 것 같습니다."

현도는 눈을 동그랗게 뜨고 바라보는 미셸에게 공연한 기우라고 가볍게 넘겼었다.

린의 연주회는 며칠 후 몽마르트르 오페라 가르니에에서 대성황을 이룬 가운데 성공적으로 열렸다.

현도는 은영이와 도희, 현이 두 남매는 물론이고 마침 와 있던 이모 내외와 종혁이 부부까지 대식구를 동반했었다.

학교에서도 실습 시간에 음악에 관심 있는 제자들에게 강권하다시피 해 수십 명이 따라나서게 했다.

특히 동양인 학생이 많았는데, 그중에 일본인 여학생 미치코가 유독 린에게 관심을 보여 연주회 피날레에 학교 대표로 현도 가족 대표인 현이와 함께 꽃다발을 들고 무대에 오르기도 했다.

연주회가 모두 끝난 뒤 현도는 미셸과 함께 무대 뒤편으로 가족을 소개하기 위해 찾아가자 아직 많은 관객의 열띤 반응에 흥분된 린이 현도를 보자마자 달려왔다.

"아빠! 고맙습니다."

크게 소리치면서 뜨겁게 안겨 와 현도는 물론 은영이와 두 남매를 어리둥절하게 했고, 뒤편에 로안은 은근한 미소로 그 모습을 지켜보고 있을 때 따라온 줄 몰랐던 미치코가 린의 손을 잡고 흔들고 있어 누군지 궁금해하는 로안에게 학교 제자라고 소개를 했다.

그 자리에 베트남인들도 여럿 모여 있어 린의 반응에 검은 눈들이 현도에게 쏠리고 있었다. 인사와 소개가 모두 끝나고 돌아오며 차 안에서 현이가 퉁명스럽게 물어왔었다.

"왜 그 오빠가 우리 아빠 보고 아빠라고 하지?"

"지금 현이 네가 오빠라고 한 것처럼 그 애도 별스럽지 않은 호칭으로 생각했을 거야."

현도의 어색한 변명에 은영이 짓궂은 표정이 되어 돌아보며 한마디 했다.

"당신이 월남 있을 때 혹시 바람피운 건 아니지?"

"린을 처음 봤을 적 나이가 열한 살이었고, 그 애 엄마에 대해서 내가 전에 다 얘기 안 했나?"

현도는 대충 얼버무리고 또다시 그 사연을 길게 설명하면서 '개구쟁이 천 상병의 장난을 말리지 못한 것이 이십 년이 지나서도 걸림돌이 되는구나.' 하며 '린이 엉뚱하게 부르는 아빠라는 호칭이 그리 싫지 않았던 이유가 뭣이었을까?' 곰곰이 생각하니, '처음 들었던 린의 귀여웠던 바이올린 연주가 아니었나!' 하는 어림짐작이 되기도 했었다.

연주회가 끝난 며칠 후에 현도가 강의 중인 실습실로 린이 혼자 찾아왔었다. 현도보다 미치코가 더 반색하며 반겼는데, 린도 그리 싫지 않아 하는 눈치여서 강의하는 내내 옆에서 실습하는 미치코를 지켜보고 있었다.

현도는 강의를 마치고 린을 교수실로 데리고 가 커피를 마시면서 마음속에 두고 하지 못했던 말을 꺼냈었다.

"린이! 넌 그때 무조건 따이한이 싫다고 이 아빠도 피했었잖아?"

린은 현도의 말에 조금은 당황한 것처럼 고개를 숙이고 있다가 붉어진 얼굴을 들고 힘들게 입을 열었다.

"처음에는 갑작스런 충격으로 무조건 어머니를 죽게 한 것은 따이한이라고 어린 마음에 단순하게 생각해서 아빠도 보고 싶지 않았습니다. 시간을 두고 냉정하게 판단해 보니 오히려 어머니가 따이한을 곤란한 입장으로 만든 거라는 생각이 들었습니다. 마냥 따뜻하게 대해 주셨던 그때를 잊을 수 없어 아빠를 꼭 다시 만나 어려서 철없었던 때를 용서받고 싶었습니다."

린은 야무지게 또박또박 말하고는 커피잔을 놓고 일어나 현도 앞에 똑바로 서더니 두 손을 합장하는 것이었다.

그 모습이 이십여 년 전 어머니와 함께 위병소에 찾아와 투이의 시체를 보게 해 달라고 사정할 때와 똑같아 암담했던 그 상황이 다시 떠오르면서 현도는 울먹한 얼굴이 되어 린의 합장한 두 손을 잡고 어쩔 줄 몰라 하자 린도 조용히 오열하기 시작했다.

어느 정도 둘 다 마음이 진정된 다음 린이 조용히 얘기를 이어 갔다.

"우리 이모는 어머니랑 일란성 쌍둥이면서도 성격은 완전히 달라서 제가 많이 힘들어요."

"그래도 린이 이만큼 성공할 수 있었던 것은 이모님 덕분이 아닌가?"

"철저한 관리 덕분이긴 해요. 제가 숨 쉴 틈이 없이 몰아쳐서 이 나이에 아직 연애 한 번 못 해 보고 여기까지 오긴 했는데, 솔직히 성공의 의미를 저는 모르겠어요."

린은 조금은 답답한 자기 심중을 내보이며, 오늘 현도를 찾아온 것도 이모가 지난번 연주회를 도와준 아빠를 저녁 식사라도 대접해야 한다고 모셔 오라는 부탁을 받고 온 거라고 털어놨다.

"나야 도움 준 게 뭐 있나! 하긴 나보다 미쉘 강사가 더 애를 쓴 거로 아는데."

"그렇지 않아도 함께 모시려고 했는데, 그 아저씨는 어제 런던에 볼일이 있다고 떠났어요. 그리고 이모가 별도로 사례하는 거로 알고 있어요."

작품 마무리가 안 된 것이 있어 망설이는 현도를 린이 한사코 매달리는 바람에 할 수 없이 승낙하고 방을 나오니, 문 앞에 미치코가 특유의 미소를 지으며 기다리고 있었다.

"미치코는 제가 초청했어요. 괜찮죠?"

린이 웃으며 바라봐서 현도는 흔쾌히 고개를 끄덕였다.

택시를 타고 셋이서 도착한 곳은 카페가 많이 밀집해 있는 파리 6구역의 생제르맹 거리에 있는 사이공이란 간판이 붙어 있는 베트남식 레스토랑이었다.

기다리고 있던 로안 여사가 환한 미소를 지으며 반갑게 맞아 안쪽에 있는 특실로 안내했다.

"저는 연주회에 큰 도움도 못 줬는데 초대까지 해 주셔서 고맙습니다!"

현도의 인사에 로안 여사는 팔을 내저었다.

"웬걸요! 우리 조카는 아빠가 지켜보고 있는 것만으로도 없는 힘이 났다고 하던데. 그리고 여기 미치코를 비롯한 학교 제자들도 많이 끌고 와서 자리를 채워 줬고요."

그들이 자리에 앉자마자 좀 생소한 요리들이 줄줄이 나오기 시작했다.

꼬까인 주어라는 수프에서부터 각종 채소를 주재료로 땅콩과 코코넛을 이용한 것 같은 특유의 소스에 버무려 새콤달콤한 샐러드와 빗뗏이란 이름의 소고기 스테이크, 사탕수수를 이용한 새우살 숯불 꼬치 등 알 수 없는 기이한 요리로 테이블을 가득 채워지자, 미치코는 사뭇 당황한 표정으로 열심히 먹고 있는 린에게 요리에 대해 꼬치꼬치 묻고 있었다.

현도는 처음 대하는 음식에는 거부감이 없는 것도 아니었지만, 파병 당시 맛을 봤던 요리도 있어서 그리 크게 생소하지 않았다.

현도는 린이 권하는 와-인을 몇 차례 받아 마셔 얼굴이 붉어졌다. 식사가 거의 마무리될 무렵 로안 여사는 웨이터에게 미리 주문한 베트남 특유의 전통주인 럼주를 내오라고 지시하고, 린이를 바라보면서 환하게 웃었다.

"그렇게 맨날 아빠 노래를 부르더니 오늘 소원을 풀었지?"

린은 와-인을 마셔 발그레해진 얼굴로 현도를 말끔히 바라봤다.

"그럼요! 아빠를 만나니까 천 상병 아저씨가 타 주던 코코아를 아빠랑 함께 마시던 옛날 어린 시절이 생각나네요. 또 반닝에서 아빠를 만나고 나온 따이 형이 아빠도 파리에 갈 거라고 했다는 말을 듣고 혹시 했었는데, 교수님이 되어 이렇게 파리에 뿌리를 박고 계실 줄은 상상 못 했었어요."

린의 감회에 젖은 말이 이어질 때 럼주가 나와 로안이 와—인을 마시던 잔에 돌아가면서 따라 주고, 건배를 제의해 모두 치어스를 외치고 한입에 털어 넣고 얼마 되지 않아서 현도는 예상하지 못한 독한 술기운이 확 오르는 걸 느끼면서 주위를 둘러보았다.

린이나 미치코도 마찬가지인 듯 초점 잃은 시선으로 서로를 바라보고 있었고, 점차 의식이 희미해짐과 동시에 당황해서 일어서려고 버둥거리다가 그 자리에 주저앉고 말았었다.

현도가 정신을 제대로 차린 것은 다음 날 이른 아침, 밖에서 요란하게 문을 두드리는 소리에 놀라 일어나 보니, 자신은 실오라기 하나 걸친 게 없는 알몸인 데다가 하필이면 옆에 머리를 산발한 미치코 역시 알몸인 채 정신 모르고 잠들어 있어 어떤 함정에 빠진 것을 직감할 수 있었다.

옷들은 방바닥에 여기저기 어지럽게 내팽개쳐져 있어, 속옷만 챙겨 입고, 침대에 쭈그리고 앉아 아직도 몽롱한 머리로 전후 사정을 곰곰이 더듬고 있을 때, 문 두드리는 소리가 멈춰지더니, 키를 돌리는 소리가 나면서 휙— 문이 열리고, 뜻밖에 새파랗게 질린 은영이의 얼굴이 먼저 들어오고 뒤따라 호텔 직원이 들어왔다.

"어디서 무슨 술을 얼마나 마셨길래 이 모양이야?"

은영의 고함이 터지자 현도는 움찔해 엉거주춤 일어서고, 그제야 미치코도 덜 깬 얼굴로 일어나 자신의 모습에 스스로 놀라 그만 울음을 터트렸다.

"어떻게 된 건지 말 못 해요?"

은영의 외마디 고함이 또다시 터질 때, 옆방에 있던 로안 여사가 삐쭉 얼굴을 내밀었다.

"임 교수님도 참 대단해요! 하도 취하셨길래 방을 잡아 드리면 서 린이하고 자라고 했더니, 한사코 인사불성인 미치코를 끌고 들어가 문을 잠가 버렸잖아요."

로안 여사의 말에 현도가 머릿속이 하얘진 상황에서 은영은 발 을 동동 구르다가 호텔 밖으로 뛰쳐나가 버렸다.

우선 미치코부터 달래야겠다는 생각에 조심스럽게 다가가 팔을 뻗자, 천길만길 펄쩍 뛰며 외마디 비명을 지르고 손길을 피하며 엎어져 대성통곡을 했다.

로안은 그 모습을 보면서 엷은 미소를 짓고 돌아서 방을 나가 면서 알 수 없는 한마디를 내뱉었다.

"이건 10프로도 아니야!"

현도는 은영과 냉전이 계속된 후에 로안이란 여자가 자기 언니 와 조카를 잃은 앙갚음으로 벌인 얄팍한 계략에 넘어갔던 거라고 해명도 하고 다독여 어느 정도 수긍하는 듯하면서도 마음 밑바닥 에 깔린 의혹을 말끔히 지우지 못하는 상황에서 더욱 난처한 처 지가 된 것은 미치코의 예상하지 못한 행동 때문이었다.

처음엔 그렇게 펄펄 뛰던 아이가 린이 빈으로 돌아가고 시간이 지날수록 현도에게 접근하는 것을 넘어 캠퍼스 안에서나 밖에서 도 노골적으로 행동하기 시작해서 여러모로 당황하게 했었다.

현도가 결국 귀국을 결심하게 됐던 것은 은영과 티격태격도 있 었지만 내심 그런 미치코와의 불편한 관계가 주요 원인이었다고 할 수 있었다.

은영이와 가족의 귀국을 어떻게 설득해야 하는지 골똘하다가 눈을 감고 있을 때, 스튜어디스가 부탁한 음료수를 들고 와 깨웠다.

현도가 음료수를 마시며 어린 린이와 엮였던 조그만 인연이 20여 년이 지난 현재 자신에게 얽혀져 돌아온 엄청난 시련을 생각하며 다시 눈을 감고 있었다.

은밀한 만남

현도 부친 임 교감은 옆집 노 영감을 대동하고 강 여사와 함께 일산 호수공원 옆 호텔 커피숍에서 왕년의 일본통 정보요원 김성수를 만났다.

"그렇다면 숙모님은 이북 사람이 아니고 남쪽 분이란 말씀이네요?"

임 교감이 밝은 얼굴로 돌아보자 노 영감도 고개를 끄덕였다.

"그 얘기는 나도 언뜻 들은 적이 있긴 했었지만, 확실치 않은 정보여서 성수 너보고 그분이 지금 일본에 사는지 아니면 국내에 들어와 있는지 정확한 정보를 알아보라고 했잖나?"

말쑥한 정장 차림에 짙은 선글라스를 쓴 성수라는 사내는 나직하게 음성을 낮춰 입을 열었다.

"선배님 명령을 제가 어찌 소홀히 했겠습니까! 수소문해 본 결과 분명히 갓 낳은 아기를 안고 국내에 들어왔다는 정보는 지금 일본에 있는 본부장인 제 동료 이필호에게 확인한 바죠. 필호는 형님도 잘 아시잖습니까! 필호 얘기로는 현재 부산 아니면 대구에 있을 거라는 예측이었습니다."

성수의 고무적인 얘기에 임 교감은 바싹 긴장된 어조로 되물었다.

"한국에 들어온 것이 언제쯤인지는 알 수 있을까요?"

그 말에는 노 영감이 입을 열었다.

"한국에 들어온 게 사실이라면 내가 그 부인을 처음 본 것이 65년 초였고 그 뒤로 한 번도 못 봤으니, 갓난아기를 데리고 들어왔다면 내 예상으로는 66년도 이후일 거란 계산이 나오는 거지!"

노 연감의 말에 성수도 맞장구를 쳤다.

"그 무렵이 맞습니다! 필호에게 부탁해서 알아본 바로는 그 당시 항공기 탑승 기록이나 선박 승선 기록에 하나도 잡히지 않고 있긴 하지만 60년대 암암리에 출입국이 빈번했던 밀항선을 이용했을 게 뻔하다고 했습니다."

묵묵히 오가는 대화를 듣고만 있던 강 여사가 한마디 거들었다.

"그렇다면 그 당시 갓난아기였던 애도 지금은 거의 20대가 다 됐고 학교에 다닌다면 대학 일, 이학년쯤 되겠네요."

강 여사의 말에 노 영감은 커피잔을 매만지며 고개를 주억였다.

"그렇네! 세월이 참 빠르기도 하지. 신주쿠 지하 커피숍 구석에서 행수와 그 애 부인을 만났던 것이 어제만 같은데 벌써 20년이나 흘러 버렸으니. 인생 참 덧없다는 거지."

노 영감이 만감이 교차하는 고즈넉한 표정으로 돌아보자 임 교감은 잔뜩 의구심이 가득한 표정이 되었다.

"행수 삼촌이 그렇게 무책임한 성품이 아니신데 아기까지 낳은 숙모와 그렇게 쉽게 갈라서셨다는 것이 도무지 이해가 안 됩니다. 무슨 피치 못할 사정이 있었던 것은 아닐까요?"

임 교감의 말에는 노 영감도 머리를 갸웃했다.

"추측이긴 해도 둘이 완전히 갈라선 것을 보면 처음에 부인이 행수가 조총련인 줄 모르고 만났던 게 아닌가! 하는 생각이 들기도 해."

"그렇다면 두 분 다 상처가 컸겠네요."

"성수! 너는 저쪽 아이 중에 줄이 닿는 애가 있다고 거들먹거렸던 것 같은데. 임 부장이 왜 그렇게 헤어졌는지 알아봤어? 북쪽 고위층 동거녀가 밀입국했다면 잘못하다간 이쪽의 안보 구멍일 수도 있는데, 아는 애 있다는 거 뻥이었나 보지?"

"아닙니다! 사실은 내가 필호에게 그 아이를 접촉해서 부인이 북에 없고, 남한에 있을 거라는 걸 밝히지 않았습니까! 공작으로 헤어졌다면 남한에 있는 걸 밝힐 리가 없잖습니까!"

성수는 노 영감의 핀잔에 선글라스를 벗고 펄쩍 뛰며 이야기를 이어 갔다.

"아무 이유 없이 서로 갈라서서 한국에 들어왔다는 게 미심쩍어서 옛날 기록을 살펴보니, 부인이 국내에 들어올 무렵에 북에서 재일동포 북송을 대대적으로 추진할 때랑 맞아 떨어지더군요."

성수의 해명에 노 영감도 그제야 머리를 끄덕였다.

"성수! 네 판단이 맞아. 그때 북에서 재일동포들을 북송하려고 혈안이어서 일본이나 본국에서 긴장했던 기억이 나는구먼. 그렇다면 둘 다 어쩔 수 없는 이별이었다는 얘기가 아닌가! 그런데 행수 그 녀석은 한 번도 그런 내색을 못 하고 실실 웃기만 했는지 정말 알다가도 모를 일이구먼."

노 영감은 당시를 회상하는 듯 눈을 지그시 감으며 고개를 떨구고 임 교감도 절여 오는 가슴을 다독이며 안타까운 시선으로 성수를 바라봤다.

"김 선생이 수고를 많이 하셨습니다! 숙모가 남한에 계시다는 것만으로도 안심이 돼. 너무 감사합니다! 그런데 어디 사시는 곳을 알면 더없이 좋겠지만 그보다 우선은 성함이라도 알면 수소문하기 수월할 듯한데 그건 알아보지 못했나요?"

임 교감의 간절한 말에 성수는 화들짝 놀란 표정이 되어 안주머니를 뒤적이더니 조그만 메모지 한 장을 꺼냈다.

"제가 깜빡했네요. 성함이 한 자, 남 자, 희 자, 한남희 씨라고 했습니다."

"저 보라니까! 그 중요한 것을 깜빡한단 말야. 이 덜렁이 같으니."

노 양감의 핀잔에 성수는 금방 머리를 조아리며 어쩔 줄을 몰라 했다.

"죄송합니다! 아마 동경에 있을 때 같으면 제 조인트 남아나지 못했을 겁니다."

성수의 엄살에 모두 파안대소를 하고 다시 한번 노 영감을 돌아봤다.

"그때가 언제였는지 모르겠군! 이젠 이빨 몽땅 빠진 호랑이 신세인 걸. 뭐, 하여튼 김 반장, 네가 수고가 많았다! 너희 가게에서 한잔하면 좋을 텐데. 문 열 시간이 아직 멀었지?"

노 영감의 말에 성수는 연신 굽신거렸다.

"제가 대신 좋은 곳으로 모시겠습니다."

임 교감 내외는 그리 멀지 않은 곳에 있는 한정식집으로 안내되어 대접을 잘 받고 돌아왔다.

일산에서 성수를 만나고 몇 주 지난 어느 날, 노 영감 수태 씨는 일본 나고야에 있는 국제 호텔 프런트에 임 교감 부부와 함께 도착해 유창한 일본어로 안내원과 대화를 하고 있었다.

며칠 전에 성수 편으로 필호에게서 온 연락은 북쪽 요원이 업무 때문에 평양에 갔다가 행수 씨와 접촉이 있어 남쪽 조카가 찾고 있다는 메모를 전하자, 행수 자신이 직접 윗선에 손을 써서 출장 명목으로 부랴부랴 일본에 나왔다는 소식이었다.

임 교감은 꿈인지 생시인지 너무 정신이 없어 노 영감을 재촉해 다음 날로 일본행 비행기에 급히 올랐다.

프런트의 안내를 받아 노 영감을 따라 엘리베이터로 향하는 임 교감은 왠지 다리가 후들후들 떨려오는 것을 진정하면서 아내의 손을 땀이 배도록 꼭 쥐고 있었다.

엘리베이터가 움직이기 시작해 올라가는 동안에도 눈을 꼭 감고 있는 남편이 하얗게 긴장해 있는 얼굴을 바라보던 강 여사도 감정 이입이 되어 침을 꿀컥 삼키고 있었다.

15층에 도착해 엘리베이터 문이 열리자 바로 앞 1호실에서 나오는 남자와 눈이 마주쳤다.

오십 대 초반으로 보이는 하얀 얼굴이 갸름한 사나이가 대뜸 앞장선 노 영감을 가로막고 섰다.

"서울서 오셨더래요?"

투박한 이북 사투리가 북쪽 요원인 걸 금방 알 수 있어 임 교감은 긴장감으로 금방 쓰러질 듯 보였다.

"그렇소만. 당신은 누구요?"

노 영감은 왕년의 기백이 나온 듯 대차게 눈을 부라렸다.

"내레 누군지 아실 거 무에 있습네까? 혹시 남쪽 기자 동무들 여기 모르지요? 그 동무들 알면 초상납니다."

"아무도 모르게 우리 세 사람만 왔소."

조금 부드러워진 노 영감의 말에 사나이는 고개를 끄덕이고 세 사람을 찬찬히 보더니 대뜸 나지막하게 말을 했다.

"림영우 동무레 뉘지요?"

임 교감이 앞으로 나서자 사나이는 목소리가 더욱 가라앉았다.

"지금 부장 동지께서 여로에 힘이 드셨는지 몸이 조금 불편합네다. 너무 야단스럽게 해서 충격 가지 않게 조심해서 만나 보시드래요."

사나이는 말을 마치고 바로 문을 열어 줘 안으로 들어가니 머리가 완전 백발인 행수 삼촌은 침대에 누워 있다가 화들짝 놀란 표정으로 뒹굴듯이 굴러서 일어나 양팔을 크게 벌리고 뛰어 들어간 임 교감을 와락 끌어안고 자지러지듯 주저앉았다.

"우리 조카 영우가 정말로 왔구나!"

임 교감은 아무 말도 할 수 없어 그저 삼촌을 얼싸안은 채 숨이 차올라 어쩔 줄을 몰라 하는 모습을 얼마 동안 그저 지켜보는 두 사람도 똑같은 마음으로 목이 멨다.

한참 만에 밖에서 사나이가 했던, 행수가 몸이 안 좋다는 말이 생각나서 노 영감이 우선 진정시키려고 정신없이 오열하는 임 교감을 흔들었다.

"우리 불알친구 행수를 나도 좀 안아 보세."

노 영감이 억지로 임 교감을 떼어 내고 행수 삼촌을 강 여사 쪽으로 데리고 왔다.

어렵던 신혼 초에 살갑게 대해 주셨던 기억이 새삼스레 새록새록 나서 강 여사도 흐르는 눈물을 훔치며 시숙의 손을 잡았다.

"새색시 때 그 곱던 얼굴 그대로구나!"

"저도 이제 환갑이 지난걸요."

"그래도 내 눈엔 옛날 그대로인걸."

모두 조금은 진정이 되어 노 영감이 행수 삼촌을 안다시피 해서 침대로 앉히자 의외로 현도 소식부터 물었다.

"참! 전쟁 나던 해 낳은 귀염둥이, 내가 이름까지 지어 준 우리 동수 형님 손자 현도는 왜 안 데리고 왔어?"

그제야 정신이 돌아온 임 교감이 눈물을 훔치고 삼촌 앞에 무릎을 꿇고 앉자 강 여사도 따라 앉았다.

"현도는 지금 프랑스 파리 대학교수로 있다가 서울대학으로 옮겨 왔는데, 가족들도 서울로 데려온다고 얼마 전에 파리에 갔습니다. 그보다 삼촌의 은혜도 모르고 칠순이 다 된 지금까지 무심했던 저를 벌해 주십시오. 정말 죄송합니다!"

행수 삼촌은 눈을 내리감고 조금 생각에 빠진 듯 말이 없다가 조용히 입을 열었다.

"우리 임 씨 장손 현도를 외국에 내놓을 만큼 훌륭하게 잘 키웠으면 됐다. 보기 흉하니 그만 일어나라! 네 잘못도 내 잘못도 아니고, 이놈의 못된 세상 탓인 걸 모르나!"

"저 살기 바쁘다는 핑계로 삼촌이 십여 년간 일본에 계셨던 것도 최근에야 알았는걸요!"

"어찌 그게 네 잘못이냐? 세상이 하도 삭막해서 너희들 앞길에 걸림돌이 될까 봐서 내가 숨긴 걸 가지고 네 탓이라 하면 말이 안 되지. 이렇게 만났으니 술이나 한잔하고 모두 풀어 버리자! 밖에 망보고 있는 해우보고 어서 들라 해라!"

그제야 임 교감이 눈물을 훔치고 문을 열고 밖에 있던 사나이를 불러 들어오자, 행수 삼촌은 침대에서 일어나서 사나이를 손짓으로 불렀다.

"해우야! 내가 전에 말했던 우리 동수 형님 외아들, 어려서 내가 예뻐하던 영우다. 네게 형이니 정식으로 인사해라! 그리고 이놈 해우는 영우 네게 육촌 아우가 되는데, 일본에서 나랑 한솥밥을 먹어서 내 자식처럼 지냈던 놈이지. 이번에 내가 일본에 오는 것도 애가 뒤에서 힘을 많이 썼다."

육촌끼리 손을 잡아 인사하고 임 교감이 강 여사와도 인사를 시키는 것을 만감이 교차하는 표정으로 지켜보던 행수 삼촌은 해우에게 술을 내오도록 이르고, 뻘쭘하게 서 있는 노 영감을 옆으로 불러 앉혔다.

"생각 같아서는 자네하고 저 아래 항구에 내려가서 옛날 생각하며 회 한 사라 하고 술 한잔하고 싶은데, 여독인지 영 몸이 따라 주지 않아서 여기로 부른 거야. 참, 그 횟집에서 만나서 내가 엮어 준 오 마담은 잘 있지?"

행수 삼촌의 말에 노 영감은 눈을 찔끔하고 손사래를 쳤다.

"짓궂은 것은 어릴 때나 80 영감이 돼서도 여전하구먼. 지금까지 해로했으면 이제 그 마담 딱지 떼 주면 안 되나? 그나저나 처음 내게 선보였던 그 한 여사 소식을 자네는 모르고 있나?"

노 영감의 물음에 행수 씨는 시큰둥한 표정이 되었다.

"나랑 헤어져 밀항선 타고 도주해 딴 남정네 만나서 자식까지 낳은 여자를 내가 왜 염두에 둬야 한다고. 자네는 나만 만나면 그렇게 자꾸 아픈 부스럼을 건드리나! 나는 6·25 터지면서 아예 끝장난 인생이었어. 결혼 같은 거 아무 관심 없는 늙은 놈에게 젊은 여시가 달라붙어 알랑거려 객기로 동거까지 했던 거야. 그게 다야."

그렇게 말하면서도 행수 삼촌의 주름진 눈가에 서리는 이슬을 바라보는 임 교감은 다시 한번 안타까움이 가슴을 저몄다.

"삼촌! 그래도 삼촌 혈육이 엄연히 살아 존재하고 있잖아요."

"그래. 영우, 네 말대로 갓난아기로 헤어진 그놈은 내가 한시도 잊은 적이 없지! 하지만 이북에 아비가 있다고 남조선에서 반기고 환영할 사람이 누가 있단 말이니. 그저 죽은 듯 있어 주는 것이 상책 아니겠니? 지금까지 너한테도 마찬가지였어."

임 교감은 행수 삼촌의 한 서린 말에 다시 한번 가슴속이 저려 와 고개를 떨구었다.

아침에 해우를 시켜 해변 횟집에서 떠 온 사시미와 북에서 직접 들고 온 독한 술이 두어 배 돈 다음, 얼큰해진 남자들 틈에 강 여사가 어렵게 입을 열었다.

"현도 아버지가 숙모님과 사촌을 찾겠다고 백방으로 노력하고 있는데, 부산이나 대구에 사실 거라는 막연한 정보에 엄두가 안 나서 걱정만 하고 있었습니다."

강 여사의 말을 듣고 있던 해우가 얼떨결에 한마디 했다.

"김성수 그 아가 그랬습……!"

말을 마치지 못하고 눈을 말똥히 뜨고 행수 삼촌 눈치를 살피자 금세 불호령이 떨어진다.

"저놈에 주둥이를 어쩌면 좋을꼬! 그렇게 입단속을 해도 천성은 못 고치는구나. 넌 여기서 일하면 큰일 저지를 것 같아서 안 되겠다! 내 덕수한테 말해서 아오지 탄광으로 보내라고 해야겠다."

행수의 말이 떨어지기 무섭게 해우는 술기운에 붉어진 얼굴로 삼촌의 허리춤을 어린애처럼 잡고 늘어졌다.

"뭐, 삼촌이레 다 벌려 놓고서리 인제 와서 그러시면 내레 서운하죠?"

"시끄럽다! 당장 보따리 싸기 싫으면 내일부터 그놈의 주둥이를 붕대로 칭칭 감고 다니도록 해라!"

둘이 오가는 말을 듣고 있는 노 영감은 떠벌이 성수가 옛날부터 통한다는 북측 친구의 정체가 바로 임 교감 육촌, 해우였고 그 뒤에 행수가 있었다는 걸 알 수 있었다. 행수 삼촌은 계속 못마땅하게 해우를 바라보다가 시선을 돌렸다.

"이렇게 된 바에는 어쩔 수 없이 다 말하는 수밖에 없게 됐구먼. 그런데 아니, 수태야! 너희 동네 사정은 너희가 더 빠삭할 텐데 왜 꼭 멀리 떨어져 있는 내가 꼭 알아봐 줘야 하는 거냐. 네 조무래기는 뭐 하고?"

술기운인지 행수 삼촌이 불쾌한 얼굴로 노려보자 노 영감은 손을 내젓고 고개를 숙였다.

"행수, 너도 잘 아는 그 정치인 납치 사건으로 옷을 벗고 그 동네랑 담쌓은 지 오래돼서 나 그쪽 애들 이젠 몰라!"

노 영감의 힘없는 말에 행수 삼촌은 고개를 끄덕이며 임 교감을 바라보면서 나지막이 말을 이었다.

"나는 그저 내 자식 찬우나 그 애 모친네가 아무 외풍 맞지 말고 조용히 살라고 누구한테도 그들 존재를 말하지 않고 살아왔어. 행인지 불행인지 여기 내 불알친구 수태에게 딱 한 번 보여 준 것이 네 귀에까지 들어가서 네가 나를 찾는 오늘이 됐구나! 마음 같아서는 너한테도 그냥 잊으라고 하고 싶지만 네 맘이 그렇다니, 내가 아는 만큼만 일러 주마! 찬우 엄마는 동대구 시장 골목에서 수입화장품 가게를 하고 있고, 찬우는 서울에서 혼자 자취하면서 서울 공대에 재학 중이라고 한다. 이만하면 됐냐?"

행수 삼촌의 너무 자세한 설명에 모두 입을 벌렸다.

한편, 노 영감은 '싫다! 모른다.' 하면서도 모든 걸 챙기고 있는 그 꼼꼼하고 자상한 친구 행수의 마음을 옛날부터 알고 있는 터였고, 해우가 떠벌이 성수와 연결돼 있었던 것 역시 북에 목매어 있으면서도 행수의 마음은 남쪽을 향하고 있다는 속내를 읽을 수가 있었다.

임 교감이 행수 삼촌의 세심함에 감동한 것은 그들이 나고야에 들르기도 전에 호텔에 조카 부부의 방을 자기 옆방에 예약해 놨을 정도였다.

가지고 온 술이 바닥이 나고 웬만큼 취기가 오르자 없는 힘이 생겼는지 행수 삼촌이 바깥으로 자리를 옮기자고 제안하고 서두르자 해우가 긴장된 표정으로 걱정스럽게 행수를 바라봤다.

"당숙 동무! 밖에서 조무래기들 눈에 띄게 되면 공연히 귀찮아질 텐데, 그래도 괜찮겠습니까?"

임 교감의 도움을 받으며 겉옷을 챙겨 입던 행수는 해우를 찔끔 바라보며 태연하게 말했다.

"걱정하지 마라! 어제 덕수 만나서 민단으로 넘어가는 것 말고 무슨 짓을 해도 된다고 허락받았다."

"하기사 회장 구린 것 잔뜩 틀어쥐고 있으니 뉘 쉽게 말리겠습네까? 아마 남으로 넘어간대도 어쩌지 못할걸요."

해우가 너스레를 떨자 행수가 다시 발끈했다.

"해우, 너 냉큼 이리 오라! 저 주둥이를 재봉틀로 박아 줘야겠어."

행수의 핀잔에도 해우는 허리를 살짝 굽힐 뿐 술이 웬만큼 들어가서인지 아까 혼났을 때와 딴판이었다.

"내 입 그리 봉해 버리면 어느 아바이레 힘들어질까요?"

조그맣게 속삭이고는 얄미운 표정으로 바라보자 행수는 힘없이 말문을 열었다.

"내가 의지할 녀석이레 당성이 희박한 네놈밖에 더 있나! 하지만 하도 네 그 입이 아슬아슬해서 안 그러나?"

"걱정하지 마시라요! 여기 남조선 동무들만 있어서 그렇지, 밖에 나가면 제 앞가림은 철저히 안 합니까?"

강 여사는 아까부터 궁금했던 것이 있어 조심스럽게 입을 열었다.

"삼촌 아드님 이름이 찬우가 맞습니까?"

"그렇지! 내가 애초에 낳자마자 임씨 항렬에 맞춰서 찬우라고 지어 줬는데 그대로 쓰고 있는 모양이야! 또 하필 다시 만나 몇 년 후에 객사한 새서방도 임가여서 성씨도 안 바뀌었더군."

행수의 말에 노 영감이 어이없는 표정이 되었다.

"너는 그 집 부엌에 숟가락 몇 갠지도 알겠구나! 그러면서 왜 그렇게 몇십 년 떨어져 있는 거야?"

노 영감의 채근에 행수는 끝내 울먹인 목소리가 튀어나왔다.

"내가 말하지 않았어? 나 행수는 이미 그놈의 몹쓸 전쟁으로 남북으로 갈라지는 바람에 산 채로 죽은 몸이 되었단 말야!"

삼촌의 절규에 모든 사람은 한 덩어리가 되어 눈물바다가 되고 말았다.

임 교감 일행은 행수 삼촌 일정에 맞춰 삼 일간 호텔에 머물면서 헤어져 있었던 수십 년간의 회포를 풀고 나서 다시 눈물로 다음 만남을 약속하고 귀국길에 올랐다.

행수 삼촌의 숨겨진 아들 찬우는 토요일 일찍 수업을 마치고 곧바로 자취방으로 돌아오고 있었다.

작년 입학식 날, 처음 서울에 올라왔던 어머니가 소식도 없이 어제 갑자기 서울에 올라와서는 오늘 누구를 같이 만나야 한다고 학교 끝나면 곧바로 오라고 신신당부를 하셔서 부지런히 돌아오고 있었다.

알 수 없는 인연으로 과외까지 맡은 영악한 말썽꾸러기 중학생 은호도 어젯밤에 오늘은 쉬라고 집으로 쫓아 보냈다.

항상 숨이 차는 오르막길을 올라가니 벌써 어머니는 문 앞에서 주인집 아주머니와 이야기를 하고 있다가 아들을 보고 부리나케 나오셨다.

찬우는 주인아주머니에게 꾸벅 인사하고 방 안에 가방을 던져 놓은 채 어머니를 따라나섰다.

가파른 길을 아들 손에 의지해 내려가던 찬우 모친인 한 여사는 아침저녁 오르내리는 게 보통 일이 아닌 듯싶어 아들이 대견하게 생각했다.

"너는 참 장사다! 나는 두 번 다시 이런 길 못 오를 것 같다."

"저는 아직은 운동 삼아 괜찮아요. 그런데 누구를 만나길래 미리 아무런 얘기도 없이 대구에서 여기까지 오셔서 아직도 말씀을 안 하세요?"

찬우의 투정에도 모친 한 여사는 묵묵부답으로 내리막길을 다 내려가 손을 흔들어 택시를 잡았다.

광화문 쪽에서 부리나케 달려온 택시에 올라탄 한 여사는 운전기사에게 서울역전까지 가자고 말하고 나서 잔뜩 어두운 표정을 한 아들을 보며 입을 열었다.

"지금까지 소식조차 없던 네 사촌을 만나러 간다."

"아니, 사촌이라뇨! 돌아가신 아버지는 3대 독자라고 귀에 못이 박이게 들었던 것 같은데, 사촌이 있다는 건 말이 안 되죠."

"네가 알고 있는 임성규는 네 진짜 아버지가 아니다."

한 여사의 한마디에 찬우는 입을 벌린 채 말을 못 하고 그저 어머니를 잡고 흔들다가 토해 내듯 한마디 했다.

"그럼 어머니는 저를 훔쳐 온 자식처럼 기른 겁니까?"

한 여사는 잔뜩 어두운 얼굴로 아들의 다그침에 아무 말도 못하고 머리만 주억였다.

"그렇다면 아버지가 살아 계신 것도 맞고요?"

아들의 이번 물음에는 한 여사가 기절할 듯이 깜짝 놀란 표정으로 아들을 돌라보며 소리쳤다.

"네가 그걸 어떻게 알았어?"

어머니의 다그침에도 찬우는 입을 다물고 눈을 감은 채 도대체 모든 것이 수수께끼처럼 모호한 어린 녀석 은호와 함께했던 지난 초가을 산행을 떠올렸다.

아직 늦더위가 가시지 않은 이른 초가을, 모처럼 공휴일에 찬우는 은호와 함께 교외선 열차 안에 나란히 앉아 있었다.

복잡한 과정을 거쳐 과외 수업까지 맡게 된 중3짜리 은호가 산에 가고 싶다고 매달리다시피 조르는 바람에 못 이기는 척 아무 준비 없이 나섰다.

복닥거리는 시가지를 벗어나면서 차창 밖에 스치고 지나치는 확 트인 바깥 샛노란 대지의 전경은 추수할 날을 기다리는 누런 벼 이삭을 가득 품고 넉넉한 풍요를 꿈꾸는 여인처럼 따스한 햇볕 아래 누워 있고 드높아진 파란 하늘가에 흐르는 흰 구름이 마냥 싱그러워 보였다.

조그만 시골 역에서 내려 다시 버스로 갈아타고 가는 동안에도 은호가 열차에서처럼 쉴 새 없이 재잘거리는 것을 보면 머리는 누구보다 영민하지만, 감성만은 아직 어린애 그대로인 것으로 보였다.

터덜거리는 시골길을 달리는 버스 안은 주말이라 행락객으로 초만원인 데다가 혼탁한 먼지와 소음으로 법석인 가운데서도 은호는 아랑곳없이 떠들어 댔다.

"이곳은 처음 와 보는데도 영 생소하지가 않죠! 이렇게 털썩대는 버스는 첨 타 보는데 처음 같지 않으니 이상해요. 진짜 언젠가 왔었던 길 같다니까?"

은호가 혼자 신나게 떠드는 사이 버스는 등산로 입구인 사찰 앞에 멈춰 서고 대부분 승객이 우르르 몰려서 내리고 있었다.

노송이 우거진 사잇길을 거슬러 올라가 경내에 들어서니 형형색색 등산객의 차림이 민망스러울 정도로 적막감이 감돌았다.

산사의 정기를 모은 듯 가슴 서늘한 기운에 은호는 차 안에서 와는 딴판으로 조용해져 울긋불긋한 단청을 둘러보는 까만 눈에 알 수 없는 두려운 기색까지 서렸다.

마침 중년 참배객 내외를 안내하며 무슨 말인가 주고받고 있는 늙수그레한 노스님 옆을 지나칠 때 갑자기 노스님이 하던 말을 멈추고 뚫어지게 둘을 바라보더니 갑자기 찬우와 은호 앞을 가로막고 서는 것이었다.

노스님의 시선이 시종일관 은호를 향하고 은호의 눈빛이 조금 전과 다르게 한동안 야릇하게 빛나고 있었다.

노스님이 주춤주춤 무슨 말인가 하려는 순간에 은호는 억지로 찬우의 손을 잡아끌고 그 자리를 벗어나 경내를 나올 때까지 노스님은 참배객과 함께 합장을 한 채 바라보고 있었다.

자꾸 돌아보는 찬우를 이끌고 은호는 발길을 재촉했다. 아무래도 스님의 반응이 예사롭지 않다 싶어 가던 발걸음을 멈추고 질문을 던졌었다.

"저 스님 양반이 왜 저러는 거지?"

"알기 때문이죠."

은호는 대수롭지 않은 투로 말하고 가던 길을 재촉했다.

"뭐! 알다니?"

"내가 자기 마음속을 알고 있다는 걸 안 거지."

"네가 어떻게 저 양반 맘을 아는 건데?"

"금방 알 수 있어요. 지금 저 스님은 쓸데없는 일에 시간만 보냈다는 걸 알아가고 있거든요."

"쓸데없는 일이라니? 저 스님이 들으면 서운하겠다."

"사실이 그런 걸 어떻게 해! 저 스님 일생이 그래요. 어릴 때 종살이하다가 잘못을 저질러 맞아 죽게 되자 산으로 도망쳐 스님이 되어 생명을 지켰거든요. 자기가 불도에 뜻이 있어 출가한 게 아니었으니 아주 비참하죠."

은호는 장난스럽게 지껄이고 성큼성큼 앞서 걸어가고, 뒤처져 천천히 따라가는 찬우의 심정은 야릇한 갈등이 일었다.

"형, 빨리 와요. 인제 보니 나보다 산을 잘 못 타잖아!"

찬우는 높다란 바위 위에 날렵하게 올라서서 까르르 웃고 서 있는 은호를 올려다보면서 '알 수 없는 요물에게 자신이 빠져 있는 게 아닌가.' 하는 생각이 들기도 했다.

푸른 이끼가 덮인 바위를 기어올라 축축한 물기가 서린 낙엽 위를 걸으면서 골똘해 있는 찬우의 어두운 표정을 지켜본 은호가 가던 길을 뒤돌아와 손을 꼭 잡고 눈길을 땅바닥으로 향하며 속삭였다.

"형이 그렇게 심각한 얼굴을 하면 은호 마음도 심란해지잖아!"

"너한테는 대수롭지 않은 걸 이 형의 이성으론 이해가 안 되는지 고민 중이었단 말야!"

찬우는 가던 발길을 멈춰 서서 은호를 쏘아보았다.

"내가 그것을 말해 주지 못하는 이유를 그렇게 반복해서 설명했는데도 이해할 수 없는 거야? 그럼 형은 나한테는 숨기는 비밀이 하나도 없어?"

은호도 대들듯이 뚫어지게 올려다보자 찬우는 당황해 어이없는 눈빛이 되었다.

"뭘?"

"형은 아버님이 돌아가셔서 안 계신다고 했었지?"

"그래! 그게 어째서?"

찬우의 말에 은호는 웃음 띤 얄궂은 표정이 되면서 잡았던 손을 세게 뿌리쳤다.

"형이 거짓말쟁이가 아니면 아버지가 두 분이라는 거네!"

"너 지금 뭐라고 말한 거니?"

"형 아버지는 현재 분명히 살아 계시잖아?"

"넌 무슨 말도 안 되는 소리를 하는 거야! 우리 아버지는 내가 중학교 들어갔을 때 고속도로 교통사고로 돌아가셨단 말이다. 잘한다, 잘한다 하니까 이젠 네가 하늘 높은 줄 모르는구나?"

찬우는 어이가 없어 고개를 절레절레 흔들며 앞장서서 걷고 뒤이어 뛰어서 따라가는 은호는 연신 머리를 갸웃거리면서 믿을 수 없다는 표정이었다. 정상에 올라 '야호'를 외쳐대는 은호와 달리 찬우는 알 수 없는 마음속 밑바닥의 갈등에 어지럽게 휩싸고 있었다.

은호에게는 딱 잘라 부인했지만, 아버지의 존재에 대해서 어릴 적부터 항상 의구심을 버리지 못했었다. 아버지가 네댓 살 무렵부터 기억된다는 것과 커서도 그렇게 살가웠던 적이 없어서 한번은 어머니에게 진짜 아버지가 맞느냐고 자기 심정을 털어놓았다가 불같은 호통을 듣고 두 번 다시 내색하지 못했었다.

은호의 말을 듣고 나니 지금은 저세상 사람이 된 아버지의 존재를 새삼스레 다시 생각하게 되었다.

산에서 내려와 식당에 들어가 식사를 하면서 찬우는 은근한 어조로 은호에게 어떻게 아버지가 살아 있다고 말했느냐고 되물어보자 은호는 눈을 말똥이 뜨고 한참을 쏘아보기만 하다가 나지막하게 되뇌었다.

"형, 엄마는 형을 마치 훔쳐 온 자식처럼 키웠다는 걸 모르고 있었어?"

찬우는 가슴이 내려앉는 것 같은 충격으로 주위 사람들을 의식하지 못하고 벌떡 자리에서 일어나고 말았다.

"너는 쪼그만 것이 뜬금없이 못 하는 소리가 없어?"

"내가 말하지 않았나? 내 관심 속에 들어오면 모든 것이 다 보인다고. 나는 형이 알면서도 감추고 있는 줄 알았는데 형의 아버지가 살아 계신 걸 이제 보니까 진짜 모르고 있었잖아!"

찬우는 은호의 말을 도저히 이해할 수 없어 얘기를 듣는 둥 마는 둥 자리에 주저앉고 말았다.

지금 어머니의 말을 들으니 모든 의혹이 풀리는 것 같기도 하면서도 어머니는 왜 아버지의 존재를 지난 20년 동안 숨기고 사셨는지, 무슨 피치 못할 일이 있었길래 친부와 헤어져야만 했었는지 많은 의문이 꼬리를 물었다.

택시가 주차장에 들어서고 두 모자는 서울역 대합실 2층으로 올라가 레스토랑으로 들어서자 저만치 홀 중앙에 임 교감 부부와 노 영감이 반갑게 맞이해 자리를 권했다.

한 여사가 어색하게 서 있는 찬우에게 임 교감 내외를 소개했다.

"내가 아까 말했던 너에게 사촌 형이 되는 분이고, 형수 되는 분이다. 얼마 전에 일본까지 가서 네 아버지 되는 사람을 만나고 왔다고 하니 네 궁금한 걸 다 풀어 줄 것이다. 여기 노인분은 네 아버지 아주 절친한 친구 되시는 어른이다. 인사해라!"

찬우가 고개를 숙여 꾸벅 인사하자 임 교감이 일어나 감격한 얼굴로 두 손을 잡고 어쩔 줄 몰라 했다.

"내가 일찍 신경을 써서 찾았어야 했는데 사촌끼리 이제야 만나게 된 것은 모두 이 형의 안이한 생각 탓이었네. 정말 미안하네!"

"아닙니다! 저도 지금까지 어머니가 아버지에 대해서 아무 말씀도 안 해 주시는 바람에 정말 아무 생각 없이 여기 왔습니다."

찬우의 말이 끝나자 그제야 한 여사는 아들에게까지 감출 수밖에 없었던 굴곡진 지난날 자기 사정을 얘기하기 시작했다.

"네 아버지와 갈라선 것이 벌써 20년이란 세월이 지났다.

재가까지 했던 어미 심정은 네 아버지 존재를 네가 알아봐야 아무 도움이 되지 않을 뿐만 아니라 오히려 네게 피해만 줄 게 뻔해서 그냥 죽은 임성규 자식으로 살길 바란 나머지 지금까지 아무런 말도 하지 못했었다."

"그렇다면 진짜 저의 아버지는 지금 어디 계십니까? 일본까지 가서 만나셨다니, 지금 일본에 사시는 겁니까?"

찬우가 좀 격앙된 큰 목소리로 묻자 이번엔 노 영감이 나서서 찬우 아버지, 행수 씨의 현재 입장을 설명했다.

임 교감이 울컥한 마음이 되어 너무 늦게 만난 어린 아우를 간절하게 바라봤다.

"작은 아버님은 한시도 찬우, 자네를 못 잊고 계셨네."

"저도 한번 만날 기회가 없을까요?"

찬우의 말에 한 여사가 퉁명스럽게 대꾸했다.

"이북에 있는 사람이라 아마 쉽지 않을 거야. 찬우 너는 지금까지 살아온 것처럼 아버지는 없느니라 하고 살아가도록 해!"

한 여사는 모래를 씹는 심정으로 말하고 나서 고개를 떨구었고 찬우는 그저 맥없이 고개를 주억였다.

임 교감은 나이는 자기보다 어리지만 작은 어머니인 한 여사를 용인 집으로 모시려고 했지만, 대구 가게에 처리해야 할 급한 일이 있다고 나이 많은 조카의 간청을 한사코 마다하고 간단한 식사를 마치고 곧장 대구행 급행열차에 올랐다.

어머니를 배웅하고 집에 돌아온 찬우는 옷도 벗지 않은 채 방바닥에 누워 천정만 바라보며, 좀처럼 감당하기 어려운 충격 속에 빠져 있었다.

아버지가 살아 있다는 것도 그렇지만 아무리 조총련이라고 하더라도 일본에 십여 년을 머물고 있었으면서 한 번도 연락이 되지 않았다는 것은 찬우 생각으로는 도대체 이해할 수가 없었다.

그보다 더욱 찬우는 '은호 녀석이 어떻게 아버지의 생존 자체를 알고 꼭 짚어 냈느냐!' 하는 당혹스러운 의문에 이르자, 지난 늦여름에 처음 은호를 만났던 인연부터 거슬러 돌아보기 시작했다.

말썽꾸러기 은호

아침부터 시작해서 끊임없이 내리는 늦여름 장맛비가 밤까지 쉬지 않고 쏟아지고 있는 자정이 다 됐을 무렵, 찬우는 학교 도서관에서 학기 말 과제와 씨름하다 자취방으로 돌아가고 있었다.

높은 담장으로 가려진 큼직큼직한 신문로 주택가를 벗어나 큰 도로를 건너 사직단 좌측 산등성이로 오르는 길엔 포장되지 않은 도로에 가로등도 없어 그날처럼 비가 오는 날에는 더욱 캄캄했다.

산길을 오르면 사직터널 위쪽으로 판잣집들이 모여 있지만, 반대편은 산줄기를 따라 아카시아가 우거져 있고 찬우의 자취방은 판자촌에서도 조금 떨어진 인왕산으로 이어지는 숲에 둘러싸여 있었다.

원래 고향이 같은 대구 출신 선배가 주선해서 싼 자취방을 찾아 부담 없이 함께 지냈었는데 선배가 올 초에 군에 입대하는 바람에 할 수 없이 혼자 쓰고 있었다.

어두움을 뚫고 가빠오는 숨을 몰아쉬며 거의 집에 도착했을 때 직감적으로 주위에 인기척을 느끼고 그 자리에 서고 말았다.

옆에 낀 책가방을 추스르고 비닐우산을 든 채 주위를 살펴보니 자취방에서 얼마 떨어지지 않은 곳에 항상 눈에 익은 덩치가 큰

떡갈나무 밑에 웅크린 희끄무레한 사람의 형체가 분간되면서 섬뜩한 기분이 들지 않는 건 아니었으나 한창 혈기에 그리 두려움 없이 다가설 수 있었다.

쭈그려 앉아 있던 몸이 어설프게 일어서는 듯 약간 움직이는 것이 보여 바싹 다가간 찬우는 의아함에 긴 한숨을 내쉬면서 그 자리에 서고 말았다.

열세네 살 정도로 보이는 남자아이가 비에 흠뻑 젖은 채 나무 아래에 잔뜩 웅크리고 외면하는 게 아닌가!

찬우는 말없이 숨을 고르며 시선을 돌려 발아래를 굽어보니 빗속에 물 먹은 듯한 불빛이 그득하게 펼쳐진 시가지가 눈에 하나 가득 들어왔다.

"너는 도대체 어디 살길래 집에 안 가고 여기서 바보처럼 이 비를 맞고 있는 거니?"

아이는 굳은 듯 아무런 기척이 없었다.

"인제 보니 집에서 야단맞고 쫓겨난 모양인데, 그래도 어서 집에 가!"

여전히 아무 말이 없는 아이를 안쓰러운 시선으로 뚫어져라, 바라보던 찬우는 무심코 발길을 돌려 집 안에 들어섰다.

이상한 아이가 다 있다고 예사처럼 넘기고 피곤하다는 생각에 어서 방에 들어가 눕고 싶은 충동뿐이어서 방문을 여는 순간, 억수로 퍼붓는 비를 맞고 있는 아이를 그대로 놔두면 안 될 것 같다는 생각이 불현듯 들었다.

자신도 어쩔 수 없는 잠깐의 망설임에 발걸음을 멈추고 굳은 듯 서 있다가 부엌에 들어가 더듬거려 플래시를 켜 들고 밖으로 나왔다.

아이는 퍼붓는 빗속에 그 자리에 아예 주저앉아 머리를 무릎 사이로 처박고 꼼짝하지 않고 있는 모습이 불빛 속에 들어왔다.

"이렇게 비가 퍼부어 대는데 이러고 있으면 안 되지. 너희 집이 어딘지 어서 말해! 이 형이 데려다줄 테니까 어서!"

찬우는 흘러내린 빗물로 적셔진 검은 머리칼을 내려다보며 대구에서 중학교에 다니는 개구쟁이 동호와 비교해 보니 열네 살짜리 동생보다 훨씬 어려 보였다.

가까이 다가가 비에 흠뻑 젖은 아이의 등을 어루만지며 이것저것 물었지만, 돌처럼 굳어 있는 아이는 얄미울 정도로 아무 반응이 없었다.

"집에 가기 싫으면 우선 우리 집에 들어가서 이 비를 피하자!"

최후의 제안에도 아이는 전혀 무반응이어서 '그냥 놔두고 돌아설까.' 하는 생각이 들지 않는 건 아니지만 워낙 비가 억수같이 쏟아지는 이 밤중에 그대로 두면 잘못될 것 같아 억지로 끌다시피 해서 집 안으로 들어왔다.

처음에는 짐승처럼 발버둥 치며 거부했지만 끝내 찬우에게 이끌려 오고 만 것이다.

집 안에 들어온 아이가 물에 빠진 생쥐 꼴 그대로 마루 끝에 서서 발끝만 내려다보면서 시퍼런 입술로 덜덜 떨고 있는 모습을 바라보는 찬우는 자칫 웃음을 터트릴 뻔했다.

"얼른 젖은 옷은 벗고 이걸 갈아입도록 해! 감기 들겠다!"

찬우가 자기 추리닝을 던져 주고 아침에 늘어놓고 간 방 안을 대강 정돈하며 말했지만, 손끝 하나 꼼짝할 줄을 모른 채 그냥 고개를 떨구고 있었다. 하는 수 없이 한사코 거부하는 아이의 물이 뚝뚝 떨어지는 옷을 벗기고 몸에 대충 물을 끼얹어 씻긴 다음 가까스로 질질 끌리는 헐렁한 추리닝을 입혀 주었다.

아이는 환한 방 안에 끌려 들어온 뒤에도 몸을 사시나무 떨듯 떨면서 나무 밑에서처럼 방구석에 쭈그려 앉아 "저녁은 먹었느냐.", "무얼 먹겠느냐." 하는 찬우의 말에도 바닥만 뚫어지게 바라볼 뿐 대꾸가 없었다.

뜨거운 차를 끓여 권해도 허사여서 거의 강제로 마시게 하면서 '만약 동생 동호였으면 벌써 몇 차례 귀싸대기가 날았을 텐데!' 하면서 쏘아보았다.

찬우가 학교와 집을 오가는 길에 많은 동네 아이들을 봤었지만 아무리 보아도 처음 보는 얼굴이었다.

뜨거운 홍차를 마셔서인지 발그레 상기된 깨끗한 인상이 어려운 집 아이 같지 않은 것이 그 시절 어린 학생에게 어울리지 않는 명품 옷이며 손목에는 고급 시계까지 차고 있지 않은가!

"밤이 늦어서 오늘은 아무것도 묻지 않을 테니 우선 잠이나 자자."

자리를 펴고 억지로 잡아다 요 위에 눕혀서야 아이는 옆에 들어 누었다.

찬우는 아이에 대한 갖가지 생각이 엇갈리던 것도 잠시 피곤해서인지 소르르 잠에 빠져들고 말았다.

어렴풋한 잠결에 아이의 고르지 않은 숨소리와 기침이 가끔 들려왔었는데 새벽녘에 심한 기침과 고통스러운 신음에 놀라 잠이 깨 벌떡 일어나 아이의 이마에 손을 얹어 보니 불덩이처럼 뜨거웠다.

"큰일이구나! 그렇게 빗속에 있었으니 감기에 걸린 수밖에 없었지."

괴로워 끙끙거리는 아이를 바라보는 찬우의 심정은 공연히 착잡해졌다.

"집은 어디냐?"

"이름은 뭐냐?"

물었지만 도무지 대답은 들을 수 없었다.

"너 그렇게 아픈데 너희 엄마한테 연락해야 할 것 아냐! 이 형이 어떻게 할 수 없잖아."

애걸하다시피 아이를 다그쳤지만 헛수고였다.

날이 밝는 대로 부리나케 아는 약국에 가서 문을 두들겨 감기약을 지어다 먹이고 빤히 내려다본 아이의 얼굴은 고통으로 일그러지긴 했어도 반듯한 얼굴이었다.

땀이 밴 이마를 덮은 윤기 있는 검은 머리칼과 조그만 얼굴에 꼭 다문 입술, 어디를 보나 그리 고집불통으로 보이지 않는 여린 모습이었다.

찬우는 학교에 갈 시간이 돼 잠시 망설이다가 옆 방 주인아주머니에게 아이를 부탁하고 학교에 가긴 했지만, 종일 개운치 않은 아이 걱정에 머리가 복잡했다.

수업을 마치고, 도서관에 가는 것도 포기하고 곧바로 집에 돌아오니 아이는 여전히 이불을 뒤집어쓴 채 계속 기침을 하고 있었다.

지켜보던 주인아주머니도 걱정스러운 표정으로 찬우에게 근심스럽게 물어왔다.

"누군지 열이 너무 심해서 잘못하면 큰일 나겠어! 아는 동생인가?"

찬우가 자초지종을 세세히 얘기하자 그제야 고개를 끄덕였다.

"우리 식구들은 어젯밤에 모두 곯아떨어져서 그 북새통을 몰랐었군! 그런데 이 동네 아인 아닌가 봐. 집이 어딘지 빨리 알아봐서 어떻게 해야지."

"글쎄 무슨 아이가 말을 해야 말이죠."

"이상한 아이가 다 있군. 왜 말을 안 할까! 하여튼 빨리 애 부모를 찾아봐야겠어. 열이 심상치 않아."

주인아주머니가 혀를 끌끌 차고 나간 뒤 고통스럽게 기침을 토하는 아이 손을 붙잡고 집을 찾을 생각에 골똘히 하는데, 아주 힘이 없던 아이의 손이 찬우의 손을 꼭 잡았다.

이틀 만의 최초의 반응에 왈칵 반가워서 가만히 얼굴을 내려다보니 꼭 감은 눈에 눈물이 주르르- 흘러내리고 있었다.

그러나 여전히 말은 없어 언어에 장애가 있는 아이가 아닌가 하는 생각이 불현듯 들었다.

찬우는 밤새 잠을 설치면서 약도 시간 맞춰 먹이고 주인집 냉장고에서 얼음을 가져와 여러 차례 찜질해 주다 새벽녘에 자신도 모르게 잠이 들었다가 깜짝 놀라 일어나 보니 의외로 아이가 벽에 기대고 앉아서 찬우가 잠든 모습을 말끔히 굽어보고 있었다.

"나도 모르게 잠이 들고 말았군! 넌 좀 괜찮아진 거니?"

찬우의 물음에 입은 꼭 다문 채 고개만 끄덕이고는 도로 드러누웠다.

지극한 간호 덕인지 확실히 열은 많이 내려가 있었지만, 이틀 사이 핼쑥해진 얼굴에 까칠하게 마른 입술로 무슨 말이라도 할 듯 찬우를 빤히 바라보고 있었다.

"이렇게 집을 나와 있어도 너희 엄마는 걱정을 안 하실까?"

찬우가 웃는 얼굴로 나직하게 물었을 때는 정작 아이는 말간 눈으로 바라볼 뿐 아무 말이 없어 자꾸 물어보는 것이 오히려 쑥스러운 생각이 들었다.

아침이 되어 옆방에 찾아가서 또 아이를 부탁했다.

"오늘은 토요일이니 일찍 집에 오겠군!"

"일찍 와서 애 집을 찾아봐야겠어요."

"그래야지. 세상에 이상한 아이가 다 있군. 그런데 어제 학생 집에서 편지가 왔지?"

"아! 네. 그런데 어머님이 돈은 며칠 있다 보내신다고……."

찬우는 말꼬리를 얼버무리고 언짢은 듯한 주인아주머니의 얼굴을 힐끔 바라보았다.

"할 수 없지. 뭐! 요즘 비 때문에 장사도 시원찮고 돈이 좀 말랐어. 애들은 수업료 밀렸다고 앙앙거리고 아침부터 궁한 소리를 해서 안 됐구먼."

오히려 머쓱한 표정을 짓는 주인아주머니를 뒤로하고 뽀얀 안개가 서린 아카시아 길을 걸어 내려가는 찬우의 마음은 공연히 착잡했다.

홀어머니 고집으로 어려운 가정 사정을 알면서 대학에 진학은 했지만 사실 항상 무거운 부담을 짊어진 채 마음속에 많은 제약을 느끼고 있었다.

그 덕분에 공부 외에 아예 딴 것은 모르는 맹숭한 인간이 되어 가고 있는지 모른다.

자기 딴에는 어머니 부담을 덜겠다고 올여름 집에 내려갔을 때 아르바이트 얘기를 어머니와 상의했다가 된 꾸지람을 듣고 올라와 오직 학업에만 열중이지만 어머니로부터의 송금은 늘 며칠씩 늦어지고 있었다.

토요일은 모두 들떠서인지 강의실은 평소의 반 정도만 자리를 차지하고 있었다. 찬우도 딴 때와 달리 안정을 잃고 있는 모습을 항상 돌부처럼 큰 덩치에 느긋하게 뒷자리를 지키는 준기가 넌지시 바라보며 한마디 했다.

"임찬우! 오늘은 평소와 달리 얼굴에 산뜻한 기운이 감도는걸. 좋은 일이 있으면 이 형도 함께 좀 공유하면 안 될까?"

전혀 헛짚으면서 눈치 없이 과장된 몸짓을 하면서 호탕하게 웃어 젖혔다.

"오늘 수업 끝내고 해야 할 일이 좀 있어서 집중이 영 안 돼!"

"무슨 전기가 될 만한 좋은 일이 있는 모양이군. 역시 젊을 때가 좋지!"

언제나 나이에 안 맞게 과묵한 척 그럴싸한 말투가 시답잖은 마음이 들긴 하지만 괜히 엉뚱한 곳에 의중을 두고 던지는 말이 재미있어, 속내를 감추고 한동안 와자지껄 떠들다 강의가 끝나자마자 부지런히 집으로 돌아왔다.

모처럼 날이 완전히 개어 밝은 햇살이 포도 위에 쏟아지고 있어 기분이 상쾌해져 가벼운 마음으로 집에 도착한 찬우는 의외의 상황에 당황해야 했다.

"오래간만에 날도 갰고 해서 행상을 나가 볼까 하고 저 아래 순덕이네 가게 앞을 지나는데 어떤 부인네가 자가용까지 대 놓고 순덕이 엄마하고 얘기하고 있는 걸 지나치며 가만히 듣자니까 그 아이 얘기를 하고 있지 않겠어! 그래서 내가 부리나케 그 애 엄마를 데리고 왔지. 그런데 그 아이는 정말 이상한 아이였나 봐! 무슨 트라우마 때문에 정신 병원에서 나온 지 며칠 안 됐다고 하더라고."

텅 빈 방 안에 들어선 찬우에게 주인아주머니가 찾아와서 한 애기였다.

"무슨 애가 죽어라, 집에 가기 싫다고 버텨서 혼났지! 그 애 엄마하고 둘이 매달려도 어쩌지 못하고 그 집 운전기사가 와서야 억지로 메다시피 해서 겨우 데리고 갔다니까. 그렇게 말짱하게 잘생긴 부잣집 아이가 참 안 됐더군."

혀를 끌끌 차는 주인아주머니를 보며 찬우는 공연히 허전한 마음에 왠지 기운이 빠졌다.

단 이틀간 서로 아무 말은 없었지만, 많은 대화가 오간 것처럼 그 애에 대해서 전혀 아는 것이 없으면서도 뭔가 알고 있는 듯한 착각에 사로잡혀 있었던 것은 찬우 자신은 그땐 도무지 이성으로 분별할 수 없는 혼돈이었다.

"아마 그 애 이름이 은호라고 했지."

"은호요?"

그때 찬우는 은호의 이름을 처음 알았다.

"참! 말을 못 하는 아이는 아니더군. 그 애 엄마가 다시 온다고 했어. 고맙다는 말을 골백번도 더하더라니까!"

주인아주머니는 시무룩해 마루에 걸터앉아 있는 찬우를 빙그레 웃으며 바라봤다.

"겨우 이틀 사이에 그래도 정이 들었던 모양이군. 그래!"

"글쎄 이상하네요! 친구가 어디 가자고 붙잡는데 뿌리치고 그 애 집을 찾으려고 서둘러 왔는데 싱겁게 돼선가 보죠."

찬우는 이런 경우를 '시원섭섭하다!'라고 하는 건가 보다! 스스로 위로하듯 내뱉고 밖으로 나왔다.

항상 눈에 익은 주위가 한동안 내린 빗물에 씻겨서인지 새삼 산뜻하게 보였다.

저녁 무렵, 은호가 입고 갔던 추리닝을 들고 찾아온 은호 어머니는 어느 한 곳 어두운 구석이 보이지 않는 밝은 인상이었다.

"우리 아이가 학생같이 착한 젊은이를 만나서 참 다행이에요!"

큰길가 찻집에 들어가서 처음 건넨 은호 엄마 주 여사의 말이었다.

"전 별로 착한 사람이란 생각은 못 했는데 은호가 제 얘기를 하던가요?"

"그럼요! 지금 한창 유망한 S대 공학도라면서요?"

생각지 못한 의외의 말에 자신의 귀를 의심하는 듯 놀라는 찬우를 보며 주 여사는 지금까지의 밝은 표정을 거두고 심각한 얼굴이 되었다.

"학생은 아직 못 느꼈겠지만, 우리 은호는 유별난 천잽니다. 그런데도 엄마인 나는 대견하지도 않고 오히려 무섭고 싫어!"

"요즘 엄마들은 모두 머리 좋은 아들을 바라지 않나요?"

"사람 머리 꼭대기에 올라앉아서 억지를 부리는 꼴을 안 본 사람은 모른다니까! 말하자면 은호란 녀석은 내 자식이지만 보통 사람이 생각하는 천재가 아니라는 말이지."

"제가 보기에 그렇게 유별나 보이진 않았는데요."

"집을 코앞에 두고 그 밤중에 그 빗속에 웅크리고 있다가 학생 방에서 이틀씩이나 학생을 불편하게 했는데도 모르겠어요?"

악몽을 되씹는 듯한 어두운 눈빛에 공포의 빛이 역력했다.

"어머님이 말씀하시는 것처럼 그리 별스런 반응은 보이지 않아서요."

"하루 이틀 지켜보아서는 모르지! 그런데 우리 애가 학생을 지금 만나고 싶어 하는데 괜찮겠어요?"

찬우가 별생각 없이 부탁을 승낙하자 주 여사는 심각한 표정으로 당부하는 것을 잊지 않았다.

"그런데 몇 가지 부탁할 게 있어. 우리 은호는 누가 뭐든지 꼬치꼬치 묻는 것을 제일 싫어해요. 또 애가 어떤 트라우마가 있어 상담 중이라 그러니 과잉으로 관심 있게 행동하지도 말아 줘요. 그렇다고 적개심을 보여도 난리가 납니다. 내가 너무 까다로운 주문을 한 건가? 우리 은호가 워낙 날카로운 성격이라 조심스러워서 그러니 이해해 줘요. 지금은 학생이 이상하게 생각하겠지만 차차 알게 될 거야."

찬우는 다시 밝은 얼굴이 된 주 여사를 따라서 찻집을 나왔다.

은호네 집은 그가 늘 지나다닌 주택가 안쪽에 넓게 자리 잡고 있었다.

주위의 현대식 주택과는 어울리지 않는 오래된 듯한 고택으로 붉은 벽돌로 된 담장을 감싼 담쟁이 넝쿨이 누런빛을 띄워 가고 있었다.

높다란 돌계단을 올라 커다란 대문을 열고 들어가니 긴 장마로 습기에 젖은 정원에 잘 관리된 관상수들이 어우러져 있어 차분한 집 안 분위기를 느끼며 응접실로 안내되어 들어갔다.

"학생은 아직 젊어서 괜찮은지 몰라도 집에 오르내리려면 힘들겠더군!"

주 여사는 가정부인 듯한 나이 든 아주머니에게 과일을 내오라 이르고 찬우를 향해 얼굴을 찡그려 보였다.

찬우는 너무 동떨어진 세상처럼 보이는 주위를 둘러보며 얼떨떨한 기분으로 애써 태연한 표정을 지었다.

"부모님은 지방에 계신다고 했나요?"

"아버님은 돌아가셨고 동생이랑 어머님은 지금 대구에 사십니다."

"아버님도 안 계시는데 학생 뒷바라지하는 어머님이 아주 대단하시네!"

주 여사가 놀랍다는 듯 눈을 크게 뜰 때 가정부가 다과를 챙겨 들고 조심스럽게 들어왔다.

"도련님은 약을 먹어선지 열이 좀 내려간 것 같아요. 그리고 사장님은 오늘 좀 늦을 것 같다고 조금 전에 전화하셨어요."

"알았어요. 올라가서 은호보고 좀 내려오라고 해 줘요."

주 여사의 말에 찬우가 벌떡 일어섰다.

"아닙니다! 몸이 아직 불편할 텐데 제가 가서 만나겠습니다."

"그러겠어요? 아줌마! 이 학생 은호 방에 안내 좀 해 줘요."

주 여사는 가정부에게 이른 다음 찡그린 얼굴로 찬우를 올려다보며 나직하게 말했다.

"애 아빠 좀 보세요. 아빠란 사람이 이젠 만성이 되긴 했지만, 이렇게 애한테 무심할 수 있어요? 부탁인데 아까 찻집에서 했던 말 명심하고 너무 오래 있지는 말아 줬으면 좋겠어! 알았죠?"

주 여사는 찬우를 간절한 표정으로 올려다보며 다시 다짐하는 것이었다.

이 층 계단을 올라 오후 햇살이 드리워진 복도를 지나 맨 끝 방에 인도되어 방문을 열고 들어가니 침대 밑 구석에 연옥색 잠옷 바람에 방바닥에 앉아 뭔가를 들여다보고 있던 은호는 찬우가 들어온 것을 모르는 것처럼 계속 조그만 걸 꼬물꼬물 움직이고 있었다.

찬우는 가만히 다가가 그 모습을 빤히 내려다보고 있다가 한참만에 말을 걸었다.

"은호 몸이 괜찮아졌는지 궁금해서 형이 이렇게 왔지."

"아니죠! 내가 보고 싶다고 해서 온 거잖아."

처음 듣는 은호 목소리는 퉁명스럽긴 해도 온화하게 느껴졌다.

"그렇긴 해도 나도 걱정이 많이 됐어. 이젠 괜찮은 거니?"

은호는 그냥 고개만 끄덕이고 뭔가 골똘히 생각하는 듯싶더니 만지고 있던 것을 침대 위에 휙, 던지고 찬우 방에 같이 있을 때처럼 멍한 시선으로 정면만 쏘아봤다.

찬우는 주 여사가 경고했던 말이 생각나서 두어 발 물러서서 주위를 둘러보니 널찍한 방 안 한쪽 구석으로 침대가 놓여 있고 벽을 돌아가며 갖가지 책들이 잘 정돈된 책장이 즐비했다.

한쪽 테이블 위에는 뭔가 담긴 여러 개의 비커와 현미경이 놓여 있고 커다란 검은 책장 속에도 많은 실험 도구들이 들어차 있었다.

"이게 모두 은호 거야?"

찬우의 물음에 무슨 생각에 사로잡혀 있는 건지 고개만 끄덕였다.

"은호 너는 앞으로 훌륭한 과학자가 되겠구나!"

찬우가 말을 하고 호기심에 두어 걸음 실험 도구가 있는 테이블 쪽으로 움직이는 순간 맥없이 앉아 있던 은호가 후다닥 일어서더니 부리나케 달려와 앞을 막아섰다.

"제발 아무것도 건드리지 마!"

찬우는 나지막하게 경고하는 소리에 놀라서 무의식적으로 뒷걸음질 쳤다.

"함부로 만지면 절대로 안 된단 말이야!"

낮게 고함을 치고는 찬우를 밀어낼 듯이 다가선 은호의 눈빛이 야릇하게 번득여 무례하게도 느껴지면서 얼떨떨해진 찬우의 머릿속에 집 주인아주머니가 했던 정신 병원이란 말이 스치고 지나 갔다.

그런 찬우의 마음을 읽은 듯 은호는 계속 지껄였다.

"나는 지금 아무렇지 않아요."

은호는 갑작스러운 과민 반응에 머쓱해져 있는 찬우의 팔을 흔들어대면서 애원조로 말을 했다.

"내가 실험 도구에 형이 모르는 것을 설치해 놔서 건드리면 형이 다칠 수도 있다는 거야."

"이 형이 잘 몰라서 사실 당황했었어. 미안하다!"

찬우가 너무 당황했던 자신을 책하고 애써 웃어 보이자 올려다 보던 은호는 의외의 제안을 하는 것이었다.

"형한테 이런 부탁해도 되는지 모르지만 나는 감옥 같은 이 방에 있는 것이 제일 싫어! 형네 그 방이 내 맘에 꼭 들었는데 안 되겠죠?"

그 작고 초라한 방이 맘에 든다는 예상 밖의 말에 찬우는 어이가 없어 다시 마음이 혼란스러워지면서 '이런 은호의 발상 자체가 예사 사람의 의식과 너무 다르다는 그 점이 정신 감정 대상이 아닌가?' 하는 생각이 들었다.

"엄마가 허락하실까?"

"아빠는 몰라도 엄마는 물론 반대할 거예요. 우리 엄마는 그저 무조건 내가 말하면 반대만 한단 말이야."

은호는 시무룩한 표정으로 침대 가로 걸어가 커튼으로 가려진 사이로 흘러들어오는 햇빛을 바라보며 나직하게 되뇌었다.

"어쩌면 형은 나를 이해할 것 같은 생각이 들어서 부탁해 본 거예요."

은호는 무슨 말을 해야 좋을지 몰라 난감한 찬우를 똑바로 쏘아봤다.

"나는 지금 답답해 죽을 것 같아! 모두 나를 그저 말썽꾸러기 정신병자 취급만 할뿐 이 집 누구도 내 마음을 도대체 몰라서 죽고 싶은 생각에 비 오는 그날 밤도 거기서 그 모양으로 있었던 거란 말야!"

은호는 절규하듯 말을 쏟아 놓고는 갑자기 얼굴이 하얘져서 심한 흥분으로 어리고 여린 몸이 후들후들 마구 떨리고 있었다.

"뭐, 죽으려고! 아니, 아직 어린 녀석이 그런 몹쓸 생각을 다 해?"

찬우는 놀라면서도 안쓰러운 마음이 울컥 치밀어 은호를 가만히 끌어당겨 안아 주자 기다리기라도 했던 것처럼 품에 파고들어 엉엉 오열을 토해 내며 가냘픈 몸이 마구 요동을 치고 있었다.

그때 너무 큰 은호의 울음소리에 놀라서 주 여사와 가정부가 상기된 얼굴로 뛰어 들어왔다.

"안 돼요! 우리 아이는 환자라고 경고했잖아요."

주 여사가 달려와서 안고 있는 팔을 잡아당겼다.

의외의 주 여사 반응에 멀쑥해진 찬우에게서 은호는 용수철처럼 튕겨 나가 침대 위에 쓰러져 버둥거리기 시작했다.

"엄마 말이 맞아. 나는 정신병자야! 그래서 정신 병원에 처박아 나를 괴롭혔던 거란 말야! 엄마 말대로 나는 또라이 미치광이야! 멍청한 바보들 속에서 정신병자가 될 수밖에 없었던 거지. 내가 처음부터 잘못됐던 거야."

처음 접해 보는 찬우로서는 도저히 이해할 수 없는 말을 지껄이고는 침대 위에 있는 모든 것들을 집어 던지며 발광을 했다.

"학생! 어서 나가요. 그래. 내가 뭐랬어. 이럴 줄 알았다니까! 아주머니는 어서 김 박사한테 아이가 또 발작한다고 전화부터 하세요."

주 여사는 경황없이 허둥대고만 있었다.

"모두 보기 싫어! 다 나가 버려! 나가란 말야!"

막혔던 봇물이 터진 듯이 퍼부어 대는 은호의 절규를 뒤로하고 찬우는 은호네 집에서 나와 석양이 붉게 물든 거리를 맥없이 걷고 있었다.

예상하지 못한 작은 충격으로 제대로 정리되지 않은 생각들이 머릿속에 어지럽게 복선을 긋고 이해할 수 없는 은호의 언행이 무슨 수수께끼 속의 함정같이 도저히 종잡을 수 없어서 머릿속을 어지럽게 하고 있었다.

은호 방에 즐비한 어린 중학생에게 어울리지 않는 갖가지 실험 도구들은 학생의 장난감이라 하기엔 너무 지나쳐 보였었다.

그렇다면 은호는 과연 어떤 아이일까!

찬우는 아무 연관도 없는 아이 때문에 어느 날 갑자기 겪게 된 이상한 경험으로 한동안 공연히 필요 없는 신경을 쓰게 했었다.

은호에 대한 의문도 어느 정도 시간이 지나면서 차츰 잊혀 가고 있었으나 오가는 길에 꼭 은호네 집 골목길을 지나치는 것이 버릇처럼 되었다.

항상 굳게 잠겨 있는 창문과 드리워진 커튼으로 은호의 모습은

볼 수 없었고 주위는 늘 조용했다.

언제나처럼 학교 도서실에서 과제와 씨름하다 저녁 늦게서야 집에 돌아오는 일과의 연속인 가운데, 어느 날 밤 찬우는 뜻하지 않은 사람의 방문을 받았다.

늦게 귀가해 보니 은호 어머니 주 여사가 문 앞에서 서성이고 있었다.

"오래간만이네! 학생은 공부하느라 항상 바쁜 모양이구먼. 지난번엔 정말 경황이 하나도 없었어."

"제가 이해한다 하면서도 부족해서 실수했던 거죠. 그래서 한번 찾아뵙고 싶어도 왠지 망설여지더군요. 은호는 잘 지내고 있나요?"

주 여사는 약간 초조한 빛을 내비치며, 본래 찾아온 사연을 말했다.

"사실은 오늘 애가 여기 온 줄 알고 찾은 건데 여긴 안 왔군. 그냥 내려가려다가 전번 일도 있고 해서 학생을 한번 만나 보고 싶어서 기다렸지."

"아니, 그럼 은호가 또 지난번처럼 집을 나갔단 말입니까?"

"내가 오후에 가정부 아주머니하고 시장에 가느라고 잠깐 집을 비운 사이 나갔길래 '바람 쐬고 금방 들어오겠지.' 하고 기다렸는데 저녁이 돼도 안 들어와서 내 생각엔 필연코 여기 온 줄 알았지."

"그럼, 은호가 또 갈 만한 다른 곳은 없나요?"

"집안 식구들이 모두 나서서 찾고 있으니 바로 찾을 거야. 그 애는 그리 멀리는 가지 않아요. 평소 노래처럼 엉뚱하게 이곳에 보내 달라고 졸랐었기에 분명히 여기 온 줄만 알았는데. 이상하네! 집에 들어왔을지도 모르니 그만 내려가 봐야겠군."

주 여사는 힘없는 표정으로 일어났다.

"걱정되시겠습니다. 길도 어두운데 제가 큰길까지 바래다드리겠습니다."

"그래 주면 고맙지! 학생과의 인연도 참 묘하지. 인연이란 것은 참 이상해서 우리 은호를 이 지경으로 만든 것도 알 수 없는 인연 때문이라던데."

주 여사는 앞서 걸어 내려가는 찬우를 따라나서며 말끝을 흘렸다.

"인연이라뇨?"

발길을 멈추고 묻는 말에 아무 대꾸를 하지 않다가 실없이 웃었다.

"은호한테 그런 인연이 있었다고 해."

주 여사는 고개를 숙이며 말문을 닫아 찬우는 더 묻고 싶은 걸 자제하고 아무 말 없이 큰길까지 바래다주고 집으로 돌아와 바로 부엌에서 저녁상을 챙기고 있을 때 문밖에 인기척이 있어 급히 나가 보니 놀랍게도 은호가 방 앞까지 들어와 우뚝 서 있는 것이 아닌가!

"우리 엄마 왔다 갔지?"

나직하게 속삭이고는 어안이 벙벙해 있는 찬우를 향해 씽끗 웃었다.

"너 어디 갔다가 지금 나타난 건데?"

"집에서 곧바로 올라와서 저 위 꼭대기 바위에서 형보다 엄마를 먼저 기다렸지. 분명히 나를 잡으려고 올 거니까."

"왜 쓸데없이 집안사람들을 걱정시키고 힘들게 하고 있어?"

"지난번에 형한테 고맙다는 말도 못 했잖아. 그래서 오고 싶었어. 지금 당장 바로 쫓아내지는 않겠지?"

그저 멍하니 서 있는 찬우가 그냥 재미있다는 표정이었다.

"은호야?"

"응."

"엄마가 얼마나 너를 걱정하고 있는지 알아?"

"괜찮아! 내게 아무 일 없으면 되잖아. 걱정하는 건 엄마 마음이지 뭐!"

은호는 심드렁하게 말을 하고 발로 땅바닥을 차고 서 있었다.

"너 때문에 엄마 마음을 힘들게 하면 안 되는 거지."

"됐고요! 엄마도 나를 그만큼 아프게 하고 있거든. 나 점심도 굶어서 배고픈데 밥도 안 주고 가라고는 않겠지?"

마루에 주저앉아 기둥을 잡고 얄미운 표정으로 지켜보는 모습이 비를 맞고 있던 날과는 달라도 너무 판이해 절레절레 머리를 흔들며 밥상을 챙겨 들고 들어가자 뒤를 따라 방에 들어온 은호가 상 앞에 바싹 다가앉으며 찬우를 똑바로 바라봤다.

"내가 형 고민을 어느 정도 해결해 줄 수 있을 것 같은데, 어떻게 하나?"

"무슨 고민?"

"에이! 왜 그러시나. 형 얼굴에 쓰여 있는데."

"쓸데없는 소리 하지 말고, 배고프다면서 어서 밥이나 먹어."

"형은 지금 아르바이트라도 해야겠다고 생각하고 있는 거 아냐?"

찬우는 들었던 수저를 놓으며 멍한 시선으로 은호를 쏘아봤다.

'정말 맹랑한 녀석이구나!' 하면서도 자신의 속마음을 들켜 버린 것 같아 더는 말을 못 하고 다시 수저를 잡았다.

"형, 걱정하지 마요! 나만 알고 있으면 되잖아."

"네가 어떻게 내 마음을 아는 거야?"

"그것은 기본이지. 그보다 형은 참 대단한 사람이에요."

"뭐기?"

"나 은호는 아무나 섣불리 친해질 수 있는 성미가 못 돼서 애들한테 그 흔한 친구도 하나 없는데, 내 모든 것을 드러내 보일 정도로 형만큼 내 관심을 끈 사람은 지금까지 없었으니까 형이 나한테 대단한 사람이죠."

수저를 입에 문 채 빤히 바라보는 어딘가 많은 비밀이 숨겨진 것 같은 은호의 총기가 서린 눈빛은 아주 맑고 투명하게 반짝이고 있었다.

찬우가 식사를 마치고 부엌에서 설거지하는 동안에도 은호는 찬우의 대학 교재를 펴들고 장난처럼 풀썩풀썩 한 장씩 넘기면서 혼잣말처럼 중얼거리며 내다봤다.

"여기 형 책에서 내가 좋아하는 아인슈타인이 말한 것처럼 사람은 자유로워야 머리가 잘 돌아간다고 하는데 나는 요즘 계속 집에만 갇혀 있어서 자유라는 이 말이 정말 절실해!"

"너는 집에 있는 것이 갇혀 있다고 생각해서 또 도망친 거야? 아무리 생각해도 너는 정말 알 수 없는 미스터리다!"

"형은 지금 이 은호가 어떤 녀석인지 굉장히 궁금하잖아? 나는 사실 내 나이에 어울리지 않게 너무 많은 것을 경험하고 봤어요. 어디까지 봤는지는 내 목숨이 걸린 비밀이 포함돼 있어서 말 못해요."

"못 할 말을 뭣 하려고 쓸데없이 시작한 건데?"

찬우가 설거지를 마치고 방으로 들어오며 퉁명스럽게 바라보자, 은호는 속으로 찔끔하면서도 생글생글 웃으며 계속 책장을 넘겼다.

"아까 어떻게 형의 마음을 읽었느냐고 한 것처럼 앞으로 형이 계속 나에 대해서 궁금해할 것 같아서 캐묻지 말라고, 목숨 걸린 비밀이라고 한 거야. 그보다 형이 아르바이트 구할 마음이 있으면 지금 바로 나를 집에 데리고 가야 한단 말이죠."

"그럴 거면 아까 엄마하고 가지 않고 하필 이 밤중에 나보고 데려다 달라고 하는 거니?"

"나는 형이랑 밤새워 얘기하고 싶어 왔지만 지금 생각하니까 형이 아르바이트를 구하려면 엄마가 형을 믿을 수 있게 곧바로 나를 끌고 집에 가야 하단 결론이 나왔다는 거지."

"너는 아까부터 아르바이트, 아르바이트하는데 내게 무슨 일자리가 있다는 거니?"

"됐어요! 자세한 것은 가면서 얘기해요. 지금 형 엄마는 돈을 마련할 형편이 안 돼서 다음 달도 힘들어질 것 같은데."

"너 지금 뭐라고 한 거니?"

갑자기 집에 데려다 달라고 하는 바람에 일어서던 찬우는 뭐에 얻어맞은 것처럼 그 자리에 주저앉고 말았다.

사실 대구에서 수입화장품 가게를 운영하는 찬우의 모친 한남희 여사는 요즘 들어 꽤 복잡한 금전 문제에 얽혀 있어 고전 중이었다.

한 여사는 부모를 따라 일본에 건너가 어린 시절을 보내고 학교를 마치자마자 일본 화장품 회사에 입사해 직장 생활을 하던 중 채 30살이 안 된 나이에 우연한 인연으로 오십을 훨씬 넘긴 노년 길에 접어든 찬우 아버지를 만나 동거까지 하게 됐었다.

찬우가 태어날 무렵 뒤늦게 조총련 소속인 걸 알고 갈등하던 중에 조총련에서 재일동포 북송을 추진하는 시기와 맞물려 북송을 피하고자 낳은 지 열흘도 안 된 핏덩이인 찬우를 안고 부랴부랴 밀항선을 타고 귀국해 부모님 고향인 대구에 정착하게 된 것이다.

일본 부모님의 도움으로 화장품 가게를 열어 외판원까지 두고 잘 운영해 여유 자금이 생겨 시작한 소규모 일수놀이가 잘되는가 싶더니 요즘 말썽이 되고 있었다.

놀라는 찬우를 은호는 대수롭지 않은 표정으로 올려다봤다.

"그래서 아까 미리 아무것도 묻지 말라고 말했잖아! 지금 형한테는 돈이 필요한 건 맞지?"

찬우는 그저 입을 다물지 못하고 고개를 숙인 채 말을 잇지 못했다.

그때부터 은호에게서 쏟아져 나오는 말과 행동은 예상을 초월하고 있었다.

"어서 일어나요. 나는 성격이 유별나서 관심이 있는 사람만 보인단 말야! 내 말은 이제 형이 보이기 시작한 것은 내 관심 속에 들어온 거란 말이 되는 거지. 그러니까 형은 내 관심 속에 들어온 이상 나를 벗어날 생각은 꿈도 꾸지 말라는 거죠. 처음 만났을 땐 형은 은호 관심 밖이어서 아무 말도 못 했던 거야."

찬우는 어린 꼬마에게 놀림을 당하는 기분이면서도 한편 신기하게도 느껴지는 묘한 감정에 휩싸여 은호의 재촉에 힘없이 일어나 어두운 그 밤중에 또 산길을 내려갔다.

"형은 그냥 가만히 있으면 지금 어려운 것이 다 해결될 거야."

"네가 무얼 안다고, 그런 말을 해?"

"형하고 내 고민을 동시에 해결하는 거지 뭐! 형은 아르바이트 자리를 얻게 되고 나는 지겨운 감옥에서 얼마 동안 해방되는 거지. 아르바이트라고 해서 괜히 나를 가르치려고 하지 말고 지금 이대로 나를 지켜보기만 하면 되니까 아주 쉽죠."

"너는 지금 쪼그만 것이 나를 갖고 노는 거야?"

"내가 아까 말했잖아. 내 관심 속에 들어온 이상 나를 벗어날 생각은 꿈도 꾸지 말라고 안 했나?"

아무렇지도 않은 것처럼 말하고 쏜살같이 큰길을 건너간 은호가 갑자기 도롯가에 털썩 주저앉았다. 찬우가 놀라 급히 달려가자 은호는 찬우의 팔을 잡아당겨 귀에 대고 나지막이 말했다.

"지금 집 앞에 우리 엄마랑 아빠가 나와 기다리고 있으니까 형이 강제로 나를 데리고 가는 시늉을 하는 거예요. 알았죠?"

찬우가 고개를 끄덕이고 일어나 툴툴대는 표정을 짓는 은호의 어깨를 잡고 큰 골목길로 들어서니, 과연 은호 부모는 물론 가정부 아주머니와 윤 기사까지 나와서 서성이고 있다가 황급히 몰려오고 있었다.

다음 날 오후, 찬우는 은호네 집 응접실에 주 여사와 마주 앉아 있었다.

"애가 무슨 변덕인지 다니던 학교에 복학하겠다고 하네."

"잘됐네요!"

"사실은 반년간 밀린 공부를 어떻게 할 거냐고 했더니, 형한테 부탁했다고 해서 보자고 했던 거지. 학생도 아르바이트 자리를 찾는 중이라고 하니 잘됐다 싶으면서도 애가 하도 유별나서 혹시 학생 공부에 지장은 없는 건지 걱정이 되는군."

"잘 따라와 준다면 큰 문제는 없을 겁니다."

"그건 걱정 안 해도 될 거야! 맘 잡고 할 때는 머리가 있어서 학교 수석도 놓치지 않던 아인데 그 몹쓸 인연을 만난 뒤부터 백치가 됐다니까."

"지난번에도 무슨 인연을 말씀하셨던 것 같은데 도대체 은호에게 무슨 안 좋은 일이 있었던 겁니까?"

"그런 일이 은호에게 있었지! 지난 겨울 방학 중에 학교 보이스카우트에서 주선한 설악산 겨울 등반대회에 참가했다가 낙오해 실종되는 사건을 겪으면서 은호가 만났다는 인연인데, 사실 나는 보지도 못하고 듣기만 해서 어디까지가 진실인지 아리송해."

"그럼, 그때 받은 충격으로 트라우마가 컸던 모양이군요?"

"은호 혼자뿐이겠어? 생각해 봐요. 수석을 놓치지 않던 녀석이 그 후로 꼴찌를 밥 먹듯 하니, 이 어미는 물론 온 가족 그리고 학교 선생님들까지 충격에 빠지는 바람에 할 수 없이 학업을 중단시키고 정신 병원에 보내 치료를 받게 했던 거야. 지난번 학생도 본 것처럼 그냥 순하기만 하던 녀석이 그렇게 수시로 발작까지 하니 어쩔 수가 없었다니까!"

"설악산에서 실종 당시 만났다는 인연을 추적해 보진 않은 겁니까?"

"사실은 그 당시 구조팀들도 은호가 말하는 인연이라 말하는 사람을 찾지 못했어. 일주일간이나 생사를 모르던 어린 실종자가 그 혹한 속에서 살아서 돌아왔다는 기적 같은 상황에서 모두 흥분해 그냥 넘어갔던 것 같아. 은호는 그런 은인이 있었다는 것만 말할 뿐 그 이상 밝히기를 죽어라 거부해서 심리 상담사까지 붙여 매달렸다가 모두 포기하고 말았어."

그때 은호가 2층 방에서 내려오다 계단에 서서 예사롭지 않은 표정으로 대화를 나누는 두 사람을 잔뜩 노려봤다.

"왜! 엄마가 네 흉봤을까 봐서 그래? 너 찔리는 게 있는 거 아니니?"

"아니지! 내 목숨과 바꾼 비밀을 형이랑 얘기하고 있었잖아."

은호는 찬우의 옆자리에 털썩 주저앉으며 엄마를 뚫어져라, 바라봤다.

"그래. 알았어. 형이 하도 궁금해하길래 설악산인지 오대산인지 네 그놈의 인연 얘기를 좀 했다. 뭐 잘못됐어?"

찬우는 은호가 흥분할수록 더욱 궁금해지는 것이 사실이었다.

"네가 자꾸 궁금하게 호기심을 자극하니 어쩔 수 없이 이 형은 어머니에게 묻게 되잖아."

"우리 엄마는 아무것도 몰라요. 엄마는 물론이고 세상 누구도 알 수가 없지. 여기 은호가 아직 살아 있으니까. 형도 내가 죽어 사라졌으면 좋겠다고 생각이 들면 그렇게 궁금해하고 내 마음이 흔들리게 졸라 봐요."

은호가 얄미운 얼굴로 노려보자 찬우는 머쓱한 얼굴이 되어 어이없는 표정으로 바라만 봤다. 주 여사는 은호의 고집을 꺾지 못하고 찬우의 자취방에서 밀린 학과목을 교습받는 것으로 결정하고 찬우는 집으로 돌아왔다.

은호는 2층 자기 방에 들어가 침대 위에 얼굴을 묻고 한참을 엎드려 있다가 반듯이 돌아누워 천정을 응시하며 험난했던 지난겨울 산행을 다시 떠올렸다.

고라니 사냥

원래 은호는 보이스카우트에 별 관심이 없으면서 괜히 특이한 모자와 멋있어 보이는 복장에 관심을 조금 보이자, 담당 교사가 하필 담임이어서 은근하게 권하는 바람에 가입하게 됐었다.

　설악산 겨울 등반도 전날부터 감기 기운이 조금 있어서 포기하려 했었는데, 웬만하면 팀원들과 어울리는 기회를 가지라고 항상 외톨이인 은호를 고려한 담임이 거의 강제로 권하다시피 해서 참가하게 됐었다.

　은호는 학교 성적은 누구도 따라올 수 없이 월등했지만, 학교에서나 보이스카우트에서도 항상 투명 인간처럼 겉돌기만 했었다.

　산행 첫날, 학교 버스로 오전에 설악산에 도착해 몸풀기라면서 인솔 선생님들과 20여 단원이 신흥사를 출발점으로 흔들바위를 거쳐 울산바위 전망대에 올랐었다.

　은호는 환호성을 질러대는 아이들과 함께 둘러본 설악 산하와 아득히 바라다보이는 속초 앞바다 전경에 열린 입을 다물 수가 없었다.

　하산 후 설악산 입구 야영장에서 저녁 시간 요란한 캠프파이어와 함께 오락 시간을 가진 다음 서툴게 친 개인 천막 속에서 하룻

밤 야영을 했다.

다음 날 이른 아침 식사를 마친 후 담당 교사들의 인솔하에 2박 3일 예정의 본격 등산길에 올랐었다.

은호는 엄마가 챙겨 준 감기약을 먹어선지 머리도 맑아져 온몸이 가뿐했다.

겨울 날씨답지 않게 화창한 날씨도 좋지만 올라갈수록 넋이 빠지게 하는 수려한 경관에 흠뻑 취해 마음이 어느 때보다 밝아지고 있었다.

신흥사에서 울산바위로 갔던 길 반대편으로 한참을 가자 아주 가파른 산길로 들어섰다. 은호는 항상 맨 후미에서 열심히 따라가고 있었다.

비선대에서 귀면암을 거쳐 천당폭포 밑에서 한동안 쉬면서 간단한 점심을 해결하고 대청봉에 오를 때까지는 은호의 신변이나 마음에 아무 동요가 없었는데 대청봉 정상에서부터 이상한 마음의 변화를 스스로 감지하기 시작했던 거로 기억하고 있었다.

먼저 올라간 아이들이 질러대는 '야호' 소리를 들으며 가쁜 숨을 몰아쉬면서 뒤늦게 대청봉 표지석 앞에 당도해 산 아래 정경을 둘러보던 은호는 그때까지의 평온했던 마음이 걷잡을 수 없이 변하면서 금방 숨이 멎을 것 같은 충격에 배낭을 짊어진 채 그 자리에 주저앉고 말았었다.

하늘 꼭대기 난간에 오른 것처럼 갑자기 온몸을 감싸 도는 긴장으로 내려다보이는 산하가 발아래 가물가물 눈에 들어왔었다.

엉거주춤 서서 바라보는 오밀조밀한 암석으로 둘러싸인 설악산 주변 풍광이 시선을 압도해 현기증이 나면서 머리가 어지러워지고 가슴이 심하게 울렁거려 그 자리에 엎드리고 말았다.

한동안 눈을 감았다가 뜨는 순간에는 갑자기 주위가 몇 촉광 조도를 올린 것처럼 눈이 부시게 환해졌다.

아이들의 요란하게 떠들어대는 소리와 선생님들의 호각 소리가 아주 쥐죽은 듯 잠잠해짐과 동시에 이곳을 벗어나 빨리 산 밑으로 내려가야 한다는 생각이 마음에 미치면서 벌떡 일어서는 순간, 누가 제지할 사이도 없이 출발을 준비하느라 대열을 정돈하고 있는 맨 앞으로 내닫기 시작했다.

누군가 은호의 팔을 잡아 중간 대열에 끼워 넣으려 했지만, 막무가내로 뿌리치고 선두에 서서 쏜살같이 산 아래로 달려 내려갔었다.

선두 인솔 담당 선생님의 후일담으로 당시 은호의 발이 땅 위에 몇 센티는 떠서 가는 듯 순식간에 시야에서 사라졌다고 했다.

은호가 희미하게 제정신을 차렸을 때는 눈이 펑펑 쏟아지고 있는 높은 절벽 아래 구렁텅이에 운신 못 할 정도로 상처를 입은 채 거꾸러져 있었다. 의식이 돌아온 것도 잠시 아파지기 시작하던 감각이 사라지는가 싶더니 다시 깊은 환상의 나락 속으로 빠져들고 있었다.

끝을 가늠할 수 없이 넓은 벌판 한가운데 은호 혼자 덩그런 이서 있었다.

하얀 꽃, 파란 꽃, 분홍 꽃 등 오색 꽃들이 하나 가득 빈자리 없이 빽빽이 흐드러지게 피어 있는 광활한 초원에 홀로 서서 여기저기 돌아보지만, 인적이라곤 어디서도 찾아볼 수가 없었다.

그 곱고 아름다운 꽃들을 아무 생각 없이 한참을 넋을 놓고 바라보고 있으려니, 갑자기 혼자라는 생각이 들면서 외로움이 싸하게 온몸을 감싸 그 고운 꽃 무리가 그냥 을씨년스럽게 느껴지기 시작했다.

누구라도 찾아보려고 마구 달려 보았지만 그럴수록 더 넓은 초원만 펼쳐질 뿐 사람은 물론 나비나 꿀벌 같은 움직이는 것이라곤 도대체 하나도 볼 수가 없어 싸한 외로움과 절망감에 그 자리에 주저앉고 말았다.

얼마 동안의 그리 길지 않은 시간이 흐른 뒤 어디서 시작된 것인지 모를 세찬 바람이 휩쓸고 지나가면서 그 곱던 꽃들이 정신없이 휘날리다가 시들어지기 무섭게 어느 순간 모두 바삭한 검불이 되어 날아가 버리고, 새빨간 흙바닥이 드러나면서 사막과 같은 허허벌판으로 변해 버리는 것이 아닌가! 다시 불기 시작한 강한 폭풍 바람에 흙먼지와 모래바람이 온천지를 뒤덮으면서 사정없이 휘날려 어딘가로 멀리 날아가 버리고, 바닥엔 거대한 암벽과 돌무더기가 고스란히 드러나 은호는 바닥에 달라붙어 꼼짝달싹 못 하는 신세가 되고 말았다.

그런 아비규환 속에 갑자기 어디선가 희미하게 "은호야!" 하는 음성이 갑자기 들려와 반가움에 사방을 둘러보았지만, 은호 눈엔 아무것도 보이지 않았다. 금세 언제 그랬었냐는 듯 어느새 억세게 몰아치던 바람이 잠잠해지면서 은호를 부르는 소리는 더욱 또렷하게 들려왔지만, 대꾸조차 할 정신이 아니어서 그대로 주저앉아 버리고 말았다.

은호의 마음을 읽기라도 하는 듯 부르는 소리가 희미해지면서 조금 멈추는 듯하던 음성이 다시 이어서 계속 줄기차게 들려와 자기 생각과는 관계없이 무심결에 "네!" 하고 대답이 튀어나오는 순간, 은호를 부르는 소리는 그치면서 누가 하는 말인지 모를 낭랑한 음성이 들려오기 시작했다.

(나는 나무라 해도 좋고, 돌이라 불러도, 아니면 한 점 먼지라 해도 상관은 없다! 네가 무어라 불러도 상관이 없는 것은 나는 무엇과도 구별될 수 없는 전부여서 나보다 큰 것도 나보다 작은 것도 있을 수가 없고, 우주 만물 가운데 나보다 높을 수도, 낮을 수도 없는 완전한 다여서 그 무엇도 나보다 전능할 수 없다!)

은호는 '그렇다면 우주를 창조하고 지배한다는 신! 사람들이 두려워하고 숭배의 대상인 하나님의 소리를 듣고 있단 말인가!'라고 생각했다.

'그렇다면 왜 하필이면 나한테!'라고 생각이 드는 순간 그 목소리는 은호의 마음을 읽고 있는 것처럼 속삭이기를 아직 어린 너를 선택한 것은 아무런 이유가 없고, 다만 자기가 선택한 것이 네가 됐을 뿐이라고 했다.

그러면서 너란 인간도 발칙한 상상력과 호기심이 남달라서 온 우주의 바른 순환을 망치는 데 일조할 수 있는 인간이라면서 자기가 인간들을 찾고 있는 참뜻은 은호, 자신을 비롯한 인간들이 자랑스럽게 내세우는 만물의 영장이라는 우쭐하고 오만한 발상이 한계를 뛰어넘어 온 우주 순환 질서를 해칠 수 있는 위험한 수준까지 이르고 있어 이를 경고하기 위함이라고 했다.

은호에게만 특별히 하는 것이 아니라 의식이 살아 있는 대부분 인간에게 알게 모르게 수년간 쉼 없이 전하고 있지만, 너처럼 민감하게 반응한 사람이 드물었다고 했다.

은호는 자신에 대한 평가는 어느 정도 인정이 되지만, 인간의 능력이 우주 만물 중에서 뛰어나다고 자부하는 만물의 영장이란 발상이 잘못됐다는 것은 수긍할 수 없다는 생각이 드는 순간, 다시 질타하는 소리가 크게 들려왔다.

잘못된 기준에 맞춘 오만한 판단 자체가 온 우주 본성에 역행하는 바람에 너희를 찾아 경고하는 상황까지 이르게 됐다면서 인간이 오감을 갖고 감정을 내보이는 것보다 그걸 감추고 있는 것들이 훨씬 소통이 빠르고 정확하다고 질책하는 것이었다.

또, 불을 사용할 줄 아는 것이 대단한 자랑거리지만 그 불장난이 극에 달해 끝내 생명체들을 극도의 위험 속에 내몰고, 몹쓸 불장난으로 발생한 연기와 먼지가 생명 가진 것들을 망칠 만큼 망치고 나서 하늘로 피워 올라 애초에 지구 생명체를 위해 마련해 준 보호막마저 깨져 버려서 걸러지지 않은 태양열의 독을, 인간을 비롯한 생명 가진 모든 것들이 마시고 쪼일 수밖에 없는 물론이고, 곧바로 들어온 태양열과 인간 사회의 기계들이 내뿜는 고열로 대기가 한껏 더워져 걷잡을 수 없는 기후 변화가 너희 땅의 황폐화로 이끌어 가고 있다면서 지구를 파멸로 이끄는 극도의 못된 불장난의 시작은 태초에 인간에게 삶의 터전인 땅은 물론이고, 먹고 마실 양식과 물을 충분하게 주었음에도 이를 독차지하려는 패악한 욕심으로 허접스러운 생각을 담은 이념을 꼬투리 삼아 같은 족속을 살상하기 위한 도구를 다투어 만들기 때문이라고 했다.

한번 둘러보라고 했다.

인간 말고 어떤 미물이 자기 핏줄을 타고 올라가면 결국 한 덩어리인 같은 족속을 죽이려고 교묘한 말장난을 핑계 삼아 전쟁이라는 살생극을 벌리는 종족이 있는가!

더 나가서 아직 젊은 영혼들을 단체로 부추겨서 살인을 저지르도록 교육이란 명분을 내세워 가르치고 독려하는 이 같은 무리가 인간 말고 어떤 족속 중에 있는지! 이것이 바로 최하류 생물의 패역임을 알아야 한다고 했다.

또, 인간은 실수가 있을 수 있다고 편하게 자위하지만, 인간 말고 실수해서 중심을 잃고 지금 은호, 너처럼 자빠져 있는 것이 어디 있느냐면서 아무리 하찮은 미물도 성한 것은 성한 대로, 상한 것은 상한 그대로 제자리를 변함없이 지키고 있다고 했다.

이미 인간들이 습성처럼 되어 늦은 줄 알지만, 온 우주에 속해 있는 우주인으로서 인간이 지켜야 할 온 우주의 규범을 다시 말해 주겠다고 하면서 길게 나열하기 시작했다.

(태우지 마라! 결국은 너희가 태워진다.

넘보지 마라! 패륜은 조금도 용서가 없다.

죽이지 마라! 네 영靈이 먼저 사망에 이르리라.

갖지 마라! 무엇도 네 것이 절대로 아니다.

상상하지 마라! 나쁜 것은 반드시 이루어진다.

특히 너라는 미물의 발칙한 상상이 최악의 불을 만났을

때는 상상을 넘어 너희 땅의 종말을 앞당길 것이니, 부디

마음속에 깊이 새겨 간직하라!)

은호가 감당하기 힘든 너무 심각한 얘기에 한참 멍한 상태가 지속되자, 다시 나지막한 음성이 들려왔다.

(너는 내 경고가 믿기지 않느냐? 하늘을 가로지르며 떨어지는 별똥별이 왜 소멸해서 우주에서 사라져 버리는지 생각해 본 적은 있기는 한 거냐?

지금과 같은 상황이 계속된다면 어쩌면 너희 땅이 별똥별 신세가 될 수 있는데도 그렇게 낭만이나 환상으로 태평스럽게 별똥별을 바라볼 수 있는가? 너희에게 위협인 것은 극악한 불 에너지 말고도 큰 행성과의 충돌과 태양도 집어삼킬 수 있는 온 우주의 쓰레기통인 블랙홀이 곳곳에 도사리고 있다는 것도 명심하라!)

은호는 웬만큼 설득되고 있었다.

(이제야 내 말이 들리기 시작했구나! 내 경고를 얌전히 들어 준 상으로 네가 궁금한 것을 가르쳐 주마!)

온 우주의 경고에 수덕이 그랬던 것처럼 은호 역시 알고 싶은 것은 지금 들려오는 소리의 존재였고, 어째서 모습을 보이지 않고 소리로만 전하는 건가! 하는 것이었는데, 그 음성도 은호의 심중을 꿰뚫고 있었다.

(엄마 배 속에 있는 아기가 엄마를 볼 수 없듯이 너는 지금도, 전에도, 또 후에도 내 안에서 숨 쉬고 살면서도 나를 볼 수가 없다. 나는 지금 너에게 너희들 언어로 말하고 있는 것처럼 나무에게는 나무의 말로, 돌은 돌의 대화 방식으로 온 우주 만물과 쉬지 않고 소통하고 있다.)

은호는 들려오는 소리가 어느 정도 이해되어 마음이 편안해지는가 싶더니 어렴풋이 통증이 감지되면서 죽음에 대한 공포가 의식 속에 스며드는 것이 느껴져 몸이 자지러지듯 웅크려지자, 다시 차분한 음성이 쏟아졌다.

(죽음은 그렇게 두려운 것이 아니니, 걱정하지 마라! 원래는 이대로 너를 거두어 새 꺼풀에 집어넣어 다시 세상에 내보내야 하지만, 요행히 네가 억에 하나로 드물게 나를 인지해 소통했고, 또 내 경고를 잘 들어주는 바람에 주위에 너와 인연이 있는 인간이 있어서 너를 도와 명을 잇게 할 것이니, 이 비밀만은 네 목숨을 걸고 꼭 지켜야 한다. 그리고 네가 나를 인지하고 내 말을 끝까지 잘 들어 준 보상으로 인간은 물론이고, 돌이나 나무와 같은 온 만물과도 소통하고 꿰뚫어 볼 수 있는 특별한 능력을 네게 선물로 줄 것이니 네가 새 생명과 내가 준 재주를 가지고 나가서 할 일은 먼저 가까이에 너와 똑같이 덜 여문 영혼으로 내 경고를 인식하고 내 뜻을 따르다가 불구가 되어 불편한 인간이 있으니, 그를 잘 보필하고 따르면서 배우는 것이다. 이것이 네 생명을 이어 준 나의 큰 뜻이니라……!)

거기까지 말이 들렸을 때 은호가 희미한 의식 속에 자지러지는 팔뚝 통증으로 번쩍 눈을 떴으나 시야는 깜깜한 채 아무것도 보이지 않고 들려오던 온 우주 신의 목소리도 다시 더는 들려오지 않았다.

"이제 팔뚝도 제대로 맞춰졌군."

잠시 후, 구시렁대는 늙은 남자 어른의 목소리가 희미하게 들리고, 미미한 감각이 살아나면서 엄청난 짐짝 같은 누군가의 후끈후끈한 몸뚱이에 온몸이 감싸져 있는 것을 감지하고 언 듯 반응하자, 갑자기 짐짝이 치워지고 찬 기운이 온몸을 덮쳐 오면서 굵직한 음성이 들려왔다.

"아이고! 이제 귀여운 새끼 고라니가 깨어났구나."

동시에 진짜 솥뚜껑처럼 큰 손으로 몸을 흔들어대지만, 희미한 의식뿐 손가락 하나 꼼짝을 못 하자, 다시 짐짝 같은 물컹물컹한 뜨거운 몸이 은호의 몸뚱이를 덮쳐 왔다.

"이렇게 하는 것이 고라니 몸에 박힌 얼음을 빼내는 데는 제일이지."

눈에 보이지는 않지만, 윙윙- 목소리가 울리는 것이 깊은 동굴 속 같은데 은호의 몸은 옷이 완전히 벗겨진 채로 두꺼운 모피 조각 위에 반듯이 눕혀져서 똑같이 벗은 상태로 은호 체격의 몇 배는 될 것 같은 짐짝같이 큰 몸뚱이가 안아 품고 살포시 누르고 있었다.

한참을 흔들어대다가 일어나서 한동안 펄쩍펄쩍 뛰어 자기 몸의 체온을 올리고 숨을 헐떡이면서 다시 은호 몸을 감싸 안고 흔들기를 반복하고 있지만, 몸통은 어느 정도 감각이 있어도 하체와 양팔, 그리고 손가락, 발가락은 전혀 감각이 하나도 없었다.

은호는 절벽에서 굴러떨어져 처박힌 지 이틀 만에 사냥을 나와 고라니를 쫓아 산속을 헤매던 짐짝 영감에 의해 수북하게 쌓인 눈 속에서 천우신조로 발견되어 이 동굴 속에 안겨서 들어오게 된 것이었다.

온몸이 완전히 꽁꽁 언 저체온 상태였지만 희한하게 맥박만은 여전히 뛰고 있어 짐짝이 절벽에서 구르면서 부러진 발목을 맞춰서 버팀목에 고정했고 조금 전에 어긋난 팔뚝 뼈도 힘차게 잡아당겨 제대로 맞추는 데 성공했다.

불을 피워서 언 몸을 녹일 수도 있지만, 잘못하면 부분적으로 동상이 되어 상할 수 있어 짐짝 영감이 자기 경험을 살려 자기 몸의 체온으로 며칠째 밤낮으로 최대한 녹이고 있었다.

한계를 느낀 듯 일어나 주섬주섬 옷을 걸치고 한참을 두 손을 합장하고 묵상에 들어가 있다가 은호의 가슴에 귀를 대고 맥박을 다시 확인하고는 조용히 일어나 굴 밖으로 나갔다가 한참 만에 다시 동굴 안에 들어왔다.

짐짝 영감은 여전히 무의식 상태인 은호를 모피 조각에 단단히 감싸 안고 굴속을 나와 흰 눈이 쌓인 계곡 아래로 급하게 거슬러 내려갔다.

한참을 내려가자 덕지덕지 얼어붙은 폭포 얼음기둥 아래로 내리쏟는 폭포수가 고여 있는 널따란 짙푸른 담수호가 나왔다.

짐짝은 눈 쌓인 바위 위에 은호를 내려놓더니 자기도 급히 옷을 벗고, 은호 알몸을 조심스럽게 안은 채 가득 채워진 맑은 담수 안으로 거침없이 들어가 한참을 가슴까지 물에 담그고 숨을 고르는 듯하더니, 어른 키로 두 길은 될 것 같은 깊은 물속에 은호와 함께 스스럼없이 가라앉았다.

처음 물속에 들어갈 때는 살을 에는 듯 차갑던 물이 점점 적응되어 깊이 내려갈수록 곁에 있는 물과 비교할 수 없이 따스해지는 걸 느낄 수 있었다.

짐짝 영감은 숨을 몰아쉬며 은호와 함께 위로 올라와 길게 심호흡하고 다시 깊은 밑바닥으로 내려갔다.

부러졌던 팔다리를 고정한 버팀목을 조심스럽게 다루며 오르내리기를 한나절 수십 차례 하는 사이, 어느덧 언 동태 같던 은호의 종아리가 신기하게 풀려 부드럽게 손에 잡히고 손가락까지 반응하는 걸 보고는 부리나케 물 밖으로 나왔다.

자기 옷을 입을 겨를도 없이 은호를 모피 조각 위에 눕히고 자기 옷가지로 덮은 다음 끌어안고 쏜살같이 동굴을 향해 가파른 오르막을 내 달았다.

동굴 앞에 거의 도착했을 때, 너무 허둥대던 짐짝의 발길이 쌓인 눈에 미끄러져 허공을 잡고 나뒹굴면서 받은 충격으로 은호는 온전히 제정신이 돌아왔다.

이상하게 모든 감각이 돌아왔어도 눈꺼풀만은 딱 붙어서 도대체 아무것도 볼 수가 없었다.

짐짝 영감은 동굴 속에 은호를 안고 허겁지겁 들어와서는 옷을 다시 걸칠 생각은 하지 않고, 구석에 지천으로 쌓여 있는 잘 마른 싸리나무 가지들을 가져와 불을 피우기 시작했다.

마른 싸리나무는 연기가 하나도 나오지 않고 잘 타올라 금방 주위가 훈훈해지자 그제야 옷을 챙겨 입기 시작하면서 은호의 온몸 구석구석을 세심히 살피기 시작했다.

"이젠 요 귀여운 새끼 고라니가 완전히 얼음이 빠졌으니, 어디부터 잘라서 구워 먹어 볼까!"

어렵게 정신이 든 은호는 '짐짝 영감이 고라니, 고라니 하면서 구시렁대는 것이 혹시 정말로 자기를 고라니 새끼로 보는 것은 아닌가!' 하는 끔찍한 생각이 불현듯 들어서 어렵게 손을 움직여서 자기 몸을 허우적거려 더듬자, 불구덩이에 싸리나무를 집어넣던 짐짝이 쳐다보고 박장대소를 했다.

"지금 배가 하도 출출해서 무얼 먹긴 먹어야 하는데, 요놈 고라니 오뚝한 코, 아니면 오독오독한 귀뿌리부터 냉큼 잘라 먹어 볼까나."

불을 지피던 손으로 덥석 은호의 몸을 덮치자 은호가 기겁하고 있는 힘을 다해 두 팔과 다리를 내둘렀다.

짐짝이 오히려 어안이 벙벙한 얼굴로 온몸이 굳어 버린 듯 말을 못 하다가 한참 만에 조심스럽게 다가와 버팀목으로 고정된 부러졌던 팔뚝과 다리를 살피자, 모두 감쪽같이 원상태로 돌아온 것을 보고는 벌린 입을 다물지 못하고, 자세히 보려고 밝은 곳으로 은호를 끌어당겼다.

부러졌던 팔다리는 물론이고 바위에 굴러 긁혔던 이마와 팔꿈치, 그리고 정강이에 있던 큰 상처도 말끔하게 나아 있었다.

"천지신명, 그분 조화로구나! 물속이 그렇게 따스했던 것부터 이상했지!"

짐짝 영감은 감격한 나머지 은호를 조심스럽게 일으켜 안고, 울먹인 얼굴로 한동안 어쩔 줄 모르다가 은근한 표정으로 은호를 굽어보고는 내려놓았다.

"이젠 요놈 새끼 고라니가 도망쳐 달아나도 잡을 수가 없겠구나!"

한탄조로 내뱉고는 구석에 있는 솥단지를 들고 밖으로 나가다 말고, 동굴 안을 둘러봤다.

"우리 고라니 동냥 주머니에 아마 쌀자루가 있었지!"

동굴 바닥에 구르고 있는 은호 배낭을 풀어 제치자 역시 쌀자루가 나오고, 일인용 천막과 침구는 물론이고 은호 엄마가 챙겨 준 김치와 장조림 쇠고기가 튀어나오자, 짐짝 영감이 반색했다.

"이젠 공연히 예쁜 고라니 코를 베지 않아도 되겠군. 어미 고라니가 제법 신경을 많이 썼고만! 그래도 내 혀가 오독오독한 짭짤한 고라니 귓바퀴 맛을 잊지 못하니 어쩌지!"

짐짝 영감의 너스레에도 이젠 괜한 농담인 줄 알고 배낭에서 꺼내 덮어 준 모포 속에 태연히 누워 있는 은호는 처음엔 자신이 천당과 지옥을 오가는 난리 통에 혹시라도 진짜 고라니로 변한 것은 아닌가 해서 섬뜩했었다.

잠시 후에 짐짝 영감이 잣과 맛난 향기가 진동하는 마른 더덕을 갈아 넣어, 은호 배낭에서 꺼낸 쌀로 끓인 잣죽을 솥단지째 앞에 놓고 모포를 두르고 있는 은호를 일으켜 안고 떠먹이기 시작했다.

무슨 연유인지 아직 은호의 눈꺼풀은 단단히 붙어 앞을 보지 못하니 영감의 도움을 받을 수밖에 없었다.

짐짝 영감은 은호에게 한 숟갈, 자기도 한 숟갈, 그런 식으로 어느 정도 먹어 은호가 머리를 도리질할 때까지 먹인 다음 자기도 숟가락을 놓고 남은 잣죽을 빈 그릇에 비우고 솥을 들고 동굴 밖으로 나갔다가 들어왔다.

이번에는 이 엄동설한에 어디서 구했는지 솥단지 안에 큼지막한 산삼 뿌리를 담아 가지고 들어와 불구덩이에 올려놓고 싸리나무 가지로 은은하게 달이기 시작했다.

"고라니는 살이 포동포동해야 제맛이지. 그렇게 삐쩍 말라서야 무슨 맛으로 먹겠나! 이 산삼을 먹으면 아마 살이 뽀얗게 오를 거야."

국물이 조금씩 끓기 시작해 은은한 산삼 특유의 진한 냄새가

온 동굴 안에 퍼져 나가자 짐짝 영감의 눈이 휘둥그레졌다.

"이크, 큰일 났구나! 이 산삼 냄새에는 죽었던 귀신도 살아나서 달려든다는데 우리 새끼 고라니는 눈도 꽉 감겼으니, 오늘 밤에 영락없이 귀신 밥이 되고 말았구나! 이 근방에 육이오 사변 때 죽은 원혼들이 많아서 귀신이 득시글득시글할 텐데 어찌하면 좋을꼬?"

짐짝 영감이 불을 지피던 손으로 은호의 가슴을 짓궂게 흔들자, 마음이 약해질 대로 약해진 은호는 두 팔로 허우적거려 와락 짐짝 영감의 팔을 잡고 매달리며 울음을 터트리고 말았다.

지금까지 어리디어린 은호 혼자 감당하기 어려운 엄청난 충격의 연속이어서 작은 가슴을 졸이고 졸이다 한 번 응어리 되어 터진 울음은 대성통곡이 되어 그칠 기미가 보이지 않고 길게 이어지자, 짐짝 영감은 조금은 난감한 표정이 되어 고개를 힘없이 주억였다.

"알았다, 알았어! 울음보가 터진 걸 보니 요놈의 귀여운 새끼 고라니가 이제 살 만한가 보구나. 됐다. 됐어! 내 고라니는 어떤 못된 귀신이 쫓아와도 내가 지켜 줄게. 염려하지 마라! 이제 됐냐?"

"나느은 흑흑, 고라니가 아― 아니에요."

잔뜩 울음을 머금고 토해 내는 처음 듣는 은호의 목소리에 짐짝 영감은 그제야 박장대소를 하며 은호를 품에 안고 등을 토닥였다.

"고라니 잡으러 갔다가 너를 고라니 대신 잡아 왔으니, 네가 좀 고라니 해 주면 안 되는 것이냐? 그래. 알았다! 고라니가 그렇게 싫으면 예쁜 꽃사슴이라고 해 주지 뭐! 됐냐?"

짐짝 영감의 농담에도 은호의 울음은 좀처럼 그치지 않고 계속되었다.

이른 새벽녘에 짐짝 영감은 잘 달여진 산삼 국물이 입에 쓰다고 한사코 손사래를 치는 은호에게 매달려 애를 먹고 있었다.

"이놈아! 이 산삼은 고라니 백 마리하고도 안 바꿀 진기한 거라, 너나 나나 평생에 구경도 할지 말지 모르는 귀한 건데, 그분이 빠져 버린 네 녀석 기를 살려 내라고 해서 아끼고 아끼던 걸 어제 어렵게 잡았단 말이다."

짐짝 영감의 끈질긴 설득에 은호는 한 대접의 산삼 진국을 비울 수가 있었다.

은호가 산삼 국물을 가지고 짐짝 영감과 실랑이를 벌이고 있는 이른 시각, 눈 쌓인 설악산에서 등반 중 실종된 자기를 찾는 수색 작업이 한창 대대적으로 벌어지고 있는 것을 까맣게 모르고 있었다.

경찰은 물론이고 전국 보이스카우트 연맹에서 차출한 수백 명의 대원과 자원봉사를 지원한 많은 산악인, 그리고 주변 군 병력까지 동원되어 설악산 주변을 이 잡듯 촘촘하게 뒤지고 있지만, 아들을 찾았다는 소식은 좀처럼 들려오지 않았다. 며칠 밤을 설악산 조난 구조캠프에서 뜬눈으로 밤을 새운 주 여사는 남편과 함께 발을 동동 구르다 거의 탈진 상태가 되어 주위를 안타깝게 하고 있었다.

짐짝 영감의 집요한 설득과 으름장에 산삼 국물을 다 마셔 웬만큼 원기를 회복한 은호가 제일 먼저 궁금해서 물어본 것은 여기가 어디냐는 것이었다.

"아니! 여기가 어딘 줄도 모르는 놈이 어떻게 그 기암절벽에 올라 그렇게 거꾸러져 있었던 거야?"

"저는 설악산 대청봉에 올라갔던 기억밖에 없단 말이에요."

"이 고라니! 아니, 이 앙증맞은 못된 꽃사슴이 누굴 놀리냐? 거기 대청봉에서 오대산 중에도 끝자락인 여기 소금강까지는 이백 리도 넘는 거리인데, 무슨 헛소리를 하는 거야?"

짐짝 영감은 어이없는 얼굴로 은호를 노려봤다.

은호가 실종된 지 6일째 되는 날, 구조본부에 매스컴의 대대적 보도를 들은 실종 당일 강원도 산길을 넘은 한 택시 기사의 결정적 제보가 접수되고 있었다.

홍천 내면에 사는 택시 기사가 손님을 태우고 41번 지방도로로 양양까지 가고 있을 때, 어디서 나타났는지 모를 보이스카우트 차림의 조그만 학생이 연락부절 오가는 차들을 의식하지 않은 채 전후좌우를 살필 겨를도 없이 큰 도로를 태연히 건너 오대산 쪽으로 쏜살같이 사라졌다는 것이었다.

"무슨 아이가 아무 생각 없이 후다닥 달려드는 바람에 내가 급브레이크를 밟지 않았으면 큰 사고가 났을 거래요. 인상착의는 기억이 없고 모자를 눌러쓴 조그만 아이가 큰 배낭을 메고 얼굴 살필 겨를도 없이 바람 같이 사라졌걸랑요. 왜 그 특이한 보이스카우트 복장 안 있습니까? 분명히 오대산 준령 쪽으로 간 것이 맞더래요."

택시 기사의 제보로 모든 구조 인원이 오대산 쪽으로 달라붙고 있었다.

은호의 몸이 온전하게 회복된 것을 확인한 짐짝 영감은 모든 긴장이 풀려서인지 하루 꼬박 깊은 잠에 빠져 있다가 은호가 낙오한 지 칠 일째 되는 이른 새벽에 일어나서 식은 잣죽을 데우고 산삼도 재탕해 끓여서 은호 앞에 놓고 심각한 얼굴로 앉아 있었다.

"꽃사슴! 오늘이 너하고는 마지막 날이 되겠구나. 그래서 내가 부탁하는 것은 누구든지 내가 어떤 사람이었냐고 묻거든 아무 말도 하지 말고 너와 내가 아무 생각 없이 그 구렁텅이에서 마주친 그대로 그저 우연한 인연이 있었다고만 말하려무나. 할 수 있겠지?"

은호는 그저 아무 말 없이 고개만 끄덕이고 있었다.

짐짝 영감은 고개를 끄덕이는 은호를 일으켜 안고, 고소하고 향기 좋은 잣죽을 번갈아 먹기 시작하여 바닥이 나자, 다시 산삼 국물을 사발째 마시게 했다. 쓴맛에 오만상을 찌푸리는 은호의 등을 두드리는 영감은 다시 한번 대견하게 바라봤다.

"잘 먹었구나! 입에 쓴 약이 보약이라고 하질 안 터냐! 이 보약은 예부터 숨넘어가는 놈도 살려 낸다고 하니, 이걸 먹은 네놈 꽃사슴은 이제 백 살은 문제없을 거야. 하하하."

짐짝 영감은 큰 소리로 웃어젖히고 나서 처음 구조 당시대로 옷과 신발을 챙겨 입히고 배낭을 지워 모포로 감싼 은호를 으스러지게 꼭 안아 주고는 그대로 동굴 밖으로 나와 산등성이를 오르기 시작했다.

은호가 영감의 귀에 대고 나직하게 속삭이듯 입을 열었다.

"어디로 가는 거예요?"

"지금 저 산 너머에서 너를 찾는 사람들이 올라오고 있으니 그리로 가야 하지 않겠니?"

"나! 그냥 아저씨하고 여기서 살면 안 돼요?"

은호의 전혀 뜻밖의 말에 짐짝 영감은 너무 놀라 그 자리에 멈춰 서서 은호를 털썩 내려놓고 기절초풍한 듯한 표정이 되었다.

"세상에 이런 못된 고라니가 다 있나! 앞도 제대로 못 보는 네 놈을 평생 나보고 먹을 거며 네 오줌, 똥 수발까지 다 들으라는 말이냐? 그리고 네 생명을 지켜 준 그분이 맡긴 사명을 벌써 몽땅 잊어먹었어? 또 언제 내가 네놈의 아저씨가 됐던가!"

짐짝 영감의 노도와 같은 진노에 엉거주춤 섰던 은호가 쓰러져 구르려 하자 황급히 달려들어 잡아 일으키며 조금은 진정된 목소리가 되었다.

"고라닌지 꽃사슴인지. 이놈아! 네 목숨은 그 높은 절벽에서 구렁텅이로 처박혔을 때 이미 끝났을 것을 그분이 생각이 있어 이어 준 것이니 쓸데없는 생각 말고, 세상에 내려가서 그분의 말씀대로 이어지는 인연 따라서 네 도움이 필요한 네 주인님을 찾아 네 영악한 머리로 힘껏 도와 이 세상을 구하는 올바른 길로 가는 것에 전념하도록 하여라. 알았지?"

짐짝 영감은 한번 말을 잘못 꺼냈다가 된통 야단을 맞고 기가 죽어 고개만 끄덕이는 은호를 들쳐 안고, 산등성이를 한참을 올라가 양지바른 바위 위에 내려놓고 옷매무새를 매만지고는 나직하게 속삭였다.

"너하고 나는 여기까지다! 조금 있으면 너를 찾는 사람들이 몰려올 거야. 나는 그냥 너한테는 아저씨도, 아주머니도 아니고 그냥 인연이었다는 걸 절대 잊지 마라! 나도 언젠가는 네놈 꽃사슴이 보고 싶어질 거야."

짐짝 영감이 두 손을 모아 쥐고 흔들다 놓자 은호는 다급하게 팔을 부여잡고 매달렸다.

"아직은 가지 마세요! 제가 고맙다는 말도 못 했잖아요. 우리는 이제 다시 못 보는 거예요?"

"글쎄다! 살아 있으면 언젠가 볼 수 있는 날도 오겠지."

"저는 지금 눈이 안 보여서 다시 만난다고 해도 알아볼 수 없잖아요?"

"그거야 내가 먼저 꽃사슴을 알아보면 될 것 아니냐. 이거 봐라, 벌써 저 아래 사람들이 몰려오고 있구나! 정 알아보고 싶으면 이걸 만져 보렴."

짐짝은 은호가 움켜잡고 있는 손을 떼어 자기 턱에 있는 큼지막한 무사마귀에 갖다 대 주고는 부리나케 발걸음을 떼어 놓자 은호는 안타깝게 손을 휘저으며 소리치고 있었다.

"정말 고마웠어요! 꼭 다시 찾아올게요. 지금 어디 계신 거예요?"

은호가 안타깝게 온몸을 버둥거리며 짐짝 영감을 찾는 순간 감겼던 눈이 번쩍 떠짐과 동시에 번갯불이 치듯 강력한 빛이 일순간 한꺼번에 들어와 두 손으로 앞을 가리고 말았다.

은호는 순간적으로 어떻게 해서든지 은인인 아저씨를 눈으로 확인해야 한다는 일념으로 가렸던 손을 거두고, 시려 오는 눈동자로 바라보니, 저 멀리 산등성이를 돌아가고 있는 짐짝 영감의 모습이 대청봉에서처럼 높은 조도로 올린 듯 주위가 백야처럼 환한 가운데 하얗게 바래진 영상같이 보이는데, 어쩌면 아저씨가 아닌 나이가 많은 할머니의 뒷모습으로 보이는 것이었다.

잠시 후에 산 아래쪽이 시끄러워지면서 누군가 바위 위에 힘없이 앉아 있는 은호를 발견하고 고래고래 고함지르는 소리가 들렸었다.

은호는 침대에 누운 그대로 눈을 감고 벌써 거의 반년 전의 구조 당시를 회상하면서 지금까지 풀리지 않는 의문은 구조대원들에게 자기를 구해 준 그런 인연이 있었다고 말하고 동굴 쪽을 가르쳐 줬지만, 아무도 그 동굴을 찾지 못하고 돌아왔다는 것이다.

은호는 다음 날부터 찬우의 자취방에서의 생활이 시작됐다.

주 여사 생각은 은호 방에서 찬우 학생이 시간 나는 대로 와서 저녁 몇 시간씩 가르쳤으면 했지만, 은호의 고집으로 찬우의 자취방으로 생활 공간이 옮겨 오게 된 것이다.

은호가 오면서 찬우는 당분간 강의 시간 후에 실험실과 도서관에 가는 것은 접을 수밖에 없었다.

은호는 찬우의 방으로 생활 환경을 바꾸면서 어두운 기색이 사라지고 매사 명랑해진 것은 물론 얼굴색까지 몰라보게 밝아져 가족들과 찬우도 머리를 갸웃했다.

은호는 가끔 버릇처럼 찬우의 대학 교재를 들춰보면서 알아들을 수 없는 말을 혼자 지껄이기도 하고 찬우에게 꼬치꼬치 캐물을 때도 있었다.

찬우는 제일 궁금했던 것이 은호가 설치해 놨다고 한 은호 방에 있던 실험 장치였다.

"네 방에 있던 실험 도구에 있던 게 뭐였길래 얼씬도 못 하게 하고 난리 친 거야?"

"아! 그건 내가 자주 걸리는 감기를 알아보려고 내 콧물 속에 있는 바이러스를 증식시킨 거였어."

"거기서 뭔가 발견한 것이라도 있었던 거야?"

"사실은 독감이 아니어서 아무것도 없었죠!"

"그런 걸 뭐 하려고 한 건데? 그리고 기겁해서 난리 친 건 또 뭐고, 나는 거기 핵폭탄이라도 있는 줄 알았잖아!"

"진짜 그때는 무슨 바이러스가 있는 줄 알았었지. 우리 아빠는 내 머리 정도면 의대에 갈 수도 있다고 외국 출장 때마다 그런 실험 도구를 선물로 사 오셨어. 형 그때 많이 놀랐구나!"

"내가 말하지 않았어? 핵폭탄이 있는 줄 알았다니까!"

"그런데 여기 형 책을 보니까 양자론에서 미시적인 한 개의 전자가 여러 곳의 장소에 존재한다는 것은 마치 분신술을 쓰는 거나 마찬가지잖아요."

"그뿐만이 아니라 여러 가지 상태로 존재하는 것도 가능하지!"

"상태라고 하면 뭘 말하는 거죠?"

"한 개의 전자가 시계 방향으로 도는 것과 반대 방향으로 도는 것이 동시에 가능하니 우리 기존 상식으로는 이해할 수 없지만, 양자론에서는 얼마든지 가능하지."

이렇게 시작된 대화는 끝없이 이어지곤 했다.

"핵융합반응을 일으키는 데 1억 도라는 고열이 꼭 필요한 건가요?"

"여러 가지 융합반응 중에 가장 바람직한 중 수소와 3중수소의 융합반응인데, 서로 다른 전기를 띠고 있어서 일어나는 쿨롱반응을 무기력하게 잠재우려면 그런 고온이 필요한 걸 어쩌겠어!"

"그렇다면, 쿨롱반응을 최소화하는 작은 공간에서 핵융합을 시도하면 되는 것 아닌가?"

"그런 발상으로 중수소와 리튬을 원자로에 넣어 발생하는 삼중수소의 융합을 군사적으로 이용하는 것이 바로 수소폭탄의 원리란 말이다!"

"형! 내 생각으로는 쿨롱반응을 억제하는 방법으로는 열 말고 강력한 자식을 사용하는 것도 생각해 볼 수 있잖아?"

"글쎄! 하기는 쿨롱반응의 원인이 서로 다른 자력 때문이니, 네 생각도 일리가 있는 것 같긴 하다. 그런데 태양이나 그보다 더 뜨거운 별들 속에서는 끊임없이 핵융합반응이 일어나고 있지만, 인간이 컨트롤할 수 있는 제어 열핵융합 반응은 안타깝게 아직은 이루지 못하고 있단 말이다."

"그것만 이룬다면 방사능 같은 오염 물질이 전혀 배출하지 않는 청정에너지를 무한정 얻을 수 있겠네. 중수소는 공기나 바닷물 속에 무진장으로 있잖아."

"원자로에서 한 번 만들어진 3중수소도 무한정 증식시킬 수 있어 무한한 대체 연료가 될 수 있어서 더 좋은 세상이 되는 것은 시간문젠데."

"그렇다면 우리 과외 선생님이 그 과제를 이루면 되겠네."

"날고 기는 세계 석학들도 아직은 뚜렷한 성과를 거두지 못하는 것을 내 머리론……!"

"모자라는 머리는 이 제자가 조금만 도와주면 안 되나?"

은호는 밤이 이슥하도록 눈을 말똥히 뜨고 찬우가 과제 정리하는 것을 지켜보고 있었다.

은호가 자취방에 오고, 며칠 후에 열차를 타고 교외로 나가 산행을 하면서 찬우의 살아 있는 아버지를 짚어 줬었다.

비빌 언덕 구하기

완이는 봄 방학을 맞아 은샘이와 함께 지리산 산장에 올라가고 있었다.

운전면허를 따자마자 부여 할아버지를 졸라 가게에서 배달용으로 쓰는 1톤 트럭을 대담하게 끌고서 논산, 남원을 거쳐 지리산까지 온 것이다.

칠의사 사당 앞 주차장에 차를 서툴게 주차 시키면서 전에 볼 수 없었던 하얀색 승용차 한 대가 주차된 걸 보고 완이는 머리를 갸웃했다.

'누가 등산을 온 거겠지.' 생각하면서 힘들어하는 은샘이 손을 잡고 쉬엄쉬엄 올라가 산장에 거의 도착해 보니, 예상과 달리 산장 쪽에 수선스러운 기운이 느껴지면서 두런거리는 소리가 멀리까지 들려 완이는 의아한 눈으로 은샘이를 돌아봤다.

"산장에 또 누가 온 것 아냐?"

얼굴이 발갛게 상기된 은샘이 말에 완이는 알 수 없다는 표정이었다.

"글쎄, 근 십여 년 동안 할아버지를 찾아온 사람이 없었는데, 누굴까?"

완이는 말을 마치자마자 부리나케 산장으로 뛰어 들어가니, 탄파 도인은 보이지 않고, 웬 가족인 듯한 등산복 차림의 중년 부부와 젊은 청년이 마침 마루에서 점심 식사 준비를 하고 있다가 의아한 눈으로 바라봤다.

"저는 전에 여기 살다가 서울로 올라간 진수덕 씨 아들, 진완이라고 합니다. 탄파 할아버지 뵈려고 왔는데……."

완이가 자기소개를 하는 찰나에 뒤쪽에서 벼락 치는 소리가 났다.

"완이 네 이놈! 엉덩짝 맞으려고 이제야 왔구나."

아침부터 산판을 한 바퀴 돌고 와서 담수에 몸을 담그고 올라온 탄파 도인을 보고 완이가 달려가 반가움에 어쩔 줄 모르고 매달렸다.

"이거 놔라! 네놈 못 본 것이 벌써 반년도 더 됐으니, 엉덩이를 몇 대나 쳐 줘야 할지 할애비 셈본으론 금방 계산이 안 나온다."

"너무 늦게 왔으니 할아버지 맘대로 때리셔도 괜찮아요!"

"하긴 원래 네가 엉덩짝 맞기로 한 것은 네 아비 여기 있을 적에 자주 들려 아비 챙기라고 한 약조였고, 또 오늘은 은샘이를 봐서 할애비가 참으마! 그런데 은샘이까지 데리고 웬일인고?"

"할아버지가 얼마나 보고 싶었는데요!"

"그래! 나도 네놈이 늘 눈에 어른거려 혼났다. 여기 원장님께 인사해라! 나하고 계룡산에 있을 때부터 알고 지낸 삼십 년 지기 동지인데, 지금은 계룡산 아래 신도안에서 한의원을 하시는 분이다. 너희가 쓰던 방을 그냥 비워 두면 곰팡이 날 것 같아서 주말에라도 가끔 좀 와서 쓰시라고 간청했다."

완이가 다가가 고개를 숙여 다시 인사를 하자 이 원장이 활짝 웃으며 일어나 인사를 받았다.

"도인이 말씀하신 그림에 재주가 뛰어나다는 천재 씨 아드님이

군요."

"이 맹랑한 녀석이 힘들다는 대학에 합격만 해도 될 것을 자기 아비한테 질세라 일등까지 하는 바람에 나한테 벌로 엉덩이를 삼삼은 십삼하고 세 대나, 더 맞질 않았습니까?"

"삼삼은 십삼하고 세 대는 또 뭡니까?"

"나한테 그런 구구단이 있지요."

"역시 천재는 천재를 낳는다는 말이 틀린 말이 아니군요. 그런데 어떡하나! 음악밖에 모르는 우리 음유시인 용이가 이번에 낸 음반이 히트하면 도인한테 엉덩이 좀 맞겠구먼."

이 원장의 말에 차분한 용모의 용이라는 젊은이는 그냥 싱긋이 웃고만 있고, 단아한 인상의 원장 부인이 도인의 식사를 챙기면서 완이도 손짓해 불러, 휴게소에서 대충 점심을 해결했다고 사양하고 은샘이를 데리고 산장 옆 언덕바지 동산에 올라 연선의 묘소 앞에 섰다.

"아버지께서 산장에 오면 사부님을 꼭 찾아뵈라고 해서 왔습니다."

완이가 나직하게 읊조리며 올 연초에 아버지가 여기에 올라와서 오랜만에 사부의 실상을 확인하고, 한없이 오열하던 모습이 떠올라 침통한 표정이 되는 것을 바라보는 은샘이는 연유를 몰라 의아한 표정이었다.

식사를 마친 탄파 도인의 부름으로 은샘이와 함께 도인의 방에 들어간 완이는 은샘이가 들고 있던 도인이 좋아하는 견과류와 한과 뭉치를 내놓았다.

"술을 한 병 가져오려다 혹시 야단치실까 봐서 과자를 가져왔죠."

"잘했다! 너희들 가고 나서 제일로 입이 궁금했었는데, 잘됐군.

네 아버지 천재는 어떻게 잘 지내는지 궁금하구나."

"다리 상처가 다 나아서 복학하시라고 했더니 너무 오랜 시일이 지나서 어려울 것 같다고 주저하신 아버지 생각과는 달리, 학교에서 무조건 대환영이라고 해서 제가 열심히 모시고 다녀요. 아버지는 무슨 생각이신지 그렇게 피해 다니신 연구소에 다시 나가겠다고 알아보고 있어요."

"그래! 하기는 소도 비벼 댈 언덕이 있어야지."

탄파 도인은 알아들을 수 없는 말을 하고 고개를 주억였다.

"참! 그리고 임 교수님은 파리에서 사모님만 모시고 나왔어요."

"한없이 여린 양반이 잔뜩 속을 끓이고 있더니 문제가 잘 풀렸구나. 그래, 내가 뭐랬어! 비행기 한 번 타면 해결될 거라고 했었잖아."

"제가 할아버지한테 간다고 하니까, 교수님이 삼십 년 후에 마실 술을 담그셨는지 여쭤보라고 하셨어요."

완이의 말이 끝나자 탄파 도인은 눈을 가느다랗게 뜨고, 얄궂다는 표정으로 한숨을 내쉬었다.

"아니! 난 임 선생을 그리 안 봤는데, 내가 그렇게 말했다고 삼십 년 후, 내가 저세상에 떠나간 다음에 여길 찾겠다는 거야 뭐야?"

도인이 너무 어이없는 표정을 짓자 그때까지 잠잠하게 있던 은샘이가 조심스럽게 입을 열었다.

"할아버지께서 삼십 년이 아닌 일 년 후에 먹을 수 있는 술을 담그셨다고 오빠가 교수님에게 말씀드리면 되겠네."

"옳지! 은샘이 말이 명답이다. 완이 너는 임 선생한테 가서 일 년도 말고 한 달 후에 마실 술을 담갔다고 전하거라!"

탄파 도인은 산장이 쩌렁쩌렁 울리도록 웃어 젖혔다.

"완이 오빠는 어제 운전면허증 따자마자 할아버지 뵙겠다고 오늘 여기까지 운전하고 왔어요. 대단하지 않아요?"

"완이 이놈이 이제 축지법까지 하게 생겼구나!"

탄파 도인은 또 한 번 비명과 같은 탄성을 질렀다.

며칠 후 아버지의 부탁으로 완이는 인수 외삼촌 차를 빌려 홍릉 한국과학기술연구원 정문에 들어섰다.

나이 든 경비반장이 채성길 원장을 만나러 왔다는 수덕의 얼굴을 보고 머리를 갸우뚱하며 원장실에 인터폰으로 확인하고서 정문을 열어 주었다.

수덕이 완이의 부축을 받으며 2층 원장실에 들어서니, 젊은 연구원과 뭔가 이야기를 나누던 채 원장이 그리 밝지 않은 얼굴로 자리를 권해, 완이는 아버지를 소파에 안내해 앉혀 드리고 밖으로 나왔다.

"뒤늦게 복학했다고?"

"집에서 하는 일 없이 시간만 보내지 말고, 소일 삼아 함께 왔다 갔다 하자고 아들 녀석이 하도 졸라대는 바람에 한 번 나와 본 거예요."

"아들도 대학에 수석으로 들어갔더군. 왜 그런 좋은 머리를 이쪽으로 보내지 않고. 아깝잖아?"

"개 엄마가 나 쫓겨 다니는 거 보고 질려서 그랬는지 어려서부터 미술학원에 열심히 끌고 다녀서 애가 이쪽에 별 관심이 없더라고요."

"그것은 그렇고, 전화 통화로 얘기했지만 여기 분위기도 옛날이랑 많이 달라져서 지금은 자네가 있을 자리가 없어."

"저도 옛날 같은 상황이라면 여기에 올 엄두를 못 내죠."

"참 무지막지한 시절이었지! 모든 두뇌 움직임은 우선 자유로 움에서 제대로 돌아간다는 기본 상식도 무시되고 다그치기만 했으니 말이야."

"정말 생각하기 싫은 시절이었습니다."

"자넨 자업자득이 아니었나? 그 미-션을 디밀지만 않았다면 그런 난리도 없었을 거고, 순탄하게 대학도 마치고 아마 여기 내 자리에 자네가 앉아 있었을지도 모르잖아."

"거기까지는 생각해 보지 못했습니다."

"그런데 말야! 당시 난 전혀 확인 못 해서 늘 궁금했던 것이 자네가 들고 나왔던 미-션을 어떤 동기로 찾게 된 건지 지금도 아리송해."

"그때 어떻게 신물질이란 존재가 어린 내 눈에 띄었는지 그저 운명적이었다고 설명할 수밖에 없네요."

"과학 하는 사람들에게도 그런 우연이 따라다니긴 하지."

"제가 어릴 적에 그런 불가사의한 일들이 종종 있었습니다."

수덕의 얘기를 듣고 한동안 곰곰이 생각에 빠진 듯 눈을 내리 감고 있던 채 원장은 나직한 음성으로 이야기를 이어 갔다.

"참! 자네 사부 진수가 그렇게 허망하게 갔다는 게 지금도 믿기질 않는데 그게 사실이야?"

"저도 사부가 잠들어 있는 묘소 바로 옆에서 근 십 년을 살면서도 최근에야 알게 된 걸요."

"자네가 사고로 쓰러지고 며칠 후에 진수가 찾아왔길래 자초지종을 말해 줬더니, 땅이 꺼지게 한숨을 내쉬면서 이젠 멀리 떠날 때가 된 것 같다고 해서 인도나 티베트로 떠난 줄만 알았지. 그렇게 아예 갈 줄은 상상도 못 했단 말이다!"

"저 역시 사부가 돌아가셨으리라곤 꿈에도 생각 못 하고, 제가 모시고 있던 도인도 외국에 나가 있다고 해서 저도 그렇게만 믿고 있었죠."

"그 도인이 어떤 사람인지 몰라도 참 희한한 사람이네."

"제 몸 상태가 안 좋아서 오늘내일할 때라 그렇게 말할 수밖에 없었다고 하시더라고요."

"진수 그 녀석이 군대 있을 때 늘 불교 성지에 한 번 가 보는 게 꿈이라고 노래 부르듯 했었거든. 나한텐 둘도 없는 친구였는데, 참!"

채 원장은 옛 친구를 회상하는 듯 한동안 고개를 주억이며, 말이 없다가 수덕을 빤히 건네보며 말을 이어 갔다.

"당시 노 박사님도 허무하게 그렇게 저세상으로 떠나셔서 장애인이 된 자네라도 붙잡아 두려고 노심초사 매달릴 때는 그렇게 막무가내 피하다가 수십 년이 지난 이 시점에 다시 복귀하겠다는 의도를 도무지 나는 이해할 수가 없다. 안 그래?"

"당시 생각으론 신물질 미ー션을 제시한 자체가 너무 경솔했다고 생각해서 의도적으로 피하고 있었는데, 생각을 안 한다, 안 한다 하면서도 수년간 제 의식 자체가 이쪽에만 골똘히 파고들고 있었습니다."

"천재 머리를 가지고 아까운 시간을 허송세월하고 있었던 거 아닌가?"

"저도 그걸 최근에야 깨닫게 된 것은 제 머릿속에만 간직돼 있다고 생각한 신물질 비밀이 이미 오래전에 새나갔다는 걸 알게 된 순간이었습니다."

"그런데 유럽 학회에서 발표한 걸 보면 자네가 제시할 때 핵보다 위력이 엄청나다고 했던 거랑은 차이가 많은 것 같던데. 왜 확인하지 못했어?"

"모든 걸 다시 점검해 보려면 부득이 원장님 도움이 필요할 것 같아서 이렇게 체면 불고하고 찾아올 수밖에 없었습니다."

수덕의 간절한 말에 채 원장은 조금은 누그러진 투로 말을 했다.

"자네 의도가 그렇다니 박사들하고 다시 논의는 해 보겠지만 자네 이력을 아는 친구들 반응은 별로 달가워하지 않는 것 같았어!"

"그 점은 제가 지은 죄가 워낙 커서 충분히 이해하고 있습니다."

"다시 한번 얘기는 해 보겠지만 크게 기대하진 마!"

수덕은 채성길 원장의 성격을 세심히 알고 있는 터라 더는 구차하게 말하지 않고 잘 부탁한다는 말만 남기고 돌아왔다.

채 원장은 수덕을 보내고 나서 소파에 그대로 주저앉아 모든 면에 한 점 빈틈없이 반듯하기만 하던 친구 진수의 모습을 떠올리며 한참을 감회에 젖어 있을 때 마침 원장실에 조철훈 대학 주임 교수가 찾아왔다.

"아니! 천재 도망자가 여길 제 발로 찾아왔었다면서요?"

"소문도 빠르네! 누가 그래?"

"정문 들어오는데 경비반장 최 씨가 기절할 뻔했다면서 기를 쓰고 도망 다니던 친구가 웬일이냐고 나한테 묻더라니까요."

"하긴 최 반장도 여기 들어온 지 얼마 안 된 초임자일 때 천재를 쫓는 중정 요원들 쫓아다니며 꽤 나 시달렸었지."

"그런데, 천재가 웬일로 원장님을 찾은 겁니까?"

"뜬금없이 연구소에 복귀하고 싶다고 하더라고."

"아니! 그게 말이나 되는 소립니까? 머리 좋으면 다 그렇게 체면 불고하고 뻔뻔해도 된답니까?"

"그 친구가 와서 하는 얘기를 들으니 제 나름대로 고민한 흔적은 보이더라고. 유럽에서 발표한 애초에 자기가 제시했던 신물질이 자기 예상과 달리 파워 면에서 저평가되고 있는데다가 자기는 누구한테도 정보를 누설한 적이 없어 우선은 진위를 확인하고 싶다고 하더군."

"연구소에서 그 프로젝트는 이미 폐기된 상태가 아닙니까?"

"그거야 누구든 다시 채택해서 매달리면 바로 부활되는 거지만, 그보다 HAERI에서 인공태양 프로젝트를 추진하는 이우연 박사가 인원 충원을 요청해 오는 바람에 빈자리도 생기고, 몇 가지 자문해 온 과제도 있어서 천재를 그쪽에 활용할까 하는 생각도 드는데, 문제는 받아 줬다가 이놈의 천재가 또 어디로 튈지도 모른다는 생각이 앞서서 망설여지네."

"HAERI에서 독특한 H-STAR(인공태양) 프로젝트를 본격적으로 시작했군요?"

"선진국 그룹에서도 아직 첫 삽 수준인데 이 박사는 무슨 생각으로 장담하는지 모르겠어."

"그 플라스마를 담는 토카막이 최대 난제인데 이 박사한테 어떤 묘안이 있는 것 같다고 하던데요! 그래서 많은 우수한 머리들을 필요할 거란 예측이 있었는데, 수덕이 자기도 양심이 있지 머리 숙이고 들어와서 또 그런 난리를 피우면 사람이 아니죠! 연구소 사정이 그렇다면 불러서 따끔하게 다짐받고 급할 때 한번 유용하게 써먹어 보시죠."

"그 인간이 원래 고분고분한 성격이 아니라서 왠지 께름칙하단 말이다."

"자기도 아쉬워서 찾아왔고 그사이 나름대로 깨달은 게 있지 않겠어요?"

"허기는 그 녀석 머리 따라갈 인재 찾기가 쉽지 않으니 철훈이 네 말대로 호된 시누이 모시고 또 한 번 모험을 해 봐!"

며칠 후에 수덕은 채 원장으로부터 다시 한번 보자는 연락을 받을 수가 있었다.

연구소에 들어갈 수만 있다면 수덕이 자신이 마음속에 품고 있는 커다란 작업 중에 일 단계 계획은 이루어지는 셈이 된다.

다음 문제는 꿈에서 말해 준 힘든 작업을 옆에서 도와줄 보조원이라고 짚어 준 아이를 찾는 것이 2단계 미-션이 되는 건데, 아무리 생각해 봐도 주위에 그럴 만한 연관이 있음직한 아이가 보이지 않을 뿐더러 떠오르지도 않았다.

다음 날 수덕은 채 원장을 찾아가 연구소에 출근해도 좋다는 확답을 받고 나오면서 완이에게 오 간호사가 일하고 있는 대학병원에 들르자고 했다.

병원에 들어서니 로비에 벌써 오 간호사가 나와 있다가 반갑게 맞아 4층 간호부장실로 안내하며 신기하다는 듯이 물었다.

"웬일로 우리 아들까지 보자고 하신 거예요?"

"그냥 뭐 좀 물어볼 게 있어. 민수가 중3 맞지?"

수덕은 꿈에서 예시한 아이와 비슷한 또래를 생각하다 결론지어진 것이 주위에 민수밖에 없어서 한번 만나 보려고 찾은 것이다.

"올해 졸업반이 됐죠. 왜 지난번 민수가 말한 유럽연구소에서 발표했다는 신물질에 관해서 물어보려고 부른 거예요?"

오 간호사의 물음에 수덕은 머리를 가로젓고 지켜보던 완이가 나섰다.

"그건 아닐 거예요. 민수는 그 얘기를 채 원장님 따님인 슬기한테 들었다고 했잖아요? 지금 아버지는 바로 홍릉 연구소에서 직접 채 원장을 만나 '내일부터 출근하라!'라는 구두 발령을 받고 오는 길이거든요."

찻잔을 챙겨 나오던 오 간호사는 완이의 말에 자기 귀를 의심하는 투로 멈칫하면서 수덕을 돌아봤다.

"그러니까, 완이 네 얘기는 천재 씨께서 연구소에 다시 들어가겠다고 거길 찾아갔고, 곧바로 슬기 아버지 채 원장은 어서 오십사 했다는 거네. 천재 화가 지망생, 완이야! 이거 그림이 영 아니지 않니?"

오 간호사가 수년간 도피를 도와주기 위해 나름대로 동분서주했던 시절이 생각나 멍하니 바라보자, 수덕은 조금은 난감한 표정이었다.

"세월이 흘러서 세상이 많이 변했고 설명할 수 없는 사정이 있다는 것만 지금은 말할게. 그런데 민수는 아직 수업이 안 끝난 거야?"

오 간호사는 아직도 이해할 수 없다는 표정으로 고개를 저었다.

"학교 끝나면 곧바로 오라고 신신당부를 하긴 했는데, 좀 늦네요."

"요즘 기 훈련은 열심히 하고 있나?"

"이 녀석이 요즘 사춘기가 온 건지 제 아빠 말도 잘 안 듣고, 기 훈련도 시들한 것 같아요. 또 친구들이 생겼다고 하더니, 집에 들어오는 시간이 점점 늦어지고 있어서 어젯밤에 매타작 일보 직전까지 갔었죠."

오 간호사의 좀 짜증스러운 말에 수덕은 뭔가 곰곰이 생각하며 차를 마셨고, 완이가 걱정스러운 눈빛으로 입을 열었다.

"지금이 민수한테 중요한 시기라 잘 지켜보시고, 같이 대화하면서 호흡을 맞춰 주셔야 해요. 그냥 윽박지른다고 돌아설 나이가 아니거든요!"

완이의 진지한 조언에 오 간호사는 아주 놀란 표정이었고 수덕도 빙그레 미소를 지었다.

"완이가 완전 아이 몇을 키운 아빠 같은 말을 하네."

"제가 경험자거든요. 저도 삐뚤어져 나갈 뻔한 것을 우리 장윤경 여사가 아주 잘 컨트롤해 주셨어요. 불같이 대찬 성격이면서도 나를 붙들고 얼마나 잘 우는지 몰라요. 그 바람에 마마보이가 돼서 옆길은 꿈도 못 꿨죠."

"아니, 언니한테 그런 면도 있었단 말야! 그럼, 나도 민수 잡고 울어야 하는 거니? 나는 죽어도 못할 것 같은데 어쩌면 좋아!"

"울지 않는 딴 방법도 있지요."

"아니, 또 무슨 방법? 완이 넌 별걸 다 안다."

"윽박지르고, 매타작할 상황에서 그냥 안아 줘 보세요. 민수 또래 애들한테는 효과 만점이죠."

"야! 그건 나는 더 못 해. 화가 머리끝까지 오르면 주먹이 먼저지. 이런 나보다 훨씬 현명한 너희 엄마는 요즘 출판사에 출근한다면서?"

"우리 어머니는 며칠 나가시더니 아예 출판사를 차리시겠다고 요즘 외할머니를 설득하시느라 정신이 하나도 없어요."

"완이 너희 엄마가 조만간 출판사 사장님이 되겠구나. 역시 우리 언니는 대단해!"

오 간호사가 너스레를 떨자 차를 다 마신 수덕이 자리에서 일어났다.

"민수는 아닌 것 같군! 차 잘 마셨네. 바쁜 오 부장을 너무 오래 붙잡고 있을 수는 없지. 완이야 그만 가자!"

"민수가 아니라니 무슨 말이에요?"

수덕의 뜬금없는 말에 오 간호사가 눈을 동그랗게 뜨고 묻자 수덕이 나직이 말을 했다.

"나하고 작업을 함께할 조수를 구하는 중이었어."

"조수라뇨?"

"민수는 아직 내 조수로는 안 될 것 같지?"

"천재님이 어떤 조수를 구하는지 몰라도 우리 민수는 태권도 선수가 되려고 체육 특기생을 꿈꾸는 애라 그런 머리 쓰는 연구에는 택도 없죠."

오 간호사는 연신 머리를 흔들며 천재의 엉뚱한 발상이 좀 의심스럽다는 투로 완이를 바라볼 때 문이 열리고, 민수가 허겁지겁 들어와 수덕을 보고 우선 꾸벅 인사하고 나서 모두 자리에서 일어선 것을 보고 무슨 일이냐는 듯 어머니 오 간호사에게 눈빛을 보냈다.

"천재 아저씨가 연구소에서 함께 일할 조수를 구하신다는데 네가 너무 늦게 오는 바람에 불합격 딱지를 엄마가 대신 받고 말았단다."

"에이! 농담하시는 거죠? 머리 좋은 완이 형도 있는데 하필 나 같은 어린애를 뭣 하려고 쓰시겠어요."

자기 생각과 똑같은 민수의 말에 오 간호사는 고갤 끄덕이면서도 좀 의아하다는 표정을 지으며 수덕에게 다시 한번 확인을 했다.

"잔심부름이나 시킬 거면 우리 민수도 괜찮지 않나요?"

수덕은 고개를 가로저으며 민수를 향해 은근한 어조로 질문을 던졌다.

"혹시 네 주위에 유별나게 머리 좋은 친구를 본 적은 없어?"

민수는 한참을 머뭇거리다가 생각이 난 듯 눈을 반짝이며 말을 했다.

"2학년 때 우리 반에 한 녀석이 있었는데, 학교를 그만뒀어요."

민수의 말에 완이가 어이없다는 표정으로 입을 열었다.

"머리 좋은 아이가 왜 학교를 그만둬?"

"그 녀석이 줄곧 전교 수석을 맡아 놓고 하다가, 어느 날 갑자기 사고를 당한 후로 바보가 돼 버려서 충격받은 걔네 부모가 정신 병원에 강제로 입원시켰다고 하더라고요."

민수가 바로 수덕이 만나야 하는 은호의 이야기를 하는 것을 알 리 없는 모두는 맥 빠진 표정으로 헛웃음을 지었다.

병원 밖까지 수덕을 따라 나온 오 간호사가 은근한 표정으로 말을 건넸다.

"지난번에도 말했지만, 눈이 그렇게 불편해서 되겠어요? 더구나 연구소에 들어가 일하려면 이만저만 힘든 게 아닐 텐데, 오신 김에 안과에 한 번 들렀다 가지 그러세요."

"내 눈은 내가 잘 알지! 고쳐서 쓸 수 있는 한계가 지났다는 것을 알아서 지금 나는 내 눈이 되어 줄 그런 조수를 찾는 중이라네."

"그런데 민수 말처럼 머리 좋은 아들, 완이는 놔두고 그런 힘든 조수가 하필이면 중3짜리 어린애여야 하는 거죠?"

"우리 완이는 머리는 좋아도 그쪽 머리가 되려면 한참 멀었거든."

수덕이 즉답은 피하고 둘러대는 말에 오 간호사는 물론 완이도 전혀 영문을 모르겠다는 얼굴이었다.

수덕이 말하는 중3짜리 조수는 그 또래를 일부러 찾는 것이 아니라, 이미 온 우주 신과 소통이 되어 정해져 있는 아이가 중3 소년이란 걸 알 리 없는 그들로서는 도무지 이해할 수 없었다.

인연 사냥꾼

바로 그 시각에 은호는 과외 선생 찬우의 이사를 돕고 있었다.

프랑스에서 은영과 함께 귀국해 학교 부근에 새로 살림을 차린 임현도 교수의 단독 주택에 사촌 형이 되는 현도 부친 임 교감의 간곡한 권유에도 별로 내켜 하지 않는 찬우를 어머니까지 동원해 간신히 설득해서 거처를 옮기게 돼 대구에서 올라온 한남희 여사가 많지 않은 이삿짐을 챙기고 있었다.

"방세 부담도 덜고 학교까지 거리가 가까워져서 좋긴 한데, 나이 많은 교수님 조카 내외를 매일 대해야 한다는 것이 제게 부담이란 말이죠?"

자취방에서 들고 내려온 이삿짐 보퉁이를 작은 용달 트럭에 실으면서 투덜대는 아들을 곱지 않은 시선으로 바라보는 한 여사가 나지막하게 속삭였다.

"나도 쉽지 않은 결정이었다는 거 너도 알고 있지?"

"그거야 알고 있죠."

"나보다 나이 많은 조카뻘인 임 교수 부친이 대구까지 내려와 애걸하다시피 매달려서 어쩔 수 없이 그러마, 하고 올라온 거야."

"나한테 사촌 형인 임 교감을 보면 북에 계신 아버지에 대한 마음이 나보다 간절해서 집착에 가까울 정도인 걸로 보였어요."

"해방 전 한창 어려운 시기에 고아나 다름없는 조카를 정이 많은 너희 아버지가 애지중지 하나에서 열까지 거뒀다고 들었다. 그리고 그분 생각은 지금까지 몰라서 떨어져 있었던 사촌끼리의 정을 돈독하게 엮어 주고 싶다고 하더라! 가까운 혈족이라곤 남쪽에 단 하나, 너밖에 없잖니."

"그래도 전 제 나이 두 배나 되는 조카를 대하기가 어쩐지 어색해요."

"하기는 옛날부터 나이 많은 아랫사람이 더 어렵다고 했어. 그래서 조카님! 하고 꼭 밑에 님 자를 붙여서 불렀단다."

두 모자의 대화를 심드렁한 표정으로 듣고 있던 은호가 한마디 했다.

"형은 조카님 말고 교수님 하고 부르면 끝나는 것 아닌가?"

"아이고! 우리 아기 말이 명답이고만."

한 여사가 활짝 미소 지으며 어깨를 토닥이자 은호가 오가는 주위 사람들을 의식하고 질색을 했다.

"어머니! 저도 나이가 열다섯인데 아기라 하시면 사람들이 흉봐요."

"그래도 우리 스무 살 찬우에다 비교하면 한참 아기지."

"그렇긴 한데, 형도 어떤 면으로는 나보다 모르는 게 많아요."

은호의 뜬금없는 말에 찬우나 한 여사, 둘 다 화들짝 놀란 얼굴이 되었다.

"야! 내가 뭘?"

"형은 어머니가 말해 주지 않는다고 아버지가 살아 계신 것도 몰랐잖아!"

찬우는 또 한 번 어이없는 얼굴이 되고 한 여사는 잔뜩 호기심 어린 눈으로 은호를 바라보며 물었다.

"그렇지 않아도 언제 한번 물어보려던 참이었는데, 도대체 어린 네가 어떻게 그런 것까지 안 거야? 누구한테 무어라도 받기라도 한 거니?"

"받다뇨?"

"왜 무속인들이 받는 신내림 같은 것 있잖아?"

한 여사의 말에 은호는 오히려 의외라는 듯 머리를 가로저었다.

"그런 것은 생각도 못 해 봤고요. 형한테 미리 얘기했지만 내 몸속의 기가 유별나서 관심 속에 들어온 것을 파고들다 보면 모든 것이 다 보여요."

"별일이 다 있군."

한 여사는 머리를 갸웃했다.

얘기가 길어지자, 짐을 모두 챙긴 용달차 기사가 재촉하는 바람에 찬우는 은호에게 집에 가 있으면 다시 데리러 오겠다고 당부하고 새로운 거주지를 향해서 출발했다.

은호는 찬우 형을 보내고 나서 이삿짐 보퉁이를 들고 오느라, 자취방에 자기 소지품을 그냥 두고 온 것이 생각나서 맥없이 털레털레 언덕길을 반쯤 올라갔을 때, 갑자기 아래 도로 쪽에서 급한 자동차 경적과 함께 급브레이크 밟는 제동 소리가 요란하게 울려 왔다.

화들짝 놀라 뒤돌아서서 내려다보니 도로 한복판에 시커먼 행색의 나이 많은 사람이 쓰러져 뒹굴고 있는 모습이 눈에 선명하게 들어왔다.

어느 순간 쓰러졌던 사람이 버르적거리며 일어나 도로를 황급히 건너 은호가 있는 언덕으로 뛰어오르고, 차에서도 정장 차림의 남자가 급하게 뛰어나와 소리를 지르면서 뒤따라오는 것이 확실하게 눈에 들어왔다.

쓰러졌던 사람이 얼마 올라오지 못하고 비척거리며 주저앉는 바람에 뒤따라온 사람에게 잡혀서 뭐라고 옥신각신하는 것이 보였다.

은호가 호기심에 두어 걸음 내려가자, 붙잡힌 사람이 목을 쳐들고 숨을 헐떡이며 뭐라고 은호를 향해 소리를 질러 몇 발짝 더 내려가다가 그만 기겁해서 그 자리에 주저앉고 말았다.

초라한 행색에 길게 자란 허연 머리카락을 뒤로 질끈 묶어 맨, 오대산에서 할머니로 보였던 모습 그대로, 턱에 뚜렷한 시커먼 무사마귀가 있는 바로 그 짐짝 할아버지가 아닌가!

고통 때문인지 여전히 말을 못 하고 은호를 향해 손짓만 계속해서 부리나케 구르듯 달려가 반가움에 짐짝 할아버지를 부둥켜안고 울음을 터트리자 쫓아온 운전자는 무슨 상황인지 몰라 어리둥절한 얼굴로 은호에게 물었다.

"이 할아버지, 학생이 아는 분인가?"

은호는 대답 대신 고개만 끄덕였다.

"할아버지가 여길 웬일이세요?"

울먹이며 묻는 은호의 말에는 즉답을 피하면서 짐짝 영감은 그래도 안심이 되는 듯 엷은 미소를 띠면서 엉뚱한 말을 나직이 속삭였다.

"이놈의 새끼 고라니를 놓칠까 봐서 정신없이 뛰다가 이 꼴이 안 됐나."

그 사이 도로에서는 세워 둔 사고 차량 뒤로 차들이 밀리자, 근방에 있는 파출소에서 순경이 뛰어나와 호각을 불며 도로 정리를 하느라 분주하고 반대편 도로에 누가 신고를 했는지 어느새 구급차가 경고음을 요란하게 울리며 달려오고 있었다.

은호와 함께 구급대원이 구급차에 짐짝 영감을 태우는 것을 지켜보던 운전자가 자신은 대학병원 의사라는 자기소개와 함께 명함을 건네면서 차를 돌려 대학병원으로 와 달라고 신신당부하고, 먼저 출발해 떠났다.

은호는 구급차에 올라 누워 있는 짐짝 영감의 손을 꼭 잡은 채, 지난겨울 날에 자신도 알 수 없는 무아지경 속에 낭떠러지를 굴러 계곡에 처박혀서 혼자 감당키 어려운 절망적인 상황에 빠져 있을 때, 운명처럼 나타나 꺼져 가던 자기 생명의 불을 지펴 준 은인을 다시 만났다는 감격에 짐짝 영감의 가슴에 얼굴을 묻고 소리 없이 오열하고 있었다.

"이 철딱서니 없는 고라니가 그동안 재미있는 일이 하나도 없었나! 멍텅구리처럼 울기는 왜 울어?"

"원래 내가 먼저 찾아간다 해 놓고, 이렇게 할아버지가 힘들게 찾아오시다가 사고까지 당하셔서 정말 미안해요! 흑흑."

"철딱서니는 없어도 알 것은 아는구나?"

"그런데 어떻게 저를 금방 찾으셨어요?"

"네가 천리만리 밖에 있어 봐라! 귀여운 내 고라니는 금세 찾아내고 말 거니까, 감히 어디로 도망갈 꿈은 아예 꾸지도 말란 말이다."

"저세상에 도로 데려간다고 겁주면서 사람들한테 할아버지 얘기를 하지 말라고 해서 엄마한테도 말하지 못했는데, 이제 어떻게 해요?"

"나 스스로 세상 밖으로 나와서 여기까지 달려올 수밖에 없는 판국이니 이젠 아무 상관없다."

"나를 살려 준 분이 할아버지라고 해도 된단 말이에요?"

"오냐! 하긴 그때 너를 살린 것은 내가 아니고 그분이지."

그들이 이 얘기, 저 얘기하고 있는 사이 구급차는 원남동 사거리를 돌아 병원 응급실 앞에 도착해 먼저 와 있던 병원 의사가 직접 나서서 진두지휘해 환자를 맞이하고 있었다.

들것 수레에 실려 응급실에 들어가기 전에 짐짝 영감은 매달려 있는 은호를 노려보면서 나지막하게 맨 처음에 물어봤던 웬일로 찾으셨느냐는 물음에 답을 하는 것이었다.

"이렇게 세월이 가는데도 네놈이 꿈적도 하지 않으니, 내가 할 수 없이 벌써 잡았어야 하는 어미 고라니와의 인연에 덫을 놓아 주려고 이 멀리까지 올 수밖에 없었다."

짐짝 영감의 말에 어안이 벙벙한 은호가 대꾸할 사이도 없이 의사와 구급대원이 들것에서 침대 수레에 옮겨 응급실 안으로 급히 들어가 버렸다.

짐짝 영감의 말에 머리를 한 대 단단히 얻어맞은 것 같은 은호는 주위를 빙글빙글 돌다가 털썩 대기 의자에 주저앉고 말았다.

지금까지 생각을 전혀 하지 않은 것은 아니지만, 자기가 보조해야 하는 장애가 있다는 천재 과학자를 찾으려는 노력은 사실하지 못하고, 그날그날을 그냥 보낼 수밖에 없지 않았던가!

은호는 머리를 감싸 안고 쭈그리고 앉아 아무리 생각해도 강원도 산속에 사는 짐짝 할아버지가 자기를 정확히 찾아냈다는 것이 자기 머리로는 도대체 믿기지 않아 골똘해 있을 때, 누군가 어깨를 두드려 고개를 드니, 경찰인 듯한 아저씨가 말을 걸었다.

"학생이 사직단 앞에서 사고 난 환자의 보호자 되나?"

"그냥 아는 분인데, 왜 그러시죠?"

"몇 가지 물어볼 것이 있어서 그러는데, 환자분 성함이 어떻게 되지?"

경찰의 말에 은호는 눈만 말똥이 뜨고 아무 말도 못 하자, 의외라는 듯 다시 질문했다.

"그럼 어디 사시는지는 알겠네?"

"강원도 오대산에서 만났던 분인데, 지금은 어디 사시는지 몰라요."

경찰은 사고 신고가 있어서 왔지만, 신고자나 피해자 모두 응급실 안에 들어가 응급 시술 중이라고 해서 왔다 갔다 하다가 누군가 은호가 환자와 같이 왔다고 해 보호자인가 해서 물었지만, 영 신통치 않아서 벌떡 일어나 응급실 문을 열려는 순간, 마침 그때 문이 열리면서 시술을 마친 남자 물리치료사가 먼저 나왔다.

은호도 반사적으로 일어나 진찰실 안을 들여다보자, 누워 있는 짐짝 영감과 의사가 얘길 나누고 있는 바로 옆에 있는 간호 부장 오 간호사는 물리치료사가 먼저 나가면서 문이 열려서 무심코 바깥을 내다보다가 은호의 눈과 마주치는 찰나 반사적으로 후다닥 튀어나왔다.

오 간호사는 원래 응급실 환자를 본 적이 없는데, 평소 가깝게 지낸 병원 외과 과장이 피할 수 없는 불의의 교통사고를 낸 환자와 함께 들어왔다고 연락하는 바람에 쫓아 내려와 시술에 참여까지 하게 됐다.

오 간호사는 은호의 눈과 마주치는 순간 희한하게 수덕의 얼굴이 벼락 치듯 눈앞에 스쳐 자신도 모르게 은호가 있는 밖으로 나오고 만 것이다.

경찰이 응급실 안으로 들어가는 것을 보고, 은호도 따라 들어가려 하자, 오 간호사가 문 앞에서 바로 막아섰다.

"응급실은 아무나 함부로 들어가면 안 돼! 학생은 지금 몇 살이지?"

"왜! 내가 어려서 못 들어가는 거예요?"

"그게 아니라, 규정상 환자가 아니면 응급실 출입은 안 된다는 말이지. 아주 어려 보이는데, 올해 중3인가?"

"아뇨! 학교 같은 거 안 다니는데요."

은호가 시무룩해져 고개를 숙이며 발로 바닥을 차고 있는 모습을 오 간호사는 물끄러미 바라보며 언뜻 짚이는 것이 있어 대뜸 물어봤다.

"그럼 전에 미동 중학교에 다니지 않았어?"

오 간호사의 물음에 이번에는 은호가 깜짝 놀란 눈으로 바라봤다.

"어떻게 아셨죠? 올해 3학년 올라가면서 그만둬 버렸는데요."

"우리 아들이 바로 2학년 때 같은 반이었던 김민수야!"

"아! 태권 보이, 김민수요?"

아무 생각 없이 소리를 버럭 지르는 은호를 바라보면서 아들 민수가 말했던 유별나게 머리가 좋았던 녀석이란 걸 확인한 오 간호사는 가슴이 심하게 두근거리는 것을 다독이며, 바쁜 걸음으로 자기 사무실로 돌아갔다.

외과 과장이 짐짝 영감을 입원실로 이동시키려고 온 간호사에게 뭔가를 귓속말로 지시하고 나서 다시 은호를 손짓해 불렀다.

"넓적다리 부근을 차에 심하게 받히는 바람에 움직이기가 힘든 영감님이 당분간 학생이 도와줬으면 좋겠다고 하시던데, 아직 어린 학생이 보호자 노릇을 어떻게 잘할 수 있겠어?"

은호는 입을 꽉 다문 채 고개를 끄덕이며 입원실로 올라가는 짐짝 영감이 누워 있는 침대 수레를 따라갔다.

입원실은 이 병원 외과 과장이자 사고 당사자의 배려로 꽤 넓은 맨 꼭대기 층 독방을 배정받아 있었다.

간호사가 실내 정돈을 하느라 분주히 움직이는 사이 오 간호사가 주사제와 약품들을 들고 올라와 은호 곁으로 오면서 걱정스러운 투로 말을 했다.

"할아버지가 거동이라도 제대로 하려면 일주일은 걸릴 텐데, 집에 미리 연락하지 않아도 되겠어?"

"저는 원래 집을 나와 있어서 그럴 필요 없어요."

"아니, 가출했단 말인 거니?"

"그게 아니고, 가정교사 집에 머물면서 복학 준비를 하고 있었거든요."

"그래도 집에 연락은 해야 하지 않겠어?"

"괜찮아요!"

은호의 태연하게 말하고 짐짝 영감 곁으로 가는 것을 바라보는 오 간호사는 고개를 주억이면서 '뭔가 예사롭지 않은 아이구나!' 하는 표정을 감추지 못하고 병실을 나가 버렸다.

짐짝 영감은 병실에 올라온 후 부산스러운 가운데에도 잠이 든 건지 눈을 내리감은 채 꼼짝하지 않고 있을 때, 잠시 후 문이 열리며 교통사고를 조사하는 경찰이 들어와 조심스럽게 짐짝 영감을 흔들어 깨웠다.

"영감님! 그냥 무조건 아무것도 없다고 하시면 어떻게 합니까?"

짐짝 영감은 경찰의 물음에 귀찮다는 듯 번 눈을 뜨고 힐끔, 바라보고는 고개를 돌려 버렸다.

"사시는 곳이 없으면 이름이라도 말씀하셔야죠?"

"지금까지 내 이름 불러 주는 작자가 없어서 나도 내 이름 잊어 버렸어."

경찰의 성화에 얼굴을 돌린 그대로 푸념처럼 내뱉었다.

"어떻게 자기 이름을 잊을 수가 있어요? 그렇게 억지 부리지 말 고 말씀해 주세요."

"순사 나리도 답답하오! 이름이 있으면 왜 말을 않겠나. 지어준 사람도, 불러 주는 사람도 없는 그깟 이름이 무슨 대수라고. 정 이름이 필요하면 아까 말한 대로 개똥이라고 해 둬!"

경찰은 어이없는 표정으로 짐짝 영감을 노려보다가 옆에서 걱 정스러운 표정으로 지켜보는 은호에게 질문을 던졌다.

"학생은 이 할아버지를 오대산에서 만났다고 했지?"

"그런데요."

"오대산 어디서 만난 거야?"

"제 기억엔 굴속 같았는데, 확실히 모르겠어요."

"아니! 너도 또 몰라?"

짜증스러워진 경찰이 고함치듯 소리쳐서 은호가 움찔하고 물러 서자, 짐짝 영감이 돌아누우며 대신 해명을 했다.

"그놈은 당시 이틀이나 눈 속에 파묻혀 있어서 꽁꽁 언 동태가 된 것을 내가 거뒀을 때, 의식이 오락가락해서 아무것도 모를 거야."

짐짝 영감의 말에 경찰은 잠시 뭔가 생각하는 듯하더니, 금방 놀란 표정이 되어 은호를 다시 돌아봤다.

"지난겨울, 방송에서 크게 보도했던 보이스카우트 설악산 조난 사고 당사자가 바로 너야?"

은호는 계면쩍은 웃음을 짓고, 짐짝 영감은 나지막하게 말을 했다.

"순사 나리, 아까도 말했지만, 그 의사 양반은 아무 잘못이 없어! 오르지 내 불찰로 난 사단인데, 나도 여기서 하룻밤만 자고, 내일이면 번잡한 여길 떠날 거요. 없는 이름 대라고 너무 그러지 마쇼."

짐짝 영감의 말에 경찰은 어이없는 표정이고, 은호도 놀라 걱정스러운 얼굴이 되어 바라보며 말했다.

"간호사 아줌마가 할아버지는 일주일은 여기 있어야 한다고 했는데요?"

"필요 없다! 하도 귀가 시끄러워서 지금이라도 떠나고 싶어도 덫에 걸린 어미 고라니가 아직도 코빼기를 디밀지 않아 이러고 있는 거야."

짐짝 영감의 의외의 말에 경찰이 머릴 갸웃하며 물었다.

"덫에 걸린 어미 고라니라니요?"

"그런 것이 있지만, 순사 나리는 알 것 없소!"

짐짝 영감이 눈을 크게 뜨고 쏘아보자, 경찰은 기가 죽었는지 얼떨결에 눈길을 피하고 머뭇거리다 슬며시 밖으로 나갔다.

간호 부장실에 있는 오 간호사는 전화통을 붙잡고 안절부절못하고 있었다.

낮에 왔었던 천재 씨 부자가 웬일인지 저녁이 다 돼서도 명동집에 도착하지 않고 있어, 전화를 받는 인수도 걱정이 이만저만이 아니라고 했다.

지속해서 전해 오던 텔레파시라는 영적 체험이 이럴 때 유용할 텐데, 이상하게 수덕이 서울로 올라오고부터는 그 효험이 사라져 버렸다.

　오 간호사가 가만히 생각해 보니, 완이가 조심스럽게 운전하는 차가 나가고, 얼마 안 돼서 외과 과장의 연락을 받은 셈이니, 억지로라도 천재를 안과로 끌고 가 검사라도 받게 할 걸 그랬나 하는 생각이 들기도 했다.

　은호네 집에서도 난리가 난 것은 마찬가지다.

　찬우가 이삿짐을 대강 정리하고 은호를 데리러 와 보니, 집에는 오지 않았다고 해서 혹시 자취방에 그대로 있나 하고 올라가 봐도 소지품만 고스란히 그대로 있을 뿐, 은호는 어디에도 보이지 않았다.

　불길한 예감에 산동네 여기저기를 돌아다녀 보지만, 병실의 짐짝 영감 곁에 껌딱지처럼 붙어 있는 은호가 보일 리가 없었다.

　찬우가 은호의 책과 노트, 그리고 몇 가지 작은 소지품들을 챙겨서 난감한 표정으로 혼자서 돌아오는 것을 지켜본 은호 엄마, 주 여사는 얼굴이 하얗게 변했다.

　"은호가 어제 와서 형이 이사하게 됐다고 하길래, 나는 당연히 이사한 집에 함께 가 있으려니 하고 있었는데 도대체 이게 무슨 일이야!"

　"그렇지 않아도 은호를 데리고 가려고 했었죠. 그런데 이삿짐이 얼마 안 돼서 작은 용달차를 불렀더니, 은호가 탈 자리가 없길래 집에 가 있으면 내가 데리러 올 거라고 신신당부를 했었는데, 그사이 어딜 간 거죠?"

　찬우가 난처한 표정을 감추지 못하고 있을 때 구석에서 묵묵히 듣고만 있던 가정부 아주머니가 조심스럽게 입을 열었다.

"낮에 뭣 좀 사려고 나갔더니, 저 앞 큰 도로에 차들이 막혀서 난리 치길래 무슨 일이냐니까 교통사고가 나서 그렇다고 하더라고요. 혹시……!"

"아니, 뭐요?"

가정부 아주머니의 말이 채 끝나기 전에 성질 급한 주 여사의 벼락 치는 목소리가 터지면서 정신없이 밖으로 튀어 나가자, 찬우도 얼떨결에 일어나 따라 나가면서 물었다.

"어디로 가시게요?"

"교통사고가 났다면 파출소라도 가 봐야지 않겠어?"

둘이 정신없이 뛰다시피 걸어 사직단 옆 파출소에 들어가니, 낮에 정신없이 교통정리를 하던 젊은 경찰이 한가로이 앉아 있다가 벌떡 일어나 허겁지겁 들어간 그들을 맞았다.

"무슨 일로 오셨죠?"

공손하게 묻는 경찰의 물음에 주 여사는 아직도 숨을 고르지 못해 찬우가 먼저 입을 열었다.

"낮에 요 앞 도로에서 교통사고가 났었다고 해서 왔는데요?"

찬우가 거기까지 말했을 때 웬만큼 진정이 된 주 여사가 말을 끊고 단도직입적으로 말을 했다.

"우리 집 아이가 이 시간까지 집에 들어오질 않아서 혹시 사고를 당하지 않았나 해서 왔는데……."

주 여사의 물음에 경찰은 환하게 웃으며 고개를 가로저었다.

"교통사고를 당하신 분은 나이가 엄청 많은 노인이었습니다. 만일 자제분이 사고를 당했다면 집에 벌써 연락이 갔겠죠."

경찰의 말에 찬우나 주 여사 모두 한시름 놓으면서도 또 다른 걱정에 잔뜩 긴장했던 마음을 풀지 못하고, 멋쩍게 수고하라는 인사를 하고 파출소를 나올 수밖에 없었다.

"은호가 갈 만한 곳이 어디 있을까요?"

찬우가 초주검이 된 주 여사를 안타깝게 바라보며 물었지만, 고개만 좌우로 흔들 뿐 말없이 터덜터덜 걷기만 했다.

주 여사의 생각에 은호란 녀석은 별스러워서 동네는 물론이고 학교나 그 어느 곳에서도 어울리는 친구조차 없고, 잘 들르는 곳도 없으니, 어디 찾아가 볼 만한 마땅한 곳이 없었다.

"혹시, 자취방에 와 있을지도 모르니, 제가 다시 한번 가 볼까요?"

아무리 생각해도 뾰족한 방법이 떠오르지 않아서 마지막으로 하는 찬우의 제안에 주 여사는 실없이 웃으며 고개를 저었다.

"다 떠난 빈방에 뭣 하려고 거기 있겠어."

한참을 맥없이 걸어 건널목에 당도했을 때 건너편 버스 정류장에 바로 도착한 버스에서 내린 자취방 주인아주머니가 찬우를 알아보고 손을 흔드는 것이 보였다.

마침 신호가 바뀌어 건너가려 하자, 건너오지 말고 그냥 기다리라는 손짓을 해 멈칫하고 서 있으니, 뛰어서 건너와서는 찬우를 보고 뜻밖에 말을 했다.

"지금 꼬마 학생 찾으러 나온 거 아냐?"

찬우와 주 여사, 모두 놀란 눈으로 고개를 끄덕였다.

"내가 직접 본 것은 아니고, 저기 순덕이네 가게 아줌마가 낮에 봤다고 하던데, 무슨 일이 있었길래 은호 학생이 교통사고 난 영감을 태운 앰블런스에 함께 타고 간 거야?"

"뭐라고요. 앰블런스요?"

주 여사가 기겁하듯 외마디 고함을 지르자 주인아주머니가 오히려 놀라 눈이 휘둥그레지며 가게 쪽을 가리켰다.

"자세한 건 나도 모르니까 저 가게 가서 물어보세요."

말을 듣자마자 주 여사가 단걸음에 가게로 뛰어 들어가자, 주인아주머니는 뒤따라가는 찬우를 보면서 어이없다는 표정으로 고개를 설레설레 흔들었다.

그 시각, 완이는 김포공항 국제선 청사 로비에 있는 공중전화 박스에서 전화를 끊고 급히 대기석에 앉아 있는 수덕에게 달려가자, 함께 얘기를 나누고 있던 현도가 다가온 완이의 표정이 예사롭지 않음을 감지했다.

"아버지! 대학병원에 빨리 가 봐야겠는데요."

"낮에 둘이서 갔다 왔다면서 무슨 일이 또 있는 거야?"

수덕은 오히려 잠잠한데 현도가 민감하게 물어봤다.

"민수 엄마가 인수 삼촌 가게에 전화를 수도 없이 했다는데요."

"무슨 일로 연락했는지는 안 물어봤어?"

수덕의 물음에 완이는 난감한 표정이었다가 두말없이 다시 공중전화 박스로 달려갔다.

"금방 방송에서 미셸이 탄 에어프랑스가 30분 더 연착됐다고 했지?"

수덕의 말에 현도는 시계를 들여다보며 조심스럽게 말했다.

"아무래도 한 시간은 족히 더 기다려야 할 것 같네. 병원에 급한 일이 있다고 하면 먼저 가 보도록 하지. 미셸은 내일 봐도 되잖아."

"오 간호사한테 무슨 일이 있길래 나를 찾고 있는지 모르겠군."

완이가 또다시 삼촌과 통화를 마치고 급히 달려왔다.

"민수 엄마는 아버지께서 빨리 병원에 와서 확인해 볼 일이 생겼다는 말만 했다고 하던데요."

"무슨 확인?"

현도는 잔뜩 의아한 표정으로 묻는데, 수덕은 오히려 잠잠하게 자리에서 일어나, 미셸이 도착하면 내일 종로 음악 감상실에서 만나기로 약속하고 완이를 따라 주차장으로 향했다.

아버지를 부축해 주차장으로 가는 완이가 조그만 목소리로 말했다.

"인수 삼촌이 초보 운전자에게 차를 맡기고 종일 속을 태웠다고 내일부터 키를 압수하겠대요. 삼촌이 화가 많이 난 것 같은데 어쩌죠?"

"오 간호사가 그렇게 전화를 해댔으니 인수는 속이 더 탔겠지."

"내일부터 차 없으면 아버지 연구소 출근을 어떻게 해요?"

"걱정하지 마라! 인수보고 직접 데려다 달라고 해도 되고, 또 네 삼촌은 네가 매달리면 꼼짝하지 못하잖나?"

"그렇긴 해도 삼촌한테도 이젠 막무가내 억지는 안 통해요."

완이가 운전하는 차가 성산대교를 건널 무렵, 대학병원 원무과에서 주 여사가 발을 동동 구르고 있었다.

병원 기록, 어느 곳에도 환자가 아닌 은호의 이름이 있을 리 없으니, 구급차에 올라타는 것을 보았다는 목격자는 있을망정 병원에 도착해서 어디에 있는지는 도대체 알아볼 수가 없었다.

더구나 병실 면회도 끝난 상태라면서 원무과 직원들은 내일 와서 알아보라고 했다.

"사직동에서 난 교통사고 현장에서 구급차에 환자와 같이 이 병원에 왔다고 하는데, 알아볼 방법이 없을까요?"

찬우의 말에 여직원은 난감한 표정으로 오늘 입원한 환자 명단을 꼼꼼히 들춰 보지만, 은호의 이름이 기재되어 있을 리가 없었다.

"교통사고로 들어온 환자가 오늘만 여러 건인데다 더구나 환자가 아닌 동행자는 체크되어 있지 않아 죄송하지만, 우리도 알 수가 없습니다."

"우리 애가 분명히 병원 어딘가에 있을 것 같은데, 이를 어쩌면 좋아!"

주 여사는 직원의 말에 고개를 끄덕이면서도 쉽게 수긍이 되지 않는 상황에 머릿속이 복잡하게 뒤엉켜 얼굴을 감싸고 그냥 주저앉아 버리자, 이를 안타깝게 지켜보던, 싹싹해 보이는 남자 직원이 다가서며 말을 했다.

"아드님이 지금이라도 집에 왔을지도 모르잖아요."

"금방 연락해 봤는데 집에 안 왔답니다. 여기 어딘가에 분명히 있을 거라니까요."

주 여사가 울부짖듯 내뱉었다.

"구급차로 들어왔다면 응급실 직원들이 혹시 알고 있을지 모르니 여기서 시간 보내지 말고 그쪽에 한번 알아보시죠."

"그렇지 않아도 조금 전에 내려가 봤는데, 문이 굳게 잠겨 있어서 물어보지 못하고 그냥 왔습니다."

찬우의 말에 남자 직원은 머리를 갸웃하다가 이내 고개를 끄덕였다.

"응급실은 상황이 있을 때나 없을 때나 늘 닫혀 있습니다. 옆에 비상벨이 있는 걸 못 보셨군요. 제가 연락해 놓을 테니 내려가 보세요!"

친절한 남자 직원의 말에 주 여사가 일어나 다시 응급실 쪽으로 내려가고 있을 때, 지하 주차장에 완이가 운전하는 승용차가 들어오고, 한참 동안 내려와 기다리고 있던 오 간호사가 다급하게 다가가 불편하게 차에서 내리는 수덕을 부축하면서 불평을 늘어놓았다.

"오늘처럼 긴 하루는 없었던 것 같아! 왜 그렇게 연락이 안 된 거죠?"

"여기서 학교로 임 교수를 보러 갔더니, 내 보물을 훔쳐 달아난 도둑이 제 발로 오늘 돌아온다고 해서 나도 정신없었어!"

"그 프랑스인 강사가 뭣 하러 한국에 다시 들어온다는 거죠?"

완이가 조심스럽게 주차하는 것을 지켜보면서 오 간호사가 묻는 말에 수덕은 건성으로 고개만 끄덕이며 궁금한 걸 물었다.

"도대체 내가 확인해야 하는 게 무엇이길래 민수 엄마가 그렇게 노심초사한 얼굴이야?"

"하여튼 아주 맹랑한 녀석을 하나 잡아 놨으니 올라가 확인해 보세요."

완이가 힘들게 주차 시키고 차에서 내리자, 오 간호사는 두 부자를 직원용 엘리베이터로 안내해 짐짝 영감이 입원 중인 병실로 곧바로 올라갔다.

병실 안에서는 저녁 식사를 마친 후에 회진하는 담당 의사와 조기 퇴원 문제로 한참을 옥신각신한 짐짝 영감이 잠을 청하는 듯 눈을 감고 있다가 갑자기 벌떡 일어나면서 눈을 크게 뜨고, 집에 연락하지 않은 것이 마음에 걸려 시무룩한 얼굴로 앉아 있는 은호를 향해 나직하게 소리쳤다.

"드디어 어미 고라니가 덫에 제대로 걸려서 지금 바로 올라오고 있구나!"

짐짝 영감의 말이 끝나기 무섭게 문이 열리면서 오 간호사가 먼저 들어오고 뒤따라서 완이의 부축을 받고 들어오는 수덕의 모습이 보이자, 짐짝 영감이 함박웃음을 지었다.

"어미 고라니가 새끼 고라니를 제대로 찾아왔구려."

"고라니라니요?"

짐짝 영감의 의외의 말에 놀라 큰 소리로 되묻는 오 간호사와 함께 모두 하나같이 어안이 벙벙해 있는데, 은호가 심각한 표정으로 조심스럽게 일어나 수덕이 앞에 똑바로 서서 한참 동안 말 없이 뚫어지게 바라보다가 갑자기 수덕이 앞에 털썩 주저앉으면서 무릎을 꿇고, 고개를 숙였다.

"제가 먼저 주인님을 찾아갈 생각은 못 하고, 바보처럼 딴전만 피우고 있었어요. 용서하세요!"

수덕이 허리를 굽혀서 엎드려 있는 은호의 어깨를 잡고 낮은 목소리로 확인을 했다.

"그분이 네게 말해 준 사명을 제대로 듣고 숙지한 것이 확실한 거지?"

은호는 간절한 표정으로 수덕을 올려다보면서 고개를 끄덕이고, 먼저 찾지 못한 자신이 게을렀다고 연신 사과를 했다.

"너무 그러지 마라! 나도 너랑 같이 일할 자리를 마련하느라 정신이 없어서 너를 찾을 생각은 요 며칠 사이에 했을 만큼 나 역시 많이 부족했다. 그러니, 이젠 그만 일어나라!"

수덕이 힘들게 은호를 잡아 일으키자, 은호는 고개를 가로저으면서 어린애처럼 매달렸다.

"그러지 마세요! 주인님은 잘못이 하나도 없어요."

"너무 그러면 내가 할 말이 없지! 그런데 너를 어떻게 부르면 좋을까?"

"제 이름은 이은호라고 하지만, 그냥 부르고 싶으신 대로 불러도 괜찮아요. 이제부터 시키시는 일은 무엇이든지 열심히 하면서 항상 주인님 곁에 늘 지키고 있을 거니까, 붙어서 떨어지지 않는 껌딱지라 해도 좋아요!"

수덕과 은호가 나누는 대화를 듣는 완이나 오 간호사는 전혀 이해할 수 없어 충격에 빠져 멍한 상태로 바라보기만 하고, 짐짝 영감만은 그들의 얘기에 흡족한 얼굴로 입을 열었다.

"말하는 것이 제법 속이 꽉 찬 걸 보니, 그저 철딱서니 없는 새끼 고라니인 줄만 안 내가 부족했구먼!"

수덕에게 매달려 있던 은호가 발끈해서 짐짝 영감을 바라보면서 투덜댔다.

"할아버지! 오대산에서 고라니라고 부르지 않겠다고 했잖아요."

"알았다, 알았어! 그때도 말한 것처럼 네놈 때문에 놓친 그 귀여운 고라니가 자꾸 생각나서 그러지 않나."

"그때도 그 난리 통에 내가 진짜 고라니가 된 줄 알고 혼자 속으로 얼마나 겁을 먹었는데요?"

은호는 툴툴거리면서 힘들게 서 있는 수덕의 손을 잡아 인도해 침대 곁 소파에 앉히고, 오대산 눈구덩이 속에서 사경을 헤맬 때 만난 인연이라고 짐짝 영감을 소개하자, 짐짝 영감은 지그시 눈을 내리감고 입을 열었다.

"이 배운 것 없는 산짐승이 산에서 살아온 평생 중에 사람다운 일은 처음이었지! 내가 한 것은 두 사람이 앞으로 해야 할 일에 견준다면 먼지 터럭만도 못해!"

"저는 할아버지와 인연이 없었다면 거기서 그대로 죽어서 이 세상에서 없어졌을 거예요!"

은호가 달라붙어 매달리며 간절한 목소리로 말을 하자, 영감은 은호를 휙 밀치며 나지막이 내뱉었다.

"네 맘대로 죽어? 살고, 죽고 사는 건 하늘에 매인 거라서 사람 맘대로 되는 것이 아닌데 네가 죽느냐, 사느냐 촌각을 다투고 있는 그 시각에 네 주인 양반도 네 꼴을 흉내 내려다가 너처럼 그 혹한에 얼음물 속을 자맥질했던 걸 보면 두 사람 뭔가가 어느 면에서 소통하고 있었던 것은 아니었나! 이 또한 기이한 인연이 아닐 수 없지."

짐짝 영감의 말에 수덕은 지난겨울의 암울했던 기억이 떠오르고, '그때 상황을 도대체 어떻게 소상하게 알고 있는 것인가?' 하는 의구심에 '이 영감님이 예사 분이 아니구나!' 하는 생각이 들면서 심장이 공연히 두근거려 손끝까지 파르르- 떨렸다.

긴장한 아버지를 지켜본 완이가 다가가 앉아 손을 잡고 걱정스럽게 올려다볼 때, 문이 열리면서 담당 간호사가 들어와 조심스럽게 말했다.

"은호 학생 부모님이 일층 로비에서 몇 시간 전부터 기다리고 있는데요."

간호사의 말에 은호가 놀라서 벌떡 일어서자, 짐짝 영감이 솥뚜껑 같은 손으로 은호의 등을 두드렸다.

"너는 또 나랑은 여기까지니까 내 걱정은 하지 말고 어서 내려가 봐라!"

엄마가 와 있다는 말에 바로 나가려 하던 은호가 돌아서서 울먹인 얼굴이 되어 짐짝 영감을 바라보다 이내 달려와 품으로 기어들며 울음 섞인 목소리로 애원을 했다.

"제발, 바로 퇴원하겠다고 괜히 억지 부리지 마세요! 산에 들어가시면 언제 또 볼지 모르잖아요?"

"이놈아! 내가 보고 싶으면 네가 어디 있어도 찾아낸다고 하질 안 터냐? 공연히 쓸데없이 이 할애비 걱정일랑 말고, 이제부터 주인님 잘 모실 생각만 해! 집에 말도 없이 한나절 나한테 붙어 있었으니, 아마 네 어미 속이, 속이 아닐 거야. 어서 내려가 봐!"

짐짝 영감은 매달린 은호를 억지로 밀쳐 내 버려, 은호는 눈물을 훔치면서 내일 또 오겠다고 말하면서 꾸벅 인사를 하고 차마 떨어지지 않는 발길로 지켜보던 사람들과 함께 밖으로 나왔다.

엘리베이터가 도착해 먼저 올라탄 오 간호사가 자기 사무실이 있는 4층 버튼을 누른 걸 모르고 엘리베이터가 서자, 모두 내리고는 어리둥절해하자, 오 간호사가 자기 사무실로 끌고 들어가 은호에게 먼저 미심쩍은 듯한 얼굴로 물었다.

"은호 학생은 부모님이 바로 너희 주인님 눈 노릇을 한다는 것을 허락하시겠어? 내 생각엔 바로 이해하지 못하실 것 같은데."

오 간호사의 물음에 은호는 조금 생각을 하는 듯하더니, 수덕의 손을 잡으며 조심스럽게 물었다.

"주인님이 마련하셨다는 우리 일터가 어디예요?"

"홍릉에 있는 한국 국책 과학기술연구원인데, 왜?"

"와! HIST요? 거기면 문제없겠네요. 제 꿈이 거기 들어가는 거였어요. 엄마는 모르겠고, 아빠는 대환영이죠. 이제부터는 우리 주인님을 HIST 박사님으로 불러야겠네요. 오대산 할아버지가 주인님이라고 해야 한다고 했지만 어쩐지 어색했거든요."

"나는 아직 박사는 아니지."

수덕이 겸연쩍어하자, 은호가 심각한 표정으로 매달렸다.

"그래도 제발 오늘만이라도 박사님이 돼 주세요! 그래야 깐깐한 우리 엄마가 순순히 나를 놓아주실 거란 말이죠."

"아버지! 오늘만 못 이기는 척 허락하세요."

은호의 말에 완이도 이해한다는 투로 말하자. 수덕이 고개를 끄덕여서 모든 게 정리된 것으로 판단하고 아래층으로 내려가려던 오 간호사가 또 은호를 잡고 다시 확인했다.

"은호, 네가 진짜 껌딱지같이 붙어서 박사님의 눈이 될 수 있겠어?"

"눈요?"

"너희 주인님은 잘 볼 수 있는 눈이 될 친구를 구하는 거로 아는데!"

오 간호사의 말에 은호는 수덕의 얼굴을 뚫어지게 한참 동안 바라본 다음 머리를 갸웃하면서 입을 열었다.

"제가 보기에는 박사님 눈에 시신경은 양쪽 다 멀쩡하고, 한쪽 눈은 그런대로 희미하게 보고 계시잖아요?"

아무렇지 않게 말하는 은호를 보며 오 간호사는 버럭 소리를 질렀다.

"아냐! 화재 사고로 시력을 모두 잃으셨던 거란 말이다."

"아닌데요! 다시 정확히 검사해 보세요."

"정말이야! 네가 어떻게 장담하는 건데?"

이번에는 완이가 놀란 얼굴로 대들듯이 묻는 바람에 은호가 주춤하며 바라보자 수덕이 나직하게 입을 열었다.

"어느 정도 희미하게나마 보이는 것이 나는 시력이 아니고, 마음의 기로 본다고 지금까지 생각하고 있었는데. 착각이었나!"

수덕이 고개를 갸웃하며 은호를 찬찬히 바라봤고, 오 간호사도 잔뜩 궁금한 얼굴이 되어 다시 물어봤다.

"너희 박사님의 눈이 아주 실명한 게 아니란 걸 어떻게 알게 된 거야?"

"나는 그냥 보이는 대로 말했을 뿐이니까. 그렇게 믿을 수 없다면 당장 검사해 보시라구요."

은호가 퉁명스럽게 말하고 입을 다물 때, 방문이 열리며 아까 올라왔다 내려갔던 간호사가 들어와 주위를 살피며 물었다.

"노인 환자분하고 같이 내려오신 것이 아니었어요?"

"아닌데! 거동 불편한 노인네가 뭘 하려 여기를 왔겠어?"

오 간호사의 물음에 어린 간호사는 긴장한 모습으로 말을 이었다.

"은호 씨 가족분들이 왜들 안 내려오는 거냐고 재촉을 하는 통에 다시 올라가 보니 병실에 아무도 없고, 엘리베이터가 4층에 머물러 있길래 바로 여기로 와 본 거죠."

간호사의 말이 끝나기 무섭게 은호가 맨 먼저 뛰어나가 모두 따라서 짐짝 영감의 병실에 다시 올라가 봤지만, 병실 침대 위에 벗어 놓은 환자복만 고스란히 놓여 있을 뿐 짐짝 영감은 흔적 없이 사라지고 없었다.

은호가 정신없이 여기저기를 살펴보고 나서 맥 빠진 얼굴로 침대 가에 털썩, 주저앉아 머리를 감싸 안는 모습을 지켜본 오 간호사가 다가가 어깨를 잡고 흔들었다.

"영감님이 아직 몸이 불편해서 멀리는 가지 못했을 테니 그렇게 낙심만 말고 계단으로 한번 내려가 보도록 해!"

오 간호사의 말이 떨어지자마자 은호가 화들짝 놀란 얼굴이 되어 부리나케 뛰어나가고 완이도 뒤따라 나갔다.

수덕이 오 간호사와 함께 1층으로 내려가니, 은호 아버지 대경 씨까지 병원에 도착해 같이 있던 찬우가 먼저 수덕을 알아보고 다가왔다.

수덕이 대학에 수강하게 되면서 맨 처음 공교롭게 찬우의 옆자리에 앉게 되어 제일 먼저 인사를 주고받게 되었던 것이니, 이 또한 묘한 인연이 아닐 수 없었다.

"진 선배님이 병원에는 웬일이시죠?"

"나는 누굴 좀 만날 일이 있어서 왔는데, 찬우 자네는 무슨 일로 왔어?"

"저도 가정교사를 맡은 아이가 집에 아무 말도 없이 이 병원에 와 있다고 해서 지금 몇 시간째 기다리고 있었죠."

"그럼, 자네가 바로 은호의 가정교사란 말이군!"

그때 병원 밖까지 샅샅이 둘러보고도 짐짝 영감을 찾지 못해서 은호와 완이가 허탈한 얼굴로 들어서고 있어 주 여사가 어이없는 모습으로 바라봤다.

사실은 오 간호사도 간호사들과 경비원들을 총동원해 병원 구석구석을 뒤지고 있지만, 영감의 모습은 오리무중이었다.

"은호 너는 도대체 교통사고가 난 그 영감이 누구길래 구급차까지 같이 타고 와서 이 난리야?"

거의 탈진 상태로 은호 아버지 대경 씨에게 매달려 하소연하듯 말하자, 은호는 거의 울음 섞인 목소리로 말했다.

"오대산에서 만났던 그 인연 할아버지가 나를 찾아오다가 차에 받히셨던 거란 말야!"

"뭐라고?"

충격을 받은 주 여사의 기함할 듯 째지는 고함에 로비 안에 많은 사람의 시선이 쏠리자, 대경 씨는 당황한 나머지 사람들에게 허리를 굽혀 양해를 구하며 은호에게 조용히 말을 했다.

"그런데 왜 치료도 다 끝나지 않은 양반이 갑자기 없어진 거야?"

"아빠, 나도 그걸 알 수가 없단 말야! 저기 계신 HIST 진 박사님을 나한테 소개해 주시려고 멀리 오대산에서 여기까지 오셨다고 하고는 내가 엄마 보려고 내려오는 사이에 감쪽같이 사라지셨어."

은호는 멀찍이 서서 묵묵히 지켜보고 있는 수덕이 앞으로 자기 부모님을 모시고 와 정중히 소개했다.

다음 날 저녁 무렵 종로 음악 감상실에 수덕은 은호와 함께 나와 있었다.

잠시 후에 현도는 미셸이 머무는 호텔 커피숍에서 만나 같이 올라왔다.

미셸은 세월이 흐른 것을 고려해도 선글라스까지 써서 초췌해 보이는 너무 많이 변한 수덕의 모습에 안타까운 얼굴로 손을 잡았고, 나란히 앉아 있다가 일어나 인사하는 은호를 유심히 바라봐 수덕이 은호를 소개했다.

"불편한 나를 도와주고 있는 아입니다."

"첫눈에 봐도 아주 영특하게 생겼군요! 그런데 그동안 미스터 진이 마음고생이 많았나 봅니다."

미셸이 이렇게 운을 떼자, 수덕은 엷은 미소를 띠며 입을 열었다.

"저는 옛날보다는 아주 많이 좋아진 겁니다. 강사님을 다시 볼 수 없을 것으로 생각했었는데, 참 재주가 아주 좋으십니다!"

당시 한국에서 추방된 거로 알고 하는 수덕의 말에 미셸은 조금은 당황한 듯 얼굴이 붉어졌다.

"어제 입국해서 임 교수에게도 말했지만, 나는 그 당시 조사에서 혐의가 없는 거로 밝혀져서 내 임의로 출국했던 건데, 잘못 전해져서 오해들 하고 있었던 것 아닙니까?"

"사실 그 당시, 강사님이 아무런 말도 없이 훌쩍 떠나가시는 바람에 우리는 그렇게 생각할 수밖에 없었죠!"

수덕의 말에 미셸은 한동안 말없이 고개를 숙이고 있다가 여전히 붉어진 얼굴을 들고 입을 열었다.

"솔직하게 말하면 그때는 한국에 있는 것이 정말 싫었습니다. 미스터 진도 그때 조사를 받아서 알겠지만, 너무 고압적인 수사관들의 추궁에 잘못하면 없는 사실도 말할 뻔했을 정도였으니까 짐작이 될 겁니다!"

"나도 일주일간 생각하기 싫을 정도로 혹독한 심문을 받고 나왔었죠."

수덕이 고개를 절레절레 흔들자, 미셸이 수덕의 손을 잡으면서 이야기를 이어 갔다.

"내가 거의 2주 동안 고강도 조사를 받고 풀려나올 수 있었던 결정적인 계기는 미스터 진의 일관된 진술 덕분이었으니, 지금 생각해도 아슬아슬한 상황에서 정말 너무 고마웠죠!"

수덕은 미셸이 환하게 웃는 웃음소리를 들으면서 혼자 수없이 마음고생을 해야만 했던, 자기 머릿속에 감춰져 있다고 믿었던 신물질의 비밀이 새 나간 것에 관해서도 확인해 보기 위해 다시 말문을 열었다.

"강사님한테 묻고 싶은 것이 있는데, 솔직하게 말해 줄 수 있습니까?"

수덕의 좀 굳어진 얼굴을 바라보면서 미셸은 물론 현도까지 긴장된 얼굴이 되었고, 아무것도 모르는 은호만 주위 분위기에 그저 익아한 표정이었다.

"유럽 입자물리학연구소에서 발표했다는 신물질 원소에 대해서 알고 있는 것이 있습니까?"

수덕이 잔뜩 긴장하면서 묻는 물음에 미셸은 질문하는 의도를 알 수 없다는 듯한 특유의 제스처를 하며 음료수를 마셔서 지켜보고만 있던 현도가 정확하게 수덕이 제시한 신물질의 존재가 유럽 CERN에서 발표한 것에 대해 어떻게 생각하느냐고 통역하듯 말하자, 그제서야 함박웃음을 지었다.

"내가 한마디로 표현한다면, 지금 미스터 진이 알고 싶어서 나한테 묻는 것이 바로 20년 전에 그 수사관들이 나를 다그치면서 물어보던 그 내용하고 결과적으로 똑같습니다. 그래서 내가 거꾸로 묻겠습니다. 미스터 진이 나에게 그 신물질에 관한 것을 말한 적이 있습니까?"

미셸이 똑바로 바라보면서 다그치듯 물어오자, 수덕은 멈칫하면서 말했다.

"내 기억에 당연히 없었다는 그 점이 나를 더욱 괴롭게 했던 겁니다!"

"미스터 진은 말하지 않았고, 나는 듣지 못했으면 된 것이 아닙니까? 말하지 않은 것은 결코 들을 수는 없으니까 말입니다."

미셸의 말에 이번에는 현도가 미심쩍다는 표정으로 물었다.

"미셸 씨의 말은 마치 우리 친구가 자신이 말한 것을 기억하지 못하는 것처럼 들리기도 하는데요?"

현도의 말에 미셸은 팔을 내저으며 극구 부인을 했다.

"그런 뜻으로 말한 것이 절대로 아닙니다! 내가 만약 미스터 진에게 들었다면 이번에 한국에 결코 올 수 없었을 겁니다."

미셸이 아주 진지한 표정으로 단호하게 말하자, 수덕이 다시 물어봤다.

"그곳에서 그 신물질에 대해서 평가 절하되고 있다는 말은 사실입니까?"

"그런 것 같습니다. 신물질이란 것을 십여 년 전에 처음 발표한 당시에는 엄청난 발견이라고 야단들이었는데, 최근 다시 검증해서 유럽 과학 전문지에 올린 것을 보면 어떤 원소의 동위 원소라고 한 걸음 물러선 것을 볼 때, 내 생각엔 미스터 진이 직접 검증해 볼 필요가 있는 것 같습니다."

"동위 원소라는 말 자체가 내 미-션의 신물질과는 개념부터가 달라 전혀 다른 것이란 얘기가 되는 건데요?"

수덕이 제시했던 신물질은 자신이 발견한 암석에서 채취할 수 있는 질량이 엄청난 고유 원소인데, 동위 원소란 개념 자체가 자신의 신물질과는 거리가 멀어 아무래도 미심쩍다는 듯이 머리를 갸우뚱하자, 미셸이 바싹 다가앉으면서 새로운 제안을 했다.

"그렇다면 그 연구소에 있는 친구를 통해서 그들이 발표한 동위 원소에 관한 자세한 자료를 받아 전해 줄게요. 확실하게 점검을 해 보는 것이 미스터 진이 의문을 푸는 데 꼭 필요할 것 같네요!"

미셸의 CERN에 친구가 있다는 말에 현도가 짓궂은 표정이 되어 바라보며 입을 열었다.

"한국 속담에는 배나무 밑에서는 갓끈도 고쳐 매지 말란 말이 있는데, 강사님은 그 연구소에 친구가 있단 말을 아무렇지 않게 하십니까?"

현도의 말에 미셸은 조금은 당황한 듯 서둘러 손을 내저으면서

날을 했다.

"임 교수 말을 들으니 그런 오해가 있을 수도 있겠네요. 임 교수도 경험해서 알겠지만, 프랑스에는 사교 문화가 워낙 발달해서 모임을 통해 저 같은 마당발은 각양각색의 친구가 많아서 연구소 친구도 여럿 있지만, 그저 사교적인 관계일 뿐 그런 과학 정보를 전할 만큼 깊은 관계는 없습니다. 다시 설명하지만, 옛날 천재 씨와의 대화는 내가 원래 과학에는 문외한이어서 일반적인 과학 상식이었지 그런 신물질에 관한 내용은 결단코 없었습니다."

미셸의 장황한 설명에 수덕이 말없이 고개를 끄덕이는 것을 지켜보는 은호는 진지한 표정이 되면서 목소리를 낮추어 말했다.

"제가 보기에 거짓을 감출 분은 아닌 것 같네요."

현도가 감상실에 입장하는 사람들이 많아져 응접실이 비좁아지는 것을 느끼고, 자리를 옮기자고 해서 가까운 카페로 이동하면서 미셸은 수덕이 의족을 착용하고, 은호의 부축까지 받는 것을 직접 확인하고 만감이 교차하는 것을 스스로 느끼고 있었다.

수덕은 카페에 도착해 자리에 앉자마자 또 다른 궁금한 것을 미셸에게 물어봤다.

"근 20여 년간 잊고 있다가 서울에는 무슨 볼일이 있어 어려운 걸음을 하셨습니까?"

수덕의 물음에 미셸은 오히려 의외라는 듯 현도를 돌아봤다.

"임 교수가 아직 아무 말도 안 했군요?"

수덕은 머리를 가로젓고 현도는 그냥 미소만 띠고 있자 미셸이 특유의 짓궂은 표정을 지으면서 이야기를 했다.

"내가 오랜만에 한국에 온 것은 수년 동안 서울에서 알고 지냈

던 친구들을 만나 보는 것도 큰 목적이지만, 실질적인 비즈니스
는 임 교수의 숨겨 놓은 아들, 베트남 천재 바이올리니스트, 린의
간곡한 요청으로 서울 공연을 주선하기 위해 왔습니다."

미셸의 말이 끝나자 수덕이 화들짝 놀란 얼굴이 되어 어이없는
표정으로 노려봤다.

현도는 실없이 웃으면서도 곤혹스럽게 손사래를 치고 나서 장
황하게 옛날 파월 당시 사연을 길게 설명해야 했다.

다시 눈을 찾다

오 간호사는 수덕을 안내해 대학병원 안과 진료실에 들어서면서 함께 따라온 윤경에게 묻고 있었다.

"언니는 출판사를 계획하고 있다면서 진행은 잘되고 있나요?"

"소문도 빠르네! 누가 그래?"

오 간호사의 물음에 윤경은 시큰둥한 반응이었다.

"완이가 그러던데, 왜 쉽지 않은 모양이죠?"

"내가 출판사에 다닌다고 했더니 대학 친구가 충동질해서 알아봤는데, 혼자 시작하는 사업이란 것이 만만치 않아서 지금 관망 중이야! 민수 엄마도 병원에 다시 복귀한 걸 보면 의료기 사업이 쉽지 않았던 모양이지?"

윤경이 오 간호사를 건네보며 물었다.

"민수 아빠가 맨날 잔심부름이나 하는 것이 적성에 안 맞는다고 툴툴대서 도장으로 쫓아 버리고, 나 혼자 운영하려니 힘이 부쳐서 망설이는 상황에 때맞춰 병원에서 간호 부장 자리가 났다고 부르는 바람에 가게는 접고 말았죠. 그런데 이건 언니한테 비밀인데."

오 간호사가 생글생글 웃으면서 윤경을 바라봤다.

"뭘 또 속닥거렸길래 그러는 거야?"

윤경이 오 간호사와 남편을 번갈아 노려봤다.

"사실은 형부도 아직 모르는 거데, 그동안 형부가 전해 준 의료 보조기 아이디어를 모두 모아서 특허 신청도 하고, 제작 주문을 받고 있는데, 그게 재미가 제법 쏠쏠하다는 거죠!"

오 간호사의 말에 수덕도 처음 듣는 얘기인 듯 머리를 갸웃하고, 윤경이 대뜸 한마디 했다.

"완이 아빠 아이디어라면 특허권은 당연히 완이 아빠 몫이 아닌가?"

윤경의 말에 아무 생각 없이 듣기만 하던 수덕이 바로 반응을 했다.

"뭐 그냥 말 몇 마디 던져 준 걸 가지고 특허권은 무슨 특허권이야! 잘되면 민수 엄마가 밥이나 한번 사!"

수덕이 윤경에 대해 핀잔조로 말하자, 이번에는 오 간호사가 펄쩍 뛰었다.

"그건 아니죠! 공과 사는 분명해야 한다는 건 나도 언니 생각과 같아서 벌써 형부 앞으로 실용신안까지 신청해 놨고, 수익금도 공정하게 분배할 거니까 그건 걱정하지 마세요! 우선 오늘 진료 결과가 잘 나와야 할 텐데, 걱정이네요."

오 간호사가 조목조목 설명할 때 담당 의사가 들어와 수덕이 진료실로 들어가고, 함께 따라 들어간 오 간호사가 긴 시간이 지난 후에 먼저 나와 환한 미소를 지으며 대기실에서 멀뚱히 초조하게 기다리고 있는 윤경의 손을 덥석 잡았다.

"여태까지 우리 둘 다 바보들처럼 뭐 했는지 몰라! 그리고 그 껌딱지 은호, 그놈 정말 희한한 녀석이네요."

"왜 그러는데?"

윤경은 오 간호사의 말에 영문을 몰라 잡은 손을 흔들었다.

"박사님 말씀이 아직 시신경은 확실히 살아 있어서 개안 수술이 가능하다고 하시면서 은호 그 녀석 말대로 오른쪽 눈은 전혀 보이지 않는 게 아니고 희미하게나마 보일 거라고 하시는 걸 보면 형부가 괜히 엄살 부린 것이 아닌지 몰라!"

오 간호사의 말에 윤경은 금세 울먹인 안타까운 얼굴이 되었다.

"완이 아빠가 워낙 강한 원소 입자에 맞아서 모든 게 불가능할 거라고 미리 포기하는 바람에 나도 그 말만 믿고 손을 못 썼던 건데. 민수 엄마, 너 아니었으면 영원히 장님 남편 모시고 살 뻔했다!"

"사실 저도 신경을 못 쓰다가 형부가 복학도 하고 어렵게 연구소에 다시 들어간다고 해서, 우선 제일 걱정되는 것이 눈이라서 검사라도 받아 보자고 여러 번 권해도 언니 말대로 형부가 한사코 포기하는 바람에 멈칫했는데, 껌딱지 은호가 아무렇지도 않게 형부 눈이 아무 이상 없다고 장담하는 바람에 다시 박사님 진찰을 신청했던 거죠."

"나는 아직 완이 아빠 조수를 한 번도 못 봤는데, 중3짜리라면서? 어떤 아인데 의사도 아니면서 완이 아빠 눈 상태를 제대로 맞춘 거야?"

"아주 맹랑하게 생긴 그런 녀석이 있어요."

"하여튼 나도 신경 못 쓴 걸 챙겨 줘서 고맙다!"

윤경이 오 간호사를 감싸 안을 때, 안과 담당 의사가 수덕을 부축해 진료실을 나오면서 차분하게 조언을 하고 있었다.

"제가 말한 대로 심리적일 수 있으니 노력하면 지금보다 더 선명하게 보일 겁니다."

"글쎄요. 그게 가능할지 모르겠네요."

수덕이 어두운 표정으로 고개를 떨구자 오 간호사가 나서서 담당 의사에게 자기 의견을 말했다.

"어차피 이식 수술을 하게 되면 오른쪽도 손보는 거 아닌가요?"

"그렇긴 한데, 외견상 아무 이상이 없거든! 그보다 환자분이 운이 좋은 것이 지금 병원에 기증되어 들어와 있는 안구가 있다는 거야."

"그래요?"

모두 똑같이 비명 같은 환호성을 질렀다.

"원래 이식받기로 한 환자가 하필이면 아침에 기저질환이 악화해 쓰러져서 갑자기 중환자실로 올라가는 바람에 병원에서 딴 대상자를 급하게 물색하는 중인데, 오 부장이 환자분을 제때 모시고 왔고만. 특별한 이상 반응이 없는 한 오늘 중으로 작업에 들어가야 하는데, 환자분과 가족들 의향은 어떠신가?"

"두말할 필요가 없죠! 이런 좋은 기회는 두 번 다시 오기 힘들잖아요."

오 간호사가 먼저 나서서 서두르고, 윤경은 급하게 돌아가는 진행에 어안이 벙벙한 상태로 고개를 끄덕여 의사의 제안을 받아들이고, 조금 긴장하는 듯한 수덕은 오 간호사가 떠미는 바람에 곧바로 조직 검사를 위해 다시 진찰실 안으로 들어갔다.

오후에 만족할 만한 검사 결과가 나오는 바람에 대수술에 들어갔고, 여섯 시간이라는 장시간에 걸친 이식 수술을 마친 후, 수덕은 눈에 철저하게 안대를 착용하고 입원실로 올라갈 수가 있었다.

수덕이 안대를 풀고 병실에서 내려오는 날은 병원 로비에 대부대의 병문안객이 진을 쳤다.

수덕이 장인 장모와 인수 내외는 물론인데다 자주 병원에 면회를 왔던 현도와 은영도 오늘은 꽃다발까지 들고 찾았고, 특히 부여에서 태보 씨 부부가 가게 문을 닫고 새벽차를 타고 올라와 오랜만에 만나는 사돈과 인사 나누느라 한참 정신이 없었다.

수업을 마친 완이는 조금 늦게 은샘이를 데리고 나타났다.

잠시 후 입원실 엘리베이터 문이 열리면서 맨 먼저 오 간호사가 내리고, 뒤를 따라 좌우로 은호와 윤경이 수덕의 팔을 잡고 내리자 가족 모두 우르르 몰려가 에워쌌다.

수덕은 새로 맞춘 안경을 쓴 산뜻한 얼굴로 장인, 장모를 비롯한 가족들에게 인사하기에 바빴다.

"진 서방이 어려운 수술 감당하느라 많이 힘들었겠구먼!"

장 의원이 먼저 수덕의 손을 잡아 흔들었고, 태보 씨는 연신 감격한 얼굴로 아들의 변한 모습을 넋을 놓고 바라봤다.

"손만 보면 그렇게 멀쩡한 걸 가지고 몇십 년을 고생하고 있었구나!"

어머니 박 씨는 잔뜩 울음 섞인 목소리로 수덕을 감싸 안았다.

가족들이 수선스러운 틈에 조금 멀찍이 떨어져 지켜보고 있는 은호를 윤경이 끌고 와서 어른들에게 소개했다.

"사실은 완이 아빠가 눈을 새로 얻게 된 것은 이 병원 간호 부장이자 내 학교 후배인 오 간호사가 애를 많이 썼고, 특히 완이 아빠 연구소 조수인 은호 학생의 천재적인 눈썰미가 결정적인 역할을 했습니다."

윤경의 말이 끝나자, 여러 사람의 시선이 한꺼번에 자기에게 쏠리자, 은호는 얼굴이 발갛게 달아오르며 뒷머리를 긁적였다.

"저는 그냥 보이는 대로 말했을 뿐인데요!"

"그래도 그렇지. 아무도 몰랐던 것을 어린 네가 신통방통하게 바로 알 수 있었을꼬?"

신 여사가 허리를 구부리고 눈을 맞추자, 은호는 본래의 개구쟁이 얼굴이 되어 수덕이 뒤로 몸을 감추며 나직하게 속삭였다.

"그건 누구한테도 말할 수 없는 저만의 비밀인데요."

"천재가 천재를 알아본다더니, 진 서방이 제대로 된 조수를 구했구먼!"

장 의원도 고개를 끄덕이면서 유심히 바라보자, 은호는 살며시 장 의원 곁에 다가가서 귀 가까이 대고 또다시 속삭였다.

"할아버지! 사람들은 평생 자기 머릿속 능력의 10%도 써먹지 못한다고 하잖아요. 저는 그보다 0.1% 더 사용하는 것 같으니까, 별거 아니죠."

"그래? 그래도 그 0.1%, 그게 어딘데. 어린 너는 하찮게 보일지 모르지만, 최대치에서 0.1%는 세상도 바꿀 수도 있는 엄청난 숫자란다."

국회 부의장이란 자리를 경험하면서 많은 표결을 지켜봤던 장 의원의 수학적 개념을 알 리 없는 은호는 머리를 갸웃했다.

"그렇게까지 깊게는 생각하지 못했는데요."

"중대한 결정에서 그 작은 수의 차이가 천하를 좌지우지할 수 있다는 거야! 그것처럼 네가 보통 사람보다 더 알고 있는 0.1%의 능력이 결코 작은 것일 수 없다는 말이지."

장 의원이 길게 설명하며 은호의 머리를 쓸어 주자, 그제야 은호도 장 의원이 말하는 의미를 간파하는 듯이 머리를 조아렸다.

시끌벅적한 해후가 있는 후에 인수가 예약한 병원 근처 한정식 집으로 자리를 옮겨 수덕의 퇴원 축하 겸 가족 식사 자리를 마련했다.

오 간호사가 병원 일이 바쁘다고 사양하는 것을 윤경이 억지로 끌다시피 데리고 나왔다.

"수술 비용을 전담하고서 괜히 무리한 거 아냐!"

"솔직히 조금 오버 되긴 했지만, 지금 들어와 있는 보조기 일이 몇 건 밀려 있고, 입소문이 나서 앞으로 계속 주문이 들어올 거니까, 그건 언니가 걱정하지 않아도 돼요."

수덕의 진료비가 수월찮을 텐데 오 간호사가 자청해서 모두 도맡아 해결한 것을 께름칙해서 하는 윤경을 오 간호사는 환한 얼굴로 안심시켰다.

고풍스러운 한옥 건물 안 식당으로 들어서니, 넓은 방 안에 벌써 여러 명의 직원이 들락이며 식사 준비를 하고 있었다.

상석에 어른들이 먼저 자리를 잡아 앉고, 맞은편으로 수덕이 내외가 앉자, 완이는 버릇처럼 수덕의 식사를 돕기 위해 바로 옆에 은샘이 하고 자리를 잡았다. 그러자 은호가 대뜸 수덕의 옆자리에 끼어들어 잔뜩 노려보고 섰다.

"이제부터 박사님은 이 껌딱지 은호가 맡을 테니까, 형은 저쪽에 가서 좋아하는 여자친구나 챙기시지!"

은호의 빈정거리는 시비조의 말에 완이는 내심 당황하면서도 곧바로 올려다보며 태연하게 한마디 했다.

"이 형이 너를 못 믿어서 안 된다고 하면 어쩔 건데?"

"그럼, 어쩔 수 없이 웃통 벗고 마당으로 나갈 수밖에 없겠는데요."

은호가 주먹을 허리춤에 올린 채 딱 버티고 서서 느물거리자 완이는 어이가 없어 머릴 흔들면서 질색을 하는 표정이고, 지켜보고 있던 은샘이가 수덕을 바라보면서 안타까운 표정이 되어 하소연했다.

"아버님! 애 좀 보세요. 조그만 것이 형한테 지금 못된 깡패 흉내를 내고 있어요."

수덕은 잔뜩 째려보면서 건들거리고 서 있는 은호를 보고는 금세 웃음이 터져 나올 수밖에 없었다.

"형한테 껌딱지가 나가도 너무 나갔구나."

"이 정도 하지 않으면 절대로 물러설 완이 형이 아니거든요."

은호의 말에 수덕은 고개를 끄덕이고, 한참 은영과 담소를 나누던 윤경도 의외라는 듯 의아한 눈동자로 바라보고 있었다.

"이젠 식사 정도는 나 혼자도 충분해서 너희들 도움은 필요 없으니, 다투지 말고 완이가 동생에게 양보하도록 해!"

수덕의 정리로 마지못해 물러앉은 완이를 은호는 의기양양한 표정으로 얄밉게 빼꼼히 바라보며 수덕에게 바싹 다가앉았다.

"이건 완전히 굴러온 돌이 박힌 돌을 빼고 말았잖아!"

완이는 조금은 속상한 표정을 짓는 은샘이를 바라보다 식탁 위에 얼굴을 떨구면서 나직하게 뇌까렸다.

식사가 모두 끝나고, 고풍스러운 후원 벤치로 나와서 차 마시는 시간을 갖는 사이 현도가 수덕이 곁으로 오면서 가방에서 서류철을 꺼내서 건네줬다.

"며칠 전에 프랑스로 돌아간 미셸한테서 국제 팩시밀리로 온 거야."

"내가 수술받느라고 가는 것도 못 봤는데 잊지 않고 신물질 연구 파일을 바로 보내 줬군."

"미셸도 귀국 길에 일정이 빠듯해서 병원에 못 들려 너한테 미안하다고 몇 번이나 그러면서 석 달 후에 있을 서울 공연 일정에 맞춰서 린을 데리고 올 거니까, 그때 만나 술 한잔하잔 말 꼭 전해 달라고 신신당부했어."

"미셸 강사님이 다시 오면 또 변한 내 모습 보고 놀라겠구먼."

은호가 옆에서 건네받은 파일을 펼쳐 보며 머리를 갸웃거리자, 수덕이 유심히 보다가 왜 그러느냐는 듯 눈짓을 했다.

은호는 얼굴을 도리질하듯이 흔들고는 파일을 챙겨 수덕에게 주고 일어나면서 나직하게 물었다.

"내일은 연구소에 출근하실 거죠?"

"며칠간 본의 아니게 게으름을 피웠으니, 한동안 열심히 해야겠지."

"저는 그냥 곧바로 홍릉으로 가면 될까요?"

"너를 조수로 쓴다고 원장님한테 허락은 받았지만, 내일이 첫 출근이니 나하고 어디서 만나서 같이 가는 것이 좋을 것 같은데. 어디서 만날까?"

수덕의 말에 은호는 잠깐 생각하는 듯하더니 다른 제안을 했다.

"그러면 우리 집 윤 기사님한테 부탁해서 제가 박사님을 모시러 가겠습니다. 아빠가 어제 유럽 출장을 떠나셔서 차가 놀고 있거든요."

은호의 제안에 수덕인 고개를 끄덕였다.

이른 아침 윤 기사와 함께 집을 나서는 아들을 배웅하는 주 여사는 아직 모든 것이 어리기만 한 은호가 쟁쟁한 박사들만 모여 있다는 연구소에 출근한다는 것이 왠지 실감이 안 되고, 조금은 걱정도 되어 문밖까지 조심스럽게 따라나서며 물었다.

"진 박사는 자기 눈이 되어 줄 사람으로 너를 찾았다고 했는데, 이번에 개안 수술이 잘됐다면서? 이젠 네가 필요 없는 거 아냐?"

은호는 어머니의 말에 멈칫하다가 돌아보면서 태연히 말했다.

"박사님의 천재적인 머리는 누구도 따라갈 수 없이 뛰어난 분이지만 몸은 눈 말고도 불편한 곳이 한두 군데가 아니고, 머리도 은호 도움이 필요한 부문이 있단 말야!"

주 여사는 은호의 말에 머리를 끄덕이면서도 다시 입을 열었다.

"그럼, 박사 뒷바라지만 하고 네 복학하려던 것은 어떻게 할 거야?"

은호는 어머니의 말에 눈을 반짝이며 아주 작은 목소리로 속삭였다.

"박사님은 나 은호에게 중, 고등 기초 공부는 필요 없다고 하셨는걸."

"뭔 소리야? 학교 공부가 필요 없다니."

"나보고 연구소에 출근하면서 틈틈이 대학 검정고시 준비를 하라고 하셨단 말야! 내년쯤엔 이 은호가 대학생이 돼 있을 거라고 하셨어."

은호의 뜻밖의 말에 주 여사는 할 말을 잃은 듯 아들이 탄 차가 출발해서 멀어질 때까지 대문가에 서서 멍하니 바라보고 있었다.

거꾸로 간 천재

수덕은 은호와 함께 채 원장으로부터 받은 첫 과제로 HAERI소장인 이우연 박사팀이 홍릉 연구소에 요청한 인공태양 프로젝트 중에 핵융합로의 최대 난제인 1억도 고온의 플라스마를 견뎌낼 TOKAMAK의 차폐막 금속제를 확인하기 위해 자료실에 들려 각종 금속류 원소 표본들을 일일이 확인하고 있었다.

　"핵분열을 이용하는 원자로에선 노심 부분에 들어가는 것은 스테인리스강을 사용하는데, 핵융합 토카막에서는 나이오븀주석 합금 초전도자석을 이용하는 게 특이하군!"

　수덕의 설명에 각종 금속제를 하나하나 예리한 시선으로 조금은 긴장한 얼굴로 체크하고 있던 은호가 자료 파일철을 보면서 심드렁하게 말했다.

　"41번 나이오븀과 50번 주석 합금은 녹는점이 낮아서 가공이 쉽긴 해도 22번 티타늄합금이 가벼우면서도 훨씬 단단하고 견고하지 않나요?"

　"나이오븀주석 합금은 어느 금속보다 높은 임계온도를 가진 초전도물질로 강한 자기장을 내기 때문에 HAERI의 이 선택은 신의 한 수라고 할 수 있어! 설계 도면을 보면 토카막 안에 들어간 30여 개의 열처리가 된 초전도자석 중에 네 말대로 티타늄합금

자석도 네 개나 섞여 있구나!"

"50번 Sn 주석 합금은 가공 과정에서 잘 부서지는 약점이 있어요."

"네가 어떻게 원자 번호까지 꿰면서 그렇게 세밀히 아는 거야?"

수덕이 놀랍다는 표정을 짓자 은호는 이내 개구쟁이 표정이 되었다.

"시간 있을 때마다 가정교사 대학 교재를 슬쩍슬쩍 훔쳐본 것도 있고, 원소주기율표 정도는 미리 다 외웠는데, 여기 연구소에서는 기본 아닌가요?"

"그런 셈이지. 이제 보니까, 내 절친 임 교수가 얼마 전에 찾았다는 삼촌뻘인 임찬우가 네 가정교사라고 했었지?"

"형이 얼마 전에 자취방에서 임 교수님 댁으로 옮기면서 자기보다 나이가 엄청 많은 조카가 불편하다고 징징대었는데, 잘 지내는지 모르겠네요?"

"우리 샌님 친구가 워낙 착해서 그건 걱정 안 해도 될 거다!"

수덕의 말에 은호는 고개를 끄덕이고 갑자기 다른 질문을 했다.

"그런데 박사님이 고교 시절 과학전시회에 출품하셨다는 차돌이 아주 대단하던데요!"

"글쎄 말이다! 내가 당시 찾아냈다고 생각한 것은 알파계열과 베타계열 중에 탄소 성분이 있어서 금강석처럼 강한 성질을 가진 것이 있다고 발표했던 건데, 현재 기업들이 앞다퉈 개발한 제품들을 보면 엉뚱하게 그 반대 성질인 실리카 겔이나 젤, 그리고 시멘트, 유리, 도자기, 특히 반도체에는 꼭 필요한 귀한 원소를 품고 있다는 걸 나도 나중에 알았다."

수덕의 설명에 은호도 규소질을 가진 차돌의 쓰임새를 말하고 나섰다.

"그뿐만이 아니던데요! 제가 알기로는 화학 처리해서 나온 실리콘은 인조 혈관이나 소프트콘택트렌즈 재료가 된다고 하니, 산이나 들판에 그 흔한 차돌이 참 대단해요!"

"아직 어린 껌딱지가 별것을 다 알고 있구나."

"사실은 우리 아빠가 무역회사 사장님이거든요. 얼마 전까지 일본에 차돌과 모래를 무진장 수출했었는데 갑자기 수출 금지품목이 됐다고 걱정하시길래, 일본 같은 나라에서 무엇 하러 돌멩이를 돈을 주고 사 가느냐고 물었더니, 그렇게 차돌이 변신하는 것을 아빠가 설명해 주시더군요."

은호가 떠들고 있을 때, 자료실에 채 성길 원장이 불쑥 들어왔다.

"그 과제가 인공태양의 승패를 가늠하는 상당히 중요한 부분이라고 이 박사가 기대가 대단하던데, 어떻게 진행이 잘되는지 궁금해서 들러 봤지."

"1억 도의 고온을 감당할 금속을 찾는 게 부담되는 과제인 건 사실이지만 쉽게 생각해야 뭔가 풀릴 것 같아서 근본적인 것부터 세심히 여러 방향으로 검토하고 있으니까, 수일 내로 결과 보고를 하겠습니다."

수덕의 말을 들은 채 원장은 은근한 표정으로 인공태양 프로젝트가 탄생하게 된 과정을 설명했다.

"사실 이 인공태양 프로젝트는 천재, 자네가 한참 도망 다니던 막바지 79년도에 학교에서 화공과 학생 몇 명이 만든 과학 동아리에서 미국 MIT공대 출신 교수 중심으로 작은 모형 TOKAMAK인 꼬마 토카막을 만들어 가능성을 인정받아 여기 연구소를 거쳐

HAERI에서 원대한 꿈의 프로젝트로 흡수한 건데, 현재 이우연 박사와 함께 하는 연구원 중에 대학 동아리 초창기 멤버들이 포진해 있는 걸 보면 천재가 그렇게 도망자 신세가 아니었으면 어쩌면 이 프로젝트의 중심에 있었을 거란 생각이 들지 않나?"

"그건 저 자신이 뭐라고 말할 수 없는 이미 지난 일인걸요. 그런데 여기 설계 도면을 보면 차폐 외벽은 이미 탄소 타일을 쓸 것처럼 표시된 걸 보면 이 박사 의도는 이미 정해 놓고, 연구소에 한번 그냥 감수를 요청한 것이 아닙니까?"

수덕의 말에 채 원장은 놀란 눈으로 도면을 다시 살피고, 은호도 만지고 있던 자료 금속을 놓고, 수덕에게 다가오면서 궁금한 표정이 되었다.

"탄소 타일 정도라면 차폐막은 고온의 플라스마랑 관계없다는 건데요."

은호의 말에 채 원장도 의외라는 얼굴로 바라봤다.

"이 지구상에 1억 도의 고온을 감당할 물질은 아직은 없는데, 탄소 타일에 대해서 뭐 좀 아는 게 있나?"

채 원장의 물음에 수덕이 원소에는 자신 있다고 한 은호를 보고 눈짓을 하자, 조금은 쑥스러운 표정으로 원장 앞에 나서서 답을 했다.

"탄소 타일은 섭씨 1천 도 정도의 열은 견디면서 녹아도 흘러내리지 않고 원형이 변하지 않는 재질로 알고 있습니다."

"꼬마가 이제 보니까 과학책을 꽤 많이 읽었구나!"

채 원장이 신기하다는 듯 은호를 바라봤다.

수덕이 다시 인공태양의 설계 도면을 보면서 1천 도밖에 커버하지 못하는 탄소 타일을 선택한 HAERI에서 자체 개발한

TOKAMAK 방식을 설명했다.

"여기 파일철을 분석해 보니까, 1억 도 넘는 플라스마를 감당하는 것은 외벽차폐막이 아니라, 완벽한 진공 상태의 공간 안에 초전도자석을 이용해서 도넛 모양의 자기장을 그물망처럼 형성해 고온의 플라스마를 가두어 최대한 외벽에 닿지 않게 하는 공법이니, 탄소 타일로 외벽을 해도 어느 정도 무난하지만, 우리가 좀 더 세심히 점검할 필요는 있겠습니다."

수덕의 자세한 설명에 채 원장은 고개를 끄덕였다.

며칠 후 수덕은 탄소 타일보다는 탄소 합금인 텅스텐강을 강력 추천한다는 보고서를 들고 원장실을 찾았다.

수덕이 은호와 함께 숙의한 결과는 아무리 외벽차폐막이 플라스마에 접촉이 안 된다 하더라도 피할 수 없는 만약의 경우를 대비해 최대한 열에 강한 금속으로 외벽을 해야 안전할 수 있다는 결론이 나온 것이다.

둘이서 모든 금속 원소를 망라해 분석한 결과 열에 강한 금속 원소로 로켓 엔진 기계 부품 재료로 사용하는 몰리브데넘(Mo), 원자로의 제어봉으로 쓰이는 하프늄(Hf), 열전도가 큰 레늄(Re)과 텅스텐(W)을 놓고 은호와 분석해 본 결과 녹는점과 끓는점이 월등히 높은 초내열합금인 철(Fe)+코발트(Co)+텅스텐(W) 합금으로 결정한 것이다.

수덕이 들고 간 보고서를 받아 든 채 원장은 고개를 끄덕이면서도 어제 인공태양 프로젝트의 이 박사와 통화에서 차폐 외벽은 비용이 저렴하고 설치가 쉽다는 연구원들 의견에 따라 탄소 타일로 결정될 것 같다는 내용이어서 수덕에게 길게 설명하지 않고, 자신이 궁금했던 것을 먼저 물었다.

"미셸인가 하는 사람한테서 자료를 받았다면서 다시 확인해 봤나?"

"확인하고 말고 할 것도 없는 것이 방사성 원소를 가지고 있어 인도나 중국에서 원자력 발전 자원으로 거론되고 있는 토륨의 동위 원소라는 것은 제 미-션의 신물질과 아무 관계가 없는 내용이었습니다. 그런데, 유럽 CERN에서 발표했을 당시에 원장님이 제일 먼저 제가 제시했던 미-션의 신물질이라고 하셨던 것 같은데, 그때 어떻게 추론하신 겁니까?"

수덕의 질문에 채 원장은 조금은 당혹스러운 표정이 되었다.

"그걸 밝히려면 프랑스 사람, 미셸 얘기부터 해야 하네. 20여 년 전에 그 친구가 수사받는 과정에서 사실은 중정 수사관의 요청으로 노 박사와 함께 나도 참고인으로 참관했을 때, 나는 그 친구가 분명히 어떤 산업정보 가지고 있다고 판단했었네."

채 원장은 당시를 회상하는 듯 긴장된 표정으로 말을 이어 갔다.

"그 친구가 수사망에 걸렸던 것은 천재 자네와 연관된 것이 불거지기 전에 모종의 산업정보를 유출하려 한 혐의가 있었다고 했는데, 혹시 이번에 들어왔을 적에 그 사실을 털어놓던가?"

수덕은 머리를 가로저으면서 미셸로부터 다른 건에 관한 얘기는 전혀 듣지 못했으니 채 원장의 말에 놀랄 뿐이었다.

"그런 말은 전혀 없었고, 당시 자기는 아무런 혐의가 밝혀진 게 없어 자기 임의로 출국했었던 거라고 강조했었습니다."

채 원장은 의외라는 듯 기가 막히다는 표정과 함께 얼굴이 붉어졌다.

"내가 당시 분명하게 수사관에게 들은 얘기는 프랑스 정부와의 외교 문제를 고려해 추방으로 끝낼 것인데, 그 사람은 20년 안에는 한국엔 못 들어온다고 하면서 덧붙이기를 미셸이란 사람은 좋게 표현해서 국제 산업 브로커라고 말했었네."

"그럼 미셸이 산업 스파이란 말이었네요?"

수덕의 흥분된 반응에 채 원장은 고개를 끄덕이며 이야기를 이어 갔다.

"그런 상황에 유럽의 CERN에서 처음 발표할 때 아주 초강력 파-워 에너지인 신물질이라고 했지. 천재, 자네가 노 박사에게 미-션을 제안하면서 말했었던 것과 똑같은 내용을 보고 내 머리를 스친 생각은 미셸이라는 산업 스파이에 의해 결국 자네의 미-션이 유출된 거로 판단할 수밖에 없었지!"

수덕의 생각엔 채 원장 자신의 판단은 이미 빗나갔고, 또 어떤 판단도 빗나갈 수도 있다는 생각은 염두에 없는 듯 미셸에 대한 고정된 인식이 바뀌지 않고 있는 것처럼 보였다.

원장실을 나온 수덕은 묘한 딜레마에 빠지고 말았다.

채 원장의 말을 전적으로 신뢰하고, 미셸이 공교롭게 20년이 지나자마자 한국을 찾은 것만 보고 판단하면 미셸이 산업 스파이로 추방됐었다는 원장의 말이 설득력이 있다고 하겠다.

그러나 또 한편으로는 중요한 범죄 증거라고 의심할 수 있는 CERN이 번복한 원소 토륨의 동위 원소는 자신이 제시한 신물질과 완전히 다르고, 미셸이 본국으로 유출하려 했다는 모종의 산업정보 정체가 당시엔 하나도 드러나지 않았으니, 결론적으로 증거는 전혀 밝혀진 게 없는 것이 아닌가!

수덕이 불편한 몸으로 어두운 얼굴이 되어 연구실로 돌아오니, 뜻밖에 찬우가 은호와 함께 얘기를 나누고 있다가 환하게 웃으며 일어섰다.

"선배님이 계속 결강이시길래 무슨 일이 있나 하고 궁금해서 들렀죠."

"나는 담당 교수에게 당분간은 연구소에 매달리게 됐다고 말했는걸! 사실 난 수강은 별로 관심이 없었는데, 우리 집 아이가 그냥 소일이나 하라고 억지로 매달려서 나왔었던 거야."

찬우가 실없이 해 본 소리인 줄 모르고 수덕이 미셸 문제 때문에 굳어진 마음을 못 추스르고 애써 변명을 하자, 은호가 찬우를 노려보면서 바로 나섰다.

"박사님! 형이 괜히 해 본 말에 넘어가셨어요. 찬우 형도 연구소에 들어오려고 오늘 면접 보러 왔다는데요."

은호의 말에 수덕이 뻘쭘하게 바라보자 찬우가 멋쩍게 웃으며 입을 열었다.

"사실은 어제 조철훈 주임 교수님이 강의가 끝난 후에 저하고 몇 명을 따로 부르더니, 연구소에서 인턴 요원 충원 요청이 있었다면서 추천해 주시고, 면접에 참여해 보라고 하셔서 여기까지 오게 됐습니다."

"그래. 면접은 어떻게 잘 봤나?"

"중요한 면접관 한 분이 대전에서 올라오시는데, 조금 늦어진다고 해서 밖에서 서성이는 걸 은호 녀석이 어떻게 알고 창문으로 내다보며 부르는 바람에 올라왔죠. 지금 바로 내려가 봐야 합니다."

찬우가 일어나 나가려고 할 때, 문이 열리면서 채 원장이 문밖에서 손짓으로 수덕을 불러 다가가자 활짝 웃으면서 의외의 말을 했다.

"아까 내가 미처 말을 못 했는데, 오늘 천재 씨가 나하고 함께 학생들 면접을 좀 해 줘야겠어."

"저도 아직 같은 재학생 신분이라 면접관은 좀 그런데요? 왜 대전에서 중요한 면접관이 온다면서요?"

"사실은 그래서 자네를 부르는 거야! 대전에서 오는 양반이 바로 자네한테 첫 번째 숙제를 내준 이우연 박사거든. 군말 말고 어서 나와!"

채 원장이 재촉하는 바람에 수덕은 얼떨결에 찬우와 함께 은호의 부축을 받으면서 따라나서며 나직하게 물어봤다.

"그렇다면 사실은 HAERI 요원이 필요한 것 아닙니까?"

"그건 반반이네. 이 소장을 만나 보면 알게 될 거야."

채 원장의 뒤를 따라 회의실 안으로 들어서자, 강의실에서 수덕과도 안면 있는 두 명의 학생이 긴장된 표정으로 일어섰다.

잠시 후에 바깥쪽 문이 열리면서 사십 대 중반, 수덕의 또래로 보이는 날렵한 체형의 HEARI소장인 이우연 박사가 황급히 들어서면서 활짝 웃는 얼굴로 허리를 굽혔다.

"객기로 운전기사를 물리치고 혼자 오다 보니, 운전 실력이 변변치 못해 본의 아니게 늦어져서 미안하게 됐습니다!"

"그다지 많이 늦진 않았으니 염려 마시고. 먼 길 오느라 수고하셨소!"

채 원장이 다가가 이 소장 손을 잡고 멍하니 바라보는 수덕이한테로 왔다.

"서로 일찍이 미—션으로 소통은 있었지만 대면은 처음이니, 우선 인사들이나 하지요. 여기는 긴 야인 신분에서 과학계로 돌아온 천재, 진수덕 씨, 그리고 여기는……."

채 원장이 소개하려 하자, 이 소장은 대뜸 나서서 수덕에게 손을 내밀며 스스로 자기소개를 했다.

"저는 아시다시피 인공태양 프로젝트를 관장하고 있는 이우연인데, 천재 씨는 기억을 못 하실지 모르지만 저는 진형과 스친 인연이 많습니다."

이 소장의 전혀 예상하지 못한 뜻밖의 말에 수덕은 물론 모두 의아한 표정으로 바라보자, 싱글싱글 웃으면서 말을 이어 갔다.

"첫 번째는 내겐 악연의 시작이라고 할 수도 있는데, 고2 때 전국 학생 과학 발명품 경시에서 천재 씨 뒤를 이어 2위에 그치면서 그게 안 좋은 징크스였는지, 다음 해 대학 입시에서도 차석으로, 수석을 차지해서 헹가래 쳐 뛰어오르는 수덕 씨 모습을 먼발치서 바라볼 수밖에 없었으니, 정말 희한한 인연이 아닙니까?"

이 소장의 말에 수덕은 머리를 갸웃했다.

"정말 묘한 인연인데. 그렇다면 학교에서 한 번쯤은 마주쳤을 텐데, 그런 기억은 전혀 없고. 나는 오늘이 이 소장과 첫 대면 같으니 이상하네요."

"그것은 입학하자마자 생각한 바가 있어 휴학계를 내고 바로 군에 지원 입대를 했기 때문이죠."

"군에 들어가 있는 기간이 결코, 짧지 않은 3년이라는 긴 공백이라 입학 초에 그런 결정하기가 쉽지 않았을 것 같은데요."

수덕의 말에 이 소장은 만면에 웃음을 지으면서 얘기를 이어 갔다.

"우리 인생에 반전이란 것이 항상 있기 마련이죠. 그 얘기는 학생들이 기다리고 있으니 면접 후에 해야 할 것 같습니다."

면접이 시작되어 먼저 채 원장 주도로 그리 복잡하지 않은 대학 교재에 있는 기본적인 간단한 분자론이나 양자역학에 관한 질문이 오가고 나서, 학문적인 것보다는 과제에 임하는 열정을 보려는 의도가 드러나는 질문이 이어지고 있었다.

막상 수덕은 면접관 자리에 앉아 있기는 해도 학생들을 어떤 부서에서 필요한 요원인지, 아니면 어떤 목적으로 충원 요청이 있었는지 모르고 있었던 터라 별다른 질문 없이 지켜보고 있는 형편이었다.

이 소장 역시 묵묵히 오가는 채 원장과 학생들의 대화를 듣고만 있다가 면접이 끝날 즈음 수덕에게 의외의 질문을 하는 것이었다.

"천재 씨가 발견했다는 신물질에 관한 내용이 아직 학계에는 발표되지 않아서 자연히 궁금할 수밖에 없는데, 간단하게 설명해 줄 수 있습니까?"

이 소장의 갑작스러운 전혀 의외의 질문에 수덕은 내심 당황하면서 잠깐 생각에 잠겨 있다가 입을 열었다.

"여기 함께 계신 채 원장님도 아시지만, 제3공화국 시절에 내가 섣불리 전 원장님이신 돌아가신 노 박사님에게 제안했다가 제 개인적인 생각으론 가공할 만한 위력은 있어도 그 에너지가 살상이 주목적인 군사용으로 전용된다면 인류 발전에는 전혀 도움이 안 되는 흉물이 될 거란 걸 알고 몸을 던져 개발을 막으려다 내 몸을 이렇게 망치고 말았죠."

수덕이 바지를 걷어 올려 의족을 보여 주자 이 소장은 전혀 사전에 알지 못했던 듯 눈을 크게 뜨고 벌린 입을 다물지 못했다.

둘의 대화를 지켜보던 채 원장이 나지막하게 한마디 했다.

"천재는 그 신물질이란 요물에 발목이 잡혀서 지금까지 계속 거꾸로만 가는 불행한 삶을 자초하는 신세가 되고 말았었지."

분위기가 이상하게 흘러가 버리는 바람에 채 원장이 면접은 거기까지 하는 것으로 마무리하면서 학생들에게는 면접 결과를 직접 학교로 통지하겠다고 말하고, 면접관들에게는 원장실로 올라갈 것을 제안했다.

모두 자리에서 일어서자 멀찍이 떨어져 면접을 지켜보고 있던 은호가 달려와서 수덕을 부축하면서 나지막하게 속삭였다.

"오늘 중요한 면접 대상은 결국 박사님이었네요!"

"넌 뜬금없이 무슨 소리를 하고 있어?"

"인공태양 대장이 무엇 하러 학생들 면접하려고 여기까지 왔겠어요?"

수덕이 구시렁거리는 은호의 부축을 받으며 원장실에 들어서니, 이 소장은 아직도 충격에서 벗어나지 못한 듯 침통한 얼굴로 어렵게 입을 열었다.

"고등학생 때나 입학 당시에 아주 영민하고 반짝반짝했던 천재 씨가 좀 몸이 불편해 보인다는 생각은 했지만, 그 정도인 줄은 미처 몰랐습니다!"

수덕이 이 소장이 너무 과민 반응을 보이는 것 같아 어설프게 웃는 모습을 보이자 채 원장은 여직원이 내오는 찻잔을 받으며 말했다.

"얼마 전까지만 해도 천재 씨는 두 눈을 감은 시각장애인 신세였는데, 대학병원에서 개안 수술로 다시 시력을 되찾아서 저 정도라도 된 거죠."

이 소장은 다시 한번 더 놀란 표정을 짓다가 입을 열었다.

"내가 인생에 반전이 있다고 했던 것처럼, 천재 씨도 뜻하지 않게 갇혔던 어둠 속에서 광명으로 나오는 새로운 경험을 했군요."

"어둠을 그저 숙명으로 받아들이다가 저기 나를 돕고 있는 조수 녀석 덕분에 천만다행으로 이런 밝은 세상을 다시 보게 됐습니다."

수덕의 말에 시선이 자기에게 쏠리자 은호는 질색하는 표정을 지으면서 손을 내젓고, 개구쟁이 표정이 되어 아예 돌아앉아 버렸다.

"제가 보기에도 옛날 천재 씨 못지않게 영특해 보이는군요!"

"중3 중퇴생이 HAERI에서 차폐막으로 채택한 탄소 타일의 장단점을 꿰는 것은 물론이고, 원소주기율표를 달달 외울 정도이니, 천재 이상이지!"

채 원장의 말에 이 소장은 의미심장한 표정이 되어 바라보자, 수덕이 나서서 은호의 숨겨진 재주를 털어놓았다.

"나는 화재 사고에서 잃었던 시력이 영원히 회생 불능이라 생각하고 아예 포기했었는데, 저 녀석의 특별한 능력으로 시신경이 미세하게 살아 있는 걸 밝혀내는 바람에 개안 수술이 가능했던 거죠!"

수덕의 말에 모두 새삼 놀라는 표정을 지으며 바라보자, 조금은 불편한 기색이 완연한 은호가 심각한 얼굴로 돌아보면서 입을 열었다.

"안 보이는 것을 보이게 한 것도 아니고 그냥 내 눈에 보이는 대로 말씀드렸을 뿐이라 시력이 좀 남보다 좋은 거죠!"

태연하게 말하는 은호를 이 소장이 날카로운 시선으로 쏘아보며 말했다.

"나는 많은 기상천외한 천재들을 봐 왔지만, 우쭐하지 않고 자신의 뛰어난 능력을 대단치 않게 말하는 학생이 더 불가사의하다는 생각이 드는군!"

"그것은······!"

이 박사의 다그치는 말에 무슨 말인가 하려던 은호는 자칫 자기 재주는 우주 신이 준 것이지 자기 것이 아니라고 말할 뻔하고는 스스로 화들짝 놀라서 손으로 입을 가리고 물러나 앉는 모습이 하도 어이가 없고 우스워서 채 박사가 입을 열었다.

"엉뚱한 짓을 하는 것을 보면 천상 개구쟁이 아이인데 어디서 그런 재주를 타고났는지! 그런데 아까 이 소장도 무슨 반전이 있었다고 하지 않았습니까?"

채 원장의 말에 이 소장은 굳었던 표정을 풀면서 입을 열었다.

"지금도 그 당시 내가 선택했던 지원 입대가 현명한 판단이었다고 생각하는 것은 논산 훈련소에서 힘든 훈련을 마치고, 요행히 미군 부대 카투사에 배속받을 수가 있었다는 것입니다. 3년간 미군 아이들과 어울리며 미국 유학의 발판을 쉽게 마련할 수 있었으니, 반전이 아니겠습니까?"

환한 표정으로 말하는 이 소장의 말에 모두 고개를 끄덕였다.

점심시간이 되어 식당으로 자리를 옮기면서 이 소장은 수덕이 지적한 인공태양의 차폐 외벽 소재로 채택한 탄소 타일의 문제점에 공감한다면서 애초에 예상했던 대로 그런 연유로 감수를 요청했던 것이라고 털어놓았다.

수덕이 제안한 텅스텐강을 적극적으로 검토해 보겠다고 말하면서도 표정은 그리 밝아 보이지 않았다.

"탄소 타일이 고열에 녹아도 흘러내리거나 변형되지 않는다는 매력 때문에 끈질기게 고집하는 친구들이 있어서 바꾸는 데는 진통이 좀 예상됩니다."

이 소장이 조금은 곤혹스런 표정으로 말하자 채 원장이 나서서 입을 열었다.

"큰일을 하려면 고분고분 남의 말을 귀담아들을 줄도 알아야 하는데, 개중에는 특유의 고집불통이 있게 마련이지."

채 원장이 수덕을 흘끔 보면서 하는 말은 예전 연구소 시절 수덕을 의식해 한 말이란 걸 알 리 없는 이 박사가 불쑥 한마디를 던졌다.

"진 형은 신물질 개발을 막으려고만 하고 왜 그 가공할 위력을 뒤집어 보려는 시도는 해 보지 못한 겁니까?"

이 박사의 뜬금없는 질문에 수덕은 마시던 물컵을 내던지듯 식탁에 놓고 일어설 듯 비척이자 은호가 황급히 달려들어 부축했다.

이 박사가 대수롭지 않게 한 말은 꿈속에서 온 우주 신이 했던 것과 너무 똑같은 지적에 수덕이 민감하게 반응하자, 채 원장이 놀란 얼굴로 바라봤고, 이 박사는 은근한 표정으로 주시하며 말을 이어 갔다.

"내가 한 말을 천재 씨가 그렇게 충격적으로 받아들인다면 어느 정도 소통된 거로 내가 이해해도 되겠습니까?"

"이 박사가 NASA에 있다가 갑자기 한국에 들어와서 인공태양 사업에 매달리게 된 것이 그런 연유가 있었던 거군요?"

수덕의 좀 떨리는 듯한 말에 이 박사는 눈을 지그시 감고 있다가 슬며시 눈을 뜨고, 수덕과 은호를 찬찬히 주시하며 고개를 끄덕이고는 나지막하게 말을 했다.

"이렇게 우리가 사는 땅을 자꾸 망가트려 가는 현세를 무작정 뒤쫓아 갈 수만은 없죠! 어떻게든 막아 보고 안 되면 최소한의 대안을 찾는 것이 과학 하는 사람의 책임이요 도리가 아닙니까?"

수덕은 원자의 핵분열을 뒤집은 것이 이 박사가 선택한 방사능 유출이 없는 핵융합이라는 의미로 받아들여져 머리를 끄덕이면서 일면 자기 생각과 뜻을 같이하는 석학을 만났다는 것이 마음 속으로 너무 감격해서 얼굴부터 붉어져 덥석 이 박사의 손을 잡았다.

채 원장은 수덕과 이 박사가 나누는 대화의 감추어진 진의까지는 이해되지 않는 듯 굳어진 표정으로 고개를 갸웃거렸고 은호는 생글생글 미소 진 얼굴로 바라봤다.

"이 박사는 천재 씨를 HAERI로 초청하고 싶어서 오늘 일부러 시간을 내서 오셨다는데, 본인 생각은 어떠신가?"

채 원장이 심각한 얼굴로 건네보며 말하자 수덕은 뜻밖의 제안에 얼떨떨한 마음으로 말을 못 하고 이 박사를 빤히 바라봤다.

"인공태양 사업 자체가 워낙 방대해서 실무진으로 일할 젊은이도 필요하지만, 현재 국내는 물론이고 선진국 과학계에서도 주시하고 있는 프로젝트여서 진형 같은 차원 높은 두뇌를 모시려고 만사 제쳐 놓고 왔습니다."

수덕은 이 박사의 진심 어린 말에 고개를 끄덕이며 어렵게 입을 뗐다.

"박사의 나에 대한 과분한 평가는 고맙지만 내 거취 결정권이 이미 내 소관이 아닙니다. 과거에 잘못 처신한 것이 많음에도 불구하고 연구소에 흔쾌히 불러 주신 분께 도리가 아닌 것 같아서, 여기 계신 채 원장님의 처분에 맡길 수밖에 없을 것 같습니다."

수덕의 한 차원 낮은 자세로 하는 말에 채 원장은 우선 놀랍다는 얼굴로 밝은 표정을 지으면서 큰 소리로 말했다.

"내가 붙잡으면 그냥 주저앉을 것처럼 말하는 게 영 천재답지 않은걸!"

"제 나름대로 그동안 세상이 알게 모르게 천당과 지옥을 수없이 넘나들어 많이 변할 수밖에 없었습니다."

이 박사도 수덕과 원장의 대화를 들으며 얼굴이 밝아져서 입을 열었다.

"그럼 모든 것이 결정된 것으로 알고 돌아가도 되겠죠?"

"결정하고 말고가 없지. 인공태양 사업은 원래 여기를 거쳐서 간 프로젝트라 우리도 관심이 많아서 이 박사가 필요하다면 언제든지 물심양면으로 도와줄 준비가 되어 있으니까 걱정하지 않아도 돼! 그런데, 천재 씨가 대전으로 내려가면 작은 천재는 어떡하나?"

채 원장이 골똘하게 어른들의 대화를 듣고 있는 은호를 건너보며 말하자, 은호는 푸시시 웃으면서 아무렇지도 않게 말했다.

"저는 주인님이랑 처음 만날 때부터 껌딱지 하기로 해서 아무 걱정 안 해요. 한 번 붙은 껌딱지는 쉽게 떨어질 수 없잖아요."

은호의 한마디에 모두 한바탕 웃음이 터졌다.

수덕은 은호와 함께 대전으로 내려가는 이 박사를 배웅하고 나서 서늘한 가을 기운이 감돌기 시작한 정원을 조금은 굳은 표정으로 거닐고 있었다.

활달한 밝은 표정으로 차에 오르던 이 박사의 당찬 모습이 쉽게 지워지지 않으면서 자기 마음속에 간직한 계획을 달성하는 데 무게감 있는 조력자를 찾았다는 한껏 고무적인 상황으로 내심 생각하면서도 뭔가 마음 밑바닥에서 알 수 없는 기우 비슷한 것이 일고 있는 것을 스스로 어쩌지 못하면서 정원의 벤치에 앉아 하늘을 우러러봤다.

은호는 그런 주인님 마음을 읽기라도 한 것처럼 바싹 다가앉으면서 심각한 표정으로 수덕을 바라봤다.

"애초에 우주의 그 어른이 하신 말씀에는 이 박사님은 없었던 터라 미덥지 않아서 그러신 거예요?"

은호의 말에 수덕은 짐짓 놀란 표정으로 건네보면서 자신도 확실한 자기 심중을 알 수가 없어 에둘러서 말했다.

"그분이 원래 우리 둘 말고도 많은 사람에게 끊임없이 전하고 있다고 하지 않았나! 그보다 너는 집에서 대전까지 내려가는 걸 허락하시겠어?"

"저야! 어디에 가든 상관이 없지만, 박사님은 듣고 있는 학교수업도 있고, 사모님이나 완이 형하고 한동안 떨어져 있어야 하는데 괜찮겠어요?"

"집에는 주말마다 들리면 되고. 나는 원래 학교 수강은 별 관심이 없었다."

수덕이 대수롭지 않게 말하자, 은호는 잔뜩 뾰로통한 얼굴로 노려봤다.

"나는 언제까지 우리 집에 주인님을 박사라고 거짓말해야 하는 거죠?"

"내가 언제, 껌딱지보고 박사라고 해 달란 적이 없는 것 같은데. 그건 그렇고, 네가 잘 모르는가 본데, 학교에서는 여기서 하는 연구 성과에 따라서 학점을 주고 있고, 대전에 가서도 마찬가지란다. 찬우도 연구소에 들어오면 똑같은 방법으로 학점을 받게 되는 것이 인턴인 거야."

은호는 수덕의 설명에 그제야 안심이 되는 듯 고개를 끄덕였다.

"은호! 네가 진짜 걱정해야 하는 것은 얼마 후에 있는 대입 검정고시를 잘 치러야 나도 너희 부모님께 면목이 설 텐데. 너 정말 자신 있어?"

"지난번 완이 형이 구해다 줘서 풀어 본 기출문제는 그리 어려운 게 없던데요? 그런데 지금 박사님은 제 문제 말고 또 뭔가 마음이 안 놓이시는 것이 있는 거죠?"

"글쎄다!"

수덕은 어느 날 갑자기 자신에게 처해진 대전 연구소로 옮기는 문제로 인해 마음속에 드리워진 뭐라 확실하게 설명할 수 없는 찜찜한 그늘이 느껴져 눈을 지그시 감은 채 고개만 갸웃거릴 뿐이었다.

개똥이

일요일 정오, 현도는 찬우의 도움을 받아 집 정원의 잔디 깎기와 정원수 손질을 마치고, 새로 마련한 비치파라솔에 앉아 은영이 내온 커피를 찬우 삼촌과 함께 느긋하게 마시고 있었다.

"삼촌은 이번에 홍릉 연구소에 인턴으로 들어가게 됐다면서요?"

"겨우 턱걸이로 합격하긴 했는데, 주임 교수님 말씀엔 재학생 인턴은 이번이 마지막일 거라고 했습니다."

"아주 좋은 기회를 잡았구먼! 내 친구, 완이 아빠는 다시 대전 HAERI로 옮기게 됐다고 하던데, 잘된 건지 모르겠어."

"HAERI소장이 직접 올라와서 초청 의사를 밝혔는데, 완이 아버님 표정은 제가 보기에도 그리 밝아 보이지 않았습니다."

"왜 그랬을까! 신물질 연구에는 거기가 제격이 아닌가?"

"글쎄요! 전 그분 속내를 모르겠어요. 참! 교수님은 지난주에 사모님하고 완이랑 스케치 여행 다녀오셨다면서요?"

"스케치 여행이라기보다는 지리산 단풍놀이였어."

"지리산 어디를 다녀왔길래요?"

"옛날에 완이 아버지가 요양했던 산장에 있는 도인을 만나러 갔다가 생각지 않은 사람을 맞닥뜨리는 바람에 완이가 정신이 하나도 없었지!"

지난 주말에 현도는 완이가 자기 어머니를 모시고 차까지 몰고 와서는 스케치 여행을 하자고 해서 아무 생각 없이 은영과 함께 따라나섰다.

　"오늘 좀 멀리 갈 건데 괜찮겠죠?"

　도심을 벗어나 고속도로에 들어서면서 완이가 싱글싱글 웃으면서 하는 말에 현도는 그저 말없이 고갤 끄덕였고, 화창한 가을 날씨에 취한 두 여인네는 마냥 들떠 있는 소녀들처럼 뒷좌석에 나란히 붙어 앉아서 떠들었다.

　"오늘은 아들한테 모든 걸 맡길 테니 한번 네 마음 내키는 대로 가 봐!"

　윤경이 오랜만의 야외 나들이에 마음이 흐뭇해서 하는 말에 은영도 홀가분한 마음에 맞장구를 쳤다.

　"복닥거리는 도심을 벗어나니 이제 아주 살 것 같네! 나도 오늘은 완이에게 올인인데, 너희 아빠도 함께 갔으면 좋았을걸. 어떻게 된 거야?"

　은영의 말에 윤경이 나서서 말했다.

　"그 양반은 한 가지에 빠지면 정신 못 차리잖아! 대전에 내려갈 준비하느라 조수 아이하고 연구소에서 여념이 없어서 나는 운도 못 떼 봤어!"

　두어 시간을 달려 대전을 지나치면서 첫 휴게소에 도착해서 간단한 점심 요기를 하면서 완이는 드디어 숨기고 있던 오늘 일정을 밝혔다.

　"지난번 은샘이랑 지리산 도사 할아버지를 찾아뵈었을 때 교수님이 30년 후에 마실 술을 담그셨는지 궁금해하셨다고 했더니,

할아버지께서는 교수님을 그리 안 봤다고 노발대발하시면서 30년이 되기 전에 교수님이랑 술 한잔하고 싶다고 하시는 바람에 오늘 날씨도 너무 좋고 해서 일부러 지리산 산장으로 여행지를 정했어요. 괜찮죠?"

완이의 뜬금없는 말에 현도는 어이없는 표정이었다.

"나는 도인이 술을 새로 담글 테니 30년 후에 마시자고 해서 아무 생각 없이 동의했었고, 완이가 지리산에 간다기에 무심코 여쭤보라고 했던 건데. 이거 내가 완전히 꽉 막힌 사람이 되고 말았군!"

허탈해하는 현도의 탄식에 윤경이 입을 열었다.

"그 양반 연세가 지금 팔십 중반이 넘었으니 삼십 년 후라면 백세도 훌쩍 넘게 되는 셈이라 어이없기는 한데, 그분은 아마 현이 아빠가 찾아와 주길 바라는 마음에서 한 말이겠지."

"십 년이나 완이 아빠를 돌봐 줬다는 도사가 왜 그렇지 않아도 술에 약한 우리 현이 아빠랑 술 얘기를 하게 된 거야?"

은영이 궁금해하자, 윤경이 처음 현도가 산장을 찾았을 때 탄파 도인이 삼십여 년 이상 지리산 땅속에서 숙성된 산삼주를 개봉해 나눠 마셨던 당시를 설명해 주었다.

휴게소에서 다시 출발해 완이의 조심스러운 운전으로 너덧 시간도 더 걸려서 석주 관성 칠의사 사당 앞 주차장에 도착한 것은 가을 해가 서산 기슭에 걸려 있는 즈음이었다.

완이가 뒤 트렁크를 열고 바리바리 준비한 도인이 좋아하는 견과류며 통닭을 비롯해 인수 삼촌을 거의 협박하다시피 졸라서 꾸려 온 와-인 술병과 식사 재료까지 꽤 많은 짐 보퉁이를 꺼내 나눠서 들고 산장을 향해 올라가기 시작했다.

모두 한 번쯤은 올라가 봤지만, 초행인 은영이는 가파르고 좁다란 산골짜기 길을 남편 팔에 매달리다시피 해서 힘들게 따라가고 있었다.

서너 번을 중간중간 땀을 식히면서 쉬엄쉬엄 올라가 산장에 도착하니, 탄파 도인은 어디 갔는지 집 안에 아무도 보이지 않았다.

한참을 기다리다 윤경이 남편을 챙기던 옛날에 하던 식으로 주방에 들어가 저녁 식사를 준비하기 시작하고, 웬만큼 한숨을 돌린 은영도 따라 들어갔다. 현도와 완이는 집 주위 여기저기를 돌아보고, 추운 겨울날에 벌거벗고 목욕을 했던 폭포수 가에 내려가 봤지만 탄파 도인은 보이지 않았다.

윤경의 식사 준비가 거의 끝나갈 무렵, 집 뒤 산골짜기가 수선스러워져 현도와 완이가 부리나케 돌아보고 달려가니, 지게에 마른나무를 까마득히 짊어진 탄파 도인이 외마디 고함 같은 소리를 지른다.

"임 선생! 어제서야 겨우 술을 담가서 익으려면 아직 요원한데, 벌써 오셨는가!"

탄파의 말에 현도는 할 말을 잃었고, 완이가 대신 대답했다.

"할아버지! 그럴 것 같아서 제가 우리 외삼촌을 졸라서 오래 묵은 근사한 본고장 코냑 포도주를 가져왔는데요!"

완이가 말을 하다 말고 화들짝 놀라 기겁한 표정을 지었다.

탄파 도인이 짊어진 나무 짐에 가려져 보이지 않아 뒤따라오는 사람이 있는 줄 몰랐다가 힘들게 산 아래로 내려와 마당에 들어서며 바로 뒤에서 무거운 나뭇짐을 받치면서 뒤따르는 사람의 얼굴이 보여서 의외다 싶어 바라보니, 뜻밖에 대학병원에서 증발하다시피 갑자기 사라져서 은호와 함께 한참 난리를 피우며 찾아다

넜던 짐짝 영감이 아닌가!

"아니, 은호 할아버지께서 여기에는 웬일이세요?"

"완이! 네놈이 우리 아우님을 어떻게 아는 거야?"

나뭇짐을 지붕 추녀 밑 담장에 모두 내려놓은 탄파 도인은 의외라는 듯 질책하는 표정이고, 짐짝 영감은 오히려 무슨 상황인지 모르는 것처럼 멍한 얼굴로 완이를 찬찬히 바라봤다.

"은호가 오대산에 계신다고 한 것 같은데, 다치신 몸으로 여기 지리산까지 어떻게 오신 거예요?"

짐짝 영감은 완이의 말에 한참 까막까막하더니 그제야 생각이 난 듯 활짝 웃음을 터트렸다.

"인제 보니, 병원에서 언뜻 본 어미 고라니 아들이구먼."

"고라니라니! 완이 아비가 어떻게 또 어미 고라니가 됐어?"

"형님! 왜 내가 귀여운 새끼 고라니를 어미 고라니하고 엮어 주느라고 차에 받혔다고 했잖아요."

"그런데 하필이면 어미 고라니가 완이 아범이냔 말야?"

탄파 도인도 처음 듣는 말인 듯 놀라는 표정이고 현도 역시 마찬가지인데, 식사 준비가 끝난 윤경이 은영과 시끄러운 바깥으로 나와 뜻밖의 상황에 놀라면서도 도인을 보고 반갑게 인사를 했다.

현도도 나서서 은영을 자기 집사람이라고 도인에게 소개했다.

"남의 집 가정사에 밤 놔라, 대추 놔라 할 말은 아니지만, 꼬질꽁매질꽁 천하 눈곱만큼도 틀림없는 양반을 힘들게 했던 안주인이구먼!"

은영은 처음 대하는 우락부락한 노인 양반의 고함 같은 음성에 우선 주눅이 들어서 아무런 말도 못 하고, 현도에게 찔끔하면서 머릴 숙여 예를 표하자, 도인은 만면에 함박웃음을 띠우면서 짐짝 영감을 소개하기 시작했다.

"여기 내 육십 년 지기 친구이자, 아우인 이 사람을 소개하자면 아주 골치 아픈 것이 이름이 성도 없이 개똥이여서 불러 주기 뭣해 딴 이름을 만들라고 그렇게 알아듣도록 말도 하고, 괜찮은 이름 지어 줘도 자기를 거두어 준 양반이 지어 준 이름을 바꿀 수 없다고, 처음 만난 열 살 철없던 때부터 칠십이 넘은 지금까지 고집을 부리고 있는 이 사람이야말로 진짜배기 산 사람이라네! 핏덩이로 산속에 버려져 제힘으로 산판에서 뼈가 굵어 산에서 늙었으니, 하늘 아래 이런 사람 없을 거야! 그런데 어디 몸이 잘못돼 아프다 하면 꼭 나를 찾아와서 귀찮게 한단 말야!"

탄파 도인이 노려보자 짐짝 영감은 고개를 끄덕이며 입을 열었다.

"애초에 처음 만난, 내가 열 살 때 태백산에서 새끼 고라니처럼 엄동설한에 낭떠러지에서 굴러 정신 줄을 놓아 동태가 된 나를 형님이 발견해서 몸으로 나를 녹여서 살려 주셨잖아요. 그뿐인가! 독사에 물려 사경을 헤맬 때도 그랬고, 이번에도 형님 아니었으면 절름발이가 됐지. 그러니 형님을 찾을 수밖에 없죠."

"개똥아! 다 좋은데 말이다. 제발 이름 좀 바꿔라! 너 혼자 개똥이로 사는 건 좋지만, 내가 꼭 개똥이 형이 돼야만 쓰겠니?"

"하기는 지난번 교통사고 조사하는 순사가 이름을 대라고 다그쳐 개똥이라고 하니까, 농인 줄 알고 믿지 않아서 나중에는 아예 이름이 없다고 우겨댔더니 학을 떼고 말더구먼. 그런데 형님! 젊은 시절 내내 개똥이로 살다가 이 나이에 이름 바꿔서 뭐 한 대요?"

짐짝 영감의 한탄조 넋두리에 모두 한바탕 웃고, 두 여인네가 준비한 식사를 마당 한가운데 평상에 차려 놓고 저녁 식사가 시작되었다.

電子사냥꾼

이 소장과 삼십여 명의 적잖은 연구원들이 지켜보는 가운데 HAERI 실험실에서 수덕이 은호와 함께 신물질 암석에서 채취한 고운 분말 상태의 돌가루에 염기성 시료인 수산화 소듐 용액을 부어 작은 알갱이들이 부딪쳐 미세한 폭발을 일으키면서 감마선과 비슷한 야릇한 빛줄기를 세차게 분사해서 실험실 벽면 전체를 덮고 있는 장면을 모두 입을 벌리며 경이로움에 눈들이 커졌다.

환하게 밝히는 북극의 오로라마냥 고운 빛깔 사이로 미세하게 폭발하면서 황금빛이 튕겨 오르는 광경을 모두 마치 마술 쇼를 관람하는 듯한 호기심 어린 눈으로 바라보는 가운데, 한 연구원이 갑자기 고함치듯 소리쳤다.

"저기 벽에 걸린 전자시계가 왜 갑자기 꺼지는 거죠?"

이 소장 역시 전면을 가득 채운 엷은 무지갯빛 사이 황금빛 원소가 분사하여 튀어 오르는 광경을 환상처럼 넋을 놓고 바라보다가 연구원의 외침에 어리둥절한 표정이었다.

수덕이 미리 경고한 분출한다는 원소가 혹시 방사능을 띤 것은 아닐까 하여 미리 준비시킨 방사선 계측기 겸 방사능 측정 장치를 들고 있던 젊은 연구원이 이 소장에게 다가오면서 나지막하게 외쳤다.

"소장님! 이 검사기도 죽었는데요."

"제 전자 손목시계도 아예 먹통이 됐잖아!"

"어! 내 것도 초침이 멈췄어."

여기저기서 우왕좌왕하는 사이 금방 사용한 전자저울을 비롯한 둘러본 모든 전자기기가 기능을 상실한 상태란 걸 확인한 이 소장은 홍조 띤 얼굴로 수덕이 곁으로 다가오면서 의미 있는 한마디를 했다.

"이미 시작한 운동 에너지는 막을 수 없지만, 그에 앞선 출발 자체는 완전히 봉쇄할 수 있다는 얘기가 아닌가!"

우선 과학계의 잘못된 선택이자 현재 가장 복잡한 난제로 꼽히는 핵무기 통제에 대한 어느 정도의 해답을 찾고 있다는 발상에서 나온 이 소장의 말에 수덕은 좀 더 복잡한 실상이 도사리고 있다는 것을 감지하고 혼잣말처럼 뇌까렸다.

"전자 활동을 무력화한다는 것은 원폭이 폭발하면서 발생하는 전자기파 펄스라고 하는 것에서 착안해서 나온 EMP 포탄이 있긴 하지만 이 신물질엔 우라늄에서 나오는 감마선과 같은 핵 물질은 찾을 수 없어. 그저 전자만 무력화시키는 거라면 보통 문제가 아닌걸!"

수덕의 말에 이 소장도 고개를 끄덕이면서 말했다.

"EMP pulse는 폭발과 함께 순간적으로 발생해서 전자회로를 완전히 박살내지만, 내가 볼 때 이것은 장시간에 걸쳐 전자를 무력화할 뿐 파괴하지는 않는 점이 확연히 다른 부분이지!"

"그렇다고 해도 현시대를 자칫 전기 자체가 없는 원시 시대로 되돌릴 수도 있단 건데, 그다음 혼란은 생각만 해도 끔찍하군!"

수덕은 얼굴이 붉어졌다.

"그것은 우리 인간들이 저지른 잘못에 대한 인과응보요, 업보인 셈이지."

이 소장은 흥분이 고조되어 긴장된 얼굴로 연단으로 올라가더니 의외의 말을 하는 것이었다.

"오늘 우리는 진수덕 씨의 시연으로 세계 최초로 신물질의 대단한 위력을 직접 참관하는 영광을 누렸습니다. 지금 우리가 본 것은 이 신물질의 극히 작은 일부분이라고 나는 알고 있습니다. 어쩌면 자연환경을 파괴해 온 산업화를 멈추게도 할 수 있는 첨단 물질을 지금 찾은 것 같기도 합니다. 앞으로 신물질의 모든 연구 결과를 취합해서 국내 학계는 물론이고 세계 과학계에도 발표할 수 있도록 우리 연구소가 앞장서 최선의 노력을 할 것입니다. 여러분의 적극적인 협조를 부탁합니다."

이 소장의 짧은 연설이 끝나고, 연구원들이 흩어지면서 웅성거리는 소음 속에서 은호는 실험 도구를 정리하는 수덕과 함께 여전히 폭발해서 분사하고 있는 시료를 바라보고 있다가 수덕의 지시로 시료가 담긴 구리 접시에 역시 구리로 된 덮개를 덮으면서 중얼거렸다.

"주인님! 염기성 시험을 너무 일찍 공개한 것 아니에요?"

"나도 이 소장도 솔직히 이 물질이 전자를 무력화하는 것은 미처 알지 못했었다."

"옛날에도 똑같은 실험을 했었다고 안 했나요?"

"내 대학 초년생 시절에 노 박사님과 함께했던 최초의 실험에서는 모든 종류 시료액을 한꺼번에 동시에 투입하는 바람에 쇠와 돌에 파고 들어가 녹여 버리는 황산액 등 강산성 시료의 엄청난 반응에 놀라서 그것에만 집중하는 바람에 염기성 시료 반응은 빛을 분사하는 것만 대충 확인하고 주변의 전자기기를 챙겨 볼 여유가 없었다."

수덕의 설명에 은호는 눈동자를 반짝이며 물었다.

"주인님 말씀은 전자 활동을 억제하리라고는 예측이나 상상은 아예 못 한 채 신물질 원소의 강산성 시료에 대한 반응에만 빠져서 가장 중요한 것을 놓쳐 버리는 실수를 한 거네요?"

"사실 오늘 한 시연이 제일 간단한 실험이기도 해서 박사 연구원들에게 양념만 보여 주려던 것이 오히려 더 큰 충격이 되고 말았구나!"

"주인님! 이 충격이 좋은 방향으로 갈지 나쁜 쪽이 될지는 모르겠네요."

수덕은 은호의 생각에 동의하면서 신물질로 인한 여러 상황을 머릿속에 그려 보지만, 대전에 내려오기 전부터 골몰했던 긍정적인 것보다 왠지 모를 불길한 생각이 엄습해 오는 것을 떨칠 수가 없어 시무룩해 있을 때 몇 명의 연구원들과 얘기를 나누던 이 소장이 급한 걸음으로 다가와 시료를 덮은 구리판을 손수 다시 개봉하면서 은호에게 물었다.

"처음에 염기 시료에 넣었던 분말의 중량이 얼마라고 했지?"

"정확하게 0.15g이었는데요."

"작은 천재! 너는 시료를 차폐하지 말고 지켜보면서 언제 전자기기들이 원래대로 돌아오는지 시간을 체크해 주고. 오늘부로 네 주인님을 누가 뭐래도 박사로 부르기로 했으니 그리 알아라! 진 박사는 나 좀 봅시다!"

이 소장은 말을 마치자마자 입을 벌리고 놀라워하는 은호를 아랑곳하지 않고 수덕의 어깨를 잡고 연구동 실험실을 나와 자기 시무실로 들어가 비서에게 차를 내오게 하고, 수덕의 표정을 살피면서 조용히 이야기를 시작했다.

"나는 지금 실험을 보고 내심 너무 흥분되어 어쩔 줄 모르겠는데 정작 진 박사는 오히려 어두운 표정이니 무슨 연유인지 말해줄 수 없습니까?"

"내 마음 나도 정확히는 모르겠습니다."

"진 박사는 아직 실감하지 못하는 모양인데, 이 사람아! 오늘이 실험은 해외 네이처지에 대서특필할 엄청난 발견이고 사건이란 말야! 자네 말대로 순간적으로 전자기파를 쏴서 전자회로 자체를 부숴 버리는 EMP 말고, 전자 활동을 완전히 정지시키는 물질을 발견했다는 걸 아직은 들어 본 적이 없잖아!"

이 박사가 갑자기 내쏟는 반말에 수덕이 놀란 표정으로 바라보자, 조금은 짓궂은 얼굴이 되어 싱긋이 웃었다.

"사실 나는 서울에서 처음 만났을 때부터 함께 말을 트고 싶었는데, 진 박사가 나를 기억하지 못하는 바람에 여기까지 오긴 했지만, 내가 천재 씨 호칭을 박사로 부르기 시작한 오늘부터 대학동기이자 같은 박사인 우리가 거북한 존칭 따위는 아예 버리는것이 바람직하지 않겠어?"

이 박사가 활짝 웃으면서 손을 내밀어 얼떨결에 수덕도 손을잡고 웃으며 입을 열었다.

"이우연 박사가 임의로 박사 호칭을 해 주는 것은 고맙지만, 정식 코스를 밟은 다른 박사들 보기에 합당치 않고 나도 자신이 없어서 박사 논문을 발표하는 몇 년 후로 미루면 어떨까 하는 생각이 드네! 솔직한 심정이야."

이 소장은 수덕의 진심 어린 소신에 조금 생각하는 듯하더니, 이내 미소 띤 얼굴이 되어 수덕의 팔을 툭 치면서 큰 소리로 말했다.

"뭐 이렇게 소심해졌어! 고등학교 때 그랑프리를 차지하고 대통령과 악수하며 대차게 '대한민국 제일가는 박사가 되겠습니다.' 할 때하고 영 딴판이잖아!"

"이 소장은 내가 그동안 겪었던 굴곡을 몰라서 그래."

"너무 기죽지 마! 사실 오늘 진 박사가 보여 준 것 한 가지만으로도 여기 연구원들이 제출했던 박사 논문에 실린 과제에 비교하면 하늘과 땅 차이야! 내가 공연히 흥분해서 하는 말이 아니라, 앞으로 진 박사 연구가 세계 과학계에 엄청난 바람을 몰고 올 거란 걸 내가 장담할 수 있단 말야!"

"이론적으로 완전한 정립이 아직은 어려워서 아직 갈 길이 멀어."

수덕의 말에 너무 소심해 있다고 생각하는 이 소장은 환하게 웃으면서 등을 두드리면서 다른 제안을 했다.

"오늘은 주말이고 하니 저녁에 시내 나가서 축하주 한 잔 나누고 싶은데, 진 박사 생각은 어때?"

수덕이 조금은 들떠 보이는 이 소장의 제의에 고갤 끄덕였고, 실험실로 돌아와 보니, 은호는 맥없는 표정으로 여전히 빛을 내뿜고 있는 시료 접시를 바라보고 있다가 수덕이 들어오는 것을 보고 퉁명스럽게 말했다.

"저는 오늘 여기서 밤을 새워야 할 것 같은데요. 적어도 앞으로 삼십 시간 이상 걸릴 것 같거든요."

"네가 그것을 어떻게 알 수 있어?"

"보세요! 불꽃을 내뿜고 있어도 열기가 전혀 없고, 분말 자체는 조금도 소모되지 않고 있는데, 다만 소듐 염기액이 자연 증발해서 아주 극소량씩 줄어들고 있거든요. 아마 염기액만 계속 보충해 준다면 영원히 꺼지지 않을 것 같은데요."

수덕은 고개를 끄덕이면서 원래 암석을 강변에서 발견할 당시 뿜어내는 빛줄기를 보고 신물질이란 걸 인지했으면서도 염기에 반응하는 것을 그저 하찮게 여겼다가 이렇게 엄청난 파문을 일으킬 줄 몰랐던 자신이 너무 어이없을 뿐이었다.

이 반향이 어떻게 전개될지 가늠할 수 없는데다가 자꾸만 마음속에 놀라운 과학적 발견이라는 환희보다는 뭔가 자신을 옥죄어 온다는 부담감이 느껴지는지 알 수 없는 노릇이다.

은호와 같이 실험 접시를 연구실로 조심스럽게 옮기고, 벽에 걸린 멈춰선 전자시계도 떼어다 걸어 놓은 다음 계속되는 변화를 지켜보다가 은호 말대로 한두 시간에 멈춰질 것 같지 않아서 은호를 데리고 이 소장 연구실로 향했다.

주말에는 수덕과 은호가 서울로 올라간다는 것을 아는 이 소장의 배려로 대전역 근처 아담한 경양식 집에서 세 사람이 오붓한 조금 이른 저녁 식사 자리를 같이하고 있었다.

"진 박사는 이렇게 매번 주말마다 왔다 갔다 하는 것이 번거롭지 않나?"

"은호는 그냥 여기 있어도 상관없는데, 나는 집사람이랑 아들 녀석하고 계약서를 쓰고 사인까지 해서 어쩔 수가 없어."

"내 생각엔 앞으로 아주 바빠질 것 같아서 하는 말인데, 지금 쓰고 있는 연구원 사택에 부인을 모셔 오는 것도 한번 생각해 보지그래?"

"우리 집사람은 자기 나름대로 생각이 있어 출판사에 출근하고 있어서 내가 강요하기가 뭣해!"

수덕의 말에 이 소장은 고개를 끄덕이면서도 조금은 걱정스러운 낯빛으로 이야기를 이어 갔다.

"내 옛날부터 구상해 온 프로젝트는 현재 진행 중인 핵융합 발전의 또 다른 이름인 인공태양 말고, 진짜 순수한 인공MOON을 저 하늘에 띄우는 거였다네. 공교롭게 이번 실험이 내 계획에 한 걸음 앞서는 엄청난 파장인 것은 인공MOON에 천재의 신물질 원소를 염기성 시료와 함께 탑재한다면 어떻게 되겠나! 가히 상상되나?"

이 소장의 다분히 격앙된 말에 수덕은 자기 귀를 의심하는 듯 포크를 든 채 이 소장을 노려보고, 은호도 나름대로 느껴지는 것이 있는 듯 굳은 표정으로 바라봤다.

"나도 인류가 극단으로 치닫는 참혹한 핵 대결과 지구를 오염시키는 행위를 좌시할 수 없다는 사명감으로 접어 두었던 연구 자료를 다시 끄집어내서 여기까지 오긴 했지만, 이 박사가 구상하는 것이 내가 예상하는 그것이라면 아직은 선뜻 동의하기 어렵네! 실험실에서도 말했지만, 인류를 아예 몇백 년 전으로 돌려보내는 가공할 프로젝트가 되는 셈이 아닌가!"

수덕의 조금은 흥분된 말을 묵묵히 듣고 있던 이 소장은 심각한 표정이 되어 고개를 끄덕이며 조용하게 이야기를 시작했다.

"나도 내 계획이 성공했을 때 닥쳐올 혼란을 예상하지 못하는 것은 아니지만, 현재 인류가 이미 안고 있는 혼란과 위험은 그 수준을 넘고 있다는 것을 우리가 무감각하게 실감하지 못할 뿐 우리 눈앞에, 아니! 우리 육신을 감싸고, 호흡을 통해서 몸 안까지 파고 들어와 있다는 것을 진 박사는 왜 모른 척하려는 건가?"

수덕은 대답을 못 하고 멍하니 바라보기만 하자 이 소장의 목소리는 점점 커졌다.

"왜 대답을 못 하나? 그럼 내기 기꾸로 단도직입적으로 물어보겠네! 진 박사도 현재 인류가 처한 이 상황을 좌시하지 못해 연구를 시작했다고 했는데, 어떤 대안을 염두에 두고 있는지 얘기해 줄 수 없나?"

수덕은 이 소장의 다그침에 신중한 표정이 되어 조용히 입을 열었다.

"자네가 처음 만나서 꺼낸 말 중에 내 마음을 울린 말이 바로 내가 찾아낸 신물질 원소의 엄청난 파괴력을 뒤집어 볼 생각은 왜 못 했느냐는 것이었네! 내가 원래 찾으려는 것이 바로 그것이었거든. 아직 이 박사에게 보여 주지 못한 그 가공할 원소의 파괴력을 뒤집기 위해서는 이 원소의 진짜 민낯을 밝혀내야 하는데 아직 그 단계에는 오르지 못하고 있다고 솔직히 고백하겠네!"

수덕의 말에 한참 생각에 빠져 있던 이 소장은 빙긋이 미소를 지으면서 나지막이 차분하게 말했다.

"내가 흥분해서 밝힌 계획은 어디까지나 내 마음속에 간직한 꿈일 뿐이고 이루는 데까지는 많은 재원과 시간이 필요한 사업이니 아직은 크게 신경 쓸 필요는 없지만, 과학을 하는 우리가 현세대를 바라보는 기본적인 마음가짐을 제시한 거라고 믿어 줘!"

이 소장이 한발 물러선 누그러진 말투로 말하며 수덕의 술잔에 맥주를 따라 권하자 식사를 거의 마치고 음료수를 마시던 은호가 입을 열었다.

"하늘에 띄우는 진짜 인공태양은 일본에서 이미 추진하고 있다고 하던데요."

은호의 말에 이 소장은 신기한 듯 바라보면서 말했다.

"나도 사실은 얼마 전에 학회에서 만난 일본 이치로 다카시 박사한테 아직은 보안이라면서 은밀하게 말해 줘서 알고 있었다. 솔직히 이번 내 구상도 거기에서 기인한 것이었는데, 작은 천재는 그걸 어떻게 알았나?"

"사업 때문에 일본에 자주 가시는 우리 아버지가 내가 여기 HAERI에 간다고 하니까, 일본은 핵융합 발전 설비 말고도 하늘로 띄워 올리는 인공태양 사업을 계획하고 있다고 아무렇지 않게 말해 주시던데요."

"사업하는 너희 아버지가 알 정도라면 다카시 박사가 공연히 호들갑을 떤 것이었나?"

이 소장은 조금은 허탈한 듯 맥주잔을 기울이고, 수덕은 조금 마신 술에도 얼굴이 붉어져 우선 이 소장의 극단적 서두름을 어느 정도 진정시킬 수 있게 된 것이 다행이라고 생각하면서 월요일에 시연하기로 되어 있는 강산성 시료에 대한 반응이 실험에 대한 개요를 설명했다.

수덕은 은호와 열차 객실에 나란히 앉아 너무 앞서 내닫는 것 같은 이 소장의 사고가 자칫 위험할 수 있다는 생각이 들고, 현세대의 과학적 발전의 틈새에서 불거져 나온 난제들을 직시하면서 흥분된 상태에서 거침없이 자신을 추궁하듯 했던 말들을 다시 곰곰이 유추해 봤다.

언뜻 온 우주 신이 지적했던 지금 지구가 겪고 있는 산업화로 인한 환경 문제나 무분별한 핵에너지 개발로 눈에 보이지 않는 인간을 비롯한 살아 있는 것에 가해지고 있는 무한한 폐해들을 생각하면 이 소장의 판단이 조금도 틀림이 없다고 할 수 있겠다.

하지만 문제는 이 소장이 생각한 대로 인공MOON을 띄워서 전자 활동을 무력화한다고 해서 지금 지구인이 짊어지고 있는 문제가 말끔히 해결될 수 있느냐는 것인데, 자신의 판단은 그것이 절대로 해답이 될 수 없고, 오히려 혼란이 더욱 가중될 수밖에 없다는 것이다.

한동안 수덕이 눈을 감고 생각에 빠진 것을 물끄러미 바라보던 은호가 가만히 귓속말처럼 속삭였다.

"박사님! 소장님이 인공MOON을 띄우면 나 오대산 할아버지한테 갈래요."

은호의 말에 수덕은 눈을 감은 채, 혼잣말처럼 되뇌었다.

"그 영감, 거기 없다!"

은호는 수덕의 말에 화들짝 놀란 얼굴이 되어 팔을 조심스럽게 흔들었다.

"거기 없으면 어디 있다는 거죠! 또 박사님이 어떻게 아시는 건데요?"

"지난번 완이 만났을 때 그 영감 지리산에 있더라고 말 안 해줬어?"

"아뇨! 그 얘기는 쏙 빼고 어머니랑 찬우 형 조카 부부 모시고 스케치 여행 겸해서 지리산에 갔다 왔다고 자랑만 했는데. 이 형이 정말!"

은호는 화가 난 얼굴로 주먹을 불끈 쥐었다가 이내 의아하다는 표정으로 바뀌면서 고개를 절레절레 흔들었다.

"오대산 할아버지가 왜 지리산에 가 있다는 거죠?"

"글쎄다! 조금 있으면 도착하는 서울역에 완이가 나와 있을 거니까 한번 물어보렴. 아마 말하지 못한 사정이 있겠지. 나한테 들었다고 하지 말고 한번 은근하게 물어보도록 해! 분명히 무슨 이유가 있을 거다."

기차가 서울역에 도착한 저녁 여섯 시, 은호는 부리나케 서류 가방을 챙겨 들고, 수덕을 부축해 플랫폼에 내리면서 공연히 마음이 들떠서 바빴다.

개찰구를 나서자 저만치 곧바로 보이는 완이에게 달려가서 다짜고짜 팔뚝 소매를 부여잡고 매달리며 고함치듯 외쳤다.

"형! 오대산 할아버지를 지리산에서 봤으면서 왜 나한테 숨긴 거야?"

완이는 들은 척 만 척 대꾸 없이 수덕을 안다시피 부축해 차를 세워 놓은 주차장으로 향했다.

"완이 씨! 정말 그럴 거야?"

은호는 발을 동동 구르면서 완이의 하는 양을 뚫어지게 바라봤다.

"어서 차에 타기나 해! 형이라고 안 해도 집에까지는 데려다줄 거니까."

은호는 할 수 없이 조수석 문을 열고 차에 타면서도 잔뜩 화난 얼굴로 또다시 쏘아붙였다.

"오대산 할아버지가 뭐라고 했길래 말을 못 하는 거지?"

"몰라!"

완이가 한마디로 잘라 말하고 시동을 걸어 출발하자 은호는 날카롭게 쏘아보며 나지막하게 중얼거리듯 말을 했다.

"완이 씨가 후회할 때는 이미 늦었다는 걸 내가 확실하게 보여줄 거야!"

"뭘!"

"죽고 못 사는 은샘이 누나를 내가 뺏어 버릴 거야!"

"지금 너는 그걸 말이라고 하냐?"

완이 주먹으로 은호의 어깨를 치면서 기막혀하자 잠잠히 아이들이 하는 양을 지켜보던 수덕이 한마디 했다.

"은호! 너는 형한테 늘 나가도 너무 나가는 경향이 있어."

"박사님! 내 고집도 보통은 넘는데, 완이 형도 만만치 않아서 이렇게 안 하면 순순히 말을 하지 않거든요."

은호의 말에 완이가 발끈했다.

"야, 이은호! 네가 어떻게 우리 은샘이를 뺏겠다는 건데?"

"은샘이 누나가 이번에 대학 시험에 응시할 거 아냐! 나도 검정고시 붙으면 은샘이 누나가 지원하는 학과에 지원할 거란 말야. 문제는 나도 은샘이 누나가 맘에 들었다는 거지."

은호의 너스레에 완이가 어이가 없어 헛웃음만 짓자 은호는 느물느물한 얼굴을 들이밀면서 계속 조잘거렸다.

"나는 누구든지 내 마음속에 들어오면 나한테로 끌어오는 재주가 있거든. 그리고 얼굴이나 몸매도 형보다는 내가 낫지 않나? 박사님 그렇죠?"

은호의 말에 수덕은 껄껄 웃으면서 대답을 했다.

"오늘도 완이 네가 판정패인 것 같으니 무슨 사정인지 몰라도 그냥 말해 주는 게 나을 것 같다."

아버지의 충고에 완이는 잔뜩 찌푸린 얼굴로 은호를 쏘아보면서 대답했다.

"대장부 양심을 걸고 한 약속이라 말 못 해요!"

"그래도 저 질긴 껌딱지가 한 번 맘먹은 것을 쉽게 포기하지 않을 텐데, 어떡하나?"

수덕의 말에 은호는 의기양양해서 떠들었다.

"완이 씨가 은샘이 누나랑 결혼은 물론 약혼한 사이도 아니고 내가 보기엔 뽀뽀도 못 해 본 것 같으니 지금 완전한 자유 경쟁 시대에 이은호 양심에 조금도 걸릴 게 하나도 없네! 순순히 그 대장부 양심 포기하시지?"

완이는 은호가 꼬치꼬치 파고드는 게 성가셔서 아버지에게 잔뜩 못마땅한 목소리로 통사정을 했다.

"아버지! 왜 그 얘기를 얘한테 하셨어요? 영감님이 부탁하길 자기가 지리산에 있는 걸 알면 저 녀석이 저를 졸라서 분명히 찾아와 징징대면서 매달리는 게 싫다고 절대로 말하지 말라고 신신당부하셨고, 탄파 할아버지도 대장부 약속은 무슨 일이 있어도 지켜야 한다고 했단 말예요."

완이의 말에 은호는 금세 생글생글 웃으며 운전대를 잡은 손에 매달렸다.

"이제 완이 형이 내일이라도 지리산에 데리고 갈 일만 남았네."

"너 치사하게 아쉬우니까 형이냐? 그리고 그 영감님이 몸이 다 나아서 도로 오대산으로 돌아갈 거라고 했단 말야!"

"정말이야!"

은호 눈이 동그래져 쳐다보자, 완이는 좀 짜증스러운 눈빛으로 바라봤다.

"넌 왜 그 영감님만 만나면 울고불고 매달려서 귀찮게 하는 건데?"

완이의 말에 은호는 금방 울먹인 얼굴이 되어 말을 했다.

"내가 병원에서도 말한 것처럼 그 할아버지 아니었으면 난 지금쯤 오대산 첩첩산중 어느 골짜기에 뼈만 남은 해골이 되어 누워 있을 거란 말야!"

완이는 영감이 어려운 상황에서 구해 줬었다는 것은 알고 있었으면서도 은호의 좀 끔찍한 표현에 놀란 얼굴이 되어 다시 한번 건네봤다.

묵은 빛

신물질 원소의 초산과 황산, 그리고 인산 등 산성 시료에 대한 반응 실험에는 염기성 시연 시 충격적인 전자 반응이 연구단지 안에 입을 통해 소문으로 널리 퍼져서인지 첫 번째 시연 때보다 더 많은 연구원이 나와서 지켜보고 있는 가운데 몇몇 젊은 박사들이 유독 눈에 띄었다.

그중에서도 이십 대와 삼십 초반 또래로 보이는 서너 명의 연구원이 어느 정도 거리를 두고 바라보고 있는 나이 든 박사들과 달리 실험대 가까이 접근해서 보조해 주는 척 이것저것 참견을 하고 있었다.

불화수소산이라 불리는 플루오린화 수소산 수용액처럼 모든 광물과 암석을 여지없이 통과해 녹아내린 실험 결과를 하나같이 의아한 눈으로 차례로 돌아가면서 관찰하는 시간이 지나고, 결코 불화수소산과 같은 독성이 없이 광범위하게 모든 물질을 통과하는 원소는 이 신물질뿐이라는 이우연 박사의 한껏 흥분된 평가가 있었다.

모든 걸 정리하고 철수할 무렵 처음부터 기웃거렸던 젊은이 가운데 건장한 체격을 갖춘 청년이 수덕을 유심히 살피면서 다가와 무슨 말인가 하려는 찰나, 마침 연구원들과 이야기를 나누고 있던 이 소장이 청년을 큰 소리로 부르는 것이 수덕에게도 들렸다.

"노 실장! 나하고 잠깐 얘기 좀 하지."

수덕은 소장의 부름에 맥없는 표정이 되어 실없이 웃음을 흘리며 돌아서는 청년을 보면서 전혀 예상하지 못했던 상황에 별일이다 싶어 보안경을 벗고 멍하니 서 있자, 은호가 청년의 뒷모습을 빤히 지켜보다가 입을 열었다.

"박사님이 저 형한테 갚을 큰 빚이 있는 것 같은데요."

"뭐! 내가 무슨 빚을?"

"잘 생각해 보세요! 뭔가 엄청난 것을 따져 보겠다는 생각으로 실험하는 동안 내내 요리조리 박사님을 살피고선 마무리에 왔다가 때마침 소장님이 불러서 갔지만, 저 형으로서는 워낙 심각하게 중요한 것이라서 쉽게 포기 못 할 것 같은 눈치던데요."

수덕이 주절거리는 은호의 부축을 받으며 연구실로 돌아가면서 곰곰이 생각하니, 은호가 짚어 낸 빚이란 말이 가슴에 새삼스럽게 와닿았다.

지리산 탄파 도인이 귀가 아프게 다그치며 해 줬던 말이어서 자기 자신이 짊어질 수밖에 없었던 엄청난 업보가 언젠가는 갚아야 하는 바로 빚이란 것을 한 번도 잊은 적은 없었다.

하지만 빚을 갚는 길이 무엇인지는 천재 소리를 수없이 들어왔으면서도 최선을 다해서 살아온 것 외에 멍텅구리처럼 다른 길을 아직은 찾지 못했다. 수덕이 의족에 의지해 장시간 서 있는 바람에 피곤해져 아주 힘없이 연구실로 돌아와 소파에 몸을 눕히고 한참을 눈을 감고 깊은 생각 속에 빠져 있는 사이, 그런 수덕의 마음을 헤아리기라도 하는 것처럼 은호는 며칠 후에 치를 검정고시에 대비해 버릇처럼 참고서를 들고 훑어보면서도 나지막하게 중얼거렸다.

"박사님! 빚쟁이는 피하면 피할수록 더욱 달라붙어서 못살게 굴 거니까 제 생각은 먼저 찾아가서 말로 설득하는 것이 순서인 것 같은데요."

수덕이 눈을 감은 채 아무 말을 못 하고 있을 때 갑자기 이 소장이 조금은 침울한 표정으로 찾아와 수덕이 일어서자 손으로 그냥 앉아 있으라는 시늉을 하고 입을 열었다.

"아까 실험실에서 진 박사 자네 앞에서 왔다 갔다 하던 친구가 노승민이라고 동력 설계부 실장인데, 혹시 그 친구가 누군지 알아보겠나?"

"글쎄! 내가 유일하게 아는 노씨 중엔 홍릉 연구소 소장이던 돌아가신 노춘배 박사님뿐인데, 이혼했다는 소문 외에는 가족 얘기는 들은 적이 없어서 잘 모르겠는걸!"

수덕의 말에 이 소장은 고개를 끄덕이면서도 좀 의아하다는 표정으로 얘기를 이어 갔다.

"승민이는 MIT에서 박사 학위를 받은 수재인데, 조금 전에 녀석이 뜬금없는 소리를 하지 않겠어!"

"그 친구가 무슨 말을 했길래?"

"밑도 끝도 없이 대연각 호텔 화재 사고 피해자인 너를 보고 방화범이라는 말도 안 되는 소리를 하길래 한참 야단치고, 할 일이 태산 같은 사람 건들지 말라고 경고는 했는데, 그 녀석은 막무가내로 우기더라고."

수덕은 '자신이 화재 피해자이기도 하지만 정확히 따지면 초기 화재의 원인 제공자인 것까지는 이 소장은 알지 못하는구나!' 생각하면서 아무 말도 못 하고 있자, 이 소장 자신과 노 실장과의 관계를 길게 늘어놓았다.

"승민이! 그 친구가 박사를 따자마자 나한테 진로 선택을 자문해 오길래 내가 MIT 교수로 있을 때 같은 한국인이면서 제자 관계로 잘 아는 사이라 모국에 들어와 같이 일하자고 설득해서 들어온, 자네 말대로 노춘배 박사의 유일한 혈육인 아들인데, 그렇게 엉뚱한 소리를 하지 않겠어?"

이 박사의 마지막 말에 수덕은 무엇에 머리를 벼락 치듯 얻어맞은 것 같은 충격을 어쩌지 못해 벌떡 일어서면서 소리치고 말았다.

"노 박사에게 아들이 있었단 말야?"

수덕의 민감한 반응에 이 소장은 고개를 끄덕이며 놀라워했다.

며칠 후에 수덕은 은호의 조언대로 피하기보다는 직접 마주해서 모든 것을 풀어 보고자 노 박사의 아들을 직접 만나 볼 결심으로 은호를 시켜서 우선 노 실장의 사무실과 처소를 확인하도록 했다. 연구소 안 여기저기를 찬찬히 둘러보고 온 은호는 어두운 얼굴로 뜻밖의 말을 했다.

"그 형 연구실은 HAERI소장인 이 박사님 사무실 바로 옆에 있어서 쉽게 찾았는데, 여기 연구소는 박사님이 오랫동안 있을 곳이 아닌 것 같아요."

영하 200도 이하의 극저온 상태에서 신물질 원소의 원자 배열을 탐색하기 위한 준비를 하고 있던 수덕이 멍한 시선으로 바라보며 물었다.

"껌딱지가 뭘 봤기에 그러는 거야?"

"전자를 무력화하는 염기성 시료에 대한 반응 실험을 공연히 여러 사람 앞에서 보여 준 것이 큰 실수였죠. 전자를 죽이거나 묶어 놓는 것은 곧바로 다른 박사들의 연구를 죽이거나 묶어 버리는 결과가 되고, 우선 당장 추진하고 있는 발전용 인공태양까지 쓸모없게 되는 셈이니, 그 사람들이 가만히 지켜만 보고 있겠어요? 군데군데 모인 사람들이 구시렁거리는 소리가 제 귀에는 또렷하게 들렸단 말이죠."

"지난번 그 실험은 너도 직접 본 것처럼 우리가 예상하지 못했던 결과가 갑자기 나오는 바람에 어쩔 수 없었던 건데, 연구원들이 그렇게 민감하게 나오고 있단 말야?"

"더구나 여기 대장인 이 소장님이 정신없이 서두르는 바람에 연구소 박사 중엔 원인을 제공한 주인님보다 먼저 소장이 아웃되어야 한다는 생각을 하는 사람도 있었어요."

"사람만 바꾼다고 이미 나온 연구 결과가 없어지는 건가?"

수덕은 자신도 모르게 얼떨결에 내뱉고는 섬뜩한 생각이 번갯불처럼 머릿속에 스치고 지나가 그 자리에 주저앉자, 은호가 달려들어 부축하면서 입속말로 되뇌었다.

"그런 셈이죠! 주인님 말씀을 뒤집어서 연구 결과를 없는 것으로 바꾸려면 그것에 관여한 사람이 아예 없어져야 한다는 결론이 나오네요."

"지금 너는 그게 말이 된다고 생각하는 거니?"

"금방 박사님 말씀이 그런 뜻 아닌가요? 아직은 거기까지 극단적으로 생각하는 사람은 없지만, 새로운 인공태양에 전자 활동을 방해하는 신물질 원소를 함께 띄우려는 시도부터 우선 막으려면 이 프로젝트를 적극적으로 추진하면서 앞장서고 있는 이 소장님을 타깃으로 잡는 것 같았어요."

"지난번 식당에서 너도 듣지 않았어? 소장 자신은 그것이 인류가 혼란을 감수하고라도 추구해야 하는 최선의 길이지만 현실적으로 자기의 꿈은 실현하기는 힘들 거라고 했잖아!"

"그때는 박사님이 막무가내로 설득을 하니까 일단 한 발짝 물러서셨지만 제가 본 거칠 것 없는 성품을 가진 소장님의 마음속 깊은 곳엔 결코 쉽게 포기할 수 없는 프로젝트로 자리 잡고 있어서 앞으로 우리 주인님까지 어떤 어려움을 겪게 될지 걱정이네요."

수덕은 아직 어린 껌딱지가 어떻게 현 상황을 그리도 세심히 꿰뚫고 있는지 불가사의하다고 생각하면서 우선은 이 소장을 다시 설득해야겠다고 마음먹고 머리를 주억이자, 은호가 다시 퉁명스럽게 말했다.

"우리 그냥 서울로 돌아가면 안 돼요?"

수덕은 눈을 말똥히 뜨고 시무룩해져 있는 은호를 넌지시 바라보면서 조용하게 말했다.

"사람이 오가는 처신이 어려운 게 무엇인가 하면 중도에 돌아갈 거면 애초에 오지 말았어야 한다는 것이다. 그리고 이 문제는 우리가 여기를 떠난다고 해서 쉽게 끝날 문제가 절대로 아냐."

"나 껌딱지는 괜찮지만, 우리 주인님이 힘들어지는 것을 볼 수 없어요."

눈물이 많은 은호는 금방 눈물방울이 쏟아질 것 같은 얼굴이 되어 수덕을 바라보다 고개를 떨구었다.

하지만 은호가 걱정했던 것처럼 연구소 안에서 금방 어떤 움직임은 감지되지 않았고, 그저 태풍 전야의 고요와 같은 불안한 나날이 지나갔다.

수덕이 이 소장을 잡고 여러 차례 심층적인 질문을 던지면서 연구소 분위기를 간접적으로 전해 봤지만, 이 소장은 그저 상식 밖이라면서 기우일 거라는 대답뿐이었고, 어려운 걸음으로 소장을 면담하고 나오면서 노 실장을 찾았지만, 자리가 비어 있어 소장에게 문의한 결과 현재 해외 출장 중이라고 일러 주었다.

주말에 서울에 올라갔다가 은호는 검정고시가 코앞이라 시험을 준비하기 위해 집에 머물고, 수덕은 혼자 내려와 연구실에서 원소 분석 작업 준비에 골몰하고 있을 때, 문이 열리면서 뜻밖에 노 실장이 예고 없이 연구실 안으로 쓱─ 들어왔다.

"해외 출장 중이라면서 웬일인가?"

"일본에 잠깐 다녀왔죠. 그런데 천재 씨가 제 방을 여러 번 찾으셨다고 들었는데, 나한테 무슨 볼일이 있었을까요?"

"자네 부친 노 박사님은 나와……."

수덕이 거기까지 말했을 때, 노 실장의 표정이 돌변해 말을 막았다.

"그 양반 얘기는 지금 하지 맙시다!"

갑자기 흥분된 뇌성 같은 노 실장의 음성이 연구실 안에 쩌렁쩌렁 울려 퍼졌다. 수덕은 예상하지 못한 날카로운 반응에 움찔하면서 입을 열었다.

"그렇다면, 지금 노 실장은 무슨 용무로 나를 찾은 건가?"

그제야, 노 실장은 화난 음성을 가라앉히고 밝은 표정이 되면서 입을 열었다.

"사실은 좀 어려운 부탁이 있어서 왔는데, 막상 천재 씨를 대하니 말하기가 왠지 망설여지네요."

수덕은 노 실장의 심중은 연구소 안에서 자주 부딪치는 것이 불편해서 수덕 자신이 스스로 HAERI에서 없어져 줬으면 한다는 것을 이미 알고 있지만 아무 말 없이 그저 바라볼 뿐이고, 노 실장은 이야기를 계속 이어 갔다.

"옛날에 어린 내가 봤을 때는 이미 이 세상 사람이 아닌 것처럼 흉하게 싸매고 있어서 완전히 폐인이 된 줄 알고 아예 잊고 했었는데, 이렇게 멀쩡해져서 활동하는 줄은 꿈에도 몰랐네요."

수덕은 머리를 갸웃거리며 말하는 노 실장의 태도가 20여 년 전의 자기 모습을 본 것처럼 말하는 것이 너무 의외라는 생각에 어렵게 입을 열었다.

"사고 당시에 나를 봤다는 말이군! 나는 한 번도 가족 얘기를 듣지 못해서 장성한 아들이 있다는 것이 믿기질 않네. 지금 자네는 당시 예상했었던 대로 내가 여기서 사라져 달라는 말이 하고 싶은 것이 아닌가?"

수덕의 직설적인 표현에 노 실장의 웃음기 있던 표정이 금세 바뀌면서 대들 듯이 한 발짝 다가서서 나지막하게 속삭였다.

"내 솔직한 심정은 이 자리에서 당신이 당장 죽어 줬으면 좋겠습니다!"

수덕이 너무 극단적 표현에 섬찟한 마음이 일순간 들면서 한 걸음 물러서서 휘청하자, 노 실장은 이내 웃음을 터트리고는 허리를 잡고 몸까지 한 바퀴를 돌면서 어쩔 줄을 몰라 했다.

"암 쏘리. 내가 너무 오버했군! 난 천재 씨가 여기에 있고 없고 그런 것은 현재 아무 상관이 없습니다."

"내가 여기서 나가 주길 바라는 게 아니었단 말야?"

이미 상대방의 의중을 읽었다고 생각했던 수덕의 의외라는 반응에 노 실장의 표정이 또 변하면서 굳은 얼굴로 나직하게 말했다.

"천재 씨는 소장과 서로 말을 트는 사이라고 처음 보는 아무한 테나 함부로 말을 계속해서 놓습니까? 당장 정정하십시오!"

수덕은 어쩌면 당돌해 보이는 노 실장의 지적에 우선 얼굴이 붉어져서 실수였다고 인정할 수밖에 없었다.

수덕의 사과에 노 실장은 다시 얼굴이 밝아지면서 예상했던 것 과는 달리 이번 주말에 자기 연구실에 와서 신물질 원소의 강산 성 시료에 대해 반응 실험을 해 달라는 부탁을 하기 위해 찾아온 거라고 털어놓는 것이었다.

무슨 목적으로 다시 실험을 보겠다는 것이냐는 수덕의 물음엔 즉답을 피하면서 연구원들 말고 특별한 외부 VIP 몇 명을 초청한 자리가 될 거라고 하면서 이번에는 어린애처럼 매달려 간청을 해 수덕이 하는 수 없이 부탁을 들어주기로 약속을 했다.

수덕은 이 박사와 함께 신물질 분말을 미리 황산 용액에 녹여 서 역청 상태로 만들어 놓았던 것을 영하 200도의 극저온 상태에 서 굳어진 것을 다시 가루로 만든 다음 산에 넣어서 녹인 용액을 끓이고, 얼리고, 침전시키는 과정을 여러 번 반복했다.

과정마다 방사능이 있는지 확인했지만 엄청난 질량을 품고 있 으면서도 방사능은 전혀 검출되지 않고, 불순물을 모두 제거한 상태의 사파이어 보석과 같은 파란 물질을 초정밀 전자 현미경을 통해 두 사람은 번갈아 들여다보면서 묘한 빛을 발산하는 황홀한 스펙트럼에 탄성을 질렀다.

이 소장이 적극적으로 달라붙어 원자핵을 분리하는 작업을 하 면서 엄청난 양성자 수와 그에 맞먹는 중성자 수에 고개를 가로 저으면서 입을 떼었다.

"우라늄의 300만 배 방사능을 가진 라듐보다도 양성자 수는 월등하게 많은데, 방사능이 전혀 잡히지 않는다는 것이 도대체 이해할 수 없는 수수께끼일세. 방사능이 아닌 우리가 아직 모르는 다른 에너지원을 가진 것이 아닌지 모르겠군!"

이 소장의 잔뜩 긴장된 말에 수덕도 의심이 들었던 내용을 털어놓았다.

"내가 보기엔 원소 속에 몇 가지 특이한 다른 원소가 눈에 띄는 것을 세밀히 분리하자면 원심 분리기를 사용해야 할 것 같고, 빛의 스펙트럼 자체가 전혀 낯선 것이 혹시 방사능이 아닌 차원이 다른 것이라면 현재는 우리가 분석할 방법이 없는 것이 아닌가?"

이 소장은 깊은 생각에 빠진 듯 말이 없어서 수덕이 다시 입을 열었다.

"노 실장 아버지, 노 박사도 첫 번째 실험 결과를 보고 나와 함께 분석에 매달렸다가 우리 힘으로는 역부족이라고 판단해서 미국의 핵물리학자를 초청했던 건데……!"

수덕이 끝까지 말을 하지 못하고 얼버무리자 이 소장이 감았던 눈을 번쩍 뜨면서 말을 했다.

"데이비드 샌더슨 박사 말인가!"

"자네가 그 양반을 어떻게 알지?"

"아주 잘 알지! 내가 MIT에 입학했을 때 NASA 연구위원이면서 주임 교수였던 분이 바로 샌더슨 박사여서 잘 아는 사인데, 유럽 학회에 참석했다가 돌아오는 길에 한국에 들렀다가 호텔 화재에 참변을 당했다고 당시 NASA는 물론이고 워싱턴 정가에서도 아주 난리가 났지. 내게도 데미지가 컸던 사건이었어."

이 소장이 충격이 컸던 당시를 회상하는 듯 눈을 내리감고 있을 때 실험실을 노크하는 사람이 있어 수덕이 다가갔다.

소장실 여비서 미스박이 조금은 심각한 얼굴이 되어 들어와 소장에게 메모 쪽지를 전하고 아무 말 없이 실험실을 나갔다.

이 소장은 받아 든 메모지를 흘끗 본 다음 주머니에 쑤셔 넣고는 아무런 내색 없이 이야기를 이어 갔다.

"어려움에 부딪히면 돌아가거나 뒤집어 보는 것이 현명한 방법이라 다분히 미스테리한 이 원소의 정체를 밝히려면 전하를 띈 원자핵에 전하가 없는 여기 수많은 중성자로 충격을 가해서 방사성 물질로 바꿔 보는 것도 괜찮은 방법인 것 같네!"

"그것도 이 원소를 파악하는 데 현명한 방식이지만, 우선 내가 제안한 원심 분리기로 숨어 있는 다른 원소들을 분리해 내는 것이 우선인 것 같군."

수덕의 말에 이 소장은 고개를 끄덕이고 서둘러서 소장실로 돌아갔다.

조금은 어두운 표정으로 소장실로 돌아온 이 소장은 급히 전화 다이얼을 돌렸다. 바로 상대편 여비서의 목소리가 들리자 이 소장이 밝은 목소리로 입을 열었다.

"HAERI의 이우연입니다."

이 소장의 말이 떨어지기 무섭게 묵직한 남자 음성으로 바뀌었다.

"이 박사! 지금 아주 바쁘다면서요?"

"분석할 것이 좀 있어서 바로 장관님 전화를 받지 못해서 죄송합니다."

"쉬엄쉬엄하세요. 나도 학창 시절에 연구소에 있어 봐서 아는데, 머리를 쓰는 작업은 무작정 달려든다고 해서 해결되는 것이 아니더라고요."

"물론입니다."

"이우연 박사가 더 잘 아는 것을 내가 주제넘게 말했나 보군!"

"아닙니다! 알면서도 가끔은 잊어먹고 정신없이 서두를 때가 있습니다."

"가까이 있으면 가끔은 이 박사랑 차라도 한잔하면서 좋은 얘기 나누면 좋을 텐데, 그러지 못해 아쉽군요."

"저도 마찬가지입니다."

"나는 절대적인 이 박사 팬이란 건 알지요?"

"아이구! 그렇게 말씀하시면 제가 달리 말씀드릴 염치가 없습니다."

잠시 말이 없다가 낮은 음성이 들려왔다.

"그런데, 현명한 이 소장이 그쪽 단도리를 아주 잘 하리라 믿는데, 쓸데없는 잡음이 나올 곳이 아니라서 하는 얘깁니다."

"아니, 무슨 말을 들으셨다는 말씀입니까?"

"나는 원래 옆으로 돌아서 들어오는 메시지는 절대 신용하지 않는 소신인데, 한두 건이 아니라서……!"

이 소장은 그제야 수덕이 여러 번 연구원들의 동향을 지적해 줬던 것이 생각나면서 박사들이 본격적으로 움직이고 있는 것을 직감했다.

"제가 확인하고 제대로 마무리하겠습니다."

"나는 절대적으로 이우연 박사를 신뢰하지만 내게도 감당할 수 있는 수위가 있다는 건 소장도 알지요?"

"물론입니다! 이후로 내부 단속 잘해서 대외적으로 어떤 소리도 없게 하겠습니다. 바쁘신데 번거롭게 해서 죄송합니다."

이 소장의 말이 진심 어린 소신이라고 간파한 장관이 호쾌하게 웃으면서 전화 말미에 물었다.

"아니, 이 박사가 HSTAR 말고 매달리고 있는 것이 도대체 뭐길래, 그쪽 박사들이 하극상도 불사하겠다고 나오는 겁니까?"

"저도 박사이긴 하지만, 박사들의 약점은 한 우물만 파는 본능 때문에 자기에 반하는 것을 쉽게 받아들이지 못하는 맹점이 있습니다. 제가 충분히 설득도 하고 안 되면 양보하는 미덕도 보이겠습니다."

"그렇다고 너무 서두르지 말고 살살 하세요!"

이 소장은 통화가 끝나고 미스 박이 건네는 차를 마시면서 연구소 분위기를 감지 못하고 혼자 독주했다는 생각에 머리를 주억였다.

은호가 검정고시 시험을 마친 오후, 완이 형을 만나서 대전 연구소까지 자동차로 데려다 달라고 조르기 위해 충무로 레스토랑에 찾아왔다가 마침 같이 있던 은샘이한테 잡혀서 곤욕을 치르고 있었다.

완이가 위층 거실에서 외할머니가 호출해서 잠깐 올라간 사이, 은샘이가 낮은 목소리로 은호를 이끌어 밖으로 데리고 나가는 모습을 인수는 의아한 눈으로 바라봤다.

은샘이 가게에서 나와 곧바로 옆 좁은 골목으로 데리고 가서는 날카로운 시선으로, 코스모스처럼 여려 보이는 누나가 설마 어쩌랴 싶어 아무 생각 없이 털레털레 따라온 은호를 쏘아보며 다짜고짜 양 가슴을 움켜잡고 벽으로 세차게 밀어붙였다.

"지난 주말에 올라와서 어린 것이 건방지게 또 형을 가지고 놀았다고? 아니지! 이번엔 네가 날 갖고 논 거지?"

전혀 예상하지 못하고, 갑자기 당한 은호는 얼굴이 하얗게 질린 모습이었다.

"누나! 그게 아닌데요."

"아니긴 뭐가 아니야!"

이번에는 은호의 좌우 양쪽 뺨에 싸대기가 순식간에 보기 좋게 올라가는 소리에 번잡한 명동 길을 지나가던 사람들의 화들짝 놀란 시선들이 쏠리고, 은호 얼굴이 금방 홍당무가 되어 자지러져 주저앉자, 은샘이 두 팔로 일으켜 세우면서 다그쳤다.

"껌딱지 넌! 내가 지난번 음식점 회식 자리에서 진작 알아봤어! 그때 어른들 아니었으면 나한테 혼났을 건데, 내가 많이 참았어. 임마!"

"누나! 혹시 일진이에요?"

"그딴 걸 왜 해! 복싱 국가대표 선수였던 우리 아빠가 지금은 도장 관장이란 말이다. 네가 지난번 오빠한테 도전했던 것처럼 어디 넓은 데 가서 나랑 한번 정식으로 붙어 볼까?"

은샘이 은호를 잡고 마구 흔들고 있을 때, 완이가 긴장된 얼굴로 내려와 두리번거리다 골목에서 둘을 발견하고 뛰어오자, 은샘이 갑자기 은호의 어깨를 껴안고 활짝 웃었다.

"은호가 누나를 좋아한다기에 얼마나 좋아하는지 시험 좀 해 봤지. 그렇다고 이상한 상상은 하지 마!"

은샘의 너스레에 완이는 머리를 갸웃하면서 말했다.

"은샘이! 너 혹시 지난번에 위험하다고 내가 지적했던 어퍼컷 훅을 아버지를 돕고 있는 어린 동생한테 사용한 것은 아니겠지?"

"에잇, 아냐! 볼을 그냥 한번 쓰다듬어 준 것뿐이야. 은호야 그렇지?"

은호는 눈을 말똥이 뜨고 벌게진 볼을 만지며 고개를 끄덕였다.

"누나 손이 얼굴에 빠르게 왔다 갔는데, 왠지 되게 아파. 그리고 왜 갑자기 대낮에 눈앞에서 별들이 튀어나와 번쩍이는 거지? 이런 건 난생처음이야. 형!"

은호가 완이에게 매달릴 때, 인수까지 무슨 일인가 하여 걱정이 되어 내려와 찬찬히 세 명을 돌아봤다.

"나는 너희들이 벌써 대전으로 출발했나 해서 쫓아 내려왔는데, 그 좁은 골목에 모여서 뭣들 하는 거야?"

"별거 아니에요. 아버지 껌딱지가 며칠 전에 은샘이한테 간접적으로 청혼한 것을 해명한 자리라 금방 은샘이의 노 땡큐로 끝났고, 사실은 외할머니랑 정윤경 여사가 챙기는 밑반찬 준비가 늦어져서 심심해 내려왔어요."

완이가 아무렇지도 않게 말하자, 인수는 큰 눈을 더욱 크게 뜨고 말했다.

"완이 너 농담해? 은호가 겨우 중3짜리긴 해도 네 여친과 혼사가 왔다 갔다 하는 게 별거 아니라니. 혹시 주먹이 왔다 갔다 한 것은 아니냐?"

"아니에요!"

셋이서 합창을 하듯 소리치자, 인수는 붉어진 은호의 볼을 유심히 보면서 위층 매장으로 올라가면서 완이에게 말했다.

"대강들 하고 올라와! 나도 매형이 좋아하는 와ー인 하고 스테이크 몇 개 카운터에 싸 놨으니 잊지 말고 챙겨라!"

셋이서 그대로 우르르 인수를 따라 위층으로 올라갔다.

대전 연구소에 도착한 완이와 은호가 차에서 내려 바리바리 서울에서 챙겨 온 짐들을 나누어 들고 숙소에 들어서니, 수덕이 누워 있다가 맥없이 일어나면서 입을 열었다.

"은호는 시험 잘 봤겠지!"

"시험 문제가 완이 형이 구해다 준 기출문제랑 거의 엇비슷하게 나와서 수월하게 봤어요."

"완이! 넌 무얼 그리 힘들게 많이 들고 왔어?"

"아버지가 심심풀이로 드실 것은 어머니랑 외할머님 모녀가 급히 만드셨고, 삼촌은 특별히 와–인을 챙겨 주셨는데, 지내시는 게 불편하진 않으세요?"

"지낼 만하다. 대신 껌딱지가 수고가 많지! 그런데 은샘이랑 같이 올 줄 알았더니 왜 떼 놓고 왔어?"

"은샘이도 입시 준비로 바빠요. 저도 내일 수강 때문에 아버지 얼굴 뵈었으니, 바로 올라가 볼게요."

완이가 일어나는 바람에 수덕과 함께 주차장까지 배웅하고 숙소로 올라오면서 은호는 기운이 없어 보이는 수덕을 부축하며 걱정스럽게 물어봤다.

"박사님! 혹시 나 없는 사이에 무슨 일이 있었던 것 아니에요?"

수덕이 어두운 표정을 짓는 은호를 바라봤다.

"껌딱지 말대로 이제 여길 떠날 때가 된 것 같다."

"왜요! 내 예감대로 무슨 일이 있었군요?"

은호가 방에 들어와서 정리하려던 것을 제쳐 두고 다가가자 수덕이 목소리를 낮추어 말했다.

"누가 신물질 원석들을 몽땅 가져가 버렸다."

"그 사람들 짓이군요!"

"그 사람들이라니?"

"우선 당장 그 요망한 돌덩이부터 없애야 한다고 마음먹고 있는 사람들이 젊은 박사 중에 몇 명 있었거든요."

"그 빚쟁이 노 실장, 승민이 말이냐?"

"아뇨! 그 형은 덩치에 안 어울리게 왔다 갔다 하는 성품의 소유자라 그 또래 동료들과 어울리는 것보다 관심은 박사님한테 빚받는 것에만 골똘해 있었어요."

"껌딱지! 넌 빚, 빚 하는데, 노 실장이 나에게 원하는 것이 도대체 무엇이고, 줄 것이라고는 없는 나한테서 무엇을 가져간다는 거야?"

조금은 흥분한 수덕의 말에 은호는 잠시 생각하는 듯 고개를 숙이고 있다가 묻는 말엔 대답을 미루고 에둘러서 물어봤다.

"제가 없는 동안에 혹시 노 실장과 마주친 적 없었어요?"

"한 번 찾아왔었다. 뜬금없이 자기 연구실에서 지난번에 했던 실험을 다시 한번 더 해 달라는 부탁을 하더라."

"그 형이 요구하는 대로 그 실험을 다시 하면 박사님이 꼬투리를 잡혀서 절대로 안 되는데. 다행히 그들이 실험할 재료를 몽땅 가져갔으니 오히려 잘됐네요. 노 실장은 그 실험에서 박사님이 꼼짝 못 할 구실을 찾으려고 할 게 뻔하거든요."

수덕은 아직도 밝혀지지 않은 대연각 호텔 초기 화재 원인이 신물질 원소였다는 것을 노 실장이 알게 됐다는 생각이 이제야 들면서 그것을 미처 깨닫지 못하고 시연을 선뜻 허락한 자신이 오히려 섬뜩해 있을 때 은호는 계속 이야기를 이어 갔다.

"박사님이 노 실장을 조심해야 하는 이유는 나처럼 그 형도 사고 후 트라우마를 겪은 환자여서 어디로 튈지 모른다는 거죠. 나는 낙상 사고로 죽을 고비를 넘긴 후 트라우마를 겪으면서 공부를 때려치웠었는데, 노 실장, 그 형은 어릴 때 하늘 같은 우상이었던 아버지를 화재 사고로 잃은 충격을 꽁꽁 끌어안고 공부에만 파고들었던데요?"

"그럼, 너는 지금도 그 트라우마가 남아 있는 거야?"

"저는 우리 엄마가 박사 주치의까지 두고 매달려서 많이 좋아졌는데, 노 실장은 공부에만 매달리니까 집에서 별로 신경 안 쓴 것 같아요."

"MIT에서 박사 학위까지 받았다고 하더라."

"박사님은 그 형이 뺏어 갈 만한 것은 하나도 가진 것이 없다고 생각하시지만, 껌딱지가 보기에는 가진 것이 너무 많아요. 그중에 가장 큰 재산은 박사님 미래의 명예죠!"

은호의 생각보다 영악하게 줄줄이 이어 가는 이야기에 수덕은 일면 놀라면서 묵묵히 듣고 있다가 고개를 들고 입을 열었다.

"결론은 노 실장이 노리는 것은 나를 과학계에서 매장하겠다는 거네."

"박사님을 소장님에게 방화범이라고 한 것을 보면 그렇게 짐작할 수도 있는데, 정작 그 형 자신도 아직은 어디로 튈지 오리무중이란 것이 마음에 스크래치가 있는 정신병 환자의 모호한 세계라고 할 수 있죠."

"하긴, 노 실장이 나하고 대화하는 동안 감정 기복이 수시로 바뀌는 걸 보고 좀 이상하다고 느끼긴 했었는데, 노 실장을 잠깐 본 껌딱지가 그것을 어떻게 세밀하게 아는 거지?"

"제가 아직 말씀을 못 드렸는데, 우리 엄마가 학교에서 일등만 하던 아들이 꼴찌 한 번 했다고 큰 충격을 받고 갑자기 정신 병원에 5개월이나 가둬 놔서 그 덕분에 그 속에서 기묘한 정신병 환자의 세계를 통달하고 나와 웬만한 것은 눈빛만 봐도 금세 알 수 있죠!"

"아! 천재인 네가 갑자기 바보가 돼서 정신 병원에 들어갔었다는 애기는 오 간호사 아들, 민수한테 들었다."

"태권 보이요! 그 애는 똑똑한 아이가 왜 멍청한 덩치들하고 잘 어울려 다니는지 모르겠어요."

"언제나 혼자 외톨이였던 너보다는 낫지 않나?"

"글쎄요! 나랑 대화가 통하는 애가 주변에 하나도 없었어요."

"그러고 보면 너는 나하고 공통점이 아주 많다. 나도 네 또래일 적에 외톨이였다가 어쩌다 서울 샌님을 만나 낮이나 밤이나 붙어 다녔지."

"찬우 형 조카 교수님요?"

"그래! 그리고 우주 신, 그분 말씀을 처음 듣고선 어린 마음에 사람의 능력을 평가해서 줄 세우는 시험 자체가 원대하고 광활한 우주에서 무의미하다는 잔뜩 부풀린 생각으로 일부러 너처럼 꼴찌를 한 적이 있었는데, 우리 아버지는 그런 아들이 그냥 어이없고, 조금은 재밌다는 표정이셨어."

"아마 엄마와 아빠의 차이이자, 여자와 남자의 의식 구조 탓일 걸요."

수덕은 은호의 말에 고개를 끄덕일 뿐이었다.

홍릉 연구소 채 원장은 퇴근길에 일부러 조철훈 교수를 만나려고 대학가에 있는 카페에 들어서고 있었다.

낮에 굴지의 로펌에서 왔다는 변호사를 원장실에서 접대하면서 받았던 충격이 가시지 않아서 조 교수를 보자고 연락을 한 것이었다.

카페 안으로 들어가 조금 앉아 있으니, 조 교수가 헐레벌떡 뛰어 들어왔다.

"죄송합니다! 한 녀석이 내가 내준 미−션을 설명해 달라고 끈질기게 매달리는 바람에 좀 늦어졌네요."

"아냐! 나도 금방 왔어."

조 교수가 자리에 앉자, 다가온 웨이터에게 차를 주문하고, 채 원장에게 궁금한 얼굴이 되어 물었다.

"노 박사 아들이 천재를 잡았다는 얘기가 무슨 말인 거죠?"

"자네도 옛날 노춘배 박사 장례식에 미국에서 부랴부랴 귀국한 어린 상주였던 아들이 생각나나?"

"노 박사랑 이혼한 어머니하고 같이 왔었던 거로 기억하는데요."

"그 조그만 꼬마가 장성해 박사가 돼서 지금 대전 HAERI의 이우연 박사 밑에 와 있다는 거야."

"그럼 그 친구가 직접 찾아왔었습니까?"

"아냐! 노 박사 아들 승민이가 천재를 자기 부친을 사망케 한 이십 년 전 호텔 화재 사고 범인으로 단정해서 로펌에 사건을 의뢰하는 바람에 오늘 낮에 변호사가 사무실로 찾아왔었다니까!"

"그 사고는 이미 공소시효가 지났을 거고, 당시 어린아이였던 노 박사 아들이 천재가 범인인 걸 어떻게 알아냈을까요?"

"노 박사 아들도 보통 집요한 녀석이 아닌 모양이야. 옛날에 내가 자기 모친을 만나 최초 발화 현장에서 목격한 것을 설명했던 것을 눈곱만큼도 빼놓지 않고 기억하고 있더군. 낮에 변호사를 보내고 그 당시 기억을 더듬어 보니, 제 엄마 옆에서 잔뜩 흥분된 표정으로 지켜보다가 내가 내놓은 천재가 사용한 것으로 추정했던 작은 구리 통을 보더니 기념품으로 달라고 매달려서 빼앗다시피 가지고 달아났던 생각이 나지 않겠어!"

조 교수도 뭔가 생각이 나는 듯 입을 열었다.

"제가 당시 교수님 지시로 자주 천재 병실을 살폈었잖아요."

"하도 위에서 볶아대서 그랬었지!"

"노 박사 장례 치르고 얼마 안 됐을 무렵, 그 노 박사 아들이 자기 어머니랑 천재 병실에 들어가 있더라고 보고했었는데, 생각나세요?"

"글쎄!"

"그 당시 내가 부인에게 웬일이냐고 물으니까, 자기는 끔찍해서 보고 싶지 않은데 아들이 죽어라 하고 졸라대서 할 수 없이 왔노 라던 씁쓸한 표정이 생각이 나네요. 그런데 이미 끝난 사건 아니에요?"

"나도 그렇게 생각하는데, 변호사 말로는 그때 사건은 발생했지만 정확한 원인을 확정하지 못하고 집행이 정지된 사건이라 확실한 물증만 확보되면 처벌할 수 있다고 하면서도 변호사 자신도 확신은 못 하는 눈치더라고."

"하긴 지나도 너무 많은 시일이 지나서겠죠."

채 소장이나 조 교수 모두 착잡한 모습으로 서로를 바라봤다.

그 시각, 노 실장의 연구실에서는 어머니와 국제 통화를 하면서 소리소리 지르면서 안절부절못하고 있었다.

"아니! 져마니 필릭스가 그딴 소리를 했단 말이야? 이미 끝난 일이라고!"

상대편 어머니의 뭔가 해명하는 소리가 들리고, 다시 노 실장의 날카로운 째질 듯한 음성이 울렸다.

"맘! 그냥 미국 법만 따지는 뚱돼지 필릭스 말만 제발 믿지 마! 법을 떠나서 내 살아 있는 동안에는 절대로 그냥 끝낼 수가 없단 말야!"

아들이 너무 흥분된 것이 걱정스러운 어머니의 가라앉은 음성이 이어지고, 다시 날카롭게 각오를 다지는 노 실장의 큰 목소리가 방 안을 울렸다.

"한국 법원에서 안 되면 샌더슨 박사 건을 엮어서 미국 법원으로 끌고 가서라도 개망신을 시킬 거야! 이번에 승민이가 확실한 증거를 잡아 놓았으니까, 그것을 보고 파파가 어떤 인간의 소행으로 그렇게 참혹하게 돌아가실 수밖에 없었는지, 제발 맘도 확인하러 와야 한단 말야!"

조금은 수긍을 하는 듯한 모친의 얘기가 이어지면서 노 실장은 한참 듣다가 어느 정도 설득됐다고 생각하는지 조금 진정이 되었다.

"지금 당장 필릭스하고 같이 나가서 항공권 티켓팅하는 거야! 여기 호텔은 내가 다 준비해 놨으니까 걱정하지 말고. 맘, 보고 싶어. 사랑해!"

노 실장이 전화 수화기를 놓고 긴 한숨을 내쉴 때, 밖에서 누군가 노크를 하고, 잠시 후에 들어온 사람은 노 실장 또래의 젊은 박사인 토카막 차폐부에 있는 우제광 연구원이었다.

노 실장은 흘끔 한 번 돌아보고 못마땅한 표정이 되어 나지막하게 말했다.

"우 박사! 내가 말한 대로 돌멩이들 모두 실험실에 원위치시켰지?"

우 연구원은 책상 귀퉁이에 걸터앉아 고개를 살래살래 흔들자 노 실장은 다시 화가 잔뜩 난 표정으로 다그쳤다.

"당신들 뭐 그렇게 일을 성급하게 서둘러! 시연을 리바이벌하는 주말까지만 보류해 달라고 했었잖아! VIP 모두 초청해 놓고, 미국 어머니하고 새아버지는 못 온다는 거 억지로 비행기 표 끊으라고 난리 쳤는데."

다분히 짜증스러워하는 노 실장의 말에 우 연구원은 히죽이 웃음을 띤 얼굴을 디밀면서 중얼거렸다.

"위에서 노 박사는 이 소장 라인이라고 씨가 안 먹히는 걸 어떻게 해?"

"아무리 이 소장의 추천을 받아 왔다고 해도 무모한 프로젝트에 내가 함께 매달릴 것 같아서 하는 소리야?"

"내 힘으로는 어쩔 수 없는 걸 나보고 어쩌라고. 또 이 시점에 돌멩이를 도로 갖다 놓으면 이 소장하고 그 천재는 '다음에 또 가져가세요.' 할까? 하여튼 그 대신 바람에 날려 보내라고 하는 것을 승민 씨 생각해서 슬쩍 가져 왔지!"

우 연구원이 주머니에서 비닐봉지에 밀봉한 암석 분말 가루를 내놓아 받아 든 노 실장은 난감한 표정이었다.

토요일 정오, 노 실장이 부탁한 시연은 염두에 없이 수덕은 은호를 데리고 좀 일찍 서울에 올라갈 요량으로 연구실을 나와 소장실을 찾았다.

문을 열고 들어서자, 사무실 안에 많은 사람이 몰려 있어 웬일인가 해서 둘러보니, 그중에 언뜻 홍릉 연구소 채 원장의 얼굴도 보여 의아한 표정으로 다가갔다.

그런데, 채 원장과 인사할 겨를도 없이 이 소장에게 VIP들을 소개하고 있던 노 실장이 함박웃음을 지으며 수덕에게로 팔을 벌리고 다가왔다.

"드디어 오늘의 주인공이 등장하셨군요. 이분이 바로 오늘의 실험을 맡아 주실 천재 과학자 진수덕 씨입니다!"

수덕이 방 안의 모든 시선이 자기에게 쏠려서 얼떨떨한 눈으로 주위를 살펴보니, 채 소장을 비롯해 노 실장의 어머니인 듯한 늙수그레한 홍일점 여성과 나이 든 뚱뚱한 외국인 남성, 그리고 대부분 연륜이 지긋한 남자 댓 명이 조금은 긴장한 얼굴로 주시하고 있었다.

댓 명의 남자 중에는 노 실장이 어떻게 추적해서 섭외했는지 두 명의 국내, 국외 변호사 외에 화재 당시 수사를 맡았던 치안부 형사 출신들이 자리하고 있었다.

"오늘은 실험할 여건이 안 되는 걸 노 실장은 모르는 것 아닙니까?"

수덕은 노 실장이 신물질 원석들이 없어졌다는 것을 모르고 있는 것은 아닌가 하여 묻자, 노 실장은 손을 크게 흔들면서 다가왔다.

"노— 프라블럼! 철없는 애들이 잠시 장난친 건데 모두 제자리에 원상 복구해 놨습니다. 원래는 실험을 제 방에서 해 달라고 요청했었는데, 소장님의 고언을 받들어서 실험실에서 하기로 했으니 모두 내려가시죠."

노 실장이 서둘러 사람들을 이끌고 의기양양하게 실험실로 내려가고 있고, 이우연 소장은 맨 뒤에 남아서 뭔가 골똘히 생각에 빠진듯하더니 일행과 뒤처져서 수덕을 부축하는 은호를 손짓해서 불러 무슨 말인가 귓속말을 했다. 그러자, 은호가 후다닥 앞질러 뛰어서 실험실로 내려갔다.

뒤따라 채 원장이 맥없이 따라오는 수덕이 곁으로 다가오더니 걱정스러운 얼굴로 나지막하게 입을 열었다.

"나는 무슨 실험인지 모르고 내려오긴 했는데, 자네는 왜 저 친구한테 휘둘려서 경솔하게 시연을 한다고 한 건가?"

수덕이 고개를 가로젓고 말이 없자, 채 원장은 답답하다는 듯 말을 했다.

"서울서 내려온 저 사람들이 누군지나 알고 있나? 노춘배 박사 아들이 부른 변호사랑 옛날 호텔 화재 사고 조사관들이란 말일세! 말썽 나기 전에 지금이라도 못 한다고 하고, 당장 때려치워!"

"나를 어떻게 한다 해도 한 번 약속한 것이니 어쩔 수 없죠."

"그놈의 고집은!"

채 원장은 연신 이해할 수 없다는 안타까운 얼굴이었고, 수덕이 고개를 숙이고 힘없이 걷는 모습을 이 소장은 멀찍이서 굳은 표정으로 바라보면서 따라오고 있었다.

실험실 안에 도착한 노 실장은 실험대에서 좀 떨어진 정면에 VIP들이 앉을 수 있는 의자들을 꺼내 급하게 늘어놓고 급히 서둘러 밖으로 나갔다.

먼저 내려온 은호는 이 소장이 지시한 대로 재료 창고에 들어가 물을 가득 채운 양동이에 염기성 시료로 썼던 하얀 결정체인 수산화 소듐을 조심스럽게 집어넣고 막대기로 휘저어 들고 실험대 옆에 가져다 놓은 다음, 다시 재료 창고에 급하게 들어갔다.

수덕은 지난번에 실험했던 대로 여러 개의 시료 접시에 황산,

염산, 초산 용액을 따르고 있고, 객석 한쪽에선 변호사가 비디오 카메라를 손에 들고 수덕의 일거수일투족을 열심히 찍고 있었다.

노 실장이 잠시 밖으로 나갔다 들어오면서 어떻게 준비했는지 조그만 프로판 가스 통과 낡은 손가방을 들고 만면에 웃음을 띠며 조그만 구리 대롱을 흔들면서 들어왔다.

사람들의 시선이 모두 그쪽으로 쏠림과 동시에 재료 창고에 들어갔던 은호가 외마디 같은 고함을 지르면서 돌멩이들을 들고 뛰어나왔다.

"박사님! 실험 중지하세요. 갖다 놓은 원석이 모두 가짜예요!"

그 순간, 노 실장의 환하던 낯빛이 시뻘겋게 변해 일그러지면서 손에 든 것을 모두 내팽개치고 다짜고짜 은호에게 달려들었다.

노 실장이 한 손으로 은호의 멱살을 움켜잡더니 우람한 주먹으로 얼굴을 후려갈겨 은호가 외마디 비명과 함께 얼굴을 감싸고 작은 몸뚱이가 바닥에 맥없이 쓰러져 굴렀다.

사람들의 화들짝 놀란 기암 소리가 들림과 동시에 구부정하게 실험대 옆에 어설프게 기대섰던 수덕의 얼굴이 백지장처럼 변해 눈 깜짝할 사이 한 발짝 뒤로 물러서면서 팔을 옆으로 뻗치는 순간, 몸이 조금 낮춰지는가 싶더니 빠르게 한 바퀴 회전하는 동시에 날카로운 기합 소리와 함께 어디서 힘이 난 건지 한 길은 뛰어오르면서 두 발이 노 실장의 가슴과 얼굴에 날아가 칼날같이 강하게 꽂혔다.

이내 두 사람의 몸이 한꺼번에 뒤엉켜 마룻바닥에 나뒹굴고 말았다.

한순간에 벌어진 일에 사람들이 손을 못 쓰고, 그저 어안이 벙벙해 웅성거리는 사이 쓰러졌던 노 실장이 피범벅이 된 얼굴로 잔뜩 일그러진 채 비척거리면서 일어나 실험대 쪽으로 움직였다.

이 소장이 튀어나가며 벼락 치듯 "안 돼!" 하는 고함이 쟁쟁하게 울리는 순간에 노 실장의 손에 잡힌 황산과 초산이든 접시가 차례로 나뒹굴어진 채로 꼼짝 못 하고 엎어져 있는 은호와 수덕의 몸으로 날아가 흩뿌려졌다.

그 찰나, 이 소장이 번개처럼 달려들어 은호가 준비한 양동이 물을 뿌연 연기가 피어오르고 고약한 냄새가 진동하는 두 사람의 몸에 쏟아붓고 나서 양동이를 내던지고, 돌처럼 험악하게 굳은 얼굴이 되어 넋이 나간 듯 실실거리고 서 있는 노 실장을 두 팔로 사정없이 밀어붙였다.

지켜보던 사고 조사관으로 참석한 허우대 큰 현직 형사가 수갑을 주머니에서 꺼내 든 채 노 실장을 우악스럽게 잡아끌고 밖으로 나가자, 발을 동동 구르면서 어쩔 줄 모르던 노 실장 어머니가 외마디 고함과 함께 쫓아나가고 있었다.

잠시 후에 요란한 사이렌 소리가 온 연구단지 안에 울려 퍼지고, 경찰관들과 구급대원이 몰려 들어와 우선 만신창이가 된 은호와 수덕을 구급차에 옮겨 싣고 있었다.

수덕과 은호가 피폐한 모습으로 입원해 있는 병실 밖 긴 의자에 이 소장과 채 원장이 침통한 얼굴로 앉아 있었다.

둘이는 병실 안에서 지켜본 참혹한 수덕과 은호의 벗겨진 모습을 대하고 받았던 충격이 좀체 가시지 않아서 쉽게 자리에서 일어서지 못하고 아무런 말도 없이 한동안 허망한 얼굴로 천정만 바라보다가 채 원장이 먼저 입을 열었다.

"이 박사가 중화제를 미리 준비시키지 않고, 직접 뿌리지 않았다면 두 사람이 어떻게 됐을지 생각만 해도 너무 끔찍해서 숨조차 쉴 수가 없군."

"아마 뼈만 남았겠지요! 두 사람 다 아직 젊으니 타 버린 살에 다시 새 살이 돋겠지만 그동안 아주 힘들 겁니다."

이 소장은 바싹 마른 입술로 힘없이 고갤 숙이고, 채 원장도 같은 마음이어서 다시 회한이 서린 심정으로 말을 이었다.

"호텔 화재 사건 때도 천재가 바로 내 눈앞에서 불덩어리를 한 아름 안고 내팽개쳐져서 구르는 것을 보고 나 자신도 반은 기절했었는데, 오늘도 그 참혹한 광경을 목도하게 되다니. 참! 무슨 조화 속인지 모르겠구먼."

"저는 승민이를 수년 동안 옆에서 쭉 지켜봐 왔지만, 항상 조용하고 학구열에만 빠져 있는 학생이었기 때문에 그런 일을 저지르리라고는 꿈에도 몰랐지요. 그렇잖았으면 내가 그 실험을 절대로 허락하지 않았을 겁니다."

"나는 자기 모친 모신 것은 둘째치고, 변호사며 옛날 수사관들을 부른 걸 보고 아무래도 낌새가 심상치 않아서 천재보고 시연을 그만두라고 종용했었잖아!"

"승민이 말대로 화재 사고 범인이 천재였다면 왜 당시는 흐지부지하고 그냥 넘어간 거죠?"

이 소장의 물음에 채 원장은 잠시 생각을 하다가 낮은 음성으로 말했다.

"사실은 나하고 보안 요원 한 명이 최초의 목격자인데, 당시 누구도 우리를 부르는 사람이 없었다는 것이 지금까지 미스터리라고 할 수 있지."

"정말로 이해가 안 되는 일이네요."

"내가 하도 미심쩍어서 천재의 신물질 미-션이 연구소에 채택되어 들어올 때부터 천재가 도망 다닐 때까지 연구소 안에 정보 요원들이 들끓어서 그 무렵 가장 선임자에게 은밀히 물었더니, 그 과장 하는 말인즉슨 화재 사고 현장에 나와서 직접 독려까지 한 국가 최고 VIP께서 모든 것을 없었던 것으로 덮어 버리고, 무슨 수를 써서라도 천재를 복귀시켜서 프로젝트를 완성하라는 엄명뿐이었다고 하면서 허탈한 웃음만 웃더라니까!"

"경제 발전이 태동하던 시기에 북에서 김신조 일당을 청와대까지 내려보내는 바람에 안보가 중요해 몸이 달아 있을 때였으니, 천재가 내놓은 미-션에 매달릴 수밖에 없었을 겁니다."

이 소장의 말에 채 원장이 머리를 끄덕이면서 긴 한숨을 내쉴 때, 엘리베이터 문이 열리면서 서울서 정신없이 내려온 거의 초죽음이 다 된 주 여사를 대경 씨가 부축해 간호사의 안내를 받으며 들어서고 있었다.

병실 문 앞에서 간호사가 주 여사를 잡고 마음의 준비를 시키는 모습이 잠깐 보이고, 문을 열고 안으로 들어가는 것을 보고, 채 원장이 일어서면서 이 소장에게 양쪽 집에서 보호자들이 다 왔으니 인제 그만 나가자는 말을 하려는 순간, 병실 안에서 와장창하는 소리가 났다. 잠시 후 문이 열리자 실신한 주 여사가 대경 씨와 아직 눈물이 마르지 않은 완이의 부축을 받으면서 나왔고, 윤경도 참았던 울음이 다시 터져 두 손으로 얼굴을 가리고 따라 나오고 있었다.

"우리 완이 아빠는 이런 일이 이번만이 아니어서 나는 충격이 덜 한데, 은호 엄마는 하늘이 무너지는 아픔일 거야!"

윤경의 말에 대경 씨는 고개를 가로저었다.

"웬걸요! 우리 은호도 지난겨울에 오대산에서 제 혼자 굴러서 완전 동태가 됐다가 구사일생으로 일주일 만에 돌아올 때도 이 사람은 거의 저세상에 가기 일보 직전이었는걸요."

"우리 남편이나 은호가 좋은 일과 나쁜 일이 계속되는 걸 보면 머리 좋은 천재들을 뭔가가 시샘하는 것은 아닌지 몰라!"

윤경이 한탄조로 말할 때, 간호사가 병실 안을 정리하고 나와 주 여사의 상태를 체크해서 웬만큼 정신이 돌아온 것을 확인하고 입을 열었다.

"말하기 뭣하지만, 그 화공 약품을 몸에 바로 맞고 말았으면 지금보다 엄청난 재앙이 될 수 있었는데, 저기 계신 이 박사님이 중화제를 곧바로 뿌리시는 바람에 저 정도 화상으로 끝난 것이 다행이라면 다행입니다."

은호 아빠, 대경 씨가 간호사의 설명을 듣고 이 박사 쪽으로 시선을 돌리다가 눈을 크게 뜨고 놀란 표정을 지으면서 선뜻 다가갔다.

"얼마 전에 있었던 파주 대자리 제향에서 초헌관을 하신 이우연 종친이 아니십니까?"

대경 씨의 말에 금방 생각이 난 듯 이 소장도 눈을 크게 뜨고 손을 잡았다.

"집례를 맡아 또랑또랑하게 창홀 하시던 음성이 지금도 떠오르네요. 은호 군한테 듣기론 무역회사 사장님이라고 한 것 같은데, 틀림없는 거죠?"

"선친께서 물려주신 것을 제 소신껏 나름대로 열심히 노력해서 이 어려운 시기에 근근이 꾸려 나가고 있습니다."

"웬걸요! 우리가 앞으로 살길은 대외무역뿐인 걸 아신 것만으로도 그만큼 선견지명이 있으신 거죠."

"하여튼 종친의 현명한 대처가 아니었으면 하나뿐인 자식을 영원히 불구로 만들 뻔했습니다."

"애초에 이 사건이 나지 않도록 단속하지 못한 제 책임이 너무 큽니다. 갑자기 생각난 것이 제가 앞으로 무역을 하시는 대경 종친에게 크게 부탁드릴 일이 있을 것 같습니다."

이우연 소장은 의미심장한 눈빛으로 대경 씨를 바라보았고, 모두의 시선도 그들 두 사람에게 쏠렸다.

칠흑같이 어두운 밤, 병실 안은 모두 곤한 잠에 빠져 있고 수덕만 혼자 깨어서 완이가 주는 대로 진통제를 여러 알 먹었는데도 아까부터 끊임없는 통증에 안간힘을 쓰고 있었다.

지리산 산장에서도 애매한 아들 녀석을 못살게 했던 통증과 싸움이 다시 이어지고 있는 셈이다.

은호는 엉덩이에서 종아리 쪽으로 길게 화상을 입었는데, 수덕은 주로 등 쪽에 황산을 뒤집어쓰고 만 것이다. 당할 때 엎어져 있었던 그 자세 그대로 꼼짝을 못 하고 모든 것을 감내해야 하는 처지고 보니, 하루하루가 바로 지옥이라고 할 수밖에 없었다.

더구나 자기가 당한 것은 인과응보로 쌓인 업보라 할 수도 있지만, '아무것도 모르고 당한 껌딱지 은호는 자기가 짊어져야 하는 새로운 업보가 아닌가!' 하는 생각에 한숨이 절로 나왔다.

뒤척일 수도 없어 그저 웅크리고 한참을 끙끙거리고 있을 때 바람 소린지 창문이 덜컹거리는 건지 모를 소리가 잠깐 들려 그쪽으로 얼굴을 돌리는 순간, 시커먼 사람의 그림자가 벌써 병실 안까지 들어와 두리번거렸다.

수덕은 이내 손을 뻗어 머리맡 간이침대에서 잠들어 있는 완이를 잡아 흔들었다.

얼떨결에 깨어 일어난 완이가 시커먼 사람을 보고 기겁을 해 외마디 고함을 질렀다.

"거기, 한밤중에 누굽니까?"

완이가 소리를 지르고 일어나자, 은호도 잠에서 깨어 웬일인가 하여 엎드린 채 말똥히 눈을 떴고, 어둠 속에 더듬거리던 사람도 너무 갑작스러운 고함에 혼비백산한 듯 나지막하게 주절거렸다.

"여기가 새끼 고라니가 있는 방이 아닌가!"

뜻밖의 짐짝 영감의 목소리에 은호가 이내 자지러졌다.

"형은 불부터 안 켜고 뭐 해! 오대산 할아버지잖아?"

완이가 출입구 쪽으로 더듬거려 다가가 불을 켜니, 짐짝 영감이 지리산에서 봤던 허름한 복장 그대로 등에 배낭을 메고 엉거주춤 서 있다가 벌써 울음을 터트린 은호 앞에 쭈그리고 앉아 엎어진 처참한 모습을 훑고는 망연자실해 고개를 떨구었다.

"누가 내 귀여운 고라니를 아예 잡을 뻔했구나!"

"할아버지가 어떻게 알고 이 밤중에 찾아오신 거예요?"

은호가 팔을 허우적거려 옷소매를 잡아 흔들자, 짐짝 영감은 가만히 은호 손을 보듬어 잡고 힘없이 입을 열었다.

"내 고라니, 아니, 꽃사슴은 어디 숨어도 찾아낸다고 내가 말 안 했어?"

"주인님이랑 내가 사고당한 것을 어떻게 아셨냐고요?"

은호의 재촉에 짐짝 영감은 맥 빠진 말투로 말을 이어 갔다.

"네놈이 쓸데없이 지리산으로 찾아와 징징대고 매달릴까 봐 오대산으로 서둘러 가던 중에 소백산 근처에서 잠을 자다가 네놈이 천 길 불구덩이 속으로 아우성을 치면서 끌려 들어가는 꿈을 계속해서 꾸는 바람에 아무래도 우리 고라니한테 무슨 일이 있지 싶어서 마음을 돌려 너를 찾을 생각을 했지. 인제 보니 어미 고라니랑 어떤 불한당한테 끔찍하게 당했구나!"

완이는 그제서야 놀랬던 가슴을 쓸어내리면서 다가서서 입을 열었다.

"은호 할아버지는 이 밤중에 어떻게 여기까지 올라오셨어요?"

"그냥 왔지."

"이 시간엔 병실 면회가 안 될걸요?"

"낮에 왔더니, 이름이 개똥이라 안 된다고 해서 저녁에 오겠다고 했더니 웃어넘기길래 저녁에 오니, 아무도 막는 자가 보이지 않아서 그냥 올라왔지. 내 고라니 만나러 왔는데 뭐가 잘못 됐나?"

"은호가 여기 있는 걸 어떻게 아신 거예요?"

"그건 여기 엎어져서 질질 짜고 있는 고라니, 아니, 고라니는 질색하니까 꽃사슴에게 물어봐! 그냥 보이는 대로 찾아왔으니까."

완이는 말이 전혀 통하지 않는 것처럼 짐짝 영감의 말이 이해할 수 없어 난감하게 바라보다가 냉장고에서 음료수를 꺼내서 공손히 건네주면서도 계속 의아한 표정을 지었다.

짐짝 영감은 음료수를 마시면서 궁금해하는 완이를 바라보며 나직하게 말을 했다.

"사람으로 세상에 나올 때는 누구나 한두 가지 남다른 재주를 갖고 태어나게 마련이지. 탄파 형님 말씀엔 어미 고라니 아드님은 그림 그리는 재주가 아주 뛰어나다고 하더구먼. 그 재주에 비교하면 내가 꽃사슴 찾아내는 것은 별것도 아니잖나. 꽃사슴! 안 그래?"

짐짝 영감은 솥뚜껑 같은 손바닥으로 엎드린 은호의 작은 등판을 철썩하고 두드리자, 이내 자지러졌다.

"아파요! 그렇지 않아도 너무 아픈 걸 겨우 참고 있어요."

짐짝 영감은 은호의 고통스러운 표정에 정색이 되어 상처를 유심히 살피고는 머리를 갸웃했다.

"화상을 입은 것 같긴 한데, 불에 덴 게 아니고, 물에 덴 건가? 어쩐지 그것도 아닌 것 같구먼."

짐짝 영감이 머리를 흔들자, 완이가 둘 다 독한 화공 약품 세례를 받은 거라고 대강 사고가 난 경위를 설명했다.

"꽃사슴이 기절해서 엎어져 있길 다행이지 버르적거리고 일어났더라면 여린 얼굴이랑 그 쪼그만 고추마저 달아날 뻔했구나!"

"할아버지! 창피하게 왜 그러세요?"

은호는 엎어진 채로 발을 구르면서 어쩔 줄 모르고, 완이나 수덕도 나오는 웃음을 참았다.

"내가 뭐 틀렸어? 나는 봤던 그대로 말했을 뿐이다."

"나 이젠 할아버지랑 말 안 해요!"

은호가 잔뜩 부은 얼굴을 돌리자, 짐짝 영감은 짓궂은 표정이 되어 수덕이 옆으로 자리를 옮겼다.

"알았다! 나도 원래 주인님 수발 잘한 너한텐 그다지 할 말이 없고, 너희 어미 고라니에게 긴히 할 말이 있다."

수덕은 짐짝 영감이 곁으로 다가오자, 조금은 긴장이 되어 어렵게 얼굴을 돌려 바라보니, 영감이 눈을 내리감고 이야기를 시작했다.

"나는 본래 누구의 씨가 어느 여인네의 몸에 뿌려져 이 풍진 세상 밖으로 튀어나와서 무슨 연고로 오대산 첩첩산중에 버려졌는지 아직도 모른 채 칠십 평생을 살아오면서 글자를 배운 적도, 그래서 무얼 읽어 본 적도 없는 완전 무식쟁이 주제에 알게 모르게 은연중에 듣게 된 그분의 음성이 있어서 철딱서니 없는 새끼 꽃사슴도 만났고, 그 연줄로 어미 고라니를 이렇게 얼굴을 마주하고 있는 것이 나로서는 정말 꿈만 같소!"

수덕은 어쩌면 고즈넉하게 들리는 짐짝 영감의 음성에 한동안 말을 못 하고 있다가 고통을 참으면서 입을 뗐다.

"영감님을 은호가 만나게 된 것도, 영감님의 주선으로 내가 은호와 함께해 온 것도 모두 그분이 엮어 준 의미 있는 인연이라고 생각합니다."

"인연은 그렇다 치고, 지금 이 꼴이 될 것을 어미 고라니는 진작 알았을 텐데 어째서 그 고통을 마다하지 않고 죄 없는 저 새끼 고라니까지 무슨 짝에 위험을 감수해야 하는 겁니까?"

"내 어린 시절 철이 없어 저지른 업보로 인한 인과응보를 거부하지 않고 받겠다는 생각으로 내가 꼼짝 못 할 근거를 잡겠다고 대드는 끈질긴 요구에 순순히 응했던 건데, 내 것을 건드리는 것은 죽어도 참지 못하는 내 밑바닥 성깔이 드러나는 바람에 전혀 뜻밖의 상황으로 튀어 버린 겁니다."

짐짝 영감은 버릇처럼 손가락을 까닥하면서 깜짝 놀라 눈이 커졌다.

"아니! 그 몹쓸 불한당이 우리 새끼 고라니를 요렇게 먼저 건드렸단 말입니까?"

짐짝 영감의 말에 은호가 펄쩍 뛰었다.

"할아버지! 손가락으로 건드린 게 아니고, 핵주먹으로 내 얼굴을 갈기는 바람에 한참을 죽어 있어서 초산을 뒤집어쓰는 것도 몰랐다니까요. 그리고 급하면 꼭 고라니예요?"

"네놈이 작은 것을 작다고 한 나랑은 말도 하지 않겠다고 하니 이젠 내가 부르고 싶은 대로 부를 거야!"

이번엔 은호가 어쩔 줄 몰라 팔을 허우적대면서 한쪽에서 싱긋이 웃고 서 있는 완이를 찾았다.

"완이 형! 남자의 프라이버시에 대해서 아무것도 모르는 우리 할아버지한테 제발 설명 좀 자세히 해 드려!"

"껌딱지! 프라이버시는 무슨 프라이버시야. 네 여자친구가 있는 자리도 아니고 우리끼리만 있는데. 그리고 오대산에서 쓰러져 있을 때 꽁꽁 얼어붙어 있었다면서? 그때 보시고 착각하신 걸 거야. 너무 주눅 들지 마!"

완이의 말에 은호는 그제야 안심이 된 듯 미소를 띠면서도 짐짝 영감을 잔뜩 노려봤고, 짐짝 영감은 그걸 개의치 않고 다시 수덕을 바라보면서 이야기를 이어 갔다.

"그분이 내리신 지엄한 요구를 열심히 해도 모자랄 판에 이렇게 빈둥빈둥 세월만 보내면 어쩌자는 건지 모르겠구먼."

"나 혼자 감당하기엔 너무 벅차 하다가 자발적으로 접근한 뜻을 같이하는 든든한 동조자를 한 명 찾긴 했는데, 이 사람이 너무 앞서나가서 사면초가에 몰린 형국에서 이런 불상사까지 겹쳐서 지금 천 길 낭떠러지에 굴러 버린 심정입니다."

수덕이 솔직한 마음을 말하자 짐짝 영감은 눈을 감고 한참 생각에 잠긴 듯하더니 이내 조용히 입을 열었다.

"하기는 혼자 세상을 뒤집으려면 잘못하면 그 판에 깔려 객사할 수도 있지. 그래서 더 많은 동지를 구해야만 현재 돌아가는 판을 수월하게 뒤집을 수 있다는 당연한 이치가 나오는 거로군. 이제 보니까 제 고추 작다고 했더니, 계집아이처럼 징징 짜는 여기 이놈, 새끼 고라니를 빨리 키워야겠군!"

짐짝 영감이 다가와 짓궂게 등을 두드리자, 은호는 다시 자지러졌고 완이가 대신 나서서 입을 열었다.

"은호는 그렇지 않아도 얼마 안 있으면 치르는 대학 시험에 합격하면 당당한 대학생이 돼서 아버지를 완벽하게 보조하게 될 거예요."

완이의 말에는 짐짝 영감이 어이없다는 표정이었다.

"이 쪼그만 것이 그 어렵다는 대학생이 된단 말야!"

"그럼요! 벌써 대학 입학 자격시험인 검정고시는 거의 만점을 받아 합격했는걸요."

"늘 보면 칭얼거리는 것이 꼭 철부지 막둥이 같아 아슬아슬한데! 하기는 그분이 대충 짚어도 그럴 만한 기둥을 골라내시긴 하지."

짐짝 영감은 다시 깊은 생각에 빠진 듯 말이 없다가 수덕에게로 다가앉아 날카롭게 바라보며 입을 열었다.

"가장 중요한 얘기를 빠트릴 뻔했구먼. 아까 동지 하나가 너무 앞서간다고 한 것 같은데, 자기가 뒤처졌다는 생각은 들지 않나?"

"닥쳐올 혼란에 대해서 그 친구와 이견이 있었습니다."

수덕의 말에 짐짝 영감은 한숨을 길게 내쉬면서 호통과 같은 음성을 내쏟았다.

"이 땅이 현재와 같은 몹쓸 불장난이 계속되어 흐트러진 천기를 어미 고라니가 우려하는 정도의 혼란 없이 진정될 것이라면 이 땅에 그분은 곁눈도 주지 않았을 겁니다. 이 땅이 한 줌 재가 될 것인지, 재도 남기지 않고 흔적도 없이 사라져 버릴지, 아니면 온통 불바다로 태워 아예 씨를 말릴지 모르는 그런 날이 언제 이 땅에 덮칠지 모르는데, 그깟 혼란에 매달려 주저하고 있다는 말입니까?"

짐짝 영감은 자기 성질을 못 이기는 듯 자리를 박차고 일어나서 수덕을 쏘아봤다.

수덕은 이 소장이 너무 앞서간다고 걱정했던 것이 오히려 자기의 미숙한 판단이요, 자기 심중의 안이만을 쫓아 감정에 휘둘려서 현 상황에 이른 것에 대한 후회가 밀려오는 것을 어쩌지 못해 불편한 다리로 힘겹게 일어나려 버둥대자, 완이가 달려와 부축해 일으켜 앉혔다.

"내가 어릴 적에 그분의 경고를 들은 다음에 우연히 눈에 띈 신물질 암석이 대안이란 걸 알게 된 것까지는 좋은데, 그 규모가 워낙 소량이어서 난감할 뿐입니다. 더구나 함께하는 동지가 너무 서두르는 바람에 반대하는 과학자들이 일부 암석을 탈취해가서 내가 숨겨 놓은 큰 둥치만 남아 있죠."

수덕의 근심 어린 말에 짐짝 영감은 이내 은호를 바라보면서 이야기를 이어 갔다.

"내 대답은 여기 새끼 고라니가 해답이라고 말할 수밖에 없군."

"제가요?"

은호는 모두 자기에게 시선이 쏠려 눈을 크게 뜨고 바라보자, 영감은 은호의 머리를 큰 손바닥으로 쓸어 주면서 말했다.

"그분이 새끼 고라니한테 특별한 눈을 주신 거로 아는데!"

"그렇다고 해도 내가 어디서 그것을 찾아요?"

"그것까지는 나도 모르지! 우선은 처음 그 물건이 나온 근처를 뒤져 보는 수밖에 별 뾰족한 방법은 없지 않겠어! 하여튼 내가 해 줄 말은 다 한 것 같고, 내가 있어 봐야 이미 쏟아진 사단에 도움이 될 것이 없으니, 그저 빨리 상처가 아물길 바라면서 다음에 또 보기로 하고 이만 내 갈 길을 가야겠군."

짐짝 영감이 일어서자 완이가 황급히 일어나 다가서서 잡았다.

"내일 서울에 있는 대학병원에서 은호랑 아버지를 모시러 큰 구급차를 보낸다고 했거든요. 은호 할아버지께서도 서울까지만이라도 같이 올라가시죠."

"할아버지! 그렇게 하세요."

은호도 나서서 손을 허우적대도 짐짝 영감은 단호하게 거절했다.

"필요 없다! 이놈의 도시에 오면 저놈의 요란한 차 소리며 번쩍거리는 불빛도 싫지만, 제일로 숨이 턱턱 막히고 산에선 그렇게 숱하던 별들이 여기 오면 별 보기가 그렇게도 어려워 맘까지 답답해 도무지 살 수가 없다. 산을 따라 쉬엄쉬엄 산으로 가는 것이 내 길이고, 그게 속이 편해!"

"하늘에 인공 달이 떠서 세상이 멈춰 서면 나는 할아버지 찾아 오대산에 갈래요."

"오냐! 네가 정 산으로 올 요량이면 우선 솔잎 먹는 연습부터 해 두거라!"

"솔잎요?"

"그래! 산에선 손쉽게 먹을 게 그것뿐이다."

짐짝 영감은 은인인 할아버지가 막무가내로 또 떠나가는 게 아쉬워 눈물이 고이고 있는 은호의 머리를 쓸어 주고는 횅하니 밖으로 나가 버렸다.

이 소장이 교도관의 안내를 받아서 유치장 면회실에 들어섰다.

교도관이 안내하는 대로 이 소장은 접견실 안에 들어와 의자에 앉아 승민이를 기다리면서 만감이 교차해 머리를 숙이고 있었다.

그가 원래 원했던 대학에서 강의하는 것은 다음으로 미루라고 하면서 거의 강제하다시피 함께 일하자고 귀국을 종용했던 것이 어쩌면 불상사의 원인이 된 것은 아닌지 하는 생각에 마음이 무겁다.

잠시 후에 출입문이 열리면서 초라한 모습의 승민이가 천천히 들어와 앉는데, 먼저 두 손을 칭칭 감은 하얀 붕대가 눈에 들어왔다.

"그 손은 어떻게 된 건가?"

"뭘 그렇게 놀라십니까! 어제 면회 왔던 채 원장에게 어쩌면 의수를 달게 될지도 모른다고 했는데, 말 안 하던가요?"

"채 원장은 바쁜 일 있다고 곧바로 서울로 올라가는 바람에 못 봤다."

"남을 더럽히려면 내 손부터 더러워진다고 우리 맘이 귀 아프게 했던 말이 꼭 맞아 떨어진 거죠."

천연덕스럽게 지껄이는 승민이를 바라보면서 이 소장은 오히려 말을 꺼내지 못하고 멍하니 바라볼 뿐이었다.

"소장님이 우리 맘 챙겨 주셔서 고마운데, 오늘내일 중에 필릭스가 귀국한다면서. 맘이 여기 있어 봐야 제게 별 도움이 안 되니까 괜히 고집부리지 말고 함께 돌아가시라고 대신 말씀 좀 해 주세요."

"그렇지 않아도 너희 어머니가 오늘 나랑 같이 오려고 했었는데, 몸이 좀 불편하다고 하셔서 정민 엄마랑 병원에 가는 바람에 못 오셨다."

"우리 맘은 심장이 안 좋아서 조심해야 해요."

"내일이라도 면회 오시면 네가 잘 설득드리도록 해! 그리고 너희들 덕분에 어쩌면 나는 여기 대전에서 떠나게 될 것 같다."

"그러고 보면 우린 상부상조한 셈이네요. 오기 싫다는 곳에 억지로 끌고 온 제자 때문에 소장님이 본의 아니게 떠나시게 됐으니, 잘됐다고 해야 하나, 못 됐다고 해야 하나!"

승민이 빈정거리는 말투에 마음이 뒤틀린 이 소장이 눈빛이 날카로워지면서 나지막하게 쏘아붙였다.

"도대체 너한테서 이번 일에 대해서 조금도 반성하는 기색을 찾아볼 수가 없구나!"

이 소장의 말에 여전히 싱글거리는 얼굴로 이야기를 이어 갔다.

"뭘요! 저는 제 양심에 비춰서 내 맘속의 응어리를 반도 풀지 못했어요. 채 원장은 어제 와서 천재가 최초의 화재에 원인을 제공한 것은 맞지만, 아버지가 돌아가시게 된 직접적 요인은 당시 한국 사회가 어수선한 시절이어서 빨리빨리가 몸에 배어 대충 지어진 호텔에 소방 설비마저도 제대로 갖춰지지 않았고, 20층 꼭대기에 계시던 아버지가 재난을 피하지 못한 것은 옥상 출입구가 상식 밖으로 원천 봉쇄돼 있었기 때문이라고 변명을 늘어놓고 갔지만 내 판단은 최초 방화범인 천재가 아버지를 죽음으로 몰고 갔다는 것은 움직일 수 없는 명백한 사실이란 말입니다."

승민이 길게 늘어놓는 말을 조용히 듣던 이 소장은 고개를 끄덕이면서 다시 날카롭게 다그쳤다.

"네 말대로 진 박사가 방화범이라고 치자. 그렇다고 네가 그 사람을 직접 처벌할 수 있는 권한이 어디에 있고, 또 진 박사 조수 아이는 무슨 죄가 있어 너한테 그런 끔찍한 테러를 당해야 하는 거냔 말이다."

승민은 이 소장의 다그침에 완전히 궁지에 몰려서인지 험악한 인상으로 바뀌면서 벌떡 일어서 버리는 것을 지켜보던 교도관이 다가와 도로 앉히자, 풀이 죽은 듯 도로 털썩 주저앉아 고개를 테이블에 박았다가 한참 만에 몸을 일으키며 째질 듯한 음성으로 다시 입을 열었다.

"나도 합법적으로 깔끔하게 정리하려고 했고, 천재도 고분고분 따라와 줬는데, 그 쪼그만 꼬마 녀석이……."

승민이 거기까지 말을 하다 멈추고는 이 소장을 뚫어져라, 바라보고 히죽이 웃으며 전혀 다른 이야기로 이어 갔다.

"갑자기 기분이 뭐 같네! 소장님이 자꾸 진 박사, 진 박사 하시는데 아니, 언제부터 그 바보 천재가 박사가 됐을까요?"

"내 개인적으로 그 사람에게 존칭으로 부르는 것이니, 네가 기분 나빠질 이유가 하나도 없다. 박사 말이 나왔으니 언젠가는 네게 말하려던 것을 이 자리에서 터놓고 말하마. 박사가 된 네 논문 전문을 학술지에서 처음서부터 끝까지 다 봤었다."

이 박사가 거기까지 말하자 승민의 얼굴이 갑자기 처절하게 일그러지면서 팔을 내저어 말문을 막았다.

이 소장도 한동안 침묵하다가 숨을 헐떡이는 승민의 얼굴을 살피고 다시 입을 열었다.

"네 마음이 그렇다면 그 얘기는 후에 하기로 하고, 사실 진 박사가 지금 추진하고 있는 미—션은 그 친구에게도 말했지만, 국내를 넘어서 세계가 주목할 대단한 프로젝트다. 박사 논문이 몇 권 나올 놀라운 게 많다는 걸 어쩌면 승민이 너는 인정하기 싫으면서도 어느 정도 감지했을 거야!"

승민은 다시 마음이 풀려서인지 조금은 편한 얼굴로 입을 열었다.

"오늘 소장님이 저를 찾으신 것은 내가 훔쳐본 논문 구절 때문만은 아닐 거고. 무슨 큰 뜻이 있으실까요?"

이 소장은 의미심장한 표정으로 바라보면서 이야기를 했다.

"사실은 너한테 두 가지 부탁을 하려고 왔다. 첫 번째는 연구소에서 함께 퇴출된 우리가 앞으로 같이 일해 보자는 것이고, 두 번째는 같이 일하려면 너한테 어울리지 않는 지저분한 여기를 빨리 나가기 위해서 썩 내키지 않더라도 정신 감정을 제대로 받아 보라는 거다. 할 수 있겠어?"

승민은 큰 덩치에 어울리지 않게 금세 눈물이 하나 가득 고인 눈으로 이 소장을 흘끗 바라보고 고개를 떨군 채 몸을 흔들면서 힘들게 입을 열었다.

"어릴 적, 사랑하는 파파가 맘이랑 헤어져 떠나가 버린 충격 때문에 가슴앓이 하던 중 화재 사고로 처참하게 돌아가신 모습을 본 끔찍한 트라우마가 나를 집어삼켜서 악마가 되어 가고 있는 나 자신을 몰랐어요."

"나도 너를 오랜 시간 지켜봐 왔지만, 항상 오로지 학문에만 빠져 있었던 기억뿐이고, 너희 어머니마저 아들에게 그런 트라우마가 있는 줄은 조금도 눈치채지 못했다고 하셨다. 이처럼 아무도 모르는 것을 사실은 진 박사 꼬마 조수가 네가 폭발하기 훨씬 전에 네 정신 상태를 진 박사한테 꼭 짚어 줬다고 하더라."

승민은 흥건한 눈물을 훔치면서 이 소장을 바라보며 물었다.

"천재는 이런 나를 알면서도 곤란한 내 부탁을 마다하지 않았고, 그 꼬마는 도대체 어떤 녀석인 거죠?"

그때 교도관이 면회 시간이 끝났다고 신호를 해서 이 소장이 승민을 의미 있는 표정으로 바라보며 말했다.

"진 박사에겐 밝히지 못할 사정이 있지만, 우선 너희 아버지 노 박사님에게 입었던 은혜를 조금이나마 갚고 싶은 심성이었나고 하더라. 진 박사 조수는 네가 나하고 일하게 되면 어떤 녀석인지 자연히 알게 될 거야!"

승민이 교도관에 이끌려 자리에서 일어나 나가고, 이 박사도 아직 할 말이 남아 있지만, 다음을 기약하고 면회실을 나올 수밖에 없었다.

– 제2권 끝